小　　島

小山田浩子著

新潮社版

11813

目次

小島

きて一礼した。乗客も、ふかふかした座席に座ったまま頭を下げた。バスは本来観光バスらしく、それが証拠にドレープカーテンや造花やシャンデリア風の内装、巨大な座席は柔らかく毛足の長い生地で覆われている。床や座席には切ったダンボールが敷き詰められているが、ダンボール越しでも座面がふかふかなのはわかった。「本日はみなさんありがとうございます。ええと、お手元にこちらの『活動上の注意』という紙はお持ちかと思うんですが、ありますでしょうか」男性がA4サイズの再生紙をひらっと掲げた。あちこちの座席から紙を触る音がした。チャックを引く音、咳払《せきばら》い、ふあああというあくびも聞こえた。私も駅で整列しているとき配付された紙をリュックから出した。「こちらを読んでいただいたらいいんですが、ええと、一部を読み上げますのでご確認くださいね。まず、名札について、カタカナで名前を記入したボランティア専用シール名札は、利《き》き腕の反対側の腕に貼《は》ってください。こちらが、災害ボランティアセンターからきたボランティアだという身分証明となります。次に、プライバシーや個人情報の保護について。今回の活動中に知り得た被災者やボランティアの個人情報は決して他の方に漏れることがないよう細心の注意を払ってください。次に、必ず団体行動でお願いします。どうしても活動場所を離れる時は報告してください。また、はぐれた時や問題発生時は、こちらの代表電話にご連絡ください。番号は紙の一番下に書いてあります。次、被災者へ寄り添う気持ちで活動してください……」私は紙を手に持ったまま窓の外を見た。家々は一見普通に立ち並んでいる。崩れているところも、不自然に更地になっているようなところもない。災害からはもうかなり経《た》っている。ざっと、と頭で数えて今日がちょうど三ヶ月目だと気づいた。あの大雨が降ったのは今日の日づけの夜深くだ。いや、厳密には昼間から激しく降って、しかし、でもまさかそれが夜になっても降り止《や》まずあちこちの山が崩れ川があふれ街が水に浸《つか》るなんて多分誰も思っていなかった。私がバスでボランティアにくるのは二度目で、前回は発生から大体一ヶ月後だった。いった先はこの街ではなかったが、多分被害の程度はどちらがひどいとも言い難いような場所、私は庭に土砂が流れこみ玄関ドアすら見えなくなっていた民家の庭の土掻《つちか》きをした。スコップで土砂を掘りネコグルマ（一輪の手押し車）で運び出す作業、今日と同じに七時四十五分に集合しバスで移動し十時頃から作業して、十分活動したら十分休憩しかも昼休みは一時間、それで十五時には現地を出発するという日程、実働はだから単純に計算しても二時間足らずそれでも、五人のボランティアプラスその家の持ち主とその親戚《しんせき》五名ほど計十人で作業して帰る頃には玄関ドアの大部分が外から目視できるくらいまでに土砂は減った。そのことを、みな（その家の持ち主関係者含めて）寿《ことほ》ぎつつ、しかし、そうやって露出した玄関と窓ガラスはどちらも、その半ばくらいに大きな亀裂《きれつ》と穴が生じていてそこから家の中にも土砂が入りこんでいて部屋の中にもかなりの高さまで土砂が詰まっている、という事実が判明したことについては言及を避けていた。帰り際《ぎわ》、建設現場で働いたこともあるというボランティアの男性は今日の作業なんて多分ユンボあったら一人で一時間とかで済んでるよ、とつぶやいていた。それをスコップとネコだもん。もっと早く、さっさとユンボでもなんでも入れて人も入れて進んでればさ、あの家の中に入ってた土砂、ずっと、一ヶ月もあそこにあったんだよ。それ、とり除いたらどうかなるとかいうレベルと思う？　そんでも、だからこそ、できることをやらなきゃいけないんだけどさ、俺らが、俺らは、でも「市民の善意のボランティアがないと成立しない復興なんておかしくね？」「いや、自衛隊の人もいっぱいきてたし……他の都道府県の消防の人とかも」「あ、自分ちょっと興味あったんで数えてたんですけど、鳥取島根香川徳島、あと大阪京都」「まあ、山口岡山愛媛あたりはよそに出してる場合じゃないもんね」「滋賀っていうのも、見ましたよ」「あと、石巻《いしのまき》からって、あの、土捨てる時の軽トラ。東日本の大震災の被災地のですって。真っ先に、応援に、そっちの人とあと、熊本の人とが、やっぱり、すぐきてくれたって」「でもさ、あんだけの災害あってさ、そん時のなんか、ねぇの、経験を生かして、みたいの、国が。ボランティアがじゃなくて、国の、国が」「次、謝礼について。依頼者からの謝礼は絶対受けとらないでください。ただ、お茶とかジュースくらいであれば気持ちよくいただいてください。作業終了時間について。必ず十五時までにこちらにお戻りください。最後に。絶対に無理はしないでください。熱中症予防のため十分な休憩と水分補給をお願いします。困りごとや体調不良、怪我《けが》をした際は速やかに伝え、治療が必要な場合、その判断がわからない場合はすぐに当センターにお知らせください。えーと、以上ですが、なにかご質問はありますか」「すいません、長靴こちらで借りれるって駅で聞いたんですけど」男性の声だった。「お借りできますか？」「はい。では、バス降りたところで名札をお配りしたりしますので、それが済んだら借りてください。資材置き場に長靴もありますんで」「ありがとうございます。あと、ボランティアのなんか、保険もまだ」「あー、それも手続きできます。では、みなさんバスをお降りください。帰りも同じバスでお帰りいただく予定ですが、一応、こちらに荷物は残さないようお願いいたします」

バスを降りたところで男性が手渡してくれた四角いシールにマジックで日付と名前を書いて左腕に貼りつける。バスを降りたのはざっと二十人ほどだった。前回はもっと多かった。バスも複数台だった。今回は一台だけ、それだけ復興が進んでいるとも言えるし、単になにかが薄れ始めているとも言えるのだろう。私だって前回のボランティアからかなり間があいてしまった。用事があったとか仕事が忙しくてとか体力気力がなかったとか言いようはもちろんいろいろあるが、どうしてもこようと思ったらこれた。自分の実家だったらきただろうし、そもそも自宅だったりしたらこないもくるも糞《くそ》もない。ボランティアセンターはこの地区の公民館的な建物らしい。いくつも張り出された白いテント屋根の下に置かれた長机にはクーラーボックスやダンボールに入った水やスポーツドリンクが並んでいる。封の切られていない塩飴《しおあめ》などもたくさん置いてある。あとは救急箱やガムテープやボランティア保険の記入用紙、耐火金庫に見える重たそうな金属製の取っ手つきボックス。長机の向こうには、さっきの人と同じ青いビブスをかぶった中年の女性が二人立っていて笑いながらなにか話をしている。「ほんとォー」「やっぱり本物は違うわよ。オーラが違う。ファンになっちゃった」「やっぱりねえー」「テレビだと、ああ老《ふ》けちゃったかなって思ってたけど、生で見たらもう、本当に、背も高いし顔も小さいし感じがよくて若い若い。夫より年上とは思えない」「年上なの？」「そりゃそーよー」そこだけ見たら小学校かなにかのバザー受付とかにも見える和やかさだった。「あのー、保険の加入と、あと長靴お借りしたいんですけど」彼女らに小柄な若い男性が話しかけた。ぼろぼろに破れほつれたキャップから少し長めの襟足がのぞいていた。キャンプにでもいくような巨大なリュックサックを背負っている。腕に貼られた名札シールに『ミヤザト』とあった。「あ、保険ね？」「長靴を貸し出し？」二人が同時に言い、片方が紙を差し出しこれに記入してくださいと言い、もう一人は長机から出てきて「足何センチ？」と尋ねた。「あー、ペン借りていいですか？　足は二十八センチ、なんですけど」「あらまあ大きい。え、身長は？」「百六十、八ですね」「あらそうお。ちょっと待ってね、二十八センチの、持ってきますから」「どうも」「私、前にボランティアきたとき」二十代くらいに見えるショートカットの女の子が、還暦前後くらいに見える女性と話していた。「五人ずつくらいで班に、わかれたんですけど」女の子は『ハナダ』、女性は『タケモト』だった。「今日もそうですかねー？」「どうだろう。行き先によるんじゃない」ハナダさんはツバが下向きに広がったアウトドアっぽい形の顎紐《あごひも》つき帽子で、タケモトさんは後ろに日よけがついた麦わら帽子だった。多分どちらも化粧はほとんどしておらず、首にタオルを巻いている。タケモトさんの方はよく見るとネコの顔柄の手ぬぐいだった。「民家だったら少人数でチーム組むだろうし、広いとこだったら人海戦術だろうし」「ジンカイセンジュツ？」「あー、みんなでがんばろうってこと」「なるほどですね」彼女らと私以外はみな男性のようだった。結構年配に見える人もいる。最年長はおそらくお腹《なか》の出た布袋《ほてい》さんのようなおじいさん（名札には大きな字で『ナカムラ』）で、その隣に、教育テレビに出ていたわくわくさん（クマのゴロリと一緒に工作をする）にそっくりのおじいさんもいた。わくわくさんがもっと年をとったらこうなるのではという感じでメガネもそっくりだ、と思ってすぐ、いや本物のわくわくさんも今はそれなりの年齢なのではないかと思った。正確にはわからないが、五十歳ということはないだろう……このわくわくさんも腕に名札を貼っていたが、マジックで書いてすぐこすったらしく字が汚れてなんと書いてあるのかわからなかった。わくわくさんと布袋のナカムラさんは顔見知りのようで、なにか面白そうに話し肩をどつき合ったりしている。ナカムラさんはクマのゴロリに腹部が似ていなくもない。わくわくさんはポケットのたくさんついたベージュのチョッキを着ている。あとは、細長いスポーツタイプのサングラスをかけた年齢のわからない男性二人『マグモ』『カラタニ』、この二人も知り合いのようで、並んで立って小声で話をしている。細身であまり身長が高くない体つきも、スポーツウエアのような体にぴったりした服も短髪もかぶった黒いキャップもそっくり、もしかしたら兄弟かもしれない。黒で赤いラバーのついた手袋は二人お揃《そろ》いだった。あとは日焼けした顎の大きな作業着の男性、パーカーを着て頬ににきびのある若い男性、などなどがいた。数えてみると全部で二十二人、私を入れると三人だ。天を仰いだり、スマホを見たり、黙って休めの体勢でうつむいたりしている。足に合う長靴が無事見つかったらしく、破れたキャップのミヤザトさんが黒いピカピカ光るゴム長でやってきた。ナカムラさんとわくわくさんが「おう、よう似合うとる」「ええのがあったねえ」と声をかけた。ミヤザトさんは人懐《ひとなつ》こいたちらしく、おじいさんたちににこっと笑いかけ「自分、旅行のつもりでこっちきて、たまま駅で見かけてきたもんで準備がなくて」「じゃあ飛び入りか？」「はい。服はもともと長袖長《ながそで》ズボンだったし、メガネもかけてたしマスクは買ったんですけど、長靴だけは、ちょっと駅のコンビニじゃ揃わなくて」「ほいじゃあお兄さんはどこの人ね？」「沖縄です」「沖縄ァ?!」ナカムラさんだけでなく他の男性も興味深そうに彼に近寄った。ミヤザトさんは大きなリュックをどすんと地面に下ろしながら「あーでも、自分大学がこっちなんです。下宿してたとことかは無事だったんですけど、やっぱ気になって。昨日から三日間あいたんでこっちきて友達んとこ泊まって、今日はどっか遊びにいこうかと思って駅きたんですけどそこでみなさん見て、それで」「したら今日ボランティアして明日も沖縄帰るんか。大変じゃのぉ」「いやー結構近いんですよ沖縄は。あの、特急で九州までいってそこからLCC飛んでるんで、全然、夕方出るんで間に合うんです。お金はちょっとかかりますけど」「そうなん」「広島空港からは飛んどらんのか」「飛んでるんですけど、便数が少ないんですよね、帰りがすごく早い時間になっちゃって。一回九州いった方が、全然遅くまでいられるんです」「ほうなんかー」「ああ、ほいじゃけえ、ミヤザトね」わくわくさんがふんふんうなずいた。「沖縄じゃけえ」「おお、ゴルフの。おったのう、親戚か」「いやー、親戚ではないですけど、ミヤザト姓は、多いですね沖縄に。みなさんはこちらの方ですか」「ほおよ」「この人はの」わくわくさんがナカムラさんを顎でしゃくった。わくわくさんの方がかなり、おそらく十歳以上年下に見えたが、意外と同年代なのかもしれない。あるいは、六十過ぎたら十歳差くらいは同年代のうちなのかもしれない。「テレビであの、スーパーボランティアの尾畠《おばた》さん、あの人見て奮起してそんで、ボランティア今、命」「することがなあんじゃあ、年とると」ナカムラさんはお腹を突き出してポンと一つ叩《たた》いた。「あの人、尾畠さん、わしより年上なんよ。そんでもああやって、人のためにするんは尊いよのぉ。わしも邪魔になるかも知らんと思うて最初はこわごわきてみたんじゃが、そりゃあ若い人よりは力の役に立たんかもしらんが、そんでも、子供の頃は野良《のら》を長いことしよったけえ、その辺の都会の人よりかは土をいろうたりするんは慣れとるんよの。鍬《くわ》もスコップもテミもネコも、子供の頃から触りよったけえ」「テミ？」ミヤザトさんが聞き返した。ナカムラさんとわくわくさんが同時に、長い半円というか、ポケットのような形を手で空気に描いた。「テミは、こう、あれよの、元はカゴで編んで作ってあったが最近はプラスチックよの。こう、土とか細かいもんをすくい上げる、大きいちりとりのような」「持ち手はないんじゃけどの」「ああ、これですね」ミヤザトさんはスマホの画面をナカムラさんたちに見せた。「おお、これよこれ」「テミ、ああ、手に、ええとこれは……」「箕《み》いうたらじゃけえ、あれよ、フルイのようなことよ」「ああ、手箕《てみ》」私は近づいて自分もスマホ画面が見たい仕草をした。ミヤザトさんはこちらに液晶画面を見せてくれた。『テミ　農具　画像』とキーワードが入れてあり、下には緑色や灰色やオレンジ色でプラスチック製の、スコップの先端のようなものの画像が並んでいた。片方が垂直に（ただその角は湾曲して）立ち上がり、反対側は平らなまま、なるほど、持ち手のないちりとりにも見え、ミヤザトさんがゆっくりスクロールした下には、竹かなにかで編まれたものの画像もあった。『農業・園芸に最適』『女性や高齢者にも楽々の軽量丈夫な次世代素材』『清掃除草収穫作業にＯＫ！』いかにも農家のおばさんという格好だが化粧をきっちりした若い女性、がテミを持って微笑んでいる通販の画像を見ると結構大きい。一抱えはありそうなその中にぺかぺか光る角ばった柿《かき》がいくつも入っていた。柿は作り物かもしれない。ハナダさんとタケモトさんもテミ画像を見にきて「へえこれってテミって言うんだ」「ですねー。おばあちゃんがそういえば、使ってたかも！」などと言ったりしていると、どこからか作業着姿の男性が現れ、「ボランティアバスでお越しのみなさん！」と声を張り上げた。みなが口をつぐんでそちらを見た。筋肉が灰色の作業服越しにもわかるよく日焼けした男性、「みなさん、今日はボランティアにきてくださりありがとうございます。地元で工務店やっておりまして、ボランティアセンターを手伝っておりますトオノです。本日はよろしくお願いします。ご覧の通り、このあたりも民家などの泥出しは一段落しております。みなさんのおかげです。本当にありがとうございます」トオノさんは言葉を区切って、頭に巻いていた薄い白いタオルを解《ほど》きつつ頭を下げた。みな、イエイエ、などという声を出しつつ頭を下げ返す。トオノさんは顔を上げると今解いたばかりのタオルをまた頭に巻きつけながら「本日は、一般の方のお宅の畑での作業になります。畑に泥が入って乾いてしまっているのでそれをとり除いてください。おうちの泥出しはもう済んでいます。納屋《なや》があって、その中にスコップやネコグルマなどありますのでそれを使って、使用後は水洗いしてからシートに並べて帰ってください。お宅には家主の女性の方がいらっしゃいますが、作業についての指示や質問は全《すべ》て私のほうに聞いてください」はあい。トオノさんの言葉は慣れていて力強く聞きとりやすく、こうして何度も、毎回違う顔ぶれのボランティアの前で声を張り上げてきたのだろうなと思った。「今回はお越しのみなさん、ええと、二十三名とうかがっておりますのでその全員、同じ場所での作業になります。あ、そしてですね、お家《うち》の方のご好意でお手洗いは貸していただけるのですが、この人数ですとやはりご迷惑なので、お宅のトイレを借りるのは緊急の場合を除いて女性の方だけにしていただけますか？　男性は、道を一本離れたところに、ボランティアセンターの方で設置した簡易トイレがありますのでそちらか、ここのボランティアセンターの中のお手洗いを使ってください、歩いて五分くらいなので。いずれにせよ、体調不良の原因になりますからトイレを我慢するのは絶対にやめてくださいね」はあい。「道具は昨日使いましたので先方に置いてありまして、今回ここから持ち出すものは特にありません。行き先は歩いて五分ほどです。あ、あと、飲み物など、先方民家ですので用意がありませんので、必要な方はここのボランティアセンターから持っていってください。塩飴なんかも」ナカムラさんがミヤザトさんに「水いらんか。ようけ飲みんさいよ」「あ、自分持ってきてます。それも駅で買いました」「足りるんか」「はい多分……あ、でも、一応もらっていこうかな」「わしももらおう」何人かがクーラーボックスに群がった。私は五百ミリリットルを三本持ってきていた。足りない気もしたが、ここから歩いて五分なら休憩の時にとりにきてもいい。その方が冷たいものも飲める。わくわくさんが台の上の塩飴の封を切って中に手をつっこみ、つかみだした塩飴をチョッキのポケットに入れた。何粒かこぼれて地面に落ちてパチ、パチと音がした。それを、隣で水をとっていたミヤザトさんがしゃがんで拾って差し出そうとしたが、わくわくさんはそちらは見ず新たな塩飴をとって別のポケットに入れていたのでミヤザトさんはそれを自分のデニムの尻《しり》ポケットに入れた。

「ではいいですか、いきますよ。車に気をつけてくださいね」はあい。路上に人影はなかったが、軽トラがよく通った。細い道なのでその度にトオノさんは立ち止まり「注意してくださーい！」と声を張り上げた。一台の軽トラがトオノさんの傍で停車して窓を下げ、「おつかれさん！」と大きな声で挨拶《あいさつ》をした。「今日はどこいくん」「ツダモトさんとこ」「おうおう、畑か。ドノーは誰が運ぶんな」「あー、タカシんとこの軽トラ、回るよう言うてある」「おうおう。足らなんだら言えよ」「ありがとう。大丈夫じゃー思うわ。ほいじゃあの」トオノさんは私たちには標準語だったが地元同士だと広島弁だった。歩いて過ぎる限り、やはりどの家も無事に見えた。でもそんなはずはないのだ。畑に泥が入りこんでいるのだから家にだって……この平穏そうな乾いた景色は無数の住人たちや自衛隊員や消防署員やボランティアらが掘り返し洗い流し乾かしたからこそなのだ。山は遠い。遠いというか、そりゃあまあ都会とかよりは近くにあるがすぐ裏にとかではない。川も、こうして歩いている限り大きな川の気配のようなものもない。いったいどこからどう泥がきたのか……家々と道路の間には細い側溝というか、ドブと呼ぶにはきれいで小川と呼ぶには即物的な水路があった。水は澄んで、深緑色をした藻が流れになびきながら水面になだらかな凸凹をいくつも作っていた。「こちらです」トオノさんは、大きな、いかにも田舎の農家という感じの家の前に止まった。この家の前にも水路があった。見下ろすと、白い瀬戸物の破片が緑色の藻の隙間に沈んでいた。トオノさんは全員がついてきていることを確認してから、水路をまたいで民家の敷地に入った。家は横に長かった。端っこに屋根つきの車庫があり、軽自動車が一台駐《と》めてある。二階建て瓦葺《かわらぶ》きの家を挟んで反対側には、木造のトタン葺きの建物があった。「こちらが納屋ですね」トオノさんは言った。納屋には壁がなくてただ屋根と柱があるだけで、下は土だった。土の上にブルーシートが敷かれ、たくさんのスコップなどが並べて置いてある。テミもあった。ネコグルマも伏せていくつもおいてある。あとは白い土嚢袋、底が抜けた小さいドラム缶のような筒もいくつもあった。「あ、これ、土嚢作るやつ」顎の大きなおじさんが言った。名札には『ドイ』とあった。「便利なんだよね」「どうやって使うんですか？」ハナダさんが言った。「ここに土嚢袋ひっかけて、ゴミ袋みたいに。んで、土入れて、適当になったらこう、すっぽり抜くの、この筒を」「へえ」「やったことないとわかんないと思うけど、土嚢袋に土入れるの、一人じゃ難しいんだよ。口がへにゃってなるし。でもこれあったら楽々。ほんと画期的」壁に囲まれていないのに、納屋の中は納屋の中の匂いがした。納屋の隅にニラの白い花が咲いていた。「いいですか、こちらにお願いします」トオノさんに続いて納屋を通り抜けるとそこは庭で、庭の向こうに広い畑があった。あぜ道のような通路で縦四つに区切られている。すっと誰かが息を呑《の》んだ。広いそこは、一見するとなにも植わっていない、土がむき出しになっている休耕状態の畑なのだが、よく見るとその表面が異様になめらか、粘土状になった泥が流れこんで固まっているのだった。その向こうで、日よけ帽子をかぶったおばあさんがしゃがんで地面に生えたなにかをいじっていた。おばあさんがいるあたりには泥はなく、普通に下草も生えている。緑色のそこは泥の海にできた小島のように見えた。トオノさんはもう一度ボランティアの数を数えうなずいてから「こちらが今日の作業場所です」と言った。「畑です」ふううう、と誰かが息を吐いた。「この畑は、災害前にマルチが敷いてあったんですが、あ、マルチっていうのは黒いビニールですね。その上に泥が流れこんでそのまま乾いてしまっています。家屋の掃除が優先だったため、畑は後回しになってこういう状況なんですが、昨日こちらの畑に着手しまして、あのー、かなり固まってるんですね。それで、これ見たら、角《かく》スコでこう」トオノさんは言葉を区切って小走りで納屋の中に戻ると、先端が尖《とが》っていない、四角いスコップを一本持ってきて、それを地面に突き立てるような仕草をして見せた。「こんな感じで掘り上げたらいいんじゃないの？　と見えると思うんですがそのようにしたらほとんど掬《すく》えません。昨日もみんなでいろいろやってみたんですけれども、金属製のちりとりですよね」トオノさんはスコップを地面に横たえるとまた納屋に戻って今度は普通の、学校の掃除に使ったなというような銀色のちりとりを持って戻ってきた。小脇《こわき》に先の毛がプラスチックのほうきとテミも抱えている。「このちりとりでこう、ゲシゲシ引っ掻くようにしてもらうところ、ヒビが入って持ち上がるんですね」トオノさんは地面にしゃがみこみ片膝《かたひざ》をついてそのちりとりを地面に垂直に差しこみ、すぐ抜いてまた隣に差しこみ、というのを繰り返してから、差しこんだちりとりをぐいっともちあげる仕草をした。誰かがほうほうほう、と言った。別の誰かが鼻をかんだ。「それでこう、しゃくるようにして剝がすところ、マルチが出てきます。このマルチはできるだけ破らないように上の泥だけとっていただきたい。で、こう、ちりとりで剝がした後は、ほうきでテミに集めてもらって、土嚢袋に入れると。昨日ちょっとやってみて、向こうにちょっとマルチが出てる面があるかと思うんですけど」トオノさんが指差したのは畑の一番向こう側で、そこのほんのわずかが、黒っぽく陥没している。陥没ではなくてそれが、本来のこの畑の高さなのだ。「これね、ほんと見た目より体力いるんですけれども、みなさん無理せず休み休みで頑張りましょう、ではよろしくお願いします」お願いします、しまーす、とみなが声に出して軽く頭を下げて、トオノさんが新たに敷いたブルーシートにそれぞれの荷物を置いてから納屋の下のブルーシートに並べてあった道具を手にとった。私はテミを二つ重ねて持ってそこにちりとりも二つ載せた。昨日使った道具らしいがきれいに洗ってあり、古そうではないのに使いこまれている。どの道具もそうだ。「どこからやりますかいのォ？」ナカムラさんがトオノさんに尋ね、「やりかけてるんで一番右手のとこから始めましょうか。今できてるところを広げるような感じで、奥から、こう、手前にきましょう」「うす」「はーい」「お願いしまーす」「しまーす」我々は道具を手に畑に入った。マグモさんとカラタニさんが先頭で大股《おおまた》にずんずん泥の中に入っていった。畑と畑の間の細いあぜ道には草が生えている。当たり前に普通に生えている。丈が高いものは膝くらいまで伸びている。先端にはけばけばした穂もついている。これはだから、とその硬さ柔らかさを長靴で踏みつつ思う。この三ヶ月で一から生えたものなのだろうか。チリチリッと音がして、誰かが踏んだ草の中から大きなバッタが飛び上がった。私の目の前を、薄茶色い羽を広げて横切っていった。内側の翅《はね》が柔らかい色に日に透けていた。「わっ、バッタ！」タケモトさんが叫んだ。「トノサマバッタだ！」男性の誰かが言った。私にはそれはトノサマバッタではなくて顔の細いショウリョウバッタに見えた。見えたというかそうだった。顔の形が全然違うし大きさも多分ずっと大きい。「へええ、トノサマバッタって、すごい飛ぶんですね」ハナダさんはちょっと首をすくめながら言った。「私、名前は知ってたけど初めて見ました！」「最近見んよねー、トノサマ」わくわくさんがうなずきながら言った。「俺も久しぶりに見たなあ」ドイさんも言った。「ガキの頃はそれこそ佃煮《つくだに》にするほどいたけど」「それは、イナゴじゃろ」「食えんことなあじゃろ、バッタも」「コオロギはなんか、パウダー、最近聞きますけど」「あーでも、びっくりしたー。初めて見て、でも、ちょっとラッキー、トノサマバッタ」人々の長靴、黒やカーキや長いのや短いのやがあぜ道の草を踏みしだく。そこにはバッタだけでなく小さい茶色いカエルもいて、足を避けるようにピョンピョン跳ねていたがそれはみな気にならないようだった。ヌマガエルかなと思う。それにしても、だから、ここにこんなに一面泥が流れこむような状況で、どうやって彼らは生き延びたのだろうか。緑の小島には濃い赤い色が見えた。黄色や紫、花のようだった。そこは泥が流れこまなかったのか、あるいはそこだけ先に泥を除去したのかよくわからなかったが静かな秋の庭に見えた。マグモさんとカラタニさんはもうしゃがみこんでちりとりを泥に突き立てている。私もあぜ道から泥の上に足を踏み出した。少し沈むかと思った長靴の靴底は全く沈まなかった。「マグモさん、カラタニさん、お上手です！」トオノさんの声に、二人は優雅に片手を上げてみせた。私も持ってきたちりとりを泥に突き立てた。ドイさんが「コチコチだァ」と言った。「いやほんとこれ……かったい」ハナダさんがささやいた。タケモトさんがうなずいて、「泥ってかもう、粘土だよね。セトモノ焼けそう」「泥がこんななるんですね」「全然、指入らない」泥は、チョコレートのような羊羹《ようかん》のような艶《つや》さえ見える状態で畑を覆い乾いていた。「やーこれ、かかるでェ、結構」「がんばりましょー！」「陽がさすと暑いね」「ますます乾く」「あーこれ、すごい細かい作業だね」「テコの原理じゃ」「いった、いった」「あ、これ、乾いてる方がでも楽なのかむしろ」「がんばりましょー」最初はあちこちから声が上がっていたが、すぐに静かになった。ちりとりの先端を小刻みに差しこむようにすると、隙間に空気が入るのか急に泥が砕けてひび割れ持ち上がる。そっとそれを脇に置いたテミに入れる。露《あら》わになったマルチは、三ヶ月間泥に密閉されていたのに、というかだからこそなのか、朽ちたりはしていなくて普通に平らに光るマルチ色だった。泥がうまく板状にくっついたまま持ち上がるときれいに剝がれるのだが、早い段階で砕けてしまうと異様に細かい砂に変わり、それがマルチに張りついて、ほうきで集めようとしてもマルチにさらに密着するようなことになって全然テミに入らない。しゃがんで作業しているとすぐ、腰が重たく手首がしびれたようになった。あちこちから呻《うめ》きのような相槌《あいづち》のような声が聞こえた。ようやっと多少嵩《かさ》のある泥が集まったテミを持ち上げようとすると、見た目よりずっと重たい。それを持って立ち上がり、土嚢筒にセットした土嚢袋に先をたわませたテミをさしかけて中身を入れようとすると端からぼろぼろこぼれた。ようやっとマルチから剝がしたはずの泥はもう乾いて粉々になって、空気が濁るように辺りに吹き飛んでいく。誰かが咳きこんでいる。朝にはなかった風が出ていた。泥はこんなに乾いているのになぜか、地面についていた片膝のところのズボンが丸く黒く湿っていた。「土嚢袋は、縁いっぱいまで入れると閉められないので、見た目六分目七分目くらいで止めといてくださいね!」トオノさんが叫んだ。「これ、どうやって縛るんですかー?」ハナダさんがトオノさんに言った。「あ、土嚢袋の縛り方知らない方はちょっと集まってください……ええと、こう、この筒を上に抜いて、で、土を下にちょっと寄せて、上のところをこうぎゅっとねじってから、一回折りたたんで口を下に向けます。で、畳んだこの折り目の下を、この紐でぐるぐると巻いてください。こうすると横に向けてもちょっと逆さになっても大丈夫です」

「難しそう」「難しくないです。やってみます？」クラクションの音がした。みながはっとして見ると、畑の脇の道に軽トラが停まって運転席の人がこちらに手を振っていた。「ドノー、どこなぁ？」トオノさんが手を振り返しながら駆け寄る。「おう、タカシー。まだたまっとらんのじゃあー！」ナカムラさんが「働きもんじゃのお」と言った。「あれで、平日は働いとるんじゃろ」「工務店でしょぉ、開店休業かもしれんよ」わくわくさんが答えた。「いやあ、することようけあるじゃろ、コームテン、今」「金とれるかね、ご近所がこれで」「ほんでもよ」「よそからきて日帰りでボランティアするんとは、そりゃあ、違うよぉの」

しばらくするとトオノさんが「きゅうけいでーす！」と大きな声で叫んだ。「え？もう？」「今からじゅっぷんかん、休んでくださーい！」「もうか」「早いねえ」ナカムラさんが大きくパン、パンと手を打ってきゅうけい、きゅうけい、と言った。「ちゃんと休まんとあとでしんどいけえ、若い人も誰も、きゅうけいしょうでェ！」「はーい」「あー、あっという間ですね」「あ、でも、みんなでやったら結構はかどるかも？」「早く慣れないとですね」「私もう、腰に」みなはぞろぞろと置いた荷物のところに戻り、それぞれ水やお茶をとり出して飲んだ。飴を口に含む人もいた。私も水と、持ってきていた塩レモン味のタブレットを食べた。まだ汗をかいた感じはしないが、日差しは決して弱くはなかった。風のせいであまり感じないが多分気温も低くはない。みなそれぞれ、ブルーシートの端や座れそうな岩や日陰を見つけて腰を下ろしたり壁にもたれかかったりした。私はあぜ道の草の上に、そこに生き物がいないか確認してから座った。デニムの下で草がきしきし鳴った。空を白い大きい鳥が飛んでいた。それは多分サギで、水鳥で、だからやはり、近くに川があるのだろう。豪雨の時水鳥はどうしていたのだろう。多くのサンショウウオが流されて行方不明というのはローカルのニュースで聞いていた。この辺りの山の清流は多分、オオサンショウウオの生息地なのだ。タブレットを一つ食べただけで口の中、上あごがざらざらになった。ほどなくまたトオノさんが大きな声で「じゃあ、そろそろ作業再開しましょうかー」「頑張ろうデェ」ナカムラさんは言いながらうんと伸びをした。餅《もち》のようなお腹が膨らんで伸びた。

作業が進むと、徐々に役割分担で同じことばかりするようにした人の群れと、個人で一連の流れを全てする人とにわかれた。私は後者だった。トオノさんとマグモさんカラタニさんの三人は土を掘りつつ集めつつネコグルマで畑の土嚢を集めて回っている。「あ、なんかきた」声に首をあげると、カメラを持った一団が畑に入ろうとしていた。マイクを持った人もいる。腕章をつけている。トオノさんが駆け寄って何事か言葉を交わし、すぐに家主の女性のところに走っていった。「あの人はほんまに働きもんじゃのお」「えらいのお」「ほんであの女の人はなにしよるんじゃろ」「花の、手入れでしょう」「ようけ咲かせとってじゃ」「あれなんの花ですかね」「んー。わし花にはくわしゅうないけど」「ケイトウじゃったよ」ナカムラさんが言った。「多分、鶏頭《けいとう》じゃ思うよ。秋の花じゃ」「もう秋なんですもんね」タケモトさんが言った。「あっという間、でしたよね」トオノさんが走ってこちらに戻ってきて、「あちらの人達はテレビの取材だそうです」と言った。「全国の？」「いや、広島の」「なんで、今日なん」わくわくさんが言うと「あ、今日が三ヶ月の節目だからだ、そうです」「ア！ほんとだ、今日ちょうど、三ヶ月か」誰かが言った。マグモさんとカラタニさんが全く同じ仕草でネコグルマを下に置き顎を撫《な》でた。鏡面状のサングラスが青やオレンジのマーブル模様に照り光っている。ああいう仕様のサングラスは外がどういう風に見えるのだろう。「それで、作業の様子を撮影と、あとで何人かインタビューさせてくださいとのことでした。気にしないで作業を続けてください。インタビューなど、声をかけられても、嫌だったら断ってくださいね」「テレビだって！」わくわくさんがちょうどそばにいたハナダさんに言った。「映りたいんじゃないの。映ってくれれば？」「いいえ、いいです」ハナダさんは手を止めずにそう言った。「ああいうマスコミはねー、若い可愛《かわい》い女の子がいたらやっぱりそれ、映したいんよ。ほら、前いけば、ほら」「いいです」「実際さあ、わしらみたいなおっさんの顔なんて見とうないんじゃけえ、視聴者も」「尾畠さんは？」ミヤザトさんが言った。「たくさんテレビ、映ってましたけど」「あの人はだってスーパーボランティアじゃもん」「いや、だから、年齢とかおじさんだとか関係ないですよ。頑張ってる人が頑張ってるってことが伝わるのがいいんですよ」「三ヶ月ねえ」別のところから低い声がした。「節目ねえ」それで全体がなんとなくシンとした。カメラは遠景というか、全体像というか、そういうものを撮っているらしく、遠くにいるままゆっくりレンズを動かしていた。「まあじゃあこっちは、作業作業」「らーす」「顔映らんように尻向けとこ」「尻、ふっちゃれ」「炎上しますよ」マグモさんとカラタニさんが風のような速度でネコグルマに載せた土嚢を運び去っていった。次の休憩時間にさっきと同じ場所に座って水を飲んでいると足元に茶色い小さいハエトリグモがいた。足を動かすとピョンと跳ねて逃げる。「お、ここは日がなくていいね」顎の大きなおじさんがやってきて私に言った。ドイさん。「隣いい？」内心少し嫌だったが私は「どうぞ」と言って少し尻をずらした。ドイさんは私に塩レモンのタブレットをくれた。私は同じものをリュックの中に一袋持っていたがお礼を言って受けとった。ハナダさんとタケモトさんの声がした。「トイレ使っていいって言ってたよね？」「入ったらわかりますかね？　勝手に入っていいのかな」「この作業」ドイさんは魔法瓶らしいボトルに入ったものを飲みながら言った。「楽かと思ったけど結構しんどいね」「そうですね」私はさっきのハエトリグモを目で探したが見えなかった。ドイさんが踏んでないといいが、と思った。そこまでどんくさくはないだろうが。「ボランティアよくくるの？」「二度目です」「そう。おじさんね、単身赴任しててね、休みの日暇だから割とくるの。トライアスロンが趣味でさ、知ってる？　トライアスロン」「自転車とか泳いだりとかするやつですよね」私が言うとドイさんはうなずいて、両手を前に出して自転車を漕《こ》いでいるつもりなのか座った腰を左右に動かした。「そう。鉄人レースつって、広島は海も山もあるからさ。で、休みの時は走ったりジムで泳いだりのトレーニングしてたんだけど、ふと、どうせ体動かすんならボランティアいけばいいんじゃねえか？　って思いついてさ」「なるほど」「で、それから休みのたびに、このバス乗せてもらって」「すごいですね」「やってみたら体の動かし方が違うからトレーニング代わりにはなんないんだけどさ、やっぱりいいよね、人の役に立つってさ。単身赴任だと話す相手もいないけどさ、休みはパパ、ボランティアいってたんだよって言ったら、子供も気分、いいでしょなんか、無駄に走ったり泳いだりしてるよっていうとなにバカなことやってんのって嫁さんにも。ははは」「はは」ふと小島を見ると、家主の女性がカメラの前に立ってなにか話をしていた。直立して、カメラに正対している。スーツ姿の男性がなにか手振りで話しているが女性は動いていない。声もなにも聞こえなかった。「行き帰り、バスで連れてきてもらえると助かるよね」「そうですね」「帰り寝てもいいし」「ええ」「でもさ、いいお家だよね。こういう田舎で平和に暮らしてた家が被災したんだからほんともう、気の毒でおれないよね」「そうですね」「この辺でもおっきい方じゃない？　考えるよねえ、ほんと、一瞬でだもんねえ。なにもかも……トーノさん、あの女の人が家主って言ってたけど、ご主人どうしたのかね」女性は立ってなにか話をしていたが、ふいにしゃがみこむと、手に赤いものを持って立ち上がりそれをマイクを向けていたスーツに腕章の男性に差し出した。花らしかった。少し間があって、男性はそれを受けとった。「そんなこと、とてもじゃないけど、聞けないけどね。聞いちゃいけない」私は横目でドイさんを見た。ドイさんは家の方を見ていた。古そうな外壁、光る瓦、広い玄関の引き戸、「そうですね」女性はカメラマンにも花を差し出した。カメラマンはしばらくためらってから、カメラを構えたまま片手を伸ばしてそれを受けとった。玄関が開いて、ハナダさんとタケモトさんが出てきた。二人が私の前を通り過ぎながら「あれってご家族のですよね」「……次はトイレ、外のにいこうか」「そうですね」

とささやき合っているのが聞こえた。よっしゃまたがんばるか、と言いながらドイさんは立ち上がり尻をはたいた。その小指についとハエトリグモがぶら下がったように見えたがそれはただの小さい泥の塊が落ちただけだった。

「十分やって十分休んでたら進まんよな。真夏じゃないから、二十分やって十分休みとかでもいいんじゃねえかなあ」「そうかもしれませんね」「俺あとであのあんちゃんに言ってみるわ。せっかくみんなこうやって休みの日使ってきてんだもん。ちょっとは進んだ方がいいだろ」「いや、でも、ボランティアってこういう感じが多いですよ。野外の活動だと特に」「んでもさー」「ほんとう、いいところよのお。ええところにかぎって、こういう災害にあう」「大都会で土砂いうて、聞かんもんの」「あれはだから、山があってそれが荒れて、土が弱くなってるんですよ。そういうところに大量に雨が降ると起こるので、だから、都会だとそもそも」「冠水はあろうじゃあ？　コンクリは水が沁《し》まんから」「あ、あれ、知っとる？　カラスウリ。赤い実。寝小便に効くんで」「食べるんですか？」「汁を、こう、塗る……アハハ、どこに言うてそれは言わんが花よの」「そうそう、花がすごいよね、白くて幽霊のほつれ毛みたいで」「花がじゃ咲くかいの？　カラスウリに？」「花がないのに実がなったらおかしいでしょう」「奇跡じゃ、奇跡？」テレビの人たちがいなくなった小島ではまた女性がしゃがみこんで花の手入れをしている、いや、手入れをしているように見えるが違うのかもしれない。とにかく土や花を触っているように見える。風が吹くと花が揺れる。黄色、赤、紫、きゃー、と笑い声か悲鳴か判別できない声が聞こえ、顔を向けるとハナダさんとタケモトさんがつま先立ちをしてカエル！　カエル！　と叫んでいる。「あっ！　ヒキガエルだ！」ドイさんがそう叫び、私は、ヒキガエルなら珍しいと思って近づくと彼らが指差しているのはさっきもいた小さな茶色くて模様のあるカエル、おそらくヌマガエルだった。全然ヒキガエルではなかった。ツチガエルである可能性はありそうだが、でもヒキガエルではない。大きさも違うし質感も体型も違う。目元も違う。「久々に見たなァ、ガマ」ドイさんはうれしげにうなずいている。さっきトノサマバッタと言ったのもドイさんだったのかもしれない。「ヒキガエルって、こんなに小さいんですねえ」タケモトさんが感心したように言った。首に手ぬぐいなど巻いているが、都会の人なのかもしれない。「ヒキガエルの子供じゃない？」ヒキガエルの子供はおたまじゃくしだと思った人は私以外にもいただろうがそう声に出す親切者はおらず、その間もヌマガエル（やっぱりツチガエルではなさそうだった）はぴょんぴょん跳ねまわり、ハナダさんとタケモトさんはきゃあきゃあ言っている。しょうがねえなあ、とドイさんがしゃがみこんでそれをつかまえようとし、失敗しておろろ、と言いながらちょっと手を彷徨《さまよ》わせ最後は土に軍手をかぶせるようにして泥ごとそれを捕まえ、どうするのかとハラハラしていたら少し離れたところまで歩いて泥の上にカエルを放したようだった。そんなことして何の意味があるのだろう。「すごーい、ありがとうございます！」「いや俺田舎っぺだからカエルとか慣れてる……苦手？」「苦手じゃないんですけど、でも踏んじゃうのは……」「踏むとね、めきょってなるよね、カエルね」「えー！　踏んじゃったことあるんですかー?!」「田舎あるあるだよ。なんか道歩いててめきょってしたなと思って、見たら、平面ガエル。あはは」「あははー」「あはははは」「沖縄って、カエル、いるの？」「いますよ、そりゃ」「だって、ハブがおるくらいじゃけえ」「このへんは、マムシ、おるじゃろう」「この辺の山にはどこでもおるわいの」「マムシも、焼いたら、うまいよのぉ」「そういや、テレビの人は？」「ああ、さっき、あっちでトオノさんに」「そうよのぉ、やっぱり地元の人の言葉よのぉ」「放送いつだろ」「広島のって、どこの局かな」

一時間の昼休み、昼食にパウチのゼリー飲料を吸ったあとトイレにいくことにした。私は、ブルーシートの隅に並んで座っておにぎりとサンドイッチを食べているハナダさんとタケモトさんにすいません、と声をかけ、二人の脇にしゃがみこんだ。「はい？」「あの、さっきお手洗い、借りられました？」と尋ねた。帽子をとり、マスクも外したハナダさんは、あ、と言って手で口を覆《おお》いおにぎりをもぐもぐ嚙《か》みながら何度からなずいた。ほとんど中学生のように見えた。「入ってすぐですか？　わかりますかね？」「ていうか」タケモトさんがごくんとサンドイッチを飲みこんで言った。「あのー、私たちこのあと、センターの方のお手洗い、借りようかって、言ってて」「あ、使わない方がいい感じですか」「ていうか……」「どなたかおられる？」「じゃなくて」ハナダさんが前歯をすすぐようにお茶を一口飲んで「写真が」「写真？」「多分、ご家族の。ええと、トイレにじゃなくて、廊下にずらっと。いや、普通の写真なんですよ。でも、それが……」「なんていうか」二人は顔を見合わせた。「うまく言えないんですけど、多分、今回の災害で……」タケモトさんも言い淀《よど》んだ。私は立ち上がりながらありがとうございました、と言った。「じゃあ、私もそうします」「簡易トイレもあるって、おっしゃってましたけど、なんかトオノさんの言い方だと、男子専用みたいな、感じでしたよね？」「簡易トイレってね、苦手」タケモトさんが苦笑いした。「仕方ないんだけど、でも、やっぱりにおいと、あとなんか、落ち着かない」「ですよね……私もセンターの、借りてきます」「お役に立てなくて」「いいえ全然すごく。ありがとうございました」センターまでの道がちょっとはっきりしなかったが、まだ時間はある。水路をまたいで道に出て歩き出した。どこかからテレビの音声が聞こえる。

それにホッとした。災害ごみのではない、普通の地域のごみ捨て場らしい場所に、プラスチックでできたカラスの模型がぶら下げてあった。黒い下敷きを胴体と羽の形に切り抜いて垂直に挟みこんだようなちゃちなカラス、目玉のところにぎらぎら光る素材が貼りつけてあった。ピンク色の割烹着《かっぽうぎ》姿のおばあさんが前から歩いてきて、私を見ると立ち止まり微笑《ほほえ》んで「昨日はどうも」と頭を下げた。私はいいえ、と答えて会《え》釈《しゃく》した。別のボランティアの人と勘違いしているのだろう。少し歩いてちょっと振り向くと、おばあさんも立ち止まって後ろで腕を組んでこちらを見ていたので慌《あわ》ててまた少し頭を下げた。おばあさんも頭を下げた。お寺らしい建物の前にある屋根つきの掲示板に『受診可能な内科医院』『歯科検診お知らせ』『臨時バス運行表』などという、災害後のらしい張り紙がびっしり並んでいる。白黒に印刷してある文字の中に、一枚、カラーで手書きの『たなばたのつどい』という紙があった。子供が描いたらしい織姫と彦星《ひこぼし》の絵、二人の間を蛍が飛んでいる。七夕当日の夜を予定していたこのイベントは無事開かれたのだろうか。ボランティアセンターでトイレを借り、冷えた水を一本もらった。「どう？　結構暑いね、今日」氷水浸けだったボトルの水滴を拭《ふ》いてくれながらビブスの女性が言った。「そうですね。思ってたより日差しがあって。でも、風もあるから」「そうねえ。今日、風強いねえ」「台風の影響かもしれませんね」「ああ、そうね。大阪もひどかった。北海道の地震も。今年は本当、災害がねえ」「そうですねえ」「日本じゅう、被災地みたい。えらい政治家の人がいるとこ以外全部」「たははは」作業場所へ戻ると、ドイさんがコンビニの菓子パンをかじりながらにきびのある若い男性に「俺トライアスロンやってるんだけどさ、知ってる、トライアスロン？」ラップで巻いた大きなおにぎりをかじりながら若い男の子は無表情でうん、うんとうなずいていた。テレビクルーがハナダさんとタケモトさんにカメラとマイクを向けていた。二人は並んで立ってそれに答えていた。インタビュアーは胸に赤い鶏頭をさしていた。鶏頭は胸飾りにするには大きくけばけばしていて、今にも下に落っこちそうだった。ナカムラさんはブルーシートの上で寝転んでいた。マグモさんとカラタニさんは姿が見えなかった。ミヤザトさんは電話で誰かと話しながら、体をくの字に折って笑っていた。わくわくさんはトオノさんにタバコはどこで吸えるかと尋ねていた。「あ。センターに喫煙室が。僕もいきます」「お、トーノさんも吸うてんか」わくわくさんは嬉《うれ》しそうにブイサインを顔の脇できゅっと細くする仕草をした。

午後から、みなが慣れたのか急に作業速度が早くなり、トオノさんの予想よりもおそらく相当早く畑一面分の泥除去が済んだ。「すごい、みなさん泥かきのプロになれます！」まかしときー、とわくわくさんが言った。ハナダさんとナカムラさんが笑顔でハイタッチをした。「じゃあ、隣の面も奥からやっていきましょう」「今日のうちにこっちも全部終わらせようでぇ！」「無理はしないでいきましょう。三時にはセンターなので、二時半には作業終了して道具の片づけに入ります」「休まずやろうやあ」「それはだめです」

二時半、一面を完了し二面目は大体八割程度のところで時間になった。「もうちょっとじゃなあ」「いやでも、バスの時間がありますから。それでもすごいです。ありがとうございます。じゃあ今出ている土嚢《どのう》を全部縛って……」トオノさんが言いかけたところで突風が吹きマルチの上に残っていた細かな砂塵《さじん》を巻き上げ吹き上げた。みなが風下に向いて顔を伏せた。突風はしばらく続いて吹き、おさまったところでみなが顔を戻すと、マルチの上がきれいに掃き清められたように黒く光っていた。「風が仕上げてくれたのお」とナカムラさんが言い、誰からともなく空に向かって拍手が起きた。その後各々《おのおの》使った道具を家の前の水路の中で洗った。トオノさんが作りたての土嚢をいくつか水路に沈め水をせきとめた。そこに道具を沈めると、細かい泥はすぐ落ちたように見えるのだが水から引き上げて見るとうっすらとした膜のようになって残っている。それをブラシでこすり、また水に浸して流す。洗い終えたものは納屋に敷いたブルーシートの上に並べる。また、すぐさま分業制をとる人と自分で浸してこすってすすいで並べる人とにわかれる。納屋の隅のニラの花が誰かに踏まれ横倒しになっていた。洗い終え、みなが自分たちの荷物をもちあげていると、あのう、と声がして家主の女性がプラスチックの大きな手提げカゴを持って立っていた。「あ」「どうも」「このたびは」「お疲れさまでした。ありがとうございました」女性は頭を下げた。私の母よりずっと若いだろう、おばあさんと間違えるのは遠目にも失礼だった。背も高く、背筋も伸びている。「あの、これ」女性は草色をした大きなプラカゴに手を突っこみ、一本の朱赤の鶏頭をとり出してわくわくさんに差し出した。「え？」わくわくさんはトオノさんを見た。トオノさんは最後の土嚢を積みにきた運転手となにか話していてこちらを見ていなかった。女性はそれ以上なにも言わずただ鶏頭を差し出し続けている。ナカムラさんが一歩進み出て、どうも、と頭を下げながら両手で花をうけとった。女性は次々鶏頭をとり出してボランティアに差し出した。みな順に受けとった。私ももらった。先端が松明《たいまつ》のような形をしたもの、小さい脳みそのように入り組んだもの、サンゴのように枝わかれしたもの、平たいもの、丸く盛り上がったもの、朱赤、赤紫、黄色、オレンジ、ピンク、黒赤、赤茶、全員にいき渡ったのを確認すると、女性は頭を下げて「本当にありがとうございました」と言った。「あっ、ツダモトさん！」トオノさんが駆け寄ってきた。「どうもどうも、今日のボランティアさんは作業終了です」「お世話になりました」女性はまた深々と頭を下げた。トオノさんには花は渡さなかった。「かなり進みましたよ、おかげさまで。明日には畑は多分、うん」トオノさんはみなが手に手に持っている暖かそうな色の毛の生えた花についてはなにも言わなかった。「じゃあ、ボランティアセンターに戻りましょう。お忘れ物はないですか」私たちは無言でうなずき二列になってリュックを背負って花を一輪ずつ手に持って、なんだか誰かに今から捧《ささ》げにいくような格好で道を歩いた。

帰りも車窓は山にブルーシート、グサグサの川、大きなチェーン店、またトンボが飛んでいる。空はまだ暮れていない。しばらくうとうと眠り目を開けるとまだ帰途半ばで、私は握っていたはずの鶏頭を床に落としていた。拾い上げた。私、子供の時、とハナダさんの声が聞こえた。タケモトさんと並んで座っているらしい。おばあちゃんちにいっぱいあって、これ、ケイトウ。なんでこんなのこんなに植えてるのって聞いたらおばあちゃんが、これは毛糸の元になるんだよって。毛糸の元になるからけいとうって、言うんだって。嘘《うそ》だったんですよね、いや、もちろん毛糸は羊から作るって知ってましたけど、でも、子供の頃から今まで、この花のこと思い出さなかったから今知ったっていうか……いくつものいびきが聞こえた。ゴッ、と息を詰まらせている人もいた。スイミンジムコキューショーコーグン、とハナダさんが笑った。車窓に茶色がかった黄色い房状の花で覆われた空き地があった。それはキツネが尾を立てているように見え、ざっと風が吹くとキツネたちは一斉に尾をたなびかせ今にも走り出しそうに見えた。

ヒヨドリ

台所で弁当を作っていると夫が「ヒナがいる！」と叫んだ。「ヒナ？」「うちのベランダに、ヒナがいる！」夫は慌《あわ》てたように立ちあがるとベランダに面した掃き出し窓のカーテンを閉めた。私が台所から眺めていたテレビも消した。「え？」「いや、うるさくて明るくてヒナ、逃げちゃうかもしれないでしょ」夫はカーテンを引き合わせた合わせ目のところから顔を出すようにして外を見た。中腰というか、尻《しり》の突き出た変な体勢になっている。私は茹《ゆ》で小松菜に醬油《しょうゆ》を垂らしかき回した。青い中につんと刺激のある臭《にお》いがした。茹でてタッパーに保存していた小松菜がいたみかけているのかもしれない。少しつまんで食べたが味は普通だった。私は鰹節《かつおぶし》とちぎった海苔《のり》にゆかりも加えてさらに混ぜて弁当箱に入れた。今日は土曜日で、私は休みだが隔週土曜出勤の夫は勤務日だ。洗面所の方からごとごとという洗濯機の脱水音がする。夫は不自然な体勢のまま首だけこちらに向けて「かわいいよ」と言った。「すごくかわいいよ、ヒナ。ちょっときて見てみなよ」ヒナと聞いて、子供の頃、犬が鳥のヒナをくわえていたのを思い出した。夏休みに田舎の祖父の家に遊びにいった時のことで、犬はだから祖父の犬だった。一歳年上の従姉《いとこ》と一緒に散歩させていると、犬が何気ない感じで道の端にいき、地面にいたヒナをひょいとくわえあげたのだ。巣から落ちるか何かしたのだろう、まだ羽も生えそろわないような、目の開いていないような、口を半開きにして震えているような死にたてのような死にかけのようなヒナ、犬はそれを一応、という感じで私に見せるとすぐに嚙《か》み砕き始めた。いつもは黒目に隠れている白目がひん剝《む》かれ、耳のすぐ前まで裂けた口の脇《わき》には見たこともないような憎々しいシワが浮かんでいる。祖父は鹿《しか》撃ちのための猟犬と元猟犬を数頭飼っていた。危険だからと触らせてもらえないような犬もいた中でこの犬は一番おとなしい、子供が好きな従順な小柄な雌犬だった。その口からぽきぽき音がした。この犬の歯がこんなに尖《とが》っているというのを初めて知った気がした。止めたかったが目を合わせただけで犬はウウウと低く唸《うな》った。

隣の従姉は平気な顔をしていた。ねえやよいちゃんと声をかけると彼女は「今手を出すと噛まれるよ」とだけ面倒臭そうに言った。アッと言う間に全《すべ》て食べ終えた犬はぺろんと舌を出して口の周りをなめるといつも通りの、丸い、親しげな目つきになって私たちを見あげ尾をハタハタ振った。従姉は紐《ひも》をぐいと引いた。犬は素直に応じ歩き始めた。私の方が遅れた。犬が尾を振るたびに尻の白い毛がちら、ちら、と見えた。外で飼われているのに尻の毛が異常にきれいなのは祖父がしょっちゅう手ずから洗ってやるためだ。従姉は紐を引きながら「悪い子。お祖父《じい》ちゃんに言いつけてやる……織絵ちゃん、いくよ、どうしたの？」「ほら、こっちきて」夫の声に、気乗りしないままカーテンの隙間《すきま》から中腰になって覗《のぞ》いた。ベランダの柵《さく》の上に、ふっくらとした小鳥の尻が乗っかっていた。尾は短い。大人が手を握ったのより一回り小さいくらいの大きさで、羽は黒か、黒に近い茶色に見えた。「かわいいでしょ」夫は得意げに囁《ささや》いた。犬が食べたのより羽が生えそろって空気を孕《はら》んだようなヒナ、「うん。これ、なんの鳥？」「もっと小さい声にしてよ」夫の声がきつかった。「びっくりして逃げちゃうだろ……なんの鳥だかわかんないけど、かわいいでしょ」すっとヒナが真横を向き、細いくちばし、丸い目、白い腹が見えた。背の黒さと腹の白さの色合いはツバメのような感じがしたが、それにしては全体が丸っこく尾も短い。スズメとも違うし、メジロでもカラスでもハトでもなさそうだった。近所で見かける鳥のうち私がはっきり名前と姿を認識できるのはそれくらいだ。夫も似たり寄ったりだろう。窓の外、ヒナの背景に、みるみる明るくなる初夏の朝の空が見えた。ここは五階建てアパートの三階で、郊外のせいもあってあたりにあまり高層の建物がない。目の前にある二階建て民家のアンテナに、ヒナよりも大きく全身がすらっとした茶色い鳥がやってきてとまった。「もう一羽きたね」私が指さすと、夫はへ、と間抜けな声を出した。「ほんとだ。でもあれヒナじゃないね」「ヒナ見てるんじゃないの」「狙《ねら》ってるのかな」夫が言った途端、ヒナではない方がピョーロピョーロと高く鳴いた。窓ガラス越しにもはっきり聞こえる鋭い声だった。するとベランダのヒナが応《こた》えるようにピーと鳴いた。夫の肩がびくりと震えた。大きい鳥はアンテナで少し身じろぎしたと思うと、ふわっとうちのベランダに飛んできてヒナの隣にとまった。夫が息を呑《の》んだ。鳥は尖ったくちばしに白いものをくわえていた。もぞもぞ動いている。芋虫だ。親鳥だ。餌《えさ》を与えにきたのだ。ヒナはすぐに親鳥に向けて口を開け、親鳥はその中に芋虫を突っこんだ。ヒナがそれを飲みこむのを待たず、親鳥は二歩ほど横に移動してヒナから離れベランダから落ちた。ぎょっとしたがすぐに浮上し、さっきと同じアンテナにとまってヒナを一瞥《いちべつ》すると、思いのほか速いスピードでどこかへ飛び去った。私はヒナがそれを追って飛んでいくのではないかと思ったが、ヒナは動かず、ぐっぐと喉元《のどもと》を収縮させるように頭を上下させて芋虫を飲みこんでいた。せいぜい二、三センチくらいの芋虫だったろうが、ヒナからしたらかなりの大きさだ。歯がないだろうから丸飲みするのだ、芋虫の表面にある薄皮のようなものが喉の中で引きつれる感触が思われて、私の喉まで詰まったような気がした。夫がふーと息を吐くと「見た？」と言った。私はうなずいた。夫の口の端にトーストの茶色い粉がくっついていた。「いやいいもん見た……かわいい、なんの鳥かな、見たことあるな、飛びそうにないな、鳥は芋虫食べるんだな。お母さん鳥またくるかな」夫は窓ガラスに押しつけた携帯で写真を撮った。カシャンという シャッター音に窓ガラスが共鳴したように思えた。「なんでうちにきたんだろうな。近所に巣があったのかな。巣立ちかな。あんな小さいのに」私は台所に戻った。短い間でも変な体勢をしていたので腰がだるかった。食卓に夫のパンとミルクコーヒーがちょうど半分ずつ残っている。いつもならもう食事を終え身支度も済ませかけている時間だ。まだベランダを見ている夫の背中がカーテンから漏れる光のせいでねじれた影のように見えた。「そんなに鳥、好きだったっけ？」夫は「え？」と言ってまたシャッターを切った。「鳥、好きだったっけ、そんなに？」「鳥ってば普通だけど、でもヒナだよ。かわいいじゃんか」十代の女子ではあるまいし、そんなにかわいいものが好きとも知らなかった。「ふーん。ねえ、でももう結構な時間だよ。

今日土曜ダイヤだよ」「ああ、まあでも、もう少し」「大丈夫なの」「うん、一本遅いので間に合うから」乗る電車が変わったりするのをいつもは絶対に嫌がるのに、そんなにヒナがかわいいのか。私は弁当箱をバンダナで包んで食卓に置くと、洗面所へいって脱水の済んだ洗濯物を出し、ついでに鏡の前で日焼け止めを塗り粉をはたいて眉《まゆ》毛《げ》を描いた。白くポツポツと汚れている鏡をティッシュを軽く湿らせて拭《ふ》き、乾いたティッシュで磨いた。むしろ全体が薄く曇ったように見えなくもないが一応きれいな感じになった。髪の毛をざっと梳《と》かし結び直し洗濯カゴを持ってリビングへ戻ると夫はまだ中腰でヒナを見ていた。「呼んだのに！」夫は首だけくるりとこちらに回して言った。「え？」「またきたんだよ、お母さん鳥が、今！」夫の声は興奮で弾んでいた。「今度はコガネムシみたいな虫だった。さっきが芋虫で、次コガネムシだよ。何分経《た》った？　あんな間に鳥って次々虫を見つけられるんだなあ、すごくない？　またお母さん鳥が先に鳴いて、ヒナが応えて」「ふーん」私は洗濯カゴをリビングに置くと自分のパンをトースターに入れた。マグカップに牛乳を入れレンジにかけた。「おっ、またきた！」夫が叫んだ。さっき声の大きさを気にしていたのが嘘《うそ》のようだ。激しく手招きしている。私はトースターのスイッチをオフにしてから夫の脇にいってしゃがみこんだ。さっきと同じ場所にヒナがいて、その傍に親鳥、ちょうど二羽のくちばしの間で丸い黒い球状のものが受け渡されたところだった。芋虫の時より小さいそれを、ヒナはくっくと首を震わせて飲みこんだ。飲み終えるのを待たず親鳥が飛び去った。ふーと夫が息を吐いて携帯に触れた。ポクン、と動画撮影が終わる電子音がした。「いや撮れた撮れた。今度はダンゴムシだったね」「ああ、ダンゴムシか……パチンコ玉かなんかに見えた」「ダンゴムシ、ちっちゃいよ、よく飛んでて見つけられる……母の愛だね、ああいいもん見た。ヒナ、ずっとうちのベランダにいたらいいのにね、巣でも作ってやったら？」「す？」夫を見たが夫はヒナを見ていた。横顔にヒゲがぼつぼつ生えている。ヒゲ剃《そ》りもまだなのだ。電子レンジがピーと鳴った。「糸くずとか枝とか拾ってきてさ、無理かな、あ、巣箱とかか、うんうん、ホームセンターに売ってるかな、巣箱」夫は楽しげにそう言ったところで携帯を見て小さくぎゃっと言った。「もうこんな時間？」「だから私、言ったじゃん」「ごめん、パンもういい」夫は私が包んだ弁当箱をつかんで部屋を出ていった。洗面所で乱暴に水を使う音がした。蛇口の水量をどれだけ増やしたって、口に入る顔にあたる水はコップや手で受けた分だけなのだから意味がない。水が散るだけだ。私はトースターのスイッチをひねりレンジからカップを取り出した。コーヒーメーカーの保温コーヒーを牛乳に注ぐと表面にできた薄い膜がコーヒーの重みで真ん中に沈んだ。ミルクコーヒーと温かいパンを食べていると、玄関でどたばた音がして、じゃあ、とかなんとか夫が言うのが聞こえた。私もはーい、というようなことを答えながらパンを噛んだ。夫の残した冷えたパンも食べた。食べ終えるとカーテンを勢いよく開けた。部屋がさっと明るくなった。ヒナはいなくなっていた。窓を開けつっかけを履いてベランダに出た。いない。痕跡《こんせき》もない。親鳥らしき姿もない。私は室内に戻って台所用のアルコール除菌スプレーを柵に満遍なく吹きつけてキッチンペーパーで拭《ぬぐ》った。ペーパーは黒く汚れたが、これはヒナとは関係ないただの汚れだろう。私は洗濯物を外に移動させ布団《ふとん》も干して掃除機をかけ食器を洗って家を出た。先々週の、これまた夫が出勤だった土曜日に借りた図書館の本が返却期日を迎えていた。

木々の、ついこの前まで透き通るように光っていた葉が厚みを増して濃い緑色になっている。路上に、私の影が歩くのと葉影が揺れるのとがそれぞれ全く関係ないリズムで重なり合った。通勤でも使う道だが休日のせいか広々と明るく見えた。建売住宅のプランターのイチゴの茎の先に真っ赤な実がいくつもついている。玄関先の三輪車などを見るに幼児がいる家らしいが、幼児がいてイチゴがなっていたら大喜びで収穫しそうなもの、このプランターは数日前からずっとこんな風で、いくつかの実は熟れたのに放置され先端から白く乾いたようにいたみ始めている。薄水色をした大きな蛾《が》が地面に落ちている。車にひかれたらしく片方の羽と下半身が平らに潰《つぶ》れている。黄色い蝶《ちょう》がひらひら飛んでいる。パン、パン、と布団を伸ばす音がした。空気が乾いていて太陽が明るくてジャスミンかライラックかそういう花の香りが風に混じっている。向こうから、時々すれ違うおばあさんが白い犬を抱いてやってきた。老犬らしく鼻先がシボシボしている。なんとなく会釈《えしゃく》をしたところで、犬が低くウゥ、と唸り体を震わせた。「あれどうしたのー、マリちゃん、どうしたのー」ウゥ、ウゥ、犬の黄色い目が私を見ていることに気づいてぎくっとした。絹糸のような細い毛の下にある筋肉が、あの、ヒナをかじっていた犬のような形に盛りあがっているのが薄ら見えた。「マリちゃん、マリーちゃん」あの後犬は祖父に竹の棒で殴られた。祖父は普段は犬を非常にかわいがっていたのだが、何か悪いこと（悪いと祖父が判断すること）をしたら容赦なく竹の棒で殴った。犬を殴るための黄色く乾いた竹が庭の生け垣に立てかけてあった。時代というか、田舎というか、今ああいう事をしたら虐待《ぎゃくたい》だが、当時はそんなものかと思っていた。「オイボレめ」私の目にはその犬よりはるかに老いて見える祖父は吠《ほ》えるように言った。「おまいはもう、現役でない、オイボレやから、おまい、エエ、わかっとるんか」竹がしなり、犬の背がぼこりと沈んだ。「叩《たた》かないであげて」一応、というような感じでやよいちゃんが言った。「かわいそうだよ。小鳥一匹食べただけで」その声に後押しされたかのように祖父は「くぉら、おまいがそんな腐れ鳥を食うて腹でも壊す、水便出すだ、おお臭、お臭、大迷惑じゃ、次やったら谷にころぼし捨てるぞ、オイボレが」毎夏泊まりがけで遊びにいった祖父の家は本当の草深い山奥で、谷に転がして捨てる、という文言はとても生々しかった。犬は耳を寝かせ両脚をくたっと曲げてキャヒン、キャヒンと鳴いた。どういうわけか喜んでいるように聞こえた。叩き終えた祖父はポケットからたまごボーロを出すと犬の鼻面《はなづら》にぶつけるように投げた。数粒が地面に落ち、数粒が犬の顔面に当たって落ち、数粒が犬の口の中に入った。カリカリカリカリ、犬は口に入った分を噛み終えると、地面に落ちた小さい丸い黄色い粒を鼻でふんふん探って食べた。カリカリカリ、ふんふん、カリカリ、どんなに怒っていても、祖父がたまごボーロを出したらこの話はお終《しま》いだ。それは、犬に対しても、やよいちゃんや私に対しても同じだった。ここで飼われている犬たちは皆たまごボーロが好物で、それは祖父の好物だからだ。祖父はいつも着ているジャージのポケットにたまごボーロの小袋（まつげの生えたスズメやヒヨコの絵が描いてある幼児用の、何袋かがミシン目で繋《つな》がったもの）を入れていて、何かあるとそれを犬に投げ、自分でも食べた。指にくっついて残ったボーロを祖父はポッポと吸い取るようにして食べ、勝ち誇った顔をして「犬は大概、甘党じゃ」「マリちゃん、なあにマリちゃん、震えたりしてあなたマリーちゃん」私は不自然でない程度に足を速めた。

尻ポケットに入れていた携帯に、夫からさっきの動画とあの鳥はヒヨドリだというメッセージがきた。調べたのか、誰かに写真を見せて尋ねたのか、無事会社に間に合ったのか、ヒヨドリね……聞いたことはあるがあまり印象にない。いい鳥なのか悪い鳥なのかも知らない。いや、悪い鳥というのも雑な言い方だ。鳥にいいも悪いもない。カラスが悪いのはゴミを散らかすからで、だったらゴミを外に出しておく人間の方が悪いのだ。私は歩きながら動画を開いた。ピョーロ！　ピョーロ！　親鳥の鳴き声は録音のせいか少しひび割れ、歓喜にも断末魔にも聞こえた。ヒナの声はより甲高く澄んで聞こえた。ベランダの二羽、親鳥の長いくちばしからヒナの小さい細いくちばしへダンゴムシが受け渡される、不思議なことに実際見たときよりダンゴムシはダンゴムシらしく、白い節がくっきり映って見えた。飛び立つ親鳥が一度ヒナを見た。ヒナは見返さず仰向《あおむ》いて喉を動かす、夫がふーと吐いた息も録音されていた。

図書館は混んでいた。返却窓口に本を差し出すと、茶色いエプロンにマスクをつけた性別のわからない職員が黙って受け取り二冊をトンと立てて揃《そろ》えた。少し座りたいような気分だったが、新聞雑誌コーナーの椅子《いす》は老人によって全てふさがれていた。

どの老人も不機嫌そうで、居眠りしているおじいさんさえ眉間《みけん》に深くシワを寄せていた。リュックサックを背負った小学生の一群が通路に座り込んで図鑑のような大きな本をめくっていた。図鑑は床に直置《じかお》きしてある。汚い気がしたが、机のある閲覧スペースは黒い制服姿の中学生か高校生によって埋まっている。小学生たちの腕では分厚い大きな図鑑を立ち読みするのは不可能なのかもしれない。一人がじゅる、と唾《つば》をすする音を立てた。何か美味《おい》しいものでも載っているのかとさりげなく近寄って覗いてみると、動物や虫や鳥の写真が雑多に載ったページが開かれており、ぜつめつきぐ、という文字が見えた。別の棚で幼児が本を引っ張り出しては床に投げて遊んでいる。保護者の姿は見当たらない。本を抱えた職員が、注意するでもなくただ幼児を避けて腕を伸ばしながら棚に本を差した。どこか沈んだ気分になって私は図書館を出た。自動ドア脇の掲示板に『保護しないで! 鳥のヒナ!』というポスターが掲示されていた。樹上で心配そうに路上を見下ろしているピンク色をした小鳥と、地面に落ちて頭にタンコブを作っているクリーム色のヒナ、駆け寄ろうとしている短パンの男児のイラスト、下に小さい字で『羽などが未熟なヒナはうまく飛べず地面に落ちていることがあります。けがさえしていなければそばにいる親鳥のえさやりを受け飛べるようになる場合が多いのです。しかし、人間がそばにいると、親鳥は怖がって近づくことができません。生きた虫を食べるヒナを人間が育てるのはむずかしく、また飛びかたやえさのとりかたを学ぶことができないので自然界で生きぬくことができなくなってしまいます。もし鳥のヒナが落ちているのを見つけたら、車などにひかれそうな場合をのぞき、そのままにしてはなれることがヒナのためになります。』と書いてある。そしてその下に少し大きい太字で『やむをえず保護した場合は自治体へ相談しましょう。野鳥の飼育は許可されていません。』巣箱で飼うなんてどだい無理な話なのだ。私はホッとして外へ出た。自力でいなくなってくれてよかった……図書館に併設されている公園ではたくさんの親子連れが遊んでいた。紙とインクの匂《にお》いによどんだような図書館と違い、公園は明るく広々としていた。

空いていたベンチに座った。背もたれに『ハトエサ禁！』というラミネートされた札がくくりつけてある。腰掛けると冷えて硬かった。子供の笑い声、鳥が鳴いていた。なんの鳥かはわからないが、ヒヨドリの声ではないということはわかった。芝生の広場に大きなシートを広げ座り込んだ母親たちのグループが目立っていた。赤ん坊を抱っこ紐で抱いていたり膝《ひざ》のそばではいはいさせたりおむつを替えたり走り回る幼児に目をやったりしつつずっと喋《しゃべ》っている。時折笑い声がワッとあがった。母親たちの傍や背後にはそれぞれ大きな荷物が置いてあった。リュックサックやトートバッグ、きっと中にはお弁当や飲み物や子供の着替えやおむつなどが入っているのだろう。街で見かける子連れの人は大概巨大なカバンを持っている。極めて若そうな母親もいたし、私より年上に見える人もいた。職場の先輩のように見える人がいて、どきっとしてしばらく観察していたが別人だった。髪型と笑い方が違った。不妊治療をして出産した人で、ついこの前から職場復帰して今は時短勤務をしている。不妊治療のことは休みを申請する上司以外誰にも言っていなかったらしいのに、休み方や体調が悪そうな様子から気づかれ、妊娠した段階では職場の誰もがそのことを知っていた。妊娠するまでに二、三年かかったらしい。その間の治療費は相当な額になるはずだと私は別の先輩から耳打ちされた。同情を装《よそお》った口ぶりで不妊治療ってね、百万円の単位だよ、うち安月給なのにすごいよね頑張るよね……一年の産育休、保育園に入るため翌年三月いっぱいまで追加で休んで、幸い四月から保育園が決まり時短勤務が始まってすぐ発熱か何かで続けて休み、熱だけは下がったんで保育園に預けにいったんですけど門のところでいきたくないって泣くんですよ、ママ、ママって、もう参っちゃった……朝出勤した段階でその顔は青黒く疲れ切っていた。私から引っぺがすみたいにして保育士さんに預けて、泣き声が耳から離れなくて私まで涙ぐんじゃって……。そりゃさみしいわよねえ、一歳やそこらで、職場の人は言い合った。大苦労してお金もかけてようやっと産んだのに、そんなちっちゃい赤ちゃんを長い時間預けて、別にこんな誰でもできる仕事、こんな安月給で、頭下げて、ねえ……先輩と似た女性は、ちょうど先輩の子供はこれくらいだろうという大きさの女の子を膝に抱きあげて華やかに笑いながら何か言い聞かせていた。職場で先輩がまとっている目の下の影のようなものがない。他の母親にもない。皆カジュアルだがきれいな服を着て楽しそうに笑っていた。私も三十過ぎて、さすがに楽しそうに笑っている女性が皆心から楽しくて笑っているのではないことくらいわかっているが、そういう曇りが彼女らには見えなかった。お腹《なか》の大きな母親も何人かいた。私は妹のことを考えた。二歳年下の妹は今第二子を妊娠中だ。この前実家で会ったときはまだお腹が膨らんでいなかったが、今はあのくらいに、見てわかるくらいになっているだろうか。妹は私と違って社交的だから、こんな風にママ友づき合いをしたりしているのかもしれない。上の女の子を遊ばせて、膨らんだお腹を撫《な》でながら夫の愚痴を言ったり子供の発育について心配なことを相談したり愛らしさをさりげなく自慢したり……お姉ちゃん作んないの子供、といつか言われた。向き不向きあるから勧めはしないけど、お姉ちゃん実家から遠いし大変だろうけど、でも思ってたよりいいもんだよ、子供。向き不向き、別に欲しくないわけではない。結婚して二年、避妊はしていない。どちらでもいいというか、自分ではそれを決められないというか、子供はかわいい、でもどうしてもそれを自分の体から出したいとまでは。自分が死ぬまで関わっていたいとは。先輩に聞いてみたい気さえしていた。どうしてそんなに苦労して、お金もかけてまで欲しかったんですか。産んでからも苦労するのが目に見えていて、そして、これからの社会が子供にとって幸せで平和なものではないような気配が漂っている中それをするのはどういう確信なのですか。いつその確信を得ましたか。得ていない私はおかしいのでしょうか。妹にそういうことを尋ねかけたこともあった。音声になる前に飲みこんだ。飲みこんだのではなく姪《めい》っ子の騒ぐ声にかき消されたのだったか。ねえママ、マァママァマ！　甲高い、あたりを全て支配するような女児の声、ヘルメットに肘《ひじ》当て膝当てまでつけて自転車の練習をしている子供が叫んだ。両親に見守られながら自転車にまたがって両足でざっざっと地面を蹴《け》っている。ママ、怖いって、ママ！　両親が拍子を取るように手を叩いている。バドミントンをしている姉妹がいる。小学校低学年くらいに見える二人は、お互い全然見当違いなタイミングでラケットを振ってけらけら笑っている。シャボン玉をしている親子もいる。とてつもなく目が大きくて肌の色が濃い混血らしい子供が飛んでいくシャボン玉に両手を広げ向かっていきながら笑っている。浅黒い肌をした母親が硬い表情で見守っている。シートに座ってそれぞれゲーム機で遊んでいる親子がいる。高齢出産か若くして祖母になったかした女性がベビーカーを押している。子供が誰かを呼んでいる。まーだだよ、という声が揺れている。……ちゃーん、……ちゃーん、ママー、おなかすいたー、ママー、どこー、どこー、こーこよ……公園で子供を連れていない、自分自身が子供でもない私は異端な存在かもしれない。それとも私も子供が遊んでいるのを離れて見ている母親に見えるのだろうか。二十代半ばで産んでいればもう五、六歳、あのバドミントン姉妹が私の子供でもおかしくないわけだ……グルッグ、グルッグとハトが鳴いた。どこー、どこー、ウソォ、ほら、ほら、チッチ、チッコッコ、いいのよこっちも悪いのよ、おやつーおやつー、こらバカッ……私に先輩のことを耳打ちした別の先輩は、私のことも誰かに耳打ちしているのだろう。もう三十でしょ、結婚したの一昨年《おととし》でしょ、まだできないってことはさーァ、足先に小さなボールが転がってきた。拾って返そうとあたりを見たが持ち主らしき人はいなかった。アンパンマンのてかてかしたオレンジ色のボールで、どう見ても幼児のものなのだが、ボールを追ってかけてくる子供も、母親も、見回して探している姿もなかった。

ハトが一羽寄ってきて、揺れながら歩く筋肉の動きに胸元が緑やピンクにぬめぬめ光った。ハトはよく見るが、ハトの卵だとかヒナだとかいうのを一度も見たことがない。カラスもスズメもそうだ。よほど高い、人目につかないようなところに営巣《えいそう》し子育てしているのだろうか。それとも私が気づいていないだけで、意外とそこらにヒナは落ちて鳴いているのだろうか。ボールを手に立ち尽くしていたが、仕方なく、一度拾いあげたボールを地面に戻し、すぐ思い直して今まで座っていたベンチの上に置いた。ベンチの座面は少し傾斜していて、ボールは転がって背もたれのところで止まった。外側が持ちあがりぎみの座面に隠れ、よほどそばに近づかないとここにボールがあるのはわかりにくい。やはり地面に置いたほうがいいのか……少しの間悩んだ末、何度もあたりを見回してボールの持ち主を探した末、私はボールをベンチに残し立ち去った。何か悪いことをしているような気がした。

　スーパーに寄って帰ると、さして強い風が吹いた覚えもないのに洗濯物が片寄っていた。ベランダに出て直し表面が温まっていた布団を裏返した。ヒヨドリが鳴いた。ピョー、ピョー、親鳥の声だ。結構近い。見ると今朝と同じように目の前の家のアンテナにとまっている。あちらこちらを見ながらしきりに鳴いている。窓ガラスを介さないので頭のところの羽がバサバサ立って、目元に涙の跡のような筋があるのがよく見えた。鳥特有の、唐突なような体の部位と部位が連動していないようなキョトッ、キョトッとした動き方であちらこちらを見ながらピョーピョーピョーピョーロ、さっきのようにどこかのヒナに餌をやろうとしているのだろうか。ヒナの声は聞こえない。ヒナではなくて全然違う大人同士の話をしているのか独り言なのか、ピョー、ピョーロ、親鳥がひときわ高く鳴いた途端、ピー！　ピー！　ぎょっとした。ヒナの、小さいが悲壮な声がすぐ足元から聞こえた。見ると、ヒナが、さっきも見たヒヨドリのヒナが、うちのベランダの床の隅にいた。まるで綿埃《わたぼこり》の親玉のような感じでうずくまっている茶色くて黒くて腹の白いヒナ、私の方を見あげすぐそらした。怯《おび》えているのかもしれないがよくわからない、むしろ私の方が怯えていた。これは本当にさっきのと同じヒナか？　いつの間にかいなくなっていたと思ったのは、飛び去ったのではなくてベランダの内側に落ちていたのか？　洗濯物を干した時にどうして気づかなかったのか？　私はヒナを見て、アンテナの上の親鳥を見た。親鳥も私を見ていたような気がした。これは、あなたのお子さんで？　親鳥はくりくり頭をひねった。もしかしたら、声が聞こえるのに姿が見えないから心配しているのかもしれない。どこ？　どこ？　ここよ、ここよ、でもどこ？　とっさに私は、しゃがんでそのヒナを手の上に載せてベランダの縁に載せるか何かしてやろうと思った。ヒナは怯えるだろうが、それで飛び立てばよし、そうでなくても少なくとも親鳥の目につくだろう。私は恐る恐るしゃがみこんだ。両手ですくいあげるようにすればいい、簡単なことだと思ったのに体が動かなかった。こんな小さい鳥一羽、何が怖いだろう。くちばしも丸い体に隠れているだろう足も大した脅威ではありえない、ヒナの目が真っ黒できらきらしていた。丸く磨きあげたビーズの、表面だけさっと熱して軽く溶かし液状にしたような、不思議な粘っこさのある光り方だった。それでこちらを見ているような見ていないような、伸ばそうとしている手が定まらなかった。口が渇いた。ヒナがぶるっと震え、少し尻をずらすように動いた。ヒナの下に、真っ白いペンキをこぼしたような糞《ふん》が灰色の埃に絡《から》まって粘っていた。親鳥がピョーロピョーロと鳴いた。ヒナは応えて鳴かなかった。ぶるぶる震えていた。震えて、尻の羽に白い糞がついてさらに粘って羽がまだらに汚れた。私はそっと立ちあがると室内に戻り窓を閉めた。カーテンも閉めた。手を念入りに洗いベランダから一番遠い部屋に移動した。それで、警戒を解いた親鳥がやってきてヒナに餌を与えるか、連れ出すか、何せ親なのだから責任がある、あるいは元気を回復したヒナ鳥が飛びあがって、だってアヒルやガチョウじゃあるまいしベランダくらい越せなくてどうして鳥か、それを待とうと思った。この部屋にいれば鳥の声は聞こえない。こちらの気配も伝わらないだろう。どれくらい待てばいなくなってくれるだろう。時間を見ようと携帯を出すと着信ランプが赤く灯《とも》っていた。母から電話があったらしい。掛け直すと母はすぐ出た。「あ、織絵ちゃん？」「うん、電話くれた？

気がつかなくて」「今一人？」「そう、今日は利英さん仕事の土曜日」「今どこ、家？」「うんそう、何か用事？」母は少し黙った。別に仲の悪い母娘ではないが、電話でやりとりすることはあまりない。大概の内容ならメールで済ませる。母が小さく喉を鳴らすような咳《せき》をした。私は不安になった。悪い話でもあるのか、誰かがどこか病気？母親？　父親？　それとも妊娠中の妹に何か？　母はふうっと息を吐いて「やよいちゃんのことなんだけど」と言った。「やよいちゃん？」意外な名前だった。「あんた最近連絡とった？」うん、と答えそうになって思い直した。今日たまたま彼女のことを思い出しはしたが、私は彼女のアドレスも知らない。お互い結婚以来年賀状はやりとりしているから住所は知っているはずだが、それだって住所録を見ないとわからない。最後に会ったのは祖父の葬儀のときだったか、それとも彼女の結婚披露宴の方が後だったかと考えて、一拍おいて、私の披露宴が最後だと思いいたった。あの日は話すタイミングもなかったし彼女の様子も全く思い出せなかったが、でも呼んでいたはずだ。「ううん、全然。なんで？」「それがね、昨日寿美子から電話があったのよ。特に用があったわけじゃないんだけど、まあ世間話、オオサキの初盆のこととかあれこれしゃべってて、それでやよいちゃんどうしてるって聞いたら、寿美子がそれがあの子離婚したのよって」「……離婚？」拍子抜けして肩が下がった。「良さそうな人だったのにねえ、やよいちゃんのご主人」「あー」顔立ちをはっきりとは覚えていないが、披露宴の白タキシードが全く似合わない雰囲気が思い出された。穏やかそうな、腰の低そうな真面目《まじめ》そうな眼鏡をかけた、確かに離婚とかそういうことには縁遠そうな感じだったかもしれない。「……まあ、意外かも」「夫婦のことは外からはわからないもんだけど」母の声は妙に沈んでいた。もちろん離婚なんてしないに越したことはない、が、彼女は私の一歳上だから三十一歳、離婚に適齢期も糞《くそ》もなかろうが叔母の立場でそんなにへこむことでもない気がした。「やよいちゃんって、子供さんいなかったよね？」私が尋ねると母がひゅっと小さく息を吸いこんだ。「え？」「そう、子供は、そう、まだなのよ」母は不自然なほどゆっくり言った。「お子さん、いないのよ」「ふうん」子供がいるといないとでは多分離婚の意味合いが違ってくる。いない方がいいとは言わないが、当事者が増えるだけ面倒なのは確かだろう。母はため息をついた。「それで、あとね、やよいちゃんね、子宮……とっちゃったんだって」「は？」「なんか病気になって、病気っていうか子宮でとっちゃうって言ったらまあそんな選択肢はないと思うんだけど、とにかくそうなって」私の頭に、なぜかやよいちゃんではなく、ご主人の方のイメージが浮かんだ。「もしかして、だから離婚したの？」母が呟きこんだ。「いや、それは私はわからないけど……」「妊娠」言いかけて、妊娠できるの、それ、と尋ねかけて、いやそれはあまりに無神経かもしれないと思い直した。が、母には十分伝わったらしく「そこよねえ……私もはっきり聞いてないけど、でも、寿美子のあの感じだと多分……」母は息を吐いて吸った。携帯の液晶画面にぺったり張りついた耳が湿った。「それって命に別状っていうか……その」「それは、大丈夫なんだって。通院が定期的にあるだけで、薬と。入院とかも、もう済んで」「それは……まあ、よかったね」いいわけないが死にかけているよりはましだ。「そうよ、それはほんとに……でもこの話、お父さんにも万緑子《まみこ》にも言ってないから」「え？」「だからあんたも知らん顔してて。話題が話題だから、あんたの耳には入れとこうかと思って」母の声がわずかに明るくなっている気がした。私は鼻から息を吐いた。母は多分、この話を聞いて、誰かに言いたくて、でも言う相手がいなくて私に電話をかけてきたのだ。「万緑子にも言ってないの？」「だって、あの子今妊娠中よ。こんなの聞いたら気分悪くなるでしょ」普通なら、多分母は万緑子の方に電話をする。電話しなくても、実家のそばに住んで子供を育てている彼女とは毎週のように顔を合わせて話をしているはずだ。でもそれはできなかったから、仕方なく長女の私にかけてきた……「なるほどね」「え？」「いや、まあ、気の毒だね」「気の毒よ。本当に気の毒よ。世の中ままならないっていうか……寿美子もね、気の毒で」「伯母ちゃんは、なんて？」「まあ、電話口でぐちゃぐちゃ泣き言言うような人じゃないから、さらっとっていうか、一応言っとくわねっていう感じだったけど、でも、ねえ。一人娘が……本当に、ねえ、ままならない。変な話、おじいちゃんがこのこと聞かなくてよかったわよねえって、寿美子と話したの」二人姉妹、一人娘、女腹でと祖父は確か嘆いていた。私も妹も普通に嫁いだ。嫁いだというほどのこともない。普通に結婚して相手の苗字《みょうじ》になった。旧家でも名家でもない、あんたたちは普通に、好きな人ができたら結婚すればいいのよと母は言った。そりゃあ、相手さんが次男か三男で、きてくださるってんならそれはありがたいけど、でも、今時そんな話……あまり意識していなかったがやよいちゃんも苗字が変わっていた。そこにはそれなりの悶着《もんちゃく》があったのだろうか。子供の頃毎夏一緒に過ごしていた彼女と疎遠《そえん》になったのがいつ頃だったか、中学を卒業する頃には泊まりにいく習慣もすっかり消えていた。「ひとごとじゃないよ、あんたも」「そうだねえ」妹が出産したから、血としては先に繋がっている。でも、祖父が気にしていた苗字というものはもう途絶えている。途絶えきっている。「あんたも若いからってうかうかしてないで、ちゃんと検診とか受けなきゃ」「え、そっち?」「そうよ。なに、ちゃんと話聞いてた?」「……検診ねえ」「受けてる?」「受けたことある」去年だか一昨年だか、市だか県だかから子宮頸《けい》がん検診クーポンが送られてきて一年以内に受けろと書いてあったので近所のクリニックで受けた。無料かと思ったら割引なだけでいくらか支払った。土曜日の午前中だったせいか混み合っていて、電話予約をしていたのにかなり待たされて、診察室へ続く廊下の方まで並んでいる冷たい硬いパイプ椅子に座っていると診察室のドア越しに医師と患者の声が聞こえてきて居心地悪かった。うちでは分娩《ぶんべん》も中絶もしていないんですよ……え？　紹介状を……びらん、ただのびらんです……排卵してないいんじゃないかって夫が……「問題ないって？」「そりゃ、治療しろって言われなかったからないんじゃないの」「そう……それで」母はしばらくもごもご言った。「え？　何？」「いや……だったら……だから気の毒よ。本当にみんな」母の声音は、気の毒なみんな、の中に母自身も含めているような感じがした。「まあ、よそからとやかくいうことじゃないよ」「よそって……やよいちゃん、あんたの一つ上よ」「そうね……ねえお母さん、それで万緑子はどう、順調？　もうお腹大きい？」わざと声の調子を変えて尋ねると、母はすぐに応じて「もうすごいわよ、パンパンよ」と声を弾ませた。

「メイちゃんのときより大きいって、メイちゃんだって三三三六グラムもあったのに。男の子よ」「もう性別わかったの」「今はすごいわよ、お腹の中の写真も撮れて顔まで写ってすごくかわいかったの。今度里帰りしてきたら見せてあげる。瞼《まぶた》を閉じてるのが見えてね」お腹の中の赤ん坊、子宮の中の写真、やよいちゃんがその機械を使ったらどんな映像が映し出されるのだろう。真《ま》っ暗闇《くらやみ》？「それで別の写真におちんちんも写ってて」母は嬉《うれ》しそうだった。多分やよいちゃんの話によってこの嬉しさを陰らされたのだろう。母が感じていたのは同情や哀れみではなくてむしろ怒りだったのではないか。どうして素直に喜ばせてくれないんだろうね、寿美子は……母は電話で、伯母に自分の次女のお腹の中の子の写真がかわいかったということを言っただろうか。言わなかったのだろう。言いたかったけど言わなかったのだろう、それで我慢して子供のない長女にかけたのだろう。お偉いことだ。「メイちゃんの服とっといたのにお下がりできないって、ブーたれてたけどね、万緑子は」「そう」「ま、じゃあ友達にでもあげるわって、贅沢《ぜいたく》な悩みよねえ」贅沢な悩み、切実な悩み、気の毒な悩み、「私も男の子の育児は初体験だからちょっぴり不安で楽しみでね」「ちょっぴりね……予定日いつって聞いたっけ？」「八月末くらいか九月頭か、お盆頃ならあんたにも顔見せられるのにね。でも二人目だと早いからわかんないわ、私もあんたは予定日二週間も遅れたけど、万緑子は十日くらい早かったし生まれるまでも早かったし」「なんでだろう」「そりゃあんた、もう道ができてるからよ」電話を切ってぼんやりしていた。なんだか自分の子宮が、それがどこにあるのか正確には知らないが多分ヘソと股《また》の間くらいだろう、それがずんと重くなっている気がした。生理痛のような、じわじわ何かが滲出《しんしゅつ》しているような感覚があった。月経がきたのかと思って手を下着の中に入れたが、抜き出した指先に赤いものはついていなかった。でもまもなくかもしれない。頭でざっと計算すると、日付としてはもうそろそろでもおかしくない。だとしたらナプキンをつけておいたほうがいい。大人になってから下着や服が汚れると心底げんなりする。私は脱衣所の棚から月経時用の下着を取り出しトイレに入った。ズボンを脱ぎ下着を替えナプキンをあてがっているとまたやよいちゃんのことが浮かんだ。まだ幼い、小学生くらいの姿、まだ生理もきていないような、口の周りに産毛《うぶげ》が生えているような、祖父の家の納屋《なや》の裏手の暗がりで膝を抱えるようにしてくすくす笑っている。

祖父母はやよいちゃんの両親である伯父一家と暮らしていた。私は毎年夏休みになると遊びにいって二、三週間くらい泊まった。家族でいって、私を残し両親と妹が帰るのだ。妹は田舎を、祖父の飼っている猟犬を、そして何より祖父を嫌がったので決して泊まらなかった。私はここで過ごす夏が好きだった。やよいちゃんはお姉ちゃんみたいだし、でも現実のお姉ちゃんより多分ずっと優しかったし私も現実の妹よりずっとかわいかった。祖父が畑で作ったスイカが井戸水に冷えていた。庭にある、四角いコンクリでできた水槽に溜《た》まっている井戸水は真夏の真昼にでも指を入れるとシンと冷たかった。時々そこに鮎《あゆ》が泳いでいた。祖父が釣った鮎で、翌日友釣りの囮《おとり》として使うために活《い》けてあるらしい。キラキラした光に縁取られた鮎の影が、灰色の水槽の底、滑らかに丸いスイカの表面を静かに動いた。家の裏手には土間があり、土間に置いてある小さい冷蔵庫には水玉模様の細長い缶に入ったクリームソーダがたくさん冷えていた。これは正規のおやつとは別に自由に飲んでいい事になっていて、私は毎年調子に乗って最初の頃に飲み過ぎ、数日経つ頃にはそのべたっとした甘さに飽きるのだが近所にはコンビニも自販機もないのだった。土間の隣には納屋があった。納屋の軒下に張り渡された竹竿《たけざお》に、鹿の頭の骨が、角を引っ掛けるようにしてぶら下げられていた、祖父が撃った鹿のうち立派な角を有するものの頭蓋骨《ずがいこつ》で、時々やってくる鹿の角を磨いて飾り物にする業者のため保存してあるということだった。祖父は納屋に出入りするときそれをまるでのれんのように手で避《よ》けた。風が吹くと骨が揺れてぶつかって鈍くカンカン鳴った。妹はその骨をとても怖がった。眼窩《がんか》には穴が空き、ものによっては弾痕らしい傷や朽ちたようないびつな穴がある。私も怖かったがやよいちゃんの手前平気そうな顔をした。「磨いた鹿の角はね、新築祝いなんかにするのよ」

「しんちくいわい？」「鹿の角を飾ると家が栄えるんだって」家が栄えるというのが具体的にどういうことなのかわからないが雰囲気はわかった。座敷童《ざしきわらし》がいる家は栄える、というのを妖怪《ようかい》の本で読んだことがあった。座敷童は姿を見られるといなくなってしまうのだが、その家は座敷童がいなくなってから不幸続きで最後には火事で焼けおち家族も死んでしまうのだ。家が栄えるのはその逆ということだろう。「私も将来家を建てたら鹿の角を飾るんだ」「なんでやよいちゃんが建てるの、ここにあるのに、家」一人娘だから彼女は家を継がねばならない、というのは子供の私にもなんとなくわかっていた。お酒を飲むたび祖父がやよいちゃんに婿《むこ》を取れ婿を取れと言うせいだ。私にも言ったが、明らかにやよいちゃんの方に熱心に言った。婿を取らねば家が栄えないのだろうな、と思った。やよいちゃんは顔をしかめた。「だってこの家、古くてださいもん。もっときれいなやつ。二階建てか三階建ての。もっと街に。織絵ちゃん家《ち》みたいな白い家」「この家素敵だよ。広いし」確かにこの家はどうにも古くてださいと思ったので私は優しくやよいちゃんに言った。やよいちゃんと私は納屋の裏手にある植えこみの隙間にしゃがみこんでいた。木々と納屋に囲まれ母屋《おもや》や庭から死角になっているそこは秘密の場所だった。どんなに日が照っていてもひんやり湿った地面には平たい紫色をした苔《こけ》が生え、何かがニュルリと顔を出しそうだった。蛇かヒキガエルか、私はここにしゃがみこむといつもトイレにいきたいような気になった。水っぽかった。やよいちゃんが顔を寄せてきた。「織絵ちゃん、秘密の話して」秘密の話、という言葉が先にあってする話。何かがあってそれを秘密と判断するのとは違う。「やよいちゃんは?」「私? 私はねえ」二人でどんな秘密をやりとりしあったのかはよく覚えていない。好きな男子のこと、流行しているおまじないや占いのこと、嫌いな女子のこと、記憶の中で、私がそこで過ごした何度かの夏が混ぜ合わされ圧縮され風化している。その頃はまだ発動していなかった、でも確かにそこにあったそのときはそんなものがあるとも知らなかったやよいちゃんの子宮がもうない。自分の中にあるものがなくなるというのはどういう感覚だろう。普段は認識しない場所がぽっかり消え去る。切り取られる……三十一歳、という年齢がまた頭に浮かんだ。離婚も病気も別にものすごく珍しい話というわけではないはずなのに、知っている人の身に、それも重なって起こったと思うとやりきれない気がした。子供のままの彼女が、何も知らない笑顔でくすくす笑って頬を寄せて内緒話をする。体臭とも口臭とも違う、田舎の家のくぐもったような匂いがするやよいちゃんの声、ぐるるるる、とお腹が鳴った。気づくとずいぶん長い間トイレに座っていた。立ちあがると、納屋の裏でしゃがんでおしゃべりした後のように足がしびれてふらふらした。下半身が冷えていた。彼女は子供が欲しかったのだろうか。そうでないといいなと思った。

居間に戻り、閉まっているカーテンを見てげっそりした。ヒナのことを忘れていた。ヒナはどうしたか、私は夫がしたようにカーテンの隙間からベランダを覗いた。まだいた。全く同じ場所に同じ様子でうずくまっている。丸っこくて、あれが今巣立ったところですぐ猫に喰われるか車にひかれるか、到底虫なんて捕まえられそうにもない、どうしてこんな状態で巣から出したのか、でもいつまでも親が養ってやっているわけにもいかないのだろう、それで巣立たせる。ある時になれば、巣立ちは明日にというわけにはいかない何かの印がヒナに現れるのかもしれない。どんなに弱々しくても巣から追い出しさあ飛べとけしかけねばならない日がきて、見守りはするものの親の力で飛ばしてやることはできない……そうだ、親鳥も野生動物だ、らちが明かなければ諦《あきら》めて置き去りにするかもしれない。このヒナが一人っ子とも限らない、他のヒナの世話もせねばならない、鈍臭い一人にこだわっていたら他の子供達も死ぬ、血が絶える。冷徹な見極め、でも、その舞台がうちのベランダである必要はない。全然ない。死んだヒナなんて見たくも触りたくもない。生きた虫をかき集めてきてやるわけにもいかない。私はマスクをし家事用の使い捨てビニール手袋を両手に二重にはめベランダに出た。ヒナはまだそこにいた。もちろんいた。さっきの白い糞に加えて、今度は白いペンキに緑黒い塊を溶かし混ぜたような糞もしていた。新陳代謝、生きている。震えている。二種類の糞は埃に絡まりヒナの尻《しり》のあちこちにくっついている。私は親鳥を見た。アンテナにいる。黒い丸い目が光ってこちらを見、すぐそらして、空を見て地面を見て首をクリクリと回しまたこちらを見、そらした。私は母鳥を睨《にら》みつけた。頭の逆立った羽毛が揺れていた。風にか、それとも何かの決意、あるいは怯えで体が震えているのか、ただの生理か。鳥の目は数秒と一ところに止まってはいない。目を合わせようもない。鳥を飼いたがる人の気がしれない。それとも飼って餌など与えかわいがれば心が通うのだろうか？　気持ちがわかって愛《いとお》しくなって？　親鳥の尾が上下に揺れた。私には見えない中空の地面を叩いているように見えた。私には聞こえない音を聞いたかのように首がぴくっと動いた。いい天気だった。どこからともなく漂う初夏の花の匂いはいよいよ濃かった。甘くて胸が悪いほど、空気自体が薄紫色に色づいている気がするほどだった。私はヒナを見下ろした。陰影のある羽、黒い、出来立てのように濡《ぬ》れる目、両目、自分一人では何もできない体、用をなさない筋肉と羽、糞に汚れている下半身、私はため息をついた。そしてそっとしゃがみこみながらヒナの丸い体に手を伸ばした。ヒナの体と糞だらけの埃の間に手を差しこむつもりでそっと、あと三十センチ、二十センチ、息を止めて中腰、膝立ち、ピョーピョーピョーと親鳥の声、あと少し、ヒナと私の指先が同じ空間の震えをとらえたと思った瞬間、ヒナのわずかな温《ぬく》もりに触れんとした途端、バサッと羽ばたいてヒナが飛びあがった。いったい今までどこにそんな翼を隠していたのか、いかにも重たそうな、重心が後ろにあって尻から落っこちてしまいそうな、でも紛れもなく上へ前へと進む羽ばたきでヒナはベランダの柵《さく》を越え空へと飛び出していった。私は柵にとりついた。もしかして力尽きて途中で落ちてしまうのではないか、でもなんとか羽を動かし、そして、アパートの前にある瓦葺《かわらぶ》きの二階屋の屋根の上に着地した。灰色の瓦屋根はいかにも熱そうに照り照り光っていた。ヒナはうろうろと一、二歩歩いた。すっと、親鳥が同じ家の屋根の上、少し離れた瓦に降り立った。もっと近寄って、寄り添って撫でたり労《いたわ》ったりしてやれよと思ったがヒヨドリにはヒヨドリの間合いがあるのだろう、親子は少し離れたところで、一見するとそっぽを向き合うようにして、でも明らかに互いを認識している動きで、ピーと鳴きピョーロと鳴いた。よかったよかったと思って瞬《まばた》きすると親子の背中が濃い灰色の屋根瓦と陽光の白い反射の中に溶けて見えなくなった。目を凝らしたが、そこにはもう、親鳥もヒナ鳥もいなかった。私はさっきまでヒナがいた場所を見た。灰色の埃、まっ白い液体のような糞、緑が混じった黒いものが中に見える白い糞、ヒナは確かにここにいた。もういない。いなくなった。ああよかった……私がその埃の塊を捨てようと持ちあげると何かがころっと落ちた。丸くて、いや丸くはない、先が尖《とが》ったような形の、親指くらいの大きさの、拾いあげた。薄赤い、血の膜のようなもので覆《おお》われた、濃いピンクと茶色が混じったようなもの、少しハート形にも似て、片側はやんわり尖っているがもう片側の先はやや平らな形をしている。つい今しがた世界に出てきたという感じで濡れ光っている。かすかに温かい気がする。ヒナに関係するものなのは間違いないが、何かわからなかった。これも糞だろうか、それにしては他の糞と様子が違う。固形だし、形もしっかりしている。私は手袋越しにそれを握った。柔らかいが硬い、ビクン、とそれが波打った。ビクン、ビクン、私は驚いて取り落とした。ベランダの埃の中にそれは紛れた。はっとして、目で探し指先で埃の中を探ったがなかった。消えていた。指先に今の、拍動としか言いようがない動きが残っていた。汗をかいていた。手袋の指先が薄赤いもので濡れていた。血？私は指先をそっと嗅《か》いだ。なんの匂いもしなかった。いやした。した。確かにした。生臭い、むうっとした、でも懐《なつ》かしいような、生き物の臭い、ピョーロピョーロ、ピーピー、天空に渦巻くようにまたヒヨドリの声が聞こえたが、さっきの親子の声ではないことが私にはなぜかわかった。

　帰宅した夫にヒナは飛んでいったと知らせると非常に残念がり、どんな風だったかしつこく聞いてきた。見ていないうちに気づいたらいなくなっていたと繰り返した。「鳴いてた？」「嬉しそうだった？」「どっちの空に？」「親鳥と一緒に？」「だから、現場は見てないからわからないって」「どうして織絵ちゃんはそんなにヒナに冷たいの」夫は恨めしそうな顔で言った。「冷たかないよ。出てったんだからそれでいいじゃない。ポスターで見たけど、野鳥のヒナ触っちゃだめなんだよ。ほっとくのがいいの。でないとちゃんと巣立っていけないから逆にかわいそうなんだよ。幸せを願うんなら関わっちゃだめなの」「でも……」夫が私の顔を覗《のぞ》きこんだ。「ねえ、なんか飼おうか、うちで」「は？」「ここペットだめだけど、鳥とかハムスターをカゴで飼うのはいいって聞いたよ、確か」「なんで……」「だって、さみしくない、織絵ちゃん？」夫の目に私が映った。洗い髪がぼさぼさに乾いている。私は目をそらした。「いやだよ」「なんで？」「なんでって……」「さみしくないの？」「さみしいとかそんな理由で生き物を飼ったらだめじゃん。その人生に責任を負うんだから」「ちゃんと飼えばいいじゃない。かわいがって、うんと世話して……」「誰が？」「二人が」鳥を飼う？　二人で？　さみしい？　私が答えないで黙っていると夫はふっと目をそらし「……そっか」と言った。首をごりごり左右に回してテレビの音量をあげた。私は寝室に入った。

夫はいつもより布団にくるのが遅かった。居間からテレビの低い笑い声が聞こえた。寝返りを打つとナプキンが股の間でねじれた。ようやっと寝入ったところで鳥の声を聞いた。屋根の上で鳴き交わしている。高い鋭い寝覚めの気だるさや曖昧《あいまい》さのない覚《かく》醒《せい》しきった声、私の真上で鳴いているんだな、と眠りながら思っていると誰かが乱暴に私の肩をつかんで揺さぶった。とても熱い手、何かが叫ぶように告げられた。ぎょっとして目覚め隣を見た。誰もいない。何もない。寝乱れた上がけが床に落ちている。お腹の中で何かがゴロリと動いた。反対隣で、いつ布団に入ったのか夫がブスー、ブスーと寝息といびきの中間のような音を立てている。背中を丸く曲げ、上がけを股に挟むようにして熟睡している。胸がどきどきし始めた。汗が浮いてきた。怖い夢を見て目覚めた時に似ていた。夢だろうか、それにしては、手の指がぎゅっと肩に食いこみ、それが強い意志を持って私を揺さぶった感触がはっきり残っていた。耳には叫びも残っていた。何かを宣告するような警告するような有無を言わさぬ強い声、私は両手でお腹を覆った。胃の中で、熱い胃液がぴょくぴょくと湧《わ》きあがっているような感じがした。口を開けて息をした。口の中が乾いている。ナプキンが濡れているのがわかった。やはり月経がきた。どすどすどす、と階上の住人が歩き回る音がする。今何時だろう？　ずれたカーテンから覗く窓の外は真っ黒だ。ぶるるる、と夫の鼻か喉《のど》が鳴った。白いはずの天井が常夜灯の黄色い光で黒く見える。気づくと両目尻から涙が垂れていた。後頭部がまくらに吸いこまれるような感じがした。鳥がまた高く鳴いた。塊になった経血がどろりと垂れた。血の塊は一瞬温かくすぐに冷えた。気がつくと朝で、カーテンの隙間《すきま》から光が差しこんでいた。トイレに入って血がついているはずのナプキンを取り替えようとするとそれは白いままで、その次の日にも次の日にも次の日にも生理はこず、思いついて検査薬に尿をかけると果たして陽性だった。検査薬が内蔵された棒状の器具の、丸い小さい窓の向こうにくっきり浮かんだピンク色の線を眺めている私の耳にヒヨドリが鳴く声が聞こえた。親鳥の方だ。ピョーロ、ピョーロ、空耳としか思えなかったが、小さいトイレの個室の中にその高い、嬉しげにも悲しげにも聞こえる響きが反響ししばらく消えなかった。

ねこねこ

公園で娘とかくれんぼをして、私が鬼になって目を閉じ数を数えていると突然シャアアッという鋭い声がした。複数した。目を開けると目の前の灰色に枯れた桜の木の幹に並んで二つくっついたスズメのションベン卵（と子供のころから呼んでいるが正体は知らない灰色に白い模様のある上がぽっかり空いた小さい卵形の何か）ごしに黒い幾つかの不定形な塊が公園の隅の植えこみから弾《はじ》けるように飛び出していくのが見えた。四方八方に、一つ一つが弾丸のように一直線に地面すれすれに十か十五かそれくらいの数、ガサガサッと生垣が騒ぎブランコが錆《さ》びた音で揺れ何かがチャチャッと高く鳴った。塊の一つは私の足のすぐ脇《わき》をすり抜けた。猫だった。黒っぽいやや小柄な猫がすっ飛んで逃げているのだ。その毛が一本残らず逆立って冷え切っていたのがデニム越しにもわかった。雪混じりのつむじ風のようだった。あっという間にすべての猫たちはそれぞれ違う方角へ走り去り、あっけにとられたまま見れば猫たちが飛び出してきた山茶花《さざんか》の植えこみの向こうに目を丸くして立ちつくす娘がいた。

私は娘に駆け寄り抱き上げた。植えこみの裏に尻餅《しりもち》をついたらしく、そしてその地面が濡《ぬ》れていたらしく分厚い綿ズボンの尻が汚れて湿って冷えていた。「……ママ、いま」「びっくりしたねー」曲げた肘《ひじ》に載せるようにして抱き、尻を反対の手で払うと砂粒が軋《きし》んだ。植えこみの裏の地面には山茶花のではない白黄色い落ち葉が吹《ふ》き溜《だ》まったように積もり下の方は黒く湿って腐りかけているような色をしていた。山茶花の濃いピンク色の花びらが何枚かその上に落ちている。ぷんと糞尿《ふんにょう》めいた悪臭がした。「猫ちゃんだったね」「ねこ?」娘がはっとこちらを見た。涙は出ていないが鼻が真っ赤になっている。頬が白い。「ねこ?」「今、だから、さーちゃんが隠れようと思って、ここ来たら、そこに猫ちゃんたちがいたのね。それで、びっくりして猫ちゃんたち、逃げちゃったのね」「ねこ?」「どこ行っちゃったのかねえ。逃げなくたっていいのにね」私は公園を見回した。娘と散歩をしていて見つけた、人気のない小さな児童公園でブランコと鉄棒しか遊具がない。シーソーもあったがそこには黄色と黒の縞《しま》模様のロープが巻きつけられ手書きで『さわらない　キケン』と書かれた張り紙が挟みこまれていた。見通しの悪い、前かごが錆びた自転車が放置してあるような、子供と二人でデタラメに歩き回っていなければ多分来ることはなかっただろう公園だ。小さい四角い家を並べていたらぽっかりできてしまった空き地を利用してでもしたような感じで閑散として、だからこそ野良猫《のらねこ》が人目を避けるには悪くない環境だったのだろう。飛び出した猫の数がやたらに多かったのは複数家族が同居していたのか野良猫の溜まり場にでもなっていたのか。「さーちゃんもびっくりしちゃったね。そろそろ帰ろっか、お尻濡れちゃったし」私は汚れた手を自分のデニムで擦《こす》ってからまだ不安そうな顔をしている娘の背を優しく撫《な》でてやった。「ねこ?」「ズボン汚れちゃって気持ち悪いね」娘が抱かれている上半身をぐいっとそらすようにして私から遠ざけてからじっと目を見てきた。「ねこ?　ねえママ、いまの、ねこ?」娘の目に私が映っている。魚眼レンズのように丸くゆがんだ私と背景の世界、子供がまだ赤ん坊のころ、娘の目のあまりの澄み方に、そしてそこに映る産後の自分の異様な醜さに絶望したことを思い出した。今はもう、そうたじろぐほど娘の目は澄んでいないし私もそこまでよれよれではないし何より慣れた。娘の黒目の中を黒いものが通り虹彩《こうさい》の輪に溶けた。振り向いたが猫が戻ってきたのではなくて小柄な女性が公園の前の細い路地を歩いているだけだった。「ねえママ、ねこ?」「え?　猫だよ」耳が尖《とが》っていて尻尾《しっぽ》が細くて長くて、ちょうど抱き上げたら収まりが良さそうな大きさで黒や茶色の毛が生えていて。「猫だよ、猫じゃん」「ねこ？」娘は今自分がいた場所を見下ろし、私を見、また見下ろした。そして「ねこじゃないとおもう」と言った。「え？」「ねこじゃないとおもう」「いや、猫だって。ねこねこ」私はよいしょっと全身を揺すりずり落ち始めている娘を抱き直して荷物を置いているベンチに行った。妙に座面の低い、大人が座るとほとんど体育座りのようになるコンクリ製のベンチだった。子供用かとも思ったがコンクリは分厚くザラザラして角が尖って子供に優しいデザインという感じでもない。その脇に娘を立たせて私は自分のリュックサックを背負った。もっと幼いころならこのリュックには一通りの着替え（パンツとズボンと靴下は二セット）が入っていたが今はもう持ち歩いていない。「ごめんねー。着替え持ってたらズボン替えたげるんだけどねー。上着どうする？」娘は首を横に振りながら「ねえ、ねこじゃないよ」「じゃないったって……」「ねこじゃないの」私はふーむと唸《うな》った。そして娘の上着を広げて腕を通しやすくして娘の方に差し出し「ね、結構肌寒いし、着とこうよ」「ねこじゃないんだって」「そっか。さーちゃんはそう思うんだね。わかったよ、ほら上着」別に、今見た動物が猫だろうが猫ではなかろうが（猫なのだけれど）私にはどっちでもいい。大事なのは今娘の尻がその動物のおしっこ混じりの水気で濡れて汚れているということ、できるだけ早く一緒に今来た道を戻って家に帰って服を脱がせて別の服を着せて脱がせた服は洗剤とハイターで下洗いしてそして夕飯の支度をして室内干しの洗濯物をたたんで夕飯を仕上げて一緒に食べて風呂《ふろ》に湯を溜め風呂に入れて帰ってきた夫に食事を温めて出して夫が風呂に入ったら洗濯をしてその間じゅう娘が遊んでくれとか描いた絵を見てくれと言ったら適宜応じ適宜いなしそして歯を磨かせてトイレに行かせてできれば九時までに布団《ふとん》に入れるということだ。九時が無理でも九時半までにはどうでも寝かせたい。そうでないと朝起きられないし、朝起きられないと保育園に遅刻しそうになるし遅刻しそうになるともう始まりかけている朝の会の途中で教室に入ることになって気まずくて保育園に行きたくなくなって泣いたりする。土曜日の油断が月曜日の自分の首を絞める。すべてはつながっている。つながっているというか、すべてはだから一つの同じことなのだ。娘はもだもだと薄手の紺色のダウンの前ファスナーを合わせようとしながら「ねこじゃなかったんだってば」「チャック手伝おうか？」「ねこって……」「おっ、チャックいけそう！　いけそう！　えらーい」少し前までは最初の、留め具を一番下まで下ろして左右のレールを一つにするところまでは手伝わねばならなかったのに最近は半々くらいの打率で一人でできるようになった。首尾よくはまった引き具を上げようとして、波打ったレールに引っかかりやや難航し指先がみるみる赤くなっていった。「手伝う？」「できるってば」「おー、おー、いい感じ、いい感じーがんばれー、あっ、できたじゃん！」私は拍手をした。「すごいなー、さすがもうすぐ年中さん」「ねえ、バニちゃんって、ねこだよね」「え？　バニラ？」バニラは夫の実家で飼っている猫だ。娘は月に一、二度遊びに行く夫の実家でバニラと遊ぶのをいつも楽しみにしている。まっ白くて鼻先や耳の内側がバラ色で目がものすごくきれいな薄緑色の雌猫だ。義父母はその猫をバニちゃんと呼ぶので私は結婚当初白くてウサギのようだからバニーちゃんという命名なのかと思っていた。「あっ、もしかして、今のがバニラちゃんには似てなかったってこと？　バニラちゃんはいいおうちの猫だから、こういうとこの猫とは似てないよ。猫にもいろいろいるんだよ」「にてないっていうか……」娘は律儀《りちぎ》に一番上まで締めた上着に顎《あご》を埋めてファスナーの引き具を噛《か》んだ。「ほら、それ噛まない。歯が欠けるよ」「ねこってさ……」娘はあたりをきょろきょろ見回した。まだ風は寒いが空気がなんとなく緩み始めていて日差しは明るい。春ではないがもう冬でもない感じ、日が落ちるのはかなり遅くはなったがでも白青い空の一枚奥に黒い夜が始まっている感じがする。気温も下がっているような気がする。猫の気配はもうどこにも、というかさっきから一貫してずっと全くなかった。鼻が慣れたのか糞尿の臭《にお》いももうしない。野良猫を見たのは久しぶりかもしれない。どれくらいぶりかわからないけれど何年か前までは道端で日向《ひなた》ぼっこしていたり気の毒に轢《ひ》かれたりしている姿を度々見かけた気がする。飼い猫を外に出さないようにとか野良猫に餌《えさ》を与えないようにとかそういう何かが徹底された結果なのかもしれない。ならばそれはだからとてもいいことだ。「じゃあ帰ろっか」娘の手を握るとぴりっと静電気が走り、娘はひゃっと言った。私もひゃあ、ひゃあと言った。「トイレない？　あったら早めに言ってね、お店とか寄らないといけないから」「ねえママ、ねこってどういうのが、ねこなの」「そりゃー」私は、なんとなく行き渋るような顔をしている娘の手を握って引っ張って軽くスキップするようにして歩き出した。「バニラも猫だし、キティちゃんも猫だし。11ぴきのねこの絵本のも猫でしょ。ああ、だから、猫のパパとママから生まれたら、それが猫だよ」「じゃあパパとママがいないとねこかどうかきまらないの」娘は何度か公園を振り返り、私もその度に一緒に見たが戻ってきた猫の姿は一匹も見えなかった。ふと、あの勢いで走り去って車に轢かれたりしていないよなと思った。急ブレーキの音など聞こえなかったし車通りもあまり多くない場所だから大丈夫だろうがそれはさすがにちょっと寝覚めが悪い。「だって、パパとママがいなかったら子供はそもそも生まれないじゃない？　それに猫と犬は結婚できないし。なんだっけ、ライオンとヒョウの子供っていうのはなんか、聞いたことがあるけど、ライオンもヒョウも猫の仲間だし……あれ？　どういう話だったっけ？」「じゃあ、じゃあ……」娘が私の手をぎゅっと握りなおした。私はねこねこ、ねこねこ、ねこじゃなーい、とそこそこ大きな声で歌った。娘と手をつないでいて手持ち無沙汰《ぶさた》なときいつも歌を歌ってごまかす。私は、自分が適当な節の適当な歌を道を歩きながら歌えるようになるなんて思いもしなかった。小学校のとき人前で歌うのが嫌すぎて口だけぱくぱくさせていたらそれに気づかれてクラス中から糾弾されたようなこともあったのに。音楽の試験で声が小さいと何度も歌い直しになってチャイムが鳴って私の後の出席番号の人が時間内に試験できなくて苦情が出て母親が学校に呼び出されたこともあったのに。今はもう、娘と手をつないでいれば多少人が歩いていようが音が外れていようが平気だ。ねこねこ、ねこねこ、ねこじゃなーい、ねこねこ、ねこねこー、私は自分が子供と手をつないでいて手持ち無沙汰な気分になるとも思ってもいなかった。少し大きい道に出ると小学生の自転車が五、六台、何事かを叫びあいながら猛スピードで車道を走り去っていった。道の端に寄って立ち止まって見送った。くねくね蛇行していたりお尻をサドルから浮かせて脚をめちゃくちゃに動かしていたり真後ろに首を向けていたりする。甲高い声変わり前の男の子の声が切れ切れに聞こえた。「だったらー！」「うける！」「ちゃんと前見ろや！」家のそばのポストまで来たところで娘が不意に立ち止まり私の手を振りほどきしゃがみこみズボンの裾《すそ》を捲《まく》り上げて中のリンゴ柄のソックスをぐいと引っ張り上げてから裾を戻し、収まりが悪かったのかもう一度ズボンを捲り上げてソックスを下ろして上げてまた下ろした。ポストの上には生成り色のポンポンつきニット帽が置いてあった。「ありゃ、誰か落としちゃったのね」よく見ると目が粗く、全体がなんとなく歪《ゆが》んでいる。「手作りみたい。かわいそうに」「ねえねえ」「んー？」「なんでママはあれがねこだったっておもうの？」「えー？　だって、耳が尖っててさ、尻尾が長くてさ、目があって……まあそりゃさ、耳が垂れてる猫とか尻尾が短いとか毛がない猫とかいろいろいるんだろうけどさ、顔見たらわかるよ。猫は、どんな顔してても、猫の顔。もう靴下大丈夫？　行こうか」「じゃあ、さーちゃんねこのかおってわかんない」娘はうつむいてわざとつま先を地面にこするようにした。「まだ、わかんない」ゾリゾリ嫌な音がした。「それ靴傷《いた》むから止《や》めてね。まあ、でも、多分すぐわかるようになるよ。猫は猫で、犬は犬で、タヌキはタヌキで人は人で」「ママいつわかったの？」「そうだねえ。さーちゃんくらいのときじゃない？　三歳とか四歳とか。ねこねこー」誰もいないが一応大きな声でただいまあと言いすぐにおかえりとも言って入った部屋の中は散らかっていて、それは子供がいれば当たり前という程度なのだがその当事者である娘がいない状態で見るといたたまれないような乱雑さだったので私は手早く洗面所で娘のズボンとパンツ（までうっすら汚水がしみていた。帰り歩きながら寒かっただろう）を脱がせ濡らしたタオルで肌を拭《ふ》いて新しいパンツとズボンをはかせ居間のテレビをつけてその乱雑の中心に娘を据えてから洗面台に水をためハイターと洗剤を溶かしてパンツとズボンを沈めると薄茶色い汚れが雲のようにじわじわ湧《わ》いた。チリッと爪《つめ》の間に尖ったものが刺さった気がして、何かと思い目を凝らしたが何も見えなかった。部屋に戻るとちょうど子供番組に猫が映っていて、暗いところでは猫の目はこんな風に黒目が大きくなるんだよ、だから暗い場所でも猫は「ほら！　猫だよ、この顔が猫、ほら、猫！」娘はじろりとこちらを横目で睨《にら》んでそれはわかると言った。

翌日、夫の妹夫婦の子供のお下がりを受け取るために車ですぐの夫の実家へ行くと下がコンクリで固めてある駐車場に赤黒い小さいぐしゃっとしたものがたくさん落ちていた。車のタイヤや靴に擦られてなすりつけたようになっているそれは黒ずんだ血の塊のようにも見えた。かすかに音楽が聞こえた。遠くで誰かがフルートか何か管楽器的なものを野外練習しているような、多分下手だった。そのせいかどうかあたり全体の空気がなんだかざわざわしていた。娘をチャイルドシートから下ろしていると義母が出てきて薄いビニールシートのようなものを私に差し出した。「これ、貸してあげるから車にかけて。そこ駐《と》めると、汚れちゃうから」義実家の駐車場は二台は駐められる広さがあるのだがなぜか屋根は一台分しかついていない。「鳥のウンチがすごいから。この汚いの、鳥なのよ」「鳥？」そう言われて見上げてみたが鳥の姿は見えなかった。「昨日からね。いっぱい鳥が来てウンチを……」「鳥？」運転席から降りた夫も首を傾《かし》げて空を見ながら車をシートで覆《おお》った。シートは古いレジャーシートで、広げると二枚あって一枚はミッキーとミニーが水玉風に並んだ総柄、もう一枚は真ん中にフォークを構えたキティちゃんの絵がついていた。キティの方には隅に大きく『たつの　りさ』と義妹の名前（義妹からすると旧姓）が書いてある。「鳥なんている？」「家に入った方がよく見えるのよ、早く入ろう。鳥のウンチ頭に落ちてきたらやだわ」「わっ！」ウンチと聞いて、それが地面にある汚れと関係あると理解した娘が叫んだ。「きけんがいっぱい！」「危険？」義母が首をかしげたので、路上や公園に落ちている犬猫の糞のことを娘は最近危険と呼ぶんですと説明した。義母はまるでそれが素晴らしいアイデアかのように両手をぱちんと鳴らして「まあ面白い！　今日のおばあちゃんちは危険がいっぱいよ！」「パパきけんあるからだっこ」「あら、おばあちゃんダッコしてあげる」「パパがいい」「あーらまーあそーお」駐車場から玄関までのわずかの距離を、夫は娘を抱いて駆け足で通った。娘はキケン！　キケン！　と笑い声を上げた。義母も走った。私も早足しながら空を見上げた。やはり鳥の姿は見えなかった。その赤黒いものは庭にもたくさん落ちていた。土の上や萌《も》え始めている庭木の上で見るとコンクリの上にあるときより艶《つや》やかに見えた。丸くてべとべとしてなるほど鳥の糞だった。

義母は庭に面した和室のガラス戸のところに立ち空を指差した。青い空、白い小さい雲、鳥が確かに庭の木の周囲を飛んでいた。スズメより大きいような、鳩《はと》よりはかなり小さい、それが何羽か。でも何羽かだ。普段だって多分これくらい鳥は飛んでいる。「いっぱい、いるでしょ」「え？」「お隣とか、ほら、屋根よ」義母がそう言うと近隣の家の屋根の上がぞわぞわと動いた。それがすべて鳥だった。屋根の上にびっしり鳥がいるのだ。「わあすごいですね。ほら見てごらんさーちゃん、チュンチュン」娘は早速夢中で猫をかまっていて返事がなかった。義母は娘の脇に横座りに座りながら「昨日はこの倍は、いたのよ」と言った。「これでもだんだん、減ってるみたい」見ていると、屋根の上の鳥がさっと飛び上がり庭にある一本の木に止まり、少しの間その木の実をついばんでまた飛び立って屋根に戻った。たくさんいる鳥が少しずつタイミングをずらしてそれを繰り返している。いちどきに木に群がったりしないのは、どういう秩序かよくわからないがなんらかのルールに則《のっと》って動いているようだった。

「あの木、クロガネモチっていうんだけどね、光ちゃん」「くろがねもちですか」初めて聞く名前だった。「秋に実がなってね。それを、毎年小鳥が食べにくるのよ、スズメや、鳩や、ヒヨドリなんか。それが、今年は来ないなあと思ってたの。お正月ごろになってもまだ実がいっぱい残ってるから、変だなあ、鳥が全部、死んじゃったのかなあ、怖いなあ、なんて」「ええ、ええ」「バニちゃんのおなかおもちー」「それが、今朝、じゃない昨日の朝か。起きたら、なんだか騒がしいのね。見たらこんな様子で……あの鳥の群れがうちの周りに、いっぱい集まって、それで食べてるの。ウンチもして……いっとき、もう、上からぽとぽと、黒い雨みたいに」木は高さ十メートルくらいか。この庭の中ではもっとも高い木で、てっぺんは影にしか見えない。そこにやはり影のように見える鳥が飛び出したり飛びこんだりしている。なんだか現実ではないようにも見えた。「赤い実なのね。だから、ウンチもちょっと赤っぽいの。ちっちゃい赤い実が、いっぱいなってたんだから。溢《あふ》れるくらい、昨日まで」夫と義父は和室の続きの部屋で食卓に座って何やらごそごそ話をしている。そろそろ歳《とし》だし資産はないのに小さい持ち家だけはあるようなつまりうちのような家ほど揉《も》めるというから元気で頭がしゃんとしているうちに相続のことをどうのこうのという話が少し前に出て以来実家に来るといつもそうしている。「お洗濯も干せないし、困っちゃうわよ、これじゃ。庭だって、駐車場だって、あとでお掃除しないといけないし」「本当に困りますねえ」「まあでも、実を食べ尽くしたら終わるでしょ。じきよ」「そしたら鳥はどこへ行くんでしょうね」「別の庭じゃない、ねえ？」夫には妹がいて、義妹夫婦には男女二人子供がいる。私達夫婦には娘が一人、夫の実家は資産家ではないのかもしれないが私からすると十分裕福に見える。家は豪邸ではないかもしれないが広々として一通りの庭木が植わった庭（季節ごとに植木屋さんが来て剪定《せんてい》しているらしい）もあり、使っている食器を見てもそれに載っている食べ物を見ても年に二度は行っている夫婦旅行の様子を聞いてもどう考えてもたとえば私と夫が定年まで働いて得られるだろう生活とは雲泥《うんでい》の差がある。それが義父一人働いて義母はずっと専業主婦で夫も義妹も中学から大学まで私立校に通ってで成立しているのだ。娘はバニちゃん、バニちゃん、と呼びながら猫を撫でるというか揉むようにしている。義妹も比較的近所に住みよく子供を連れてここに来ているので猫は子供に慣れていて多少乱暴に撫でられても少しくらい尾っぽを摑《つか》まれても怒ったりしないで我慢してくれている。鳥が一羽すっとガラス戸の目の前の地面に降り立ち部屋の中を覗《のぞ》きこむような仕草を見せまたすぐ飛び上がった。お腹《なか》が緑がかった黄色をしていた。頭にちょんとトサカというか冠というかそういう感じの羽が飛び出てついている。嘴《くちばし》は尖って短く羽は濃いグレーか茶色に見える。今まで見たことがあるようなないような、集団ではなくて一羽だったら多分全く目立たない鳥だろう。私は言った。「バニラちゃん、鳥見ても騒いだりしないいんですね」「そうねえ。子猫のころからずっと家の中で飼ってるし、狩りもいっぺんもしたことない猫だからね、バニちゃんは」義母はくすくす笑った。「あれを見ても、自分が狩って食べられるものだって、思いもよらないのかもしれないよ。虫なんかにも興味ないしね」「へえー」「去年だったかな、トンちゃんがおっきなカブトムシ、ペット屋さんでタクミさんが買ってくれたっていう外国のカブトムシをケースに入れて、見せにきてね。真っ黒くてピカピカでハサミがぐわあってとげとげになってて」ハサミというか顎がぐわあっとなっているのならカブトムシではなくてクワガタだろう。「そのときも、興味あるんだかないんだか、ふーんって顔してたわよ、バニちゃんは」「大人ですねえ」「逆に、子供のままなのかもしれない、箱入り娘、一生の」バニラは人間に直すともう初老くらいの年齢らしい。私たちが話している間にも鳥は木の上で実をついばみまた屋根に戻って休んでいる。「毎年こんなに鳥が来るんですか」いつ見てもきれいに髪をセットし化粧をしている義母は首を横に振って、「でもね」と言った。「初めてじゃないの。前にも、鳥がこんな風にいっぱいきて、びっくりしたことがあった気がする、何度か」「何度かですか」私が結婚してこの家と関わるようになってもう五年だからそれよりは前ということだろうか。「そう何度か。だからね、見覚えはあるわけよ。なんとなく。でも、じゃあ前のときどうがどうだったのかなって、それは、思い出せないの。多分毎回、びっくりしてるんだと思うんだけど」義母はそこまで言ってウフッと笑い「そういうの、何かに似てるわね」「なるほどですね。何か周期があるのかもしれませんね」外国のセミで、十七年に一度大発生するというのをテレビで見たことがある。その当たり年にはそこらじゅう、木の幹だけでなく家の壁から地面から外にいる動物から駐めてある自動車から何から何までがセミだらけになりしかもそのセミは日本のような茶色や緑ではなくて黒に赤という強烈な色をしているのだ。「天変地異の前触れとかじゃないといいけど。そんなわけないか、アハハハ」笑い声が若いなといつも思うが、思った瞬間、ということはこの人は年寄りなのだなと思う。夫は割に遅くできた長男らしい。「天変地異、怖いですね」「もしかして、ほら、震災とかね。そういう年だったんじゃないかしら、なんて。ほら、人間より動物は、何か前触れを感じるって、言うじゃない？　日記でもつけとけばよかったかしらね、前の大発生は、何年だったか……」「まさかー」それまで娘の相手をしてくれていたバニラが不意に立ち上がるとするりと部屋を出て行った。「あー、バニちゃーん」バラ色に黒い斑《ぶち》の浮いた足の裏が畳の上、木の廊下を踏む音がひた、ひた、ひたと遠ざかった。肉球という単語を思い出した。私は猫の肉球を触ったことがない。本当はバニラのこともあまり好きではない。「バニちゃんは多分おトイレよ、待っててあげたらすぐ戻るわよ」「ねえおばあちゃん」「なあに？　さあちゃん」「きのうね、こうえんでへんなのみたの」「変なの？」「どうぶつ、たぶん」私は座卓の脇に置かれた義妹の娘（うちの娘の一歳半年上）のお下がりが詰まった紙袋を見た。シーズンごとにお下がりをもらうが、いつも着こんで薄汚れたようなのはなくよそ行きのいい生地の服ばかりだ。新品なんじゃないかと思われるようなものもある。ピンク、薄紫、白、正月で顔を合わせたとき義妹に礼を言うと大部分は義妹ではなくて義母が買ったものだからと苦笑いをされた。取り出して広げるとリボン、きらきらのビーズ、キャンディー柄の刺しゅう、レース、大小の花柄、猫ちゃんやウサちゃん。「変な動物？　テレビの話かな？」「こうえんでって、いったでしょ！」娘が突然大きな声を出した。最近、娘は癇癪《かんしゃく》を起こすようになった。私に対してはあまりないし保育園の先生たちなどにも絶対言わないのだが、夫や義父母などが相手だと自分が言ったことを聞き間違えられたり意図したのと違う反応をされたりすると突然怒鳴ったりする。マインちゃんはこんなことなかったけどねえと義母が夫に言っているのが聞こえたことがある。イヤイヤ期の歳じゃないしもっと情緒的な問題の感じがするわよ、やっぱり私立の幼稚園と公立の保育所じゃ違うのかしら、集まっている子達も、先生の質も、それぞれの家庭の感じも。今からだって……「おお、怖」義母はわざとらしく腕で自分を抱いて震えて見せた。「さあちゃん、怒ってる、おお、怖」「おこってない！」「おお、鬼みたい、さあちゃん、かわいいさあちゃんなのに、鬼みたい、怖い、コワーイ」薄い肩を抱いたまま目を見開いてぶるぶるする。「おばあちゃんのバカ！　もうおばあちゃんとは、にどとあそんであげない！」二度と〜ないなんて結構高等な構文だ。おそらく初めて言ったのではないか。義母は泣き真似《まね》をして「えーん、そんなひどいこと言われて、おばあちゃん悲しいよー、えーん」「こら、さーちゃん」私は衣類を広げながら「そんなこと言わないの」うちのとは違う銘柄の、砂糖菓子のような柔軟剤がふわっと香った。義妹の家のか、それとも義母が洗い直したのか。「でも！」「えーん、えええーん、おばあちゃん、悲しいよー。さあちゃんと遊びたいよー」「ほら、さーちゃん、おばあちゃんにごめんなさいは」我が家はもっと薄い匂《にお》いの柔軟剤を選んでいる。夫にも使うし子供の服にもそれがふさわしいと思う。時々、保育園の保護者やただすれ違っただけの人の柔軟剤の匂いでその人が一生分かり合えない相手なのだと思うときがある。もちろん人間は誰ともどうにも分かり合えないものだろうけど、それが柔軟剤の匂い一つで決まった気がするのがすごい。それで実際決まるのだ。洗濯後も匂いの続く柔軟剤なんて少し前まではこの世になかったはずなのに。娘は地団駄を踏み畳をどすどす鳴らした。「わたしは、あやまらない！」「もー、こら」「いいのよ光ちゃん」さっきまで手のひらを水平にし目の下に当て子供じみた泣き真似をしていた義母が突然顔を上げ手を膝《ひざ》に戻してきびきび言った。「本当はわかってるのよさあちゃんは。でも子供だから、そうやって、言ってみたいだけなのよね。周りの子たちが、そうやって言うんでしょう。真似したいだけなのよね。おばあちゃん、わかるわ。間違えちゃってごめんね、さあちゃん」娘はむうっと私の方を睨んでから、義母に「ゆるしてあげる」と言った。「わあ、ありがとうさあちゃん。優しいのね。それで、なんの話だったっけ？」「だーかーらー、こうえんで、へんなのがいたわけ」「変なのがいたのね、そうそう」畳の上に影の鳥が動いている。目をあげると屋根、木、屋根、木、これだけの数の鳥は今までどこにいたのだろう。山か、それとも北国とかの遠い場所か。広範囲にそれぞれでいた鳥が集結したのか。それはなぜか。「ヒチコックのさ」のそっと夫が和室に入ってきて窓の外を見上げて言った。義父は食卓に座ったまま何かをカリカリ食べている。「鳥ってさ、有名なホラー映画あるじゃん」「見たことない。なんとなく知ってるけど。ヒチコック？　ヒッチコック？」「それはどっちでもいいんじゃない。や、こないだなんかのテレビで、ちょっとだけ映ったんだよ、映画の一部が。それが、鳥の大群から人間が逃げてるシーンだったんだけど、鳥と、背景の街っていうか家と、逃げてる人間が全部もろ合成っていうか、ちぐはぐな感じで。いかにも別々に撮ったのをくっつけましたっていう、技術的にそれが精一杯だったんだろうけど、なんかお粗末な感じがしたね。昔の人はあれでちゃんと怖かったんだなと思って、牧歌的だなあと思った」「最後どうなるの？　人間がみんな鳥に襲われて食べられちゃって死に絶えるの？　それとも鳥をやっつけるの？」「さあ？　テレビで流れたのはそのシーンだけで、それもなんか十秒もないくらい。都市部でカラスが大発生して困る的な、そういう話題の一部だったから」「ねえ、この木にこんなに鳥がきたのって、見たことあった？」「覚えてないなあ」「多分あったわよ」娘の方に前かがみになって話していた義母がくるっと首をこちらに向けて言った。「あったけど、でも、覚えてないのよ」「おばあちゃん！　もう！」娘は自分から目線を外した義母の両頬をむんずと摑んで自分の方を向かせた。義母の厚化粧が娘の手のひらの下でぐにゃっと歪む感触を想像しながら「こら、さーちゃん！」「大丈夫よ。それでそれで？」「でもさーちゃんのママはそれねこだっていうの」「うん、うん、ママはね」「ぜったいにねこだっていうの。でもねこじゃなかったったの。ママはちゃんとみてなかったのの」「まあそうなの」義母は娘に摑まれてかすかに赤らんだ頬を撫でながら微笑《ほほえ》んだ。「じゃあ、さあちゃんは何だと思ったの？　どこがどう、変だったの？」「うーん……わかんない」わかんないんかーい、と夫がおどけて言ってこける真似をした。義母がきゃははと笑った。私も口の両端を持ち上げた。娘は真顔だった。悲しそうにも見えた。夫はそのままおどけた片足跳びで和室を出、義父の座る食卓に帰って行った。その様子にまた義母が笑い、「まあ、子供はいろいろ見るっていうしね」「いろいろって？」「妖精《ようせい》とかおばけとか、そういうの」「おばけじゃないよ！」娘はまた怒鳴ると立ち上がって仁王立ちになった。家にはない畳の目の跡が娘の柔らかい脛《すね》にびっしり赤く並んでいる。まるでそこだけ人間でないものの皮膚を移植でもしたような、バニラがふわりと白い小さい雲の塊のように部屋に入ってきて娘に近づき、その跡に体をこすりつけてのーんと鳴いた。「バニちゃーん」娘はぺたんと座りこんで、首輪をしていないバニラの首を両腕で抱いた。「バニちゃーん」「本当にできた猫ちゃんですねえ」私が言うと、義母はうふんと笑って「そうでしょう。いい猫」と言った。「子供産んでたらさぞかわいい子猫だったろうけど、でもわかんないわよね。そうしたらもっと早く老《ふ》けちゃってたかもしれないし」「そうですね」「でもバニちゃんが死んだ後のこと考えるとさみしいわね。子供でもいればね」「ええ、ええ」「でも、やっぱり、そう簡単に子猫を産ませるのはね」「ええ、ええ」義母はきらびやかな子供服が詰まった紙袋に目をやり「どう、お下がり、気に入りそう？」「はい。どれもかわいくて。いつもありがとうございます。いただくばっかりで、全然、お礼できてなくて」「いいのよ。こういうのは、順番なんだし、もう着れない服、持ってたって困るだけだから、むしろもらってもらえてありがたいのよ。ああ、これ、マインちゃんがピアノの発表会で、着たのよ」義母は一番上に載っかっていた光沢のある生地のピンク色のワンピースを手に取った。白い襟にはふちどるように大小のフェイクパール、濃いピンクでパイピングされたスカートの内側にはちょっとはみ出すようにチュール生地が縫いつけられ下にパニエをつけているかのようなデザインになっていた。「かわいいでしょう」「マインちゃんにすごく似合いそうですね」「あ、写真見る？　あるわよ。あの子とっても上手だったの。あの年の組で一番難しいのやったんじゃないかな、ええと」義母が立ち上がった。座り皺《じわ》のできない素材のズボンがはらりと義母の痩《や》せたふくらはぎを隠した。娘はバニラの腹を撫でている。頭や背中はなめらかな一枚の毛皮に見えるが、腹の毛はやや乱れて渦を巻くように伸びていて、その奥にピンクの血色が透けて見える。バニラは気持ちいいのか嫌なのを耐えてくれているのか、両手と両足をそろえて伸ばしじっと寝転がって目を開けている。バニラの目に白い窓越しの光が映ってまるで奥まで完全に透明なように見えた。月に一度だか二度だかなじみのトリマーさん（でないと嫌がるらしい）にシャンプーしてもらうまっ白な毛皮、完全室内飼いで土も石も踏んだことのない肉球、私は窓の外の鳥が実を貪《むさぼ》り食っては糞を落とすのを見上げた。それじゃあ、あんまり……いや、いいんだ、わかりゃしないんだから。くぐもった声で夫と義父が喋《しゃべ》った。紙の上のことだけなんだから。でももしタクミくんが……。長男って、ことだよ。あっちだっておうちがあるんだし。弟さんとこには、だって子供がいないんだしだってそもそも家賃収入があるだろう、その分……「ほらこれ、見て」義母がアルバムを持って部屋に入ってきた。「スマホで撮るからデータがどうとかいうけど、私たちの世代はやっぱり、紙に焼いてもらわないと……ほらこれ、マインちゃん」「あっ、かわいいですねー」「ほらさあちゃん、見てごらん、マインお姉ちゃん、ドレス、これ、ね。かわいいでしょう。これ、さあちゃんにあげるからね。さあちゃんもピアノ、習ってこのドレス、着る？」娘は座卓に置いてあったティッシュを一枚引き抜いてバニラの顔の上で振っている。「バニちゃん、バニ、ちゃーん」バニラはそれには反応せず手足をのびのび伸ばしている。義母は何度も頷《うなず》いて女王様のような服から子豚の前脚のような腕を伸ばしている姪《めい》っ子の写真をめくった。「ね。そうしたらいいわよ、ピアノ、習いましょうよ」「バニちゃーん、あそぼうよー、バニちゃーん、ほら、はなよ、これしろいおはなよ」庭が動いた。夫の実家の庭の名前を知らない丸く刈りこまれた植木がまるで何かが中にいて暴れているかのように揺れていた。「ねえねえ光ちゃんてば」義母を見た。「はい」義母はピンクの１１０センチサイズのドレスを自分の顎下にあてがってうっとり揺らしながら「今から始めたら、小学生のころにはたいがいなんでも弾けるようになってるわよ、リサがそうだったもの。女の子はちょっとくらい勉強できなくたって何か一つ、そういうの、お友達より何か一つでいい、抜きん出てるものがあると、やっぱり精神的にも落ち着くものよ。お月謝だったら、なんだったら私出してあげる。それくらい生前贈与みたいなものよ。やっぱり女の子はピアノよ、マインちゃんの教室、いい先生よ。きれいで、優しくて、素敵。なんだけど独身でらして。やっぱり音楽に身を捧《ささ》げてるのよね、ほら、いくらピアノの先生って言っても、ピンキリでしょう？　その先生は音大出た後、長いことオーストリーにいらしてたんですって。マインちゃんと連弾したらいい。姉妹で連弾する子多いのよ、そうだ、だったらおばあちゃん、二人にお揃《そろ》いのドレス、買ってあげる。マインちゃんはピンク似合うからピンクって言うわ。さあちゃんは、そうね、薄いブルーとか？」バニラの尻尾が急に私の膝を叩《たた》いた。娘がひゅっと息を吸いこむ音がした。

「ねえ光ちゃん」「あ、はい」「ね、ピンクと並ぶなら白も素敵だけど汚れるのが怖いわよね、子供って本当に、びっくりするようなときに、びっくりするようなもの、こぼしたり口から出したりするから、リサもね、ピアノの発表会で順番待ってるとき急に鼻血、出しちゃったことあって、ドレス、後ろがリボン結びになってて、前はシンプルなレースで色はやっぱりピンク、薄いきれいな桜みたいなナデシコみたいなピンク、そこに鼻血がだらーって垂れて、私もびっくりしちゃって先生方も、慌《あわ》てて、それで」のーん、とバニラが鳴いて私がはっとその顔を見るとバニラはスフィンクスめいて娘に向き直っていて、頭だけ庭の方に向いていてその視線の先で地面の上に何か動いている。鳥ではなくて四本足の毛の生えた茶色い。黄色い目がこちらを見ている。尖った耳の内側が濡れたような色をしていてピンと張り鋭く尖ったひげ、薄い唇がかすかに笑った。一匹ではない。それぞれ少しずつ違う顔をした……「さあちゃん！」義母が急に悲鳴を上げた。「それッ！」義母が指差しているのは娘の脛だった。皮膚に薄く赤い細い筋のようなものが走っていた。まるで猫の爪に引っかかれたような……娘は困ったような顔で義母を見、私を見、バニラを見てまた義母を見、小声で「いたくない」と言った。バニラは目を閉じていた。白い尾っぽの先だけが小さくぴくんと動いた。「うそっ！　嘘《うそ》でしょう、これ、バニちゃんがしたの？」「いたくない」「さあちゃん！　さあちゃんバニちゃんいじめたでしょう！」「え？」「いたくない」「バニちゃんをつねるか何かしたんでしょう！」「いたくないって！」「え、あの」「長年飼ってて人間を引っかいたことなんてないのよ、バニちゃんは！　さあちゃん何したの、バニちゃんに！」私は義母の指示で娘を抱き上げて浴室へ行き足の傷を水で流し義父が出してきたマキロンをつけ絆創膏《ばんそうこう》を何枚も貼《は》った。私は努めてのんびりした口調で「痛かったねえ。びっくりしたねえ。なんなんだろうねえ」「いたくないんだよ、これは。ほんとに。……ねえママ」「んー？」「さっきにわにあのこたちがいたでしょ」私は娘の顔を見た。娘はうつむいて斜めにずらしてびっしり貼りつけた肌色の艶のある絆創膏を撫でながら「ねこにみえた？」

夕方に帰宅しようとお下がりの香る紙袋を抱えて外に出ると青く暮れかけ向こうの住宅街の縁がオレンジになりつつある空にも隣家のえんじ色の屋根にも鳥は一羽もいなくなっていて庭には無数の糞とともに周囲に羽を散らした鳥が一羽死んで落ちていたので義母がまあと眉《まゆ》をひそめ保健所に電話して消毒してもらわないとと言った。ガラス戸の向こうでバニラの目が黄緑に二つ光ってこちらを見ており、まだ誰かが遠くで下手糞《へたくそ》な管楽器を吹いていた。娘が小声でねこねこ、ねこねこ、ねこじゃなーい、と歌った。不思議と楽器のメロディに合っていた。

けば

道を歩いていると、アーッ、アアーッという幼い、でも赤ん坊のではない声が聞こえた。首を向けると、道沿いに建っている家の窓に二つ、赤い丸い子供の顔があってそれが口を開けて私のほうを向いて叫んでいるのだった。全く同じ作りの小さい、窓とベランダの配置を見る限り二階建てだがなんとなく一・五階くらいの高さしかないように見える家が二軒、ほんの十数センチだけ間を空けて並んで建っている。こんな家ここにあったかなと思うが、正直、どの家に焦点を合わせても私はそう思うだろう。アーッ！　性別のわからない、年齢もよくわからないが多分幼稚園児とか低学年とかそれくらいだろう二人の子供、彼（彼女？）らと私の間には砂利敷きの駐車スペースと網戸がある。なに？　と聞き返す顔で見やると、おそらく年下だろう一人がまた丸く口を開けて「踏むよ！」と言った。「それとももう踏んだ？」私は地面を見た。ひび割れて乾いたアスファルトの地面があった。私の足のすぐそば、一応引かれてはいるがあまり意味があるとは思えない白線の内側に、なにか金色のものがだらりと死んでいた。「ねえ踏んだ？」踏んでいないと思う。確信は持てないが固形物を踏んだ感触はなかった、それは確かだ。猫、よく見るともっと全体が細長くて手足が短くて顔と耳が小さいイタチかフェレット？　肝心の顔の部分がねじれたようにばらけてかつ乾燥していてよくわからない。轢《ひ》かれたのかと思ったが、それにしては外傷がなかった。血の色も内臓の濡《ぬ》れもなかった。口はあった。歯、爪《つめ》、目の位置もわかる。体毛とは違うまつ毛らしきものもある。「もう踏んだ？」「ふんら？」二人の子供は目を光らせながら言った。四つの目が本当にきらきらしている。時間に余裕があることを確認してからそっと、砂利敷きの駐車スペースの中に入って彼らの窓に近寄った。角張った砂利の層は薄く、その下の砂土らしい色なのに硬く乾いている地面が見えた。砂利には白や赤銅色《しゃくどういろ》の貝殻が混じっていた。四つの目に近づくにつれ、網戸の隙間《すきま》にびっしり絡《から》みついた白いほこりが浮き上がって見えた。子供たちは期待に満ちて私を見た。私とほとんど顔の位置は変わらない。床が高いのか、なにかの台に乗って窓の外を見ているのだろう。家の外壁に、細長い水脈のような地衣類の筋があった。「ふんら？」息ごと吐き出すような舌足らずな声で一人が言った。こちらのほうがやや背が高く顔も大きい。「踏んだ？」もう一人も言った。頬や鼻先が赤く幼く見えるのに言葉はよりはっきりしていた。私は踏んでないと答えた。「多分だけど。あれなにかな？」二人は答えなかった。私は動物がいた、つまり私が歩いていたあたりを見た。ここからだとなにかが地面の上にある、ということしかわからない。小さい、例えば手袋だとか子供のなにか巾着《きんちゃく》だとかが路上に落ちてぺちゃんこになっている、そういうものでもおかしくない。二人の背景、部屋の内部は真っ暗だった。日中だから電気をつけていないのは当然だし、外はよく晴れていてだから無灯の室内を覗《のぞ》けば薄暗いのは当然だけどそれにしたってと思うほど暗かった。なにも見えない。暗いだけではなくて黒かった。ドラえもんは灯《とも》すとそこが暗闇《くらやみ》になるひみつ道具を持っている。電球のような形をしている。ごく最近、ドラえもんのひみつ道具どれか一つ使えるとしたらなにがいい？　まるで小学生のような話題で少し盛り上がった。職場の若い社員らとのちょっとした雑談、ほんやくコンニャクかなあ。もう英語とか勉強しても無理だからと私が言うと、えー、欲ないですね！　そんなんでいいんですか？　やっぱり言ったことが全部嘘《うそ》ってなるやつが最強ですよ、ほかのどんなひみつ道具もそれあったらもういらないんじゃないかっていう。なにそれ？　例えば、雨降ってるとき、雨降ってる、っていうと雨あがるんです。雨が嘘になるから。天気だけじゃなくてなんでも嘘になるから、なりたいことの反対を言えばそれが嘘になって願いが叶《かな》うんです。じゃ、財布にお金ないって言って財布開けたらお金入ってる？　そうそう。それがあれば世界だって征服できるねと誰かが言い、世界なんて征服したくないですと誰かが言った。じゃあそれを自分のささやかな幸せのためにだけ、使えばいい。でも、でも。もしそんな力があるのに世界が平和じゃなかったら、それもう私の責任じゃないですか？「え？」「子供が虐待《ぎゃくたい》で死亡みたいなニュース見たら罪悪感半端《はんぱ》ないですよ。私があの子死んじゃうって昨日嘘ついとけばその子死ななかったんだって。全部多分自分のせいみたいになっちゃって」「じゃあ、第三次世界大戦が起こって地球人が全員苦しみ抜いて死に絶えるって願えばいいんでは」「違います。だって、それって、地球人が一人生き残ったら、もう嘘ですよ。嘘が成立する。第三次世界大戦じゃなくて宇宙人が襲来して地球人を奴隷《どれい》にするシナリオでも、嘘成立です。絶対全員が幸せになる嘘なんて、人間にはつけないんですよ」「おれら起きたらさー」顔が小さくて幼いのに言葉がはっきりしているほうが言った。顔をぐっと汚い網戸に押しつけている。「それもう、死んでてさー」「あそこで？」「道のもっと真ん中でさー。お父さんがさー、仕事行こうとしたら道にあって邪魔って言って蹴《け》ってさー。あそこまで動かした。

け　ば

車が轢くからって」「たいちね？」もう片方が私を見ながらもつれるような粘つくような甲高い声で言った。「てつらうってってね？　てつらったんだけどさあったららめっておとーさんがいったのにてつらったよ？」語尾をあげるのは癖なのか、この年頃（が何歳かはわからないが）の子供には普通なのか。身近に子供がいないのでよくわからない。言っている意味は概《おおむ》ねわかった。「きったねえんだよ。死んだ動物は、全部、きったねえの。豚肉生で食ったら、死ぬって」「キエーキエーしらもん。しってう？　イオンのトイレのキエーキエーはねばねばあおいとうめいのらけど、いえのキエーキエーはあわれれるんらよ？」「ほー」「れも、キエーキエーしてもらめってね？　れもちょっとさあった。かたかったよ？」「なるほど」「おれらの、じーちゃんちに、剝製《はくせい》があんの」口が達者なほうが得意そうに言った。「剝製、タヌキなんだけどー超怖いの。口から歯が出ててね。その横が縫ってあんの糸で。超きもい。それもね、超硬い。ぬいぐるみじゃないんだよ、剝製って本物。生きてたやつ、中にロウソクがつまってんの」ロウソクがつまっているわけではないと思ったがそうねと頷《うなず》いた。まあ大体そんなものだろうし、考えてみれば私も剝製がどうやって作られるのか全然知らない。ロウとロウソクがどう違うのかも知らない。「信じる？」聡《さと》いほうが言って私を見た。「え？」「剝製あるって信じる？」「信じるよ。剝製が、あるんだね」「うちじゃない。じーちゃんちに」「うんうん」「おれはー、あれさわってないから硬いかどうかわかんないんだけどー、たいち的には、あれと同じくらい硬いって」そうだそのとおりだ、という感じでもう一人がうんうん頷いた。黙っているとやはり、こちらのほうが二つ三つは年上に見える。「そっかー」「たいちのれ？　おとーさんれ？　しおとのくつれあれけってれ？　ちょっとちがれ？　くつについてーすろい、おおってた！」「怒ってた、怒ってた」私は、彼らの父親が仕事をしているらしいことに安堵《あんど》している自分に驚きつつ口元を撫《な》でた。ざらざらしている。「じゃあ、車に轢かれたのかな、あの動物は」田舎の道によく動物注意という標識がある。黄色い地に黒でシカとかタヌキが描いてある。少し前に、高速道路に飛び出てきた動物を避《よ》けようとしたら別の車にぶつかって同乗していた子供が亡《な》くなったという事故の報道を聞いた。野良猫《のらねこ》らしき死骸《しがい》は私だって何度か見たことがある。どうして猫は速く走れて跳び上がれて知能もかなり高いらしいのに、左右も見ず車道に走りこんでいくのだろう。この家には幼い兄弟しかいないのだろうか。平日の午前中、保育所なり幼稚園なり小学校なりに行っていないのか。私は気持ち耳をすませた。どこかからテレビの音と赤ん坊の泣き声が聞こえた。彼らの家の奥は静かだった。私は見上げた。二階（一・五階？）のベランダにはなにもなかった。隣の家のベランダに黒っぽい洗濯物がびっしり干してあるのが見えた。窓は閉まっていて薄い色のカーテンが透けていた。お母さんはいないの、と聞くのがいいようないけないような気がした。少なくともお父さんはいて、今は仕事におそらく行っていて、彼らはぱっと見、そう汚れてもやつれてもいないのだ。普通の、健やかそうな、特別裕福ではなさそうだが普通の……「……保健所に電話したほうがいいのかな」「あー、ねー」私が呟《つぶや》くと聡いほうが大人のように相槌《あいづち》を打って頷いた。保健所に電話、の意味を知っている風だった。「じゃないと、ずっとあそこにあれ、あったらちょっと嫌じゃない？　それこそ、汚いし」「んー。やじゃないけど。端っこだからもう轢かれないし」「でも、私も踏みそうになったじゃない」今の間に、あの動物は厚みがさらに薄くなっているように見えた。ぺたんこの、靴底のような、道路の影のような、「みんな踏んでったよ」小さい聡いほうが言った。「ふんらふんら。しょうらっこうもふんれ、ちゅうらっこうもふんれ、おじいさんもふんれ、おばあさんもふんら」「自転車も！」「なんか、かわいそうだね」それは踏まれた動物がか踏んだ誰かが自分でもよくわからなかった。少し前に路上にあった嘔吐《おうと》物《ぶつ》をうっかり踏んでしまったときは自分がかわいそうだと思った。こんなところにこんなものを吐いた奴《やつ》は死ねばいいと思った。私はあたりを見回した。小さい動物だし、ちょっと土を掘って埋めてやれないか、でも掘り返せるような土は見渡す限りなかった。保健所に電話するほうがはるかに楽だ。通りすがりの私がそこまでせねばならないか、いや通りすがりだからこそではないか。私がスマホを取り出して、ネットで最寄りの保健所（考えてみると保健所というものがどういう区分で存在しているのかも私は知らない。市？　県？）を検索しようとしていると兄弟の背後の黒い部分、それまでずっとそこにあった暗さの一部がごろっと動いた。そして「なにか」という声がした。私は思わず半歩下がった。鋭いクラクションの音がして、住宅地の狭い路地をいったいどうしてというほどの速度で車が走り抜けていく音がした。車と私との間には砂利の駐車場があるのに、なぜかあと一歩いや半歩で私が轢かれるところだったような気がした。首筋がひゅうと冷えた。「こどもらがなにか」私は「こどもら」を見た。彼らは両手を窓枠に乗せたまま、首を回してその声のほうを見ていた。細い、これで頭を支えられるのかというほど細い首が二本、はっとするほど白くむき出しになっていた。「いえ、あの、」ちんまりした指、爪、白い部分がほとんどないくらい短く切られている。「えーと、道に、お宅の前の道に、動物が死んでいてそれで保健所になにか」私の声は震えた。逆光なのかなにがどうなっているのか、その野太い声の主は大まかな影でしか見えない。暗闇ライト確かそんなような名前全然違うかも、声だけ、顔も見えない。まるで室内になにかの層があって、水と油が分離するような、その声の主はこちら側ではない層にいるかのように、だからプリズムというか光の反射というか屈折というか錯視、そういうことが起こっていてだから実際にはそこにないものがあるようにあるものがないように地鳴りからひび割れたような声が分離してそれがさらに日本語になって「それはこっちでしますから」「あ……」「こどもらがどうも」なぜかその言葉は全《すべ》てひらがなに思えた。拙《つたな》いとか訛《なま》っているとかではなくて、言葉が意味ではなくてただの音のような、私は子供達を見た。子供達はじっと動かずこちらにうなじを見せていた。本当に細い。まるでなにかの茎のような。蔓《つる》のような鶴《つる》のような。「まだ、なにか」私はいえとかあのとかどうもとかじゃあねとか言ったような言わなかったような、軽く会釈《えしゃく》すると歩き出した。砂利が靴の先に引っかかり革に傷ができた感触がした。視界にかすかに、子供達のどちらかがまた首を回してこちらを見たのが目に映ったような、でも私はそちらを向きはしなかった。数歩十数歩歩いて足首がガクンと内側に倒れて私は体勢を崩し、ゆっくり立ち上がって恐る恐る振り返ったが彼らの窓は四角く暗いままだった。二つの顔は見えなかった。

　職場の飲み会があった。盛大なものではなくて、どちらかというと仕事が一区切りしたことを寿《ことほ》いで突然開催が決まった感じで、誰行く私やめとく子供が旦那《だんな》が嫁がいいじゃん明日休みだしいやでも朝早いんでなどというやりとりの結果職場の最寄駅近くの居酒屋に集まったのは五名だった。本当は私もあまり気が進まなかったが、危うく大ごとになりかねないミスをしでかしてしまいそれをこの飲み会の発議者である課長にフォローしてもらったばかりだったため素直に参加して楽しそうにしていたほうがいいと判断した。女性が私含め二人、あとは課長と男性社員二人、課長以外は全員未婚だった。私お昼にバファリン飲んだんでお酒は、と言うサカエさん以外ビールを頼んだ。ナニ、頭痛？　と課長が尋ね、はい、と頷いた横顔を見てなんとなく生理痛かなと思った。サカエさんはグレープフルーツ酢お湯割りというのを頼んだ。「体にいいやつっすね」「サカエさんてバファリン効く人？　俺全然効かない」「そういう人、いますよね。私は普通に効きます」「私も」「っていうかバファリン、昼に飲んだんなら別にもういいんじゃない？　酒」課長がメニューを見ながら言った。六人掛けのテーブル席には自然に男性が一列、私とサカエさんが並んで座った。私の正面は新入社員のタダ君だった。私と背中合わせの卓ではサラリーマンらしい男性グループがすでにかなり酔っ払った声で会話していた。高校生くらいに見える店員さんが中ジョッキを四つ一度に運んできて卓上に置いてから取って返しグレープフルーツ酢お湯割りのグラスを両手で運んできてサカエさんの前に置いた。「ありがとう。いやでもほら、風邪薬飲んでお酒飲むと死ぬっていうじゃないですか」「死なないよー、そんなんで死ぬなら俺もう何回も死んでる。えーとね、あさり酒蒸しとチーズポテトフライと明《めん》太子《たいこ》のだし巻き」課長は自分の好物を頼むとあと好きなのどうぞと言ってこちらにメニューを渡した。焼き鳥、唐揚げ、海鮮と枝豆のかき揚げ、チャンジャ納豆。乾杯し飲食歓談していると実家にアライグマが出たって母から動画が来たんですけどこれ、とサカエさんが言いスマホをみなに見せ少し盛り上がったので私は朝見た死骸のことを言ってみた。「子供たちがいて。それで、踏むよって注意してくれて」「へー」「写真ないの」「ないですよ。そんな」「猫？」「いや、なんか顔がよくわからなくて、猫より細くて小さかったような、わからないんです」「あー」「イタチとか」「この辺イタチなんていますか？」「いるいる」課長が言った。「専務から聞いたけど、専務が若い頃はこの辺も田んぼだ雑木林だって大概田舎だったらしいから。タヌキとかも普通にいたってよぽんぽこ」タヌキ、子供らの祖父の家にはタヌキの剝製があると言っていた。「専務が若い頃っていうと、四十年くらい前ですかね」タマチさんが言ってから、ニヤッと笑って「昭和の話ですねー」課長と私とサカエさんは昭和生まれで、タマチさんとタダ君はだから平成生まれだ。それが別に羨《うらや》ましいことでもなんでもないと、多分彼らにはわからないのだろう。むしろちょっと申し訳ない感じがする。「アライグマとかは外来種でしょうけど、タヌキとかイタチはむしろ先住者だから敬わないと」「外国から来たやつはタケダケしいんだよなー。日本のはほら、奥ゆかしいからどうしても外来種に気圧《けお》されて、殲滅《せんめつ》される」「せんめつ」「塩、撒《ま》きました？」タダ君が私の目を覗きこむようにして言った。彼は最近珍しい若い喫煙者で、見つめ合っただけでぷんと煙の匂《にお》いがした。「え？」「しお。お清めの」「してないけど」「え！」タダ君はわざとらしいほど驚きのけぞってみせた。「自分子供の頃から、動物の死骸とか見たら家帰って塩撒かないといけないって習いましたけど」「古風だなー」課長は面白そうに言ってビールを飲んだ。指に生えた太い短い黒い毛に埋もれるように幅広の金色の結婚指輪が見える。「葬式行くと塩の小袋もらうじゃん、ああいう感じ？」「ですです。まあ、普通の台所の塩でしたけどね。玄関で塩ーとか言うと母親がはいはいっつって、タッパみたいのに入った塩。なに見たのあんたとか聞かれて猫が轢《かし》かれてたーとか言うとあらまーつってぱっぱっぱ」「塩、撒かないとどうなるの？」尋ねると、彼は高校生のようにさえ見える、頰ににきび痕《あと》の残る顔をきょとんと傾げ「取り憑《つ》かれるんじゃないですか？」私の顔色が変わったのか、一瞬座が静まり返りサカエさんがグラスを片手に持ったままけらけら笑い声を立てタマチさんや課長も続いた。「私だって、死んだ動物見たことといくらでもありますけど、塩なんて撒いたことない！　大丈夫だよ松野さん」「俺も」「すいません自分なにか変なこと言って」「タダ君とこそんな田舎じゃないよね？　実家」「市内ですけど」「ご両親が信心深い？」「普通の浄土真宗ですけど」「あ、でも、そういえば、うちのばあちゃんとかも、念仏、唱えたかも」課長が笑い声のまま言った。「念仏？」「そういうの見かけるとすごい早口でナンマイダッって。立ち止まったらついてくるよ、とか言って」「それは蛇じゃないですか？」タマチさんが言った。「蛇の死骸はついてくるからって、それは俺も聞いたことがあります。一回道路にすっげえでかい蛇が死んでてやべえと思って走ってたら俺バカでもろ引っかかって転んで、やべえこれまじ呪《のろ》われる死ぬと思ったら古いホースが腐ったやつで」「ばかだなー」「十メートルくらいあったんすよ。すげえきもくて怖かった」「蛇を踏むって、あったよね、小説。私あれ好きだった。大学生のとき読んで」「普通に、大丈夫ですよ」タダ君が責任を感じたのかまた私の顔をじっと見て言った。こんな風に十歳以上年下の男性に見つめられると単に馬鹿《ばか》にされている気がした。「全部、迷信ですから」「なんなら今から、撒けば塩」課長が卓上の調味料セットの中から塩の振り出し瓶を持ち上げるとテーブルの上に真っ逆さまにした。「え？　いや」「間に合う間に合う」小さい穴から白い細かい塩がさらさら落ちた。「間に合うよ」穴は三つあったので、黒い合板のテーブルの上にみるみる小さい三つの小山ができ、それはくっつきあって火口が崩れた火山のような形になった。「もったいない！」「そんなにいらなくないすか」サカエさんとタマチさんが言い、まだ酔うほど飲んだとは思えない課長はあらよっと言って塩の瓶を元の位置に戻した。手を返すときに課長の指毛に塩粒がいくつか引っかかったようにくっついて、火山はさらに崩れた。塩瓶はほぼ空になっていて、昔ながらに炒《い》った米が二粒瓶底に転がった。「ほら、撒いて」「でも」「ちょびっとでいいんだよ、ちょびっとで」「でも」「松野さんはさー、だいたい最近ついてないなって感じじゃ、ないの？」指毛の塩を舐《な》めながら課長が言った。「え？」「ほら、ミツクニの件でもちょっとさ、ポカやったじゃない」「課長それ関係なくないですか」間髪を容《い》れずにタマチさんが言ってくれたが声は笑っていた。サカエさんがため息をついたが私に関係あるものかどうかはよくわからない。タダ君が小さくうくっとしゃっくりのような音を立てた。「いや、まあそうだけど。でもああいうミスって松野さんらしくないじゃない？　ほら、厄落とし、厄落とし」「……はあ」私がつまもうとすると、乾いた細かい塩は指先から逃げ、指の先端が合板の机に当って滑り爪の間に入って角張った結晶の角が軋《きし》んだ。ようようつまんだ粒を肩から背中に落とした。どっと、後ろの卓に座った中年サラリーマングループが濁った笑い声を立てた。「とんだアゲゾコだよ！」「クソが！」「一生、貧乏!」右肩、左肩と塩を撒き、残った塩を使っていなかった取り分け小皿に流しこむように落とした。言われたとおりにしたのに座が妙にシンとしてしまったので、私はなんかすいませんと言ってテヘッと笑った。そもそも死骸の話なんてするんじゃなかった。アライグマの動画とは違う。サカエさんの実家ではアライグマが家庭菜園を荒らし納屋《なや》にあった電気ケーブルをかじり屋根裏に入って糞尿《ふんにょう》害をもたらした上に繁殖している。それでも、撮影しているサカエさんのお母さんはのんきそうな声で目が光ってまーすと実況していた。いちにいさん、三匹いまーす。ほんとにもー。二匹は多分、子供でーす。娘も笑いつつそれを居酒屋で披露している。タダ君が唐揚げに添えてあったが誰も絞らなかったくし切りレモンを手に取りくわえてちゅうちゅう吸った。タマチさんが里帰り出産で姉が家にいて、という話をし始めた。「あー、実家住みだっけ」「そうですよ。いやそれが二週間くらい前に帰ってきたんすけど、すごい太ってんすよ」「臨月?」「んー、多分」「じゃあそりゃそうでしょ」サカエさんが言った。「予定日は?」「知りませんけど」「臨月ってことはだから来月とか?」「そんな感じじゃないすか。で、お腹《なか》が大きいのはわかるんですけど、ほら、イイヅカさんとかもお腹大きいとき出勤してましたけど、顔とか変わんなかったじゃないすか?」「あー」サカエさんが曖昧《あいまい》な声を上げた。一昨年だか産育休で休んだイイヅカさん、なんらかの理由で二ヶ月以上休みが前倒しになった上に保育園の関係で育休明けも予定より何ヶ月か延び復帰したらしたで……日本各地で起こっているだろうごくありきたりなもちろんなにも彼女は悪くない、しかし周囲の労働者からしたらそれなりに思い出したくもない感じの、誰かになにか非難や悪口ではない褒め言葉でもないなにかを言いたくなるようなもろもろ、正直その頃の彼女の顔の形なんて私は覚えていない。「それが、うちの姉もう、顔もパンッパンで。腕とか足もまじかって感じで」「写真ないの」「あるわけないですよ。実の姉の写真持ってたらきもい。産んだら腹はへこむんでしょうけど、顔とか手足は関係ないわけじゃないですか」「いや、女の人は大変なんだぞ」二児の、確か幼稚園と小学生くらいの父でもある課長が台詞《せりふ》のように言った。サカエさんと私は偶然同時に塩焼きのヤゲン軟骨に箸《はし》を伸ばして口に入れた。この焼き鳥は串《くし》焼きではなくてバラで皿に盛りつけてある。下に敷いてある白い紙に脂《あぶら》がしみているが軟骨は冷たく硬かった。「女の人はなー、産んだ後体があちこち痛むし。産んだ痕とかもしばらく痛いしホルモンで不安定になるし夜中も授乳で眠れんしとにかく全部男にはできない神聖な仕事なんだからそんなん言うてやるなよ」そして、なあ、と私に同意を求めた。私は軟骨を飲みこんでそうでしょうねと言った。サカエさんはまだコリコリやっている。同じ軟骨なのに私の口から聞こえたコリコリと彼女のとでは全く違うような気がした。「いや、別にディスってるわけじゃないんです」タマチさんはそう言うと軟骨を一つ指でつまんで口に入れ「ただ、すげーなーって。なんかずっと居間にいて。姉貴の部屋親が物置みたいにしてるせいなんですけど寝るのも居間で。で、自分が飯食べたりしてるあいだもなんかずーっと親と喋《しゃべ》ってるんすよ」タマチさんの口からときどき軟骨が見えた。サカエさんはまださっきの軟骨を噛《か》んでいる。レモンを吸い終えたタダ君はふんふん頷いて今度はポテトフライにまぶしてある粉チーズを取り皿の上でこそげ落とそうとしていた。「ベビーベッドまで居間で。産んだらしばらく実家いるわって、それが二ヶ月って普通すか?」「まあ、どうだろう、うちは一ヶ月くらいだったかな、一人目のとき里帰り」「夫の人が忙しいかとかでも違うでしょ」サカエさんが軟骨を噛むのを中断して言った。「夫の人が夜勤ある人とかドライバーさんとかだったら夜泣きにつき合って寝不足になったら危ないし。私の知り合いで半年実家にいたって人いますよ。一回戻ったんだけどやっぱり無理ってなって、もう一回奥さんと子供だけ実家に帰ったみたいで」「あちゃー」「大変」「まあ、でも、あれだね。とにかく産後はね、夫婦で地獄っていうかね、まあこんなの嫁の前では言えないけど、顔も黒っぽくなってしぼんでね。あれで十年分くらい、老《ふ》けたねあの人は今はまあ盛り返してるけど当時はね。ああ、だから、タマチ君大丈夫、産後多分お姉さんやつれて痩《や》せるから」「太ったままの人もいるでしょうけど」タダ君が急に顔を上げて「母乳なら絶対痩せるんですかね?」と私の顔を見て言った。「さあ?」「課長の奥さんも母乳ですか?」課長は嬉《うれ》しそうに「そうそう。うちのは意外とよく出てね。お湯沸かしたり消毒とかしないでいいからそこは楽だったんじゃないかな」「あー」「やっぱりねえ。母乳がいいって、言いますもんね」「でも、粉ミルクも便利でいいすよね」「そうだよ、どういう手段でも、ちゃんと栄養はとれるからどれが正しいとかは、ない。母乳でも粉ミルクでも」順番に言いながら母乳、粉ミルクという単語のたびになぜかみな、タダ君だけでなく課長もタマチさんも私とサカエさんのほうをちらっと見た。私もサカエさんも独身だからこそ、彼らはこの話題を普通に口にしているのですよ、と私たちに確認するような、実際子育てをしていたりしていたことがある女性の前では太っただの母乳だの口にしちゃだめってわかっていますよ、イイヅカさんとかサナエさんとかいたら俺らもこんな話しないんすよ、ね? 私もサカエさんを横目に見たが、普通の顔でコリコリコリコリ口を動かしている。一杯目のお湯割り酢が背が低く口径が大きなグラスにまだ残っている。飲んで変化した水位ごとに、白い澱《おり》のようなくずがくっついて筋になっている。タマチさんが片手を上げて日本酒を注文した。「冷やで。課長は?」「ええとね、俺ちょっとカワイイのいっちゃおう、ゆず梅酒ロック」「おーカワイー。や、それでなんか体調悪いのか機嫌も悪くて最近、ほんで昨日、姉がいつもより激しめに愚痴、母親に。なんかっつったら、ヤカンに沸かしといた麦茶を旦那が腐らせたって言ってんすよ」「ほほう?」「家を出てこっち帰る前に姉がヤカンに麦茶作っといたら、それ放置して旦那が。腐ってたからヤカンごと捨てたっていう話があったらしくて、それでガンギレしてて」「ヤカン捨てなくても」「いっやー、俺休みの日は基本毎日洗いもんするけど腐ったの洗うのは無理かなー」「うんうん」「なにか大事なヤカンだったとか?」「知らないですけど。で、姉が、あの人は絶対に麦茶作らないって怒ってて。姉が家にいたときは基本麦茶飲むんですって一年中。知らねえよってまあ思うんですけど、で、切らさないように作ってそれ旦那も普通に毎日飲んでたくせに、自分が家にいないと絶対に麦茶作らないで、挙句飲まないで、んで腐らす! って。せっかく家出る前に作っといてやったのに! って。母親もそれ同調して、父親になる自覚あるのかねえみたいに言って。でも、麦茶と父親関係なくないすか?」ないない、ないっす、とタダ君は上の空に頷いて課長は首を傾げてゆず梅酒ロックを受け取りサカエさんは黙ってコリコリコリコリ、「や、っていうか、それ聞いて自分思ったのは、別に旦那、麦茶好きじゃなかったんじゃね? って。姉が出すから飲んでただけなのに、それ自分から作らなかったら父親失格とかおかしくね？　って。そもそもいらない麦茶、頼んでないのに勝手にヤカンに作っといたのがまずかったんじゃね？　って」「一理ある。思したらお姉さんなんて？」課長の言葉にタマチさんは首を振り「言わないですよ。思っただけです。なんか、この人大丈夫かなと思いましたよね。だって、子育てってそもそも超大変でしょ？　俺とかもしこれから結婚することあっても、多分ないですけど、あっても、子供育てるとか俺には無理って思いますもん。人間的に普通に真面目《まじめ》に無理。自分みたいのが父親とか普通に子供のためにもなんないし自分の首絞めるべってわきまえてますから。でも、ハナっからそんな超絶大変ってわかってることすんのに、自分から選んでしようとしてんのに、麦茶一つでそんな、目くじら立ててて大丈夫かい？　って思って。知りませんけど麦茶作るとかお湯沸かすだけでしょ実質手間。それやったやらないってまじ不毛すよ。言いませんけどねめんどくさいから。でも、まあ、生まれたら自分にとっても甥《おい》っ子ですしね、幸せになってほしいから、もうちょっとしっかりしてくれよー、的な」「あ、甥っ子さんなんだ！」サカエさんが多分数分ぶりに笑んだ。「あ、はい、なんか病院でお腹の中見れるやつで撮ったらチンコ映ったって」「ちんこて」「女の人もいる前でお前、ちんこて」課長が笑って私を見たので私も笑って目をそらして片手を上げ「レモンサワーください」と言ったがどの店員さんも返事をしてくれなかったので課長がとても大きな声で「ここにレモンサワー一つ！」と叫んでもう一回ちんこて、と言って笑った。若い店員さんがハーイ！と言った。

今日も窓は閉まっていて暗かった。昨日もその前も、あの家の隣の窓は開いていて中から幼児番組の音声が聞こえた。かなり大音量でテレビを見ているようだった。その窓からではなかったかもしれない。近くには子供が住んでいそうな家がまだいくつもあった。そして路上には動物の死骸がある。結局誰も片づけない。それは、動物だと思って見るとそうなのだがそう思わなかったらもうそうは見えないような、変に乾いてさっぱりして見えた、日に日に時間が経《た》ったせいかもしれない。まるでおもちゃのぬいぐるみのような、かつてそれが生きて動いていたことが想像できないような、この前もできなかったがさらにできない。もしかしたら本当はおもちゃなのではないか、でも手の先にある小さくて黒くて曲がった爪とその根元が砕けている感じはやはり生き物で死骸だった。まつ毛らしき透明で硬くて太い毛、何人もの足や車輪がそれを踏んだのだろう。尻尾《しっぽ》と片方の手が胴体から外れていた。私は踏まないように跨《また》がないように小さく迂回《うかい》した。前から歩いてくる小太りでマスクをした女子学生がすれ違いざまなにか歌を歌っているのが聞こえた。何度か振り返ってみたが子供達の窓は暗いままで、さらに何日かしたら貸家の札が窓に貼《は》られていてそれを見て私は思わず少しほっとしたが動物は日に日にバラバラになり朽ちながらもいつまでもそこにあった。しゃがんで見ると爪か歯らしき尖《とが》った透明なものと金色の毛がなにかで張りついたかのように道路に残り突き立っていて、でも私以外の人にはそれは多分爪にも歯にも毛にも見えないかもしれない。サカエさんが仕事を辞めた。妊娠したらしいと聞いた。「え、あの人独身だったよね?」「四十超えてるよね?」「部長は知ってたらしい」「どうやって育てんの」「一人で?」タダ君が突然仕事に来なくなり電話にも出ず課長が留守電に抑えた怒り声を録音した翌日タダカズナリの両親と名乗る妙にサイズの大きい上着を着た中年男女が虎屋《とらや》の黒い紙袋を持ってやってきてぺこぺこ仕事中の課の面々に頭を下げて回りそしてその紙袋から出てきたのが個包装のではない切り分けねばならないサイズのずっしり重い羊羹《ようかん》だったのでタダ君と同期のヨシカワさんとサノさんが給湯室の中で悪態をついているのがフロア中に聞こえた。

土手の実

　今となってもこれだけはの日課、散歩をしていると一本の木が目に入った。川沿いの土手、そこそこ急な斜面の一番上端、道路と接するあたりに生えていた。昨日もこの道を通った、そのときはこんな木はなかった、はず、でもこの木は昨日今日植えられたものには見えなかった。木の根元、雑草が茂った地面には赤いフライドポテトの紙容器や潰《つぶ》れ黄ばんだペットボトル、新しげなティッシュなどが散らばり幹には地衣類か汚れか樹皮の病気かわからないまだら、そのどこにも継ぎ目はない。どう見てもそれは前から生えていたものだった。歩いているとときどきこういうことがある。二週間やそこらで家が建つ時代、空き地だった場所が小綺麗《こぎれい》なミニ住宅街になっていても驚きはしないがしかし突然現れる朽ちかけた小屋や凹凸《おうとつ》の摩滅した石碑石仏、とり壊されているのを見て初めてそこに屋根も壁も窓枠も青いかわいい小さい家があったことに気づいたりすると動揺する。おかしいのは私の目か頭か心か、木は大木ではなかった。幼木でもなさそうだった。私の身長よりずっと高いが幹は私の胴体よりずっと細い。葉はある程度茂っているものの全体にすかすかして見えた。葉はいかにも葉っぱらしい両端が尖《とが》った紡錘形《ぼうすいけい》をしていて緑、表がやや濃いが裏が白いというわけでもない、かすかなツヤ、桜の葉をもう少し細長にして周囲のギザギザをとったような形でそう思うと厚みも葉脈の感じも桜に似ていたが樹形としては桜よりもう少し幹の低い位置から枝がだらしなく伸びてだから遠目にはブロッコリー的ではなくトウが立ちかけたパセリ的なと書けば書くほど目の前のこの木から遠ざかる。要はちょっと栄養不足な感じがするなんということはない木だ。実がなっている。まん丸に近く、葉と同じ緑色で小さい黒い斑点《はんてん》が散っていた。大きさはそう、私が親指と人差し指でオーケーサインを作ったとしてその丸にちょうど収まるくらい。それが枝にごく短い果《か》柄《へい》でぶらさがっている。実っているのを見る限りほとんどまん丸だった。りんご的なへこみも、柿《かき》的なヘタも、どんぐり的な帽子もない。名前を書いた札もない。これは一体何の実か。私は周囲を見回した。土手の下、平らになった川原に白っぽい麦わら帽子が見えた。おじいさんで、おじいさんは川原に水をやっていた。

川原の石や雑草に水をやる人はいない。おじいさんは川原に植えている何かに水をやっているのだ。ときどき、こんな風に川原を、私有地ではない場所を勝手に家庭菜園にしてしまう人がいる。大概老人で多分近所に住む人で、おそらくあまり裕福ではなさそうなしかし極貧でもなさそうな人、草が生え石が転がる川原に突然トマトやナスやキュウリが現れる。場所によっては数十メートルおきに違う老人によって違う菜園が耕されている。ある菜園はヴェルサイユ的に秩序を重視した幾何学的な趣で、ある菜園は茂る雑草ごとジャングルめいて立ちあがり、ある菜園では園芸用ポールを組んだ透垣《すいがい》を巡らしあまりに強気に所有権を主張している。このおじいさんもその類《たぐい》だろうが、しかし、水を与えている作物がなんなのかわからなかった。遠目にはというほど遠くないが、ここからだとそこはただの川原に見えた。ただただ草、緑の草、私はそのおじいさんに声をかけてあの木が何か知っていたら教えてもらえるかどうかちょっと考えてみた。おじいさんが持っているのは大きな灰色のジョウロで、傍らには灰色のバケツが置いてある。その中身が水道水なのか川の水なのかはわからない。おじいさんはゲリラ菜園にしては本格的な灰色のナッパ服を着用していた。私はおじいさんに尋ねるのはやめにして木を見あげた。この実が欲しい。

誰かのものを盗むのはたやすいが誰のものでもないものを盗むのは難しい。知らない人の庭にあったユスラウメの実を食べつくしてしまったことがある（甘酸《あまず》っぱくておいしかった。幼稚園児の頃だ）。遠足で行った植物園の温室に実っていた南国の果物をとって食べてしまったこともある（まだ熟れていなかったのかしゃりしゃりカスカスで酸っぱかった。小学生の頃だ）。園芸部が育てていたプチトマトも毎朝勝手に食べていた（中学生の頃だ）。どれも悪いことをしているという意識の上、もし露見したらどうのこうのということを考えた上での犯行だった。時効とは思うがもし万が一それについて今、時を超えて責を負うべきだという話になったらちゃんと応じたいし応じるべきと思っている。しかし、こういう場所に生えている木の実となると……落ちていれば問題ない。神社のイチョウの木から落ちるギンナンをおばあさんが拾っているのを見たことがある。同じ神社にあるコナラやスダジイの木から落ちたどんぐりを近所の保育園の園児たちが拾っているのを見たこともある。微笑《ほほえ》ましい秋の風景、しかしそれは、落ちているものを拾っていたからそうなるのだ。もし、木に登って無理やりむしったりすれば多分引率の先生は叱《しか》るだろうしおばあさんは糾弾されただろう。私は地面に目を凝らした。目が慣れると草とゴミの間にいくつか落ちて転がっている実が見えた。一つ拾うと裏側が黒ずんで傷《いた》んでいた。もう一つは拾うまでもなく腐ってぐずぐずになっていた。もう一つ拾いあげると今度は裏側に赤いカメムシがついていてそれがブウンと唸《うな》って飛んできたのでひゃっと言って実をとり落とした。カメムシの羽の振動が秋の先駆けのように顔に吹いた。まだ時季ではないのに落ちるのは病気や虫喰いの実なのだ。散歩中よく見る、自転車に乗った若者が猛スピードで走り抜けていった。一年中白い薄いTシャツ（多分肌着）にベージュのハーフパンツ、いつも前傾で一心不乱に自転車を漕《こ》いでいる。恐る恐るもう一つ拾うとこれは表面的には無事だった。軽い。つるんとしていて微《かす》かにワックスめいたツヤがある。少し硬い。鼻を近づけたが匂《にお》いはなかった。軽く振ると軽いものがしっかり詰まっている感じがした。腐ってもいなさそうだ。実の表面にはよく見るとぐるりと線があってそれはつなぎ目で、半球状の二つのパーツが合わさってまん丸になっているようだった。とすれば当然、その合わさった中心には種があるのだろう。ふとこれはくるみではないかと思った。そんな大きさに思えた。まだ熟れていないくるみ、ならば秋になって落ちたものを拾って炒《い》ったりすれば食べられるかもしれない。私はその実をポケットに入れたりまた出して握ったりしながら帰宅し母のパソコンでくるみの画像を探した。最初出てきたのはいわゆるナッツ状のくるみばかりで、殻つきだったり殻なしだったりすでに何かお菓子などになっていたりいずれにしても茶色く乾いている。私は野生、とか日本、などと入れて画像を絞りこんだ。結果出てきたのは私が見たのとは違う実だった。私が持ち帰ったのはまん丸だが、画像のは少し尖っている。そう言われてみればくるみの殻は少し尖っている。また、木では一つ一つの実が独立して実っていたが画像のは複数個が房状というかくっついて実っている。くるみにもいろいろ種類があるだろうから別種かもしれないが全然違う植物の可能性もある。ふーむと思いながら拾ってきた実をしげしげ見、また写真も撮った。爪《つめ》を立てるとちょっとめりこむが割れたりはしない。爪のあとが濃い色になり、もっと時間が経《た》つと黒くなると予想された。実のつなぎ目に爪を立て力を入れても割れなかった。台所から包丁を出してきてつなぎ目を断つ向きに切った。サクッと切れた。二つに割れた断面は白くかすかに透明感があり、緑色は表面のごく薄い一層だけだった。そして中に空洞があった。それは、くるみの、あの脳のようにでこぼこした形を真っ二つに切ったらこうなるでしょうというような細長くていびつで奥行きのある空洞だった。空洞？　実、というかこうなったら種、それはどこにいったのか？　種の部分、通常くるみとして食べる部分がない。虫か何か入りこんで食べてしまったというのとは違う、明らかにもとからここには何もないという空間、しかし、だとしたらこの複雑な凹凸は何によってかたどられたのか。今からここに、秋に向けてここに、何かが充満してそれが種になるのか？　私は指で果肉をなぞった。やはり何もなかった。切り口の白い部分からじわっと水分がにじみかすかに粘つくような感触がした。私は濡《ぬ》れた指を嗅《か》いだ。匂いはなかった。水より無臭、透明、いっそ自分の匂いがした。私はその空間にそっと舌の先端を差し入れた。空虚に触れたのは先端の先端だけで、その両脇《りょうわき》は白くて水分が滲《にじ》んでいる果肉に触れた。一拍おいて舌に痛烈な苦味が感知された。私は慌《あわ》てて舌を離した。舌だけでなく口じゅうが痺《しび》れていた。コップの水で口をゆすぐと苦味は少しとれたかに思えたがやがて舌全体の鈍痛に変わった。昼まで痛んだ。顔がひん曲がっているのではと思い洗面所で見たがいつもと同じ顔だった。台所に戻って牛乳を飲んだ。舌に広がった苦味の膜の上にさらに牛乳の膜ができたような感触がした。何か食べればと思って塩煎餅《しおせんべい》をかじり、苦味には苦味でとも思い母の買い置きの缶ビールも一本飲んだが苦い膜はゴムのように乾いて粘り舌の上に居座り続けた。こうなったら多分新陳代謝で舌の細胞が入れ替わるまで苦いままなのかもしれない。仕方なく私は歯を磨いて寝た。目覚めると窓の外では雨が降り始め風が吹き始めていて私は数日そのまま布団《ふとん》で過ごした。低気圧に弱い。苦味はいつしか消えていた。薄い布団の中で窓が鳴る音を聞きながらあの実が今たくさん落ちつつあるのかもしれないと思った。

次に散歩でその土手を通りかかったとき、意外にもというか予想通りというか木はなくなっていた。木があったはずの地面には小さい丸い切り株が残されていた。私の両手の親指人差し指で作った丸を一回り大きくしたくらい、切り口は白く年輪ほぼ見えず、ただ何かの刃が作ったかすかな波状模様が見えた。ほとんど地面と同じくらいの低い位置であと数日もしたら周囲の雑草が隠してしまうだろう。私は土手を歩いた。あの木のものと思《おぼ》しき実がいくつか転がっていたが見るからに腐っていた。私が中腰になって地面を見ていると誰かが土手を駆け登ってくる音がした。顔をあげると麦わら帽子をかぶったおじいさんで、その手には緑色をしたものがあった。塊、と呼んでいいような大きさで、だいたい丸いが少し細長く、おじいさんはそれを重たげに両手で抱えて持っていた。おじいさんの両手には軍手がはめられていた。私が少し後ろにさがるとおじいさんは「これ、トウガン」と言った。トウガン、と私が繰り返すと「磨いといたから大丈夫」「みがいといたから？」私が顔を見るとおじいさんはよけるでもなく私の目をのぞきこんで「トウガンてさ、表面にさ、いっぱい透明な棘《とげ》が生えてんだよね」と言った。「トゲ？」「霜がおりたみたいに。目に見えないくらい小さいくせにすごい痛いんだよ素手で触ったら。だから、とるときは軍手はめて、そんで古タオルかなんかで表面こするんだよ。そうすっと、棘がとれるからさ。ほい」トウガンの表面は深い緑色で模様や突起やくびれなどはなかった。おじいさんは重たそうなそれを抱えた肘《ひじ》ごとこちらに差し出すというか突き出した。「ほい、これ、ほい」その言葉や仕草からすると、よかったらトウガンをもらってくれまいかということでは なく、私がもらうことはもう決まっているから早くしろということのようだった。私が記憶していないときにそういう約束をしたのかもしれない。今までの人生でそういうことがあった気がした。私は受けとった。おじいさんがしているように、両手のひらを内側に向け肘から手のひらにかけてでトウガンを抱えた。見たままにずしりと重たかった。ひんやりして、同時に肌に吸いつくような感触がした。私はそれを赤ん坊を抱くように胸にかかえ直した。「育てておられるんですか」「ずっと前に一回種まいて育てたんだけど、とり損ねた実が腐って種が落ちたんだね、次の年からはほっぽっといても生えるんだよ。ごろごろできちゃって、食べきれないからまたほっといたら、どんどん増えて毎年もう土に栄養ないと思ってもまた、ちゃんと、いくらでも」「へえ」「涼しいとこなら冬までもつからさ」聞いたことがあります、それでトウガンは冬の瓜《うり》って書くんでしょう、と答えようとしたがおじいさんはもう向こうを向いて土手を降りていってしまった。土手の傾斜が急なので歩いて降りているというか体勢を保ったまま滑り落ちているように見えた。ということはさっきは両手にこの重たい大きなトウガンを抱えてこの斜面を登ってきたのか。それって結構名人技ではないか。おじいさんからは貰《もら》ってくれてありがとうもなく、そして、私は私で、くださってありがとうと言う気にならなかった。私は思い出して大声でおじいさんにあのー！すいませーん！と言った。おじいさんはこちらを見た。土手の上と下がずいぶん遠く離れて見えた。「あの、ここに、木があったと思うんですけど！なんか、実がなってた！」おじいさんは眉《まゆ》をひそめ首を横に振った。聞こえないではなくて知らないという仕草に見えた。私はトウガンを抱えて帰った。途中肌着の若者の自転車に猛スピードで追い抜かされた。彼は決してベルを鳴らしたり声を発したりしないが、なんというか圧というか気配というかで近づいてくるのがわかるので怖くない。怖い人というのは普通に歩いてくる人の中にいるものだ。トウガンを抱いた腕が重たく痺れ落とさないかとはらはらした。皮はしっとり息づくようで、透明で痛い棘がびっしり生えていたなんて想像がつかなかった。また天候が崩れ体調も崩しずっと家にいたらいつの間にか川の護岸工事が始まり土手と川原は全《すべ》てコンクリとどこかから持ってきた石材で覆《おお》われてしまい切り株も草も何もなくなってしまった。おじいさんのトウガン畑もコンクリの下、階段状に整備された土手には草ぼうぼうでゴミだらけだった頃には見かけなかった子供や犬の散歩者の姿が現れた。ベンチが置かれ街灯が増え近所の中高生がデートをしている姿も見られ、禁止されていたが花火をする若者も出た。おじいさんや肌着の若者の方がいなくなった。私も白灰色に舗装された土手の照り返しがきつくなって歩くのをやめた。あの実はしばらく置いておくと切り口が茶色くなって内側にたわんでくちゃっと乾いて何だかわからないが意味ありげな様子になったので母からもらった草木染の小さい巾着《きんちゃく》に入れ御守り代わりに持ち歩いていたところ宝くじで十万円当たったので母とお寿司《すし》を食べにいって二人で日本酒を三合飲んだ。

おおかみいぬ

一人でコスモス園へ行った。コスモス園のことは昨日職場の雑談で知った。お昼どき、一人がこないだここへ行った友達から聞いたんだけどと話し出し、一面のコスモス、夢みたいな光景だったって。すぐに別の一人が検索したのだろう、入園無料、駐車料金三百円、今年はまさにこの週末が見頃、などという情報が次々口にのぼった。「あー、ここから車でだいたい一時間半くらいみたいです」「電車だと?」「三時間三十一分。えーと、バス乗って電車乗ってバス。ないすね」「ドライブには手頃だね」

私は自席で一人でお昼を食べている。彼女らは職場の隅にある大きなミーティング用丸机で食べている。別に彼女らが嫌いなわけでも私がはみごになっているわけでもなく、仕事では普通に話すし飲み会で隣になってもそこそこ楽しく喋《しゃべ》る。大人になってよかったなとこういうときは少し思う。「画像もう一回見せて。ほんとうにきれい!」

「行きたいけど、一人じゃなあ、って感じですよね」「そーねー。一人でコスモスはちょっと寂しいかもね」「え、いいじゃない別に」村上さんの声が聞こえてちょっと体が緊張する。同時にふっと緩む感じもする。この中で一番村上さんの声は低くて大きい。顔は見えない。声だけ聞こえる。「写真撮りにきたって顔、してれば。ななみちゃん一眼レフなんでしょ?」「うーん。でも。カップルと子連れしかいないですよ、お花畑なんて」「まあねえ、そうかもですけど」「あとおばあさん」「おばあさんって花好きだよね。うちの親もよく、友達となんか、ラン展とか」「あー洋ラン」「じゃあ友達と行けば?」「急に誘って行けそうな友達いないです、コミュ障なんで」「そんなことないでしょ?」「そんなことあります。村上さんは知らないんです。わたしのそっちサイドを」「えー?」村上さんは多分結構露骨に不思議そうな不可解そうな顔をしているだろう。でもそれがきつくなくて怖くなくてちょっと滑稽《こっけい》でかわいらしくも見えるだろう。「自分だったら、映画とかなら一人でも行けますけど」「映画は、映画にもよるけどうん、全然わたしだって」「お花畑かあ」「わたしもちょっとなあ」明るい、村上さん以外はだいたい高めの、でも職場向きに適度にチューニングされてもいるのだろう声、実年齢勤続年数正規非正規既婚未婚子持ち、さまざまな秩序で使い分けられる敬語ため口、「誰も周りの人なんて見てないと思うけどね」「あー、確かに」「でも大の大人がですよ、デート的なアレでもなくて一人でどうしても花畑見たいって、精神的にきてる感じしません？　傍目には」「ああー」「うーん」「わかりません？」「だからあれすよね、海が見たいわ的な？」「パワースポットで癒《いや》されたいの的な？」「涅槃《ねはん》にたゆたいたい的な？」涅槃？　「ねはん？」「や、イメージ、イメージ」「わかんないよー」私は高校のころの倫理の授業を思い出した。老教師が「涅槃とはニルヴァーナ、ろうそくを、フッ、と、吹き消した状態」とろうそくを吹き消す仕草をした。燭台《しょくだい》を持っているらしい手つきでなにもない中空に唇を突き出し何度も何度も「フッと、吹き消した、この、いまのこの。これが。涅槃」黒緑色をした黒板に息に混じって飛んだ老教師の唾《つば》が見え、若い女学友たち（私は私立の女子中高等学校に通っていた）はヒェー、というような高い小さい悲鳴を上げた。なにが涅槃なのか全然わからなかったしいまもわからない。でも、わからなかったということを覚えているのだからやっぱりなにかではあったのだ。こんなにはっきり覚えている授業の一コマなんて他にない。その後しばらく、女学友たちは、ふっとふっきけしたじょうたーい、と老教師の真似《まね》をしては笑っていた。彼女たちの唾だって多分お互いの制服のベストに襟に顔に飛んでいた。飛びあっていた。「楽しそうにしてたらいいんだよ」「そうそう！　じーっとだまーって花、見てたらあれですけど」「一人で楽しそうにしてるのって逆に怖くないですか」「だーかーらー、写真撮ったりさ」「うーん」「ななみちゃんは本当に行きたいの？　ここに」村上さんが言った。「え、あ、はい」「じゃあ、わたしと行く？」「え！」私は立ち上がって給湯室に入って弁当箱を洗った。来客に出したらしい、一口分だけ黄色い煎茶《せんちゃ》が残った湯のみがシンクに置きっ放しになっていたのでそれもついでに洗った。急須《きゅうす》やお茶っぱがないのはペットボトルのお茶をチンして出したのだろう。薄い給湯室のドア越しにけらけらけら、と笑い声が聞こえた。

朝寝をして窓を開けると晴れていて、洗濯機を回しながら思い立って朝食と呼ぶには遅くて重い食事をして洗濯物を窓際《まどぎわ》に干して去年一括で買った中古濃紺軽自動車名前はセリーに乗って車窓は秋、大学生のころ初めての車を買っ（てもらっ）たときからいつも車には名前をつける。初代は当時つき合っていた人の名前をもじってリリー、セリーは四代目、空はひろびろと晴れて、高速に乗ると眼下に柿《かき》の木や栗《くり》の木が見えた。山なのだが人が住んでもいて、でも里山というほど家や畑が目立ちもせず、栗のイガも柿も膨らんで茶色く赤く色づいていた。柿はやや小さめで尖《とが》った乳房型をした品種だった。あの形は、と私は思った。干し柿にするのかな。なんとなく渋そうだ。しばらく行くと田んぼがいくつもあって、先週だか先々週だかの台風のせいか、ところどころがえぐれたように稲穂が倒れて痛ましかった。同じ田んぼにえぐれているところといないところがあって、どういう風に風が吹き雨が降ったらこうなるのか。山の向こう側から白い煙が立っていた。立ち寄ったサービスエリアにたくさんのバスがとまっていた。観光バスらしく、そのひとつからぞろぞろと女性たち、雑に呼べばおばさんからおばあさん、ということになるだろう女性たちが降りていた。友達同士にも姉妹にも母娘にも見える女性同士の塊、そこに、同年代の夫婦者がちらほら、一人、私と同い年くらいに見える女性がいたが、彼女も誰かの娘っぽい顔をして母親っぽい女性と話していた。天然温泉足湯コチラ、という表示があった。売店やレストランのある建物の横腹に広い足湯があった。やぐらっぽいというか、神社感というか、とにかく和風な木製の屋根の下たくさんの人が足を湯につけていた。木でできたベンチに座るとふくらはぎの半ばくらいからが湯につかるようになっている。私も空いたベンチに座り靴と靴下を脱いで足を湯につけた。湯気があまり立っていないのに熱かった。湯は透明で底に玉砂利のような粒の大きい丸い青黒い石が埋めこんであり、素足の土踏まずがなめらかな石の肌に吸いつき押し返され気持ちがよかった。視線だけで見回したが村上さんの姿はない。ななみちゃん（とは私は呼ばないが）も。心の底から、当たり前だと思いでもどこかそくそくともしている。チワワを膝《ひざ》に載せている女性がいた。手編みっぽいベストを着てリードでつながれた黒猫を肩に載せている男性もいた。チワワと黒猫は互いにちらちら見合ったが鳴いたり威嚇《いかく》したりはしなかった。くすんだオレンジ色の上着を着ている女性がたくさんいた。フードつき、腰までの丈、ロング丈、薄手の生地、中綿入り、袖《そで》なし、ウールフリース木綿ナイロン玉虫色の紗《しゃ》がかかったようなの、デザイン素材質感はさまざまだが色は同じだった。中高年女性の間でこの色が流行しているのだろうか。柿色というか、人参《にんじん》の煮つけ色というか、そういう色の上着を着た女性たちは、私を挟んだり斜めに視線を跨《また》いだりして話をした。「ここのお湯匂《にお》い全然しないねえ」「ね」「本当に温泉?」「ほら、関節炎にいいってさ。そこに書いてある」「どこ」「そこ」「あの人草木染めやめたって?」「らしいよ」「ああいう教室も、まあいろいろねえ」「ほんっとに」「お受験? へエエ」「まだ四年生。身長ばっかりどんどこ伸びて」「おつむの出来は?」「それがね」「トンビ」だいたい五十代から七十代くらいに見える女性たちの足先がみな白っぽく小さく若く柔らかそうに見えた。湯を通しているせいか、手には年齢が出るというが足は違うのかもしれない。なんだか私の足が一番老《ふ》けて見えた。黒ずんで節っぽい。四角く切った親指の爪《つめ》の角のところに靴下の繊維が詰まっている。「トンビ?」「どこどこ?」「ほら、そこ、山のとこ」「山ったって山ばっかり」「ほら、そこの、ほら、ぐるぐる」

私も顔を上げ目を凝らしたがわからなかった。目をすがめたり広げたり首を伸ばしたりかしげたりしている女性たち、もしかして私ももう老眼が始まっているのかもしれない。だいたいの老化現象は三十代で始まるのだと読んだことがある。いやでも、老眼なら遠くはむしろよく見えるはず……「トンビがタカをってさ。ほんとよー、めったにないんだから」「こないだテレビでね。観光客のお弁当狙《ねら》うトンビっていうの。器用にね、唐揚げとかそういうお肉だけ、さっと降りてきてもってくの。おにぎりなんかじゃ取ってかない。目がいいんだよねえ」「目なの？」「そりゃ目でしょ」「鳥目って、いう」「肉巻きおにぎりってあったじゃない」「こないだ姉が白内障の手術、して」「わたし失明が一番怖い」「わたしも」「わたしは認知症」「そりゃ誰だってそりゃそうよ」「あたしたち世代もう、ピンピンコロリ無理だってね。栄養がほら、昔と違うから」屋台からか、胸に溜《た》まるような油の匂いがした。広い駐車場のどこかから大きくクラクションが聞こえた。真っ赤なトレンチコートを着た女性と白いガウンのような、ちょっとジェダイめいた形の上着の女性がやってきて並んでベンチに座った。赤トレンチの人がパンツの裾《すそ》をまくり始めてすぐに、あ、私タイツだから入れないわ、というような顔をして靴下をくるくる丸めながら脱いでいた白ガウンの人がそれに気づいてあらら、と目を丸くし、二人で顔を見合わせてパッと笑った。じゃあ私もいいよ、と言いたげに靴下をまた履き始めた白ガウンの人に赤トレンチの人はいいからいいから、入ってよ、というような仕草、そして、そうお、と細い素足を湯につけた白ガウンの人の隣で赤トレンチの人はベンチの下に靴を履いたままの足先を入れこむようにした。二人はそれぞれ少しずつかしいでもたれ合った。二人とも上着の色以外はごく普通の、やや疲れた顔に化粧気の薄い髪の毛の硬そうな（赤トレンチの人はウエーブのかかったボブで白ガウンの人は後ろにひとつ結びにしていて白髪が目立つ）五十絡《がら》みの女性なのに、なぜか、寄り添うその姿が映画のポスターのように見えた。姉妹にも友達同士にも見えない、二人の世界のような、何かの果てのような始まりのような、赤トレンチの方の人と目があった。私は慌《あわ》ててゆっくり視線を動かして、あたりの人の顔を順繰りになんとなく眺めているだけだというふりをした。「去年のいまごろわたしローマにいたわ」「韓国結局六回。二回はほとんど日帰りみたいな、弾丸。娘たちと」「よくやるねえ」「好きなんだもん。生きがい」「いまはあんまり、内孫外孫って言わないってね」「時代よぉねえ」「安楽死じゃないよ日本じゃ。尊厳死」「ソンゲン」「ソンゲンは大事」「時代よぉねぇ」「それでどうする、ふぐかあんこうか」「どっちもいいけどねえ」「あんこうだったらどこって言った？」「ナカマチのね、えーと、もともと料理旅館だったってとこが代替わりしてランチもやってる割烹《かっぽう》になっててさ」ふぐ。あんとう。ローマ。韓国。ことさらお金持ちそうには見えない柿色の女性たち、正直、私は彼女たちくらいになった自分を想像することができない。私に想像できる未来は次の長い（と言って三日から五日間くらいの）休みまでで、一年先二年先三年先なんて実際くるのかどうかわからないくらい曖昧《あいまい》な遠い先の話だ。わからないながらもでも、多分ふぐにもあんこうにも縁遠いだろう。というかそのころの海にいまのように魚がいるだろうか。「そしたらね、どっちも同じ白身の魚でしょだって！」「舌がばか」「ほんとに！」「あ、そろそろ時間？」「ほんとだ」「あらら。松村さんに怒られちゃう」何人かの女性が慌てたように足を拭《ふ》き始めた。「でも気持ちよかったねえ」「いーお湯」「全身で入りたいねえ」トンビが鳴いた。ほらトンビ、やっぱりトンビ、柿色の女性たちが嬉《うれ》しそうに顎《あご》を上げさえずるように言った。二人は寄り添って並んで座って目を閉じていた。白ガウンの人の足は静かに湯の中で揺れていた。

高速道路を降りてしばらく走ると、観光用のなにかなのか、道脇《みちわき》に俵のような、サイロのような丸い干し草の塊数個を組み合わせて動物に見立てたものがいくつも置いてあった。パンダやネコ、蜘蛛《くも》、黄色や紫や赤や黄緑、どれも明るい色に塗ってあるのだが全然かわいくない。キャラクターの偽物《にせもの》のような狂気めいた感じ、しかしそれら不気味なオブジェと一緒に嬉しそうに写真を撮っている家族連れや若い子たちの姿もあった。人と並ぶとそのオブジェの巨大さがよくわかった。だいたい高さが三、四メートルくらいありそうだ。どうやって固定しているのか、倒れてきたりしないのか、台風は、一体誰が何のために設置しているのか。しばらく道端にオブジェは続いた。好色そうなゾウ、瞳孔《どうこう》が開いたクマ、紫まだらの恐竜とその卵、オブジェがとぎれ突然その奥がピンク色になった。コスモス畑だった。セリーから降りた。普通車用駐車場の横にあるバス駐車場からさっきサービスエリアで見たような柿色の女性たち（同じバスかもしれない）がぞろぞろ歩いて出てきて声を上げた。きれいねー。ねー。きれいねー。ねー。彼女らの添乗員らしきスーツ姿の若い男性がコスモス園はナントカ平方キロメートルです！　と言った。数字のところは聞き取れなかったが、みながオオ、とどよめいた。ナントカ万本のコスモスです。まあーすごい！　思ったより陽が出ていた。バッグにたたんで入れていた帽子を取り出そうと立ち止まった。トートバッグの裏地と同色の布帽子はなかなか見つからなかった。いつどこで買ったものか思い出せない朱赤のお守りの糸が指先に絡んだ。花の間をご自由に歩いて写真を撮ってください！　添乗員の声が言った。入ってはいけないエリアはロープで区切ってあるので入らないように。そうでない場所は花を踏んだりしなければご自由に入っていただいて結構です！　ハーイ、ハーイ、と女性たちは返事をした。トイレどこー？　という声もした。引率されると何歳でも子供になってしまうのかもしれない。コスモス畑には家族連れや若い人の姿も多かった。村上さんはいなかった。似たような雰囲気の人も、あれ、もしかしてと思う後ろ姿横顔もひとつもなかった。そりゃそうだ、そりゃそうだ、立ち入り自由なエリアは花と花の間に通路が作ってあって、そこに入ってしゃがみこむと花に埋もれているように見える。幼い兄妹が花にまみれて笑っている。親らしい二人がスマホで連写している。カップルが自撮りしている。私もスマホで何枚か撮影したがたくさんの花も四角く切り取ると寄っても引いてもぼんやり、ピントが合うべきなにかが削除済みのような、なにかが隠されているような。あぜ道というか、土がむき出しになっている細い道を先へと歩いた。土は黒く乾いていてスニーカーが汚れた。花と花の間に十歳くらいの男の子が立って、笑いながらくねくね体を動かしている。「じっとしてなさい！」母親らしき女性が少し離れたところからスマホを構えて怒鳴っている。「いいから、ほら、一瞬だからとまって！　いつまでも終わんないわよ！」コスモス畑はどこもえぐれたり倒れたりしていない。稲よりもコスモスの方が雨風に弱そうなのに、台風は大丈夫だったのだろうか。コスモス畑の中に違う種類の花が咲いている場所が一区画だけあった。背が低くて、葉は小さくやや丸みを帯び、先端に小さい米粒型の白い花が固まって咲いている。見たことがあるようなないような花だ。ちょうど通りかかった夫婦の夫が立ち止まりこりゃーソバの花だねと言った。「ソバ？」妻が首をかしげた。「ソバなの？」「ソバだよ」「だって、こないだツジムラさんで新ソバ食べたじゃない。どうしていまごろ花が咲いてるの？」夫は一瞬言葉に詰まってから「あれだね。二毛作」「にもうさく？」「二毛作だよ、二毛作……」ソバ（？）畑は面積はごく小さくて、花も小さくて、量もまばらなのに花の白さの濃度が妙に濃く、むしろ一面のコスモスより派手で個性的に見えた。目がコスモスに麻痺《まひ》しているだけかもしれない。ソバ畑にはミツバチがたくさんいた。灰色の羽で目玉の大きな小さい蝶《ちょう》もいた。株の根元がごそごそ動いたのでタヌキでもいるのかと見つめたがなにも出てこなかった。赤ん坊が泣いていた。どこかのスピーカーからなにかの音声が聞こえた。遠くに国旗が掲げてあった。ソバの残像で目の奥がチカチカした。髪に花を挿している若い男女が前から歩いてきた。睦《むつ》まじそうに手をつないでいて、髪の長い女の子だけでなく、短髪の男の子も耳のところに濃い色の一輪を挿している。女の子は若いなめらかに白い肌にさらに丁寧にお化粧を施し全身がほの光って見えた。唇が赤い、私がこの子くらいの歳《とし》だったころ、唇を赤くするのはなんとなく年配女性向け化粧法のように思っていたが、最近は十代くらいの子も唇が赤い。血よりももっと赤い赤、同じような色を目の下にぼかしている子もいる。それがとても似合っている。街を歩くとそんな妖精《ようせい》のような若い女の子がたくさんいる。私は自分に似合うともなんともわからないまま二十代からずっと、目の上に薄茶色を伸ばし頬にオレンジがかったピンクを塗る化粧をしている。彼女らに私はどんな風に見えているのか、あるいは見えてすらいないのか。どちらでもいい。女の子の髪から突き出た白い丸い薄い耳に男の子がなにか言った。横顔になった彼の唇も赤く光っていた。女の子はクスクス笑って男の子にささやき返した。男の子は繋《つな》いでいない方の手に自撮り用の棒を持っていた。さらに少し歩くと黒黄のロープで区切られた立ち入り禁止エリアが目の前に広がった。見渡す限りのコスモスだった。薄ピンクの花が主で、そこに白い花と濃い、ほとんど紫のような色の花が混じっている。一面のコスモス、コスモスをこんなに大量に見るのは生まれて初めてだ。花畑の表面は花の色だけで埋め尽くされて見えた。風が吹くとそれが一斉になびきピンク色の波がおしよせてくるような感じ、花一輪一輪は見慣れた珍しくもないもののはずなのに、これだけあると不思議な新しいいっそ不気味なもののようだった。やはり匂いはしない。それがなんだか無音だった。黙って膨張して見えた。熱せられ溶かされ練られつつある飴《あめ》の塊が徐々に空気を含み光沢を得て膨らむような、生き物が脈打っているようにも、胎動、発酵、しばらくじっと立っていた。ふーっと、吹き消した状態、いつも背広の肩に細かい白いフケを載せていたあの老教師はもう生きていないかもしれない、涅槃とはなにか。一人でこうやって花を見つめている私は変に見えるのだろうか。一人で楽しそうにしているとはどういう状態のことか。それで、村上さんとななみちゃんは二人で花を見にきたのだろうか。もしや村上さんがここに一人で現れはしまいか。そうなったらなにを言うか。なにも言わないでいいのか。というか、私はそんなことを望んでいるのか……歩き出した。花畑はまだまだ向こうの方まで続いているようだった。立ち入り禁止のロープの奥で、東南アジア系に見える二人連れの若い女の子が花の中で歓声を上げて写真を撮りあっている。二人とも浅黒い肌にきらびやかに光る大きなネックレスやイヤリングやバングルをたくさんつけていて、彼女ら以外誰もいない花畑で花に唇を寄せたりウインクをしたり片足を上げたり抱き合ったりしてポーズをとりきゃらきゃら笑っている。多分、入ってはいけない場所だというのがわからなかったのだろう。彼女らを一瞥《いちべつ》していく人はいたが、立ち止まってまで、あるいは声を出してまで咎《とが》める人はいなかった。言葉が通じないと思うのかもしれなかった。それ以上に幸福そうに見えたのかもしれない。目が合い手招きされ写真を撮るよう手振りで頼まれた。私は、私がそこに混じった途端怒声が飛んできはしないかと思いながらロープをくぐって中に入り、彼女らに近寄った。花と花とが私の脚をこすった。フォートグラーフ。オーケー、オーケー。大きくて薄いスマホを受け取って構え、はいチーズでは通じないかなと思いスリー、ツー、ワンと言いながらシャッターを押す。両手を広げ畑全体を抱えるような仕草をした二人は、シャッター音が鳴ると同時にまたきゃらきゃらと笑い崩れ、手招きし、私からスマホを受け取ると両脇から私の顔に自分たちの顔を近づけ、三人で自撮りをした。右側の女の子の手首に細い線でタトゥーが入れてあった。多分ハスの花に金魚、遠くに月？　二人の髪か服か肌かから、甘い香水の匂いがした。私は息を吸って吐いて自分のスマホを出して一緒に撮影した。笑って盛り上がった二人の頰が陽光に光った。一瞬その一人の顔が村上さんに似ているような気がしたが全くそんなことはなかった。多分村上さんと彼女では二十キロくらい体重に差がある。この子は二重で重たげなくらいまつ毛が多いのに村上さんはくっきりはっきり一重だし……テンキュー、テンキュー、ヨーウェルカーン……私は彼女らから離れ通路に戻った。最初から最後まで誰にもなにも言われなかった。ちょっと振り返った私に二人がひらひら手を振った。指が長くて細かった。私も振り返した。二人の歯はソバの花のように濃く白く、私に振り終えた手を中空で絡ませなにか聞き取れないことを笑いながら叫んでまた笑った。

売店に百円のホットコーヒーがあったので飲んだ。豆を挽《ひ》くところから始まるコンビニにあるような機械で、ボタンを押すと店内が息苦しいほど香ばしくなった。何人かの柿色の女性が干した山葡萄《やまぶどう》を試食していた。「すっぱいわねえ」「うん、すっぱい」「ポリフェノール味」「パンに入れて焼いたらいいんじゃない」「赤ワインでほとびさせて」「くるみかなんかと」「よさそう、よさそう」「いけるんじゃない」「いいねえ」「天然酵母がいいよ」「わたし去年殺しちゃった。いっぺんうまいことといったのに」「酵母難しいよねえ」「今度一緒に作ろうよ」「いいね、いいね」外に出ると紙カップに白い湯気が見えて、いつの間にか空が薄黒く肌寒くなっているのがわかった。ずいぶん急だと思ったがスマホを見るともう夕方だった。いつの間にこれだけ時間が過ぎたのか、いや普通に過ぎたのだ。ベンチに座ると直前まで誰かいたらしくほの暖かかった。ベンチの隅に一本、コスモスが横たえられていた。誰かが忘れたのか。茎に薄ピンクの花がいくつか、蕾《つぼみ》もある。花畑でうねっていたのはこの花かとおぼつかなくなるほど頼りなくしんなりしていた。「山の方はやっぱり暮れるのが早いね。お日様が、沈むのが」背中合わせになっているベンチに誰かが座った気配と小さい声がした。「おおかみいぬのじかん」別の女性の声が言った。「そろそろ、おおかみいぬのじかん。こういう、夜でもない、でも昼じゃない、おおかみいぬ」かすれたような、出しなれていないような声だった。「あっちじゃそう言うの？」あっち、という言葉が、なんだか本当に遠いどこかを指すように響いた。私は手を伸ばしてコスモスを手に取った。思ったよりしっかりした茎がシンと冷えていた。「むかしばなし。いまはどうかな、言わないのかも。わたしの、おかあさんが言うの。おおかみいぬはこわいから、早くかえっておいで……むこうまで見えるのに、もう暗い。ぜんぶが暗いんじゃなくて、山のところ木のところがかげになって、それがふえてって、星もまだ、なくって」「いま、おおかみいぬ？」「まだ。もうちょっと。もうちょっと……」「昼、夜、どっちがおおかみ？　夜？」「たぶん」「でも一番いい時間かも。どっちでもなくて、どっちでもあって」「そう。どんどんおおかみ、ほら、あのへんから。どんどんふえるおおかみ」クスクスクス……私はコーヒーをすすった。残り少ない液体の中で黒い細かい豆の粉が舞った。カップの中は一足先により暮れているように見えた。私は飲み干して立ち上がってちらっと後ろを見た。真っ赤なコートと白いガウンの後ろ姿が溶け合っているのが見えた。足湯にいた二人、顔は見えない。コスモスをセリーの助手席に置いた。短い間に茎がわずかに温《ぬく》もり、離した手が少し寒かった。途中、窓の遠くに白くチカチカ光る畑が見えてソバかなと思ったがよくわからない。田んぼのあぜ道にコスモスが咲いていた。ひと群れの花は薄暗くなる空気を吸って消えかけているように見えた。夜になると光る花と闇《やみ》を吸う花とがあるのかもしれない。帰宅して余分な茎や葉っぱを取り除いたコスモスを挿した。花は細い口の花瓶の中でかしいだ。顔を寄せると秋の外の空気の匂いがした。

昼休みに耳をすませていたが、誰もコスモス園の話はしていなかった。結局やっぱり村上さんもななみちゃんも行かなかったのだろう。私は今朝家を出がけに、ちょうど開きそうになっていた一輪を花首の下でちぎって持ってきてデスクに飾っていた。給湯室にいまはもう使っていない小さいステンレス製ミルクピッチャーがあったのでそれに入れた。しわのある花弁が解《ほど》けるように開きつつある。羽化のようだ。「キティちゃん。絶対あやしくないですか？」「その友達は騙《だま》されてる可能性ありますよね」「いや、クロだね」「うんうん真っ黒」「ですよね？　あー、でもわたし本人にはあんたそれ遊ばれてるよって言えなくてなんか」「言わなくていいよ」「そうそう。そういう子はね。半分わかってて騙されてるんだって」「えーでもー」「お金さえちゃんとしてたら大丈夫ですよ。まさかもう貸したりしてたり？」「どうだろー。でもその子結婚する気まんまんなんです。そのサンダル男と」「わー」「うーん」「うーん」「ごちそーさま。今日ちょっと先に席戻るわ。午後一であれだから」「あー。お疲れです」「村上さん部長に頼りにされてるから！」「どうだかねー。お先ー」「はーい」「やっぱなんていうか、女に慣れてる男っていうか、いろいろ上手《うま》いじゃないですか」「カモだね」「まあみんな通る、道っちゃそうなんだけどねえ」「本当ですか」「多かれ少なかれ、女はみんな」「時代じゃないすよ、そんなの」あれ、と大きな声がして、見上げると村上さんが洗いたてらしい水滴のついたクッキーモンスターのマグカップを片手に私の傍に立っていて、デスクの上の花を見下ろして「コスモスだね」「あ……はい」「もう秋だね」「そうですね」「子どものころうちの実家の近所の川の土手にね、すごくいっぱい咲いてたんだ。懐《なつ》かしいなあ」笑った頬がこんもり膨らんでぺかっと光る。午後の村上さんはいつもこんな風に神々《こうごう》しく顔じゅうが光っている。「あ、よかったら、これ、どうぞ」私は立ってミルクピッチャーごと花を持ち上げた。「え？」村上さんがこちらを見た気配がするが私は見れない。花を見ている。立ったけれど膝が伸びきっていなくて不安定な姿勢で、膝にかけていたブランケットがずり落ちて足の甲にわだかまっている。「あ、一輪だけですけど」花が揺れている。私の息、というか声で多分、ぶるぶる、いや、手がそれとも震えている？「あの、家にまだ、あるんで。買ったやつじゃないんで、あの」「え、いいの？じゃあ甘えちゃおうかなあ。ありがとね。デスクにこういうのあると、ちょっと気分が晴れるよね、忙しくても」本当ですよね、と私は何度も頷《うなず》いて、さっきより解けてはいるがまだねじれたようになっている花弁は揺れ、揺れ続け、揺れがおさまる前に村上さんの白いむっちりした指に抱かれてあっちへ行った。

園の花

子供が保育園に行きたくないと言い出した。きたかと思って見下ろした。子供は今四歳あと一ヶ月で五歳、年中組に属している。保育園には一歳から通っているからもう四年目だ。これが中学や高校だったら既に卒業していると思うとなんだかすごい。

「なんで行きたくないの？」「わかんない」

前にも保育園に行くのを嫌がった時があった。複数あった。預け始め半年くらいは毎朝泣かれ私までもらい泣きしていたし、進級で先生や教室の場所が変わるたび私の子供はしばらく登園を渋った。が、今年四月の年中進級時はそういう登園渋りも一週間くらいで収まりそれ以降比較的調子よく通園していたはずだ。親友とまではいかないが何人か名前のついたおともだちもでき、担任の先生も経験豊富そうな表面上穏やかで優しいがぴりっとした空気を出す時はちゃんと出せる先生に当たり来年も同じクラス同じ先生だといいなあと言っていたくらいだったのに。「なんで行きたくないか、わかんないの？」「うん。わかんないけど、いきたくない」昨日の降園時はどんな様子だっただろうか、思い出せる限り特に変わった兆候はなかったような、でも自分がどれだけ子供の表情動きを注視していたかは心もとない。子供が保育園四年目なら親の私も四年目だ。送り迎えのとき園庭で遊んでいる園児たちの様子を見る限りだいたい年中組くらいで特定のおともだちやグループを作るようになり、それと同時に仲間外れなども発生する。誰それちゃんはダーメ！　お前くんなよなー！　ねえ知ってる？　と通りすがりのただの保護者の私に話しかけてくるお子さんさえいる。なんとかちゃんってねえ、まだおもらしするんだよお昼寝のとき、恥ずかしいよねえ。赤ん坊や幼児が天使とは全く思わないが、でも、幼児が子供になり大人になるその過渡のこの一段階はなにか大きな境目なのだと思う。それは彼我《ひが》、ということかもしれないし、利害、ということの認識なのかもしれない。個人差や性差や家族構成や親の教育方針やそういういろいろな差異を飛び越えて多分、世界中で多分、年中児はこうして、親やきょうだいのように生まれつき与えられたわけではない自分で選び選ばれた誰かと手をつなぐ喜びと手をつなぎたくない誰かを排除する喜びに震えているのだ。

「なんか……嫌な子がいるとか？」「んー」のろのろと、普段ののろのろよりさらにのろのろとだが、子供はちゃんと身支度を終えている。歯も磨き終わっているし靴下も履いている。通園カバンだって提げている。ここまでのろのろでもちゃんと準備をしてからやっぱり行きたくないと言うことの真面目《まじめ》さ、要領の悪さ、いじらしさ、子供の小さい体の中にはいろいろなものが詰まっている。密度で言えば大人より濃く詰まっている。それを、言葉という道具だけで取り出せないことを私は知っている。そして仕草や表情や行動で知るだけのスキルは多分持っていない。まだ持っていないのかただ持っていないのかはわからないがとにかく現時点で私は持っていない。「なんか。行きたくないっていうのはわかるんだけど、それに理由があればもちろんお母さんも考えるんだけど、わかんないっていうのだと、どうかな、うーん」自殺してしまう子がいる。園児ではあまりないだろうが、小学生くらいだともう十分首を吊《つ》ったり飛び降りたりする。その原因が学校のいじめだったりして、そういう報道を見たとき当然私は、親としてというよりは大人として、自殺するくらいならもっとやり方があったんじゃないかと思う。そしてそれを導けたのは親じゃなかったかなと思う。でも、親には言えなかったというようなことも彼らは言う。言うというか死んでいたらもう言えないわけだがだから死ぬ前の彼らや生き残った彼ら、遺書とか、親は知らなかったというようなことを言う。親には言えなかった、相談できなかった。そういうのを聞けばなんで言えないんだよと思う。言ってよ、もし、天秤《てんびん》の片方に乗っているものが命なのなら、どんな手を使ってもそれを失うことを阻止したい。あたりまえだ、気づかなかったのかなあ、隠していたらわからないのかなあ、学校を辞めたって引きこもったってなんだって、死ぬよりはいい。でも、それはあくまで死ぬくらいならということで、単にだるいからとかちょっと先生に叱《しか》られてへこんだからとかだったらどうか。だるいから叱られてへこんだから学校を辞めて引きこもって無職でずっと過ごしたっていいと私は思えるか。結局子育ての最大の困難はこの判断、天秤に乗っているのはなにか、怠惰か絶望か慢心か命かちょっとした悪ふざけか低気圧か。判断を誤れば、一度で子供は死なないけれど誤り続ければ死ぬかもしれない。その判断、毎日次々やってくる。野菜を食べてと言うか食べなさいと言うか食べなくていいと言うかじゃあ一口だけ頑張ってみようかと言うのかいっそ黙って皿からのけてやるかお野菜さんまーちゃんに食べて欲しいなって言ってるよ、ねえお願い僕たち食べてーはいあーん、と声色を使うか、食べないとみかんないよと取引するのかもう子の皿に二度と金輪際野菜を載せないのか判断、判断、「なんか嫌なことあった？　行きたくない理由がわからないとなあ」「ママがすきだから」嘘《うそ》だ、と反射的に思って、そう思ったこと自体がすでに虐待《ぎゃくたい》のような気がしてくらっとなる。「ずっといっしょにいたいからママと」子供が保育園を休んで私とずっといたいというほど私を好いているかそんなことあるか、多分私は普通に子供に好かれているがでも、本当に四歳児が母親を好きで母親に好かれていると信じていたらむしろ保育園には行くんじゃないか逆に元気に。愛されてないかもと不安だから依存したりするんじゃないか恋愛と一緒で。子供を育てていると、いろいろなことが絡《から》み合って玉になって目の前に転がっているような感じがする。部分的にそれはほぐせたり確認したりできるのだけれど、でも、完全にそれを全《すべ》て整理して解決することは到底できないような、親の義務、私の体力知力、倫理、哲学、理想、社会との関わり、愛情、能力、労働、資質……それで、その時々に私が選び取ったものはなんら本質的ではなくてその場しのぎの、とっさの、あの手この手の、「まあ、じゃあ、とりあえず、保育園の前まで行ってみよう」子供が登園を嫌がったら、じゃあ先生に今日休みますって言いに行こうってね、連れて行けばいいのよ、いつか読んだ育児書のうろ覚えの記述、その本にはおかあさん悩まないで子供と一緒に楽しんでね大丈夫よと書いてあるけれど、おかあさんはおかあさんなんだからおかあさんなのよおかあさんと指をつきつけられているような気にもなった。それは本が悪いのではなくて多分私が悪い。

「あ、今日のお給食見てこようか！」早足で冷蔵庫に貼《は》ってある献立表、大好物、コロッケ、カレー、フライつくね、そういうことで子供の機嫌は変わったりもする。「あー、今日は五目どうふだ。五目どうふ、エビと豆腐とグリンピースと……あっ、サラダにハム入ってるよ、春雨サラダにロースハム！　ハムハム！　おやつはレーズン蒸しパンだよ！　イエイ」ふーん、暗い顔で唸《うな》って子供は靴を履き始めた。私は、自分が子供に無理を言っているような気になった。子供が私にわがままを言っているのではなくて私が子供にわがままを言っているのだ。自転車の後ろに乗せてイルカのヘルメットをかぶせて今日はいい天気だねと明るく言ってから、空が白くところどころ黒く曇っていることに気づいた。午後から雨が降るんじゃなかったか、そういえば、というか午後までもちそうもないこの色今にも「ママはほいくえんいきたくなかったことないの？」「え？　んー、ママは保育園行ってないよ、幼稚園」はぐらかし以外のなにものでもないことを言い、それで一秒二秒稼いでなにになるか「ようちえん」「行きたくないことそりゃあったよ」「どうしてだった？」「もうねえ……三十年前のことだからねえ……」「おぼえてない？」「んー、覚えてないねえ。じゃあ、雨降らないうちにね、しゅっぱーつ」

雨の日は本の部屋が混んでいるのでいやです。いやというか邪魔というかうるさい。晴れている日は本の部屋には人はそんなにいません。わたし一人の時もあります。というか晴れていると外で遊ぶように先生が言ってきて追い出されてしまうこともあります。本の部屋は天井がガラス張りで空が見えて、いやそれはわたしの記憶違いかもしれません、晴れていたら暑くてしょうがなさそうだし本が焼けて傷《いた》みそうだし危ないし、だから高い位置に窓があったかせいぜい天窓的なものがあっただけでしょう。でも、わたしの記憶の中で本の部屋の天井は全部ガラスで空が見えて雨の日はそれがひたひたする雨粒に覆《おお》われて見上げるとなんだか白い、その奥に暗さがある、本を読む一つ上や一つ下や同い年の子供たちの声や息のにおいが鼻について息が詰まりそうで顔を上げると園庭に黄色いものが動いていてそれは雨合羽を着た女の子とその手を引いた誰かでした。女の子はわたしより少し年上に見えました。その手を引いているのはどうもおばあさんのようで、えんじ色の傘をさしています。その後ろから、黒い傘の男の人がついてきている、おじいさんのようでした。おじいさんおばあさんに連れられてきている女の子、程なくわたしではない子供もそれに気づいたらしくアッ、とかあれだれ！　とかいう声が上がり子供たちは首を伸ばし立ち上がり窓に近寄りました。壁際《かべぎわ》にぐるりと置かれた背の低い、一番上の段まで園児たちの手が届く高さの木製の本棚にのっかる輩《やから》まで出ましたが先生にすぐとがめられました。先生、あれだれ？ おともだちよ。先生たちは、あなた（たち）以外の子供、という意味でおともだち、という単語をつかいました。遠足で動物園に行った時は他の幼稚園のおともだちがたくさんいるね、おともだちみたいにまっすぐならべるかな？ おともだちとおともだちになろうねと言われたらいったいわたしは誰とどうなったらいいのかわからなくて笑ってしまう、おともだち。おともだち？ という園児たちの声に、先生は新しい、おともだち、と言いました。

それがのりこちゃんで、のりこちゃんはその次の日から登園してきて、途中からクラスの人員が増えるのはわたしたちにとって初めてのことでした。秋でした。ばら組の秋でした。年上と思ったら同じ組でした。のりこちゃんはいつも、バスではなくて園に直接通いました。わたしも含めて、他の子供たちはほとんどがバス通園でした。のりこちゃんは毎朝歩いて園にきました。一緒にいるのは最初に見たおばあさんかおじいさんでした。と思っていたらそれはおばあさんではなくてお母さんで、おじいさんではなくてお父さんなのです。のりこちゃんは二人をママ、パパと呼んでいました。地域なのか世代なのか、わたしは両親をお母さんお父さんと呼んでいました。他の園児も多くはそうでしたし、先生も、みんなのおかあさんおとうさんという言い方をしていました。のりこちゃんのママとパパはおばあさんとおじいさんみたいに見えるのにママとパパなのです。そして、ママとパパは登園降園時いつも、ペコペコと先生や他の園児たちに頭を下げて、園児と目があうと（わたし含めバスで通う園児たちはみなその頃園庭にいたもので）うちの子をよろしくね、遊んでやってね、あなたは賢いね、かわいいね、いいお靴ね、いい上着ね、素敵な編みこみねおかあさんがしてくだすったの？　などと必要以上に言う人で、そう言われると子供たちはどうしていいのかわからなくなってしまうし、あと印象的だったのは二人ともいつも妙に肩の大きな服を着ていたことでした。太った人がなにかの理由で痩《や》せてしまったのに太っていた頃の服を着続けているか、サイズが全然違う人の服をお下がりでもらって無理に着ているような不自然な感じでした。二人とも、何度も何度も先生に頭を下げながら、わたしたち子供に手を振りながら近くに行けばうちの子をよろしくね、遊んでやってねなどと言い続けながら、そして顔は笑っているのに妙に怖いというか遠いというかそういう表情で、笑った顔のお面の下で泣いているような、のりこちゃんは、最初の日からばら組の有名人になりました。自由遊び時間（クラスごとに交代で園庭で遊ぶのです）、本当ならなおみちゃんが最初に乗るはずの特別な三輪車（後輪のところのフレームの塗装が剝《は》げてまだらになり下から金属の色が見えているためそれが特別に粋《いき》である、ということになっていました）に、あたし三輪車乗ります、と事もなげに宣言して真っ先に乗ってしまったのです。本当なら先生がそれを止めるか他の三輪車に導く（他の三輪車は妙に新しげな赤に塗ってあって、それはもう、信じられないくらい幼稚でダサいらしいのでした。その価値観はわたしにはよくわからない、わたしは三輪車も縄跳びもそういう体を動かす遊びはよほど先生から強制されない限りしませんでした。そもそも、体操の時間というのがあって、体操服に着替えて体操や跳び箱をしなければいけない時間があったのです。それだって、どうにかして避けたかったわたしは）べきだったのでしょうが、転入初日ということで先生もちょっと甘くしたのでしょう。しかしそれがなおみちゃんの気に入るはずもなく、その後、のりこちゃんがトイレに行くたびに皆がくすくす笑う、だとか、のりこちゃんのお弁当箱（なにかのキャラクターがついていたのだと思いますが）が別の誰かの真似《まね》で卑劣であるとか（今日初めて会ったのに？）、お手玉の片づけ場所を間違えているのは反逆的だとか、お食事の後の口すすぎの時ガラガラうがいをして（くちゅくちゅ、ぺっ、とするのが正しいのに）その音が汚いだとか、そういう声が密《ひそ》かにでもはっきりと上がるようになり、のりこちゃんの周囲に近づく子供はいなくなりうっかり近づきそうになった子には警告の声が立てられやっぱりくすくす笑い、のりこちゃんは困ったようでした。

好きな遊びは他の子があまり興味がないことが多かったのでいつも一人だったわたしは、それとなくのりこちゃんの去就を興味深く見ていました。仲良くなりたいと思ったわけではないのですがなんというか、ちょっと気になりました。わたしが最初にのりこちゃんを見つけたという意識もある。わたしがあの日雨の本の部屋で顔を上げて黄色い雨合羽を見つけなければのりこちゃんはこの世に存在していないような、だからどう行動するというわけでもなかったのですが、もし、のりこちゃんが一人が辛《つら》いなら一人でいることとの平然さを彼女に教えてもいいというような感じもありました。教えるというか、見て知ってほしい。実際わたしは本当に一人が平気だった、一人が平気だった最後の時代かもしれない、小学校に入るとそうもいかない。でもとにかく本当に、本気であの頃は、ガラス天井の本の部屋で一人本を読んでいればわたしは楽しかった。絵を描くのも好きでした。粘土も好きでしたが、粘土は粘土の時間以外に出してはいけないことになっていたので自由にはできませんでした。外で遊べと言われたらわたしはしゃがんで草を見ていました。園の隅には池があってヤゴがいました。これも今思うと、園児が落ちて溺《おぼ》れたりしたらどうするのかと思うのですが、でも、わたしの記憶ではそこには柵《さく》などはなかったのです。ただ、周囲に岩をならべたような軽い隆起があって、すぐに池、水底から伸びた硬い草がぼちょぼちょ生えて、きっと深さはわたしの膝《ひざ》くらい、おたまじゃくしなどもいたように思います。だいたいヤゴには餌《えさ》がいるわけですし夏にはカエルもいた。少し濁った水越しに、ヤゴはすごく大きく見えました。あめんぼうなどもいました。あめんぼうは飴《あめ》のような甘い匂《にお》いがするからそういう名前なのだと、わたしは本の部屋にあった図鑑を読んで知っていました。だからいつか捕まえて嗅《か》いでみようと思うのにあめんぼうは捕まえられませんでした。網もなにもないのだから水に濡《ぬ》れずにあめんぼうを捕まえるのはまあ普通に無理です。わたしは水たまりにでも雨にでもプールにでも、濡れるのが本当に嫌いでしたし（顔を洗うのも大人になってからできるようになりました。それまでは目やにを指でほじくって済ませていた）、あめんぼうは素早い。水面に足の形が映ってそれで二重に見えて余計に素早い。そうして過ごしているわたしに、興味を持ったのか単に他にいないから仕方なくなのか、のりこちゃんは声をかけてきました。なにしてるの、とかあそぼう、とかだったでしょう。わたしは、平然とした顔で、本当はちょっと高揚しながらも、本を読んでいると答え、池を見ていると答えました。へえ、と言ってのりこちゃんもそれに加わりました。のりこちゃんは一人の惨《みじ》めさがいやで無理やりわたしに話しかけているようには思えませんでした。のりこちゃんはわたしに二、三日の間に名前やきょうだいはいるかや（いません）おじいちゃんやおばあちゃんの家に泊まりにいったことはあるかや（ある。とこたえました。するとどっちも？と聞かれ、どっちってなにと尋ねるとまあいいやと言われました確か。あれは父方母方を聞いていたのでしょう。わたしにはそもそも母方の祖父母はいません）東京ディズニーランドに行きたいかや（行きたくないと答えました。アニメの絵はともかくミッキーミニーの人形というか着ぐるみの、目の上のアイラインのような黒い筋というか溝がとても怖い今も怖い）自分の名前の漢字の意味を知っているかや（知りません）アイスクリームは好きかや（きらいと答えました。歯にしみる）犬を飼っているかや（飼っていません。犬も猫も魚も鳥もなにも、わたしは今になるまで飼ったことがない）、そういうことを尋ね自分のも言い最後に、あなたの通園カバンはとてもいいと思うが自分でもそう思うか、特に刺繍《ししゅう》であしらってある帽子をかぶったうさぎの意匠が非常に印象的だ、というようなことを言いました。わたしはびっくりしました。母がミシンと手縫いで作ってくれた手提げカバン、全体は花柄のキルティングの生地でできていてその真ん中に生成り色の布が縫いつけてあります。キルティングのところが額縁で生成り色の部分がつまりはキャンバス、その中央に花籠《はなかご》を持ち頭にボンネット（という名前は知りませんでしたが当時）をかぶったうさぎが茶色や赤やピンクや薄緑の糸で刺繡してあります。ある部分はサテンステッチで光りある部分はグラデーションに糸色が変化し、花籠にはバラにライラックにラベンダーにマーガレット、粗く編まれた籠部分は糸が太くそれが重なり合って凹凸《おうとつ》が強調してありうさぎの毛並みはポターの筆致のような繊細に濃淡（一番薄いところはただの光の色のようなクリーム、濃い部分はチョコレート）、目は丸くこぼれ落ちそうに黒く濡れて光る質感に白糸が走り、わたしは内心こんなに粋な通園カバンの子は他にいないと思っていたのです。さくら組にもなのはな組にもいない、しかし、そういうことは、母のともだちのお母さん（わたしの友人の親という意味ではなく）や先生は言ってくれてもほかの園児たちは言わない、どころか彼女らはキティやキキララのプリント生地で作られたものばかり羨《うらや》ましがるのです。それはそれでもちろんかわいいけれど、でもこのうさぎ（母はその図案を、ピーターラビットの絵本や手芸の本やらをいくつも買ったり図書館で借りてきたりして、自分で組み合わせて考えたのです。入園前の母は本当に夢中で、わたしの声そっちのけで前掛けエプロンやコップ入れや弁当箱袋などを縫ってくれそれぞれに小さい刺繡がついていましたがあきらかに、大きさと複雑さの点で通園カバンが群を抜いて力作でした。母は母でなんだか追い詰められていたのかなと大人になってみると思います。なんというか、いくら娘のためとはいえ、たかが園児のた

めに手作りで仕上げるにはちょっと大変すぎるような気がしないでもないものでした
それらは。母はそのために昼食を抜いたり徹夜をしたりもしていました今思えば）は
ぜんぜん、レベルが違う……しかもそれを、カバン掛けにかけてあるそれを見て褒め
てくれる、わたしは嬉《うれ》しすぎて言葉が出ませんでした。そして、お礼に彼女のカバン
も褒めようと思ったのですが、それがどんなか、色も形も絵柄もなに一つ思い出せな
かったので、わたしはただ顔を赤くしてうつむいただけになりました。のりこちゃん
はあたしのパパ転勤族なんだ、と言いました。わたしはああ、と頷《うなず》きました。このあ
たりには転勤族の人が多いのです。転勤族というのがなんなのかわたしは知りません
でしたが、でも「このあたりには転勤族の人が多い」という単語の連なりは何度も聞
いたことがありました。それはどちらかというと侮蔑《ぶべつ》のニュアンスで母や他のお母さ
んの口から出ていたようにも思えましたが、のりこちゃんはむしろ誇らしげにそれを
発音しました。てんきんぞく、転勤族が多いわりに、途中で園を去ったり、逆に入っ
てきたりする子供がのりこちゃん以外いなかったのも今思うと不思議です。
　多分その次の日、わたしが登園バスから降りるとのりこちゃんがママとパパに連れ
られてきました。のりこちゃんは先生に朝の挨拶《あいさつ》をし、ママとパパに手を振るとわた
しのところにきました、いや、こようとしました。わたしはなんとなくそれを待ちま

した。自分からおはようと言おうかとさえ思いました（わたしは挨拶が下手くそなので有名で、それについては親や先生から度々叱られていましたし子供たちからは笑われ蔑《さげす》まれていました）。のりこちゃんのカバンは、大人のような艶《つや》のある紺色の生地の斜めがけカバンでした。そこに、後からくっつけたように、大きなさくらんぼのワッペンがついています。黄色の丸い台の上に双子《ふたご》のさくらんぼ、先っぽに小さい葉っぱが一枚、すごく粋でした。わたしはそれも言おうと思い、のりこちゃんかわたしかどちらかがいまにもおはよう、一緒に遊ぼう、そのカバンすてきだね、と言おう、言う、としたとき、ねえねえカナちゃん、と聞きなれない、いやよく知っている声がしました。なおみちゃんでした。わたしは今までなおみちゃんに、嘲笑《わら》われる以外、とがめられる以外話しかけられたことがない、ぎょっとしてそちらを向くと、なおみちゃんはにっこり笑って「ねえねえ。カナちゃん。いっしょにあそぼう」と言いました。わたしがさらにぎょっとしていると「おままごとしよう」おままごと！　わたしは一度もしたことがないしたいとも思ったことがない遊び、小さいエプロンに三角巾《さんかくきん》（せんせーい、と呼ぶと、先生が後ろで結んでくれるのです）をして、赤ちゃん人形を背負って……そんなことわたし全然好きじゃない、したくない「ね。カナちゃん。おままごと。お姉さん役させてあげる」彼女がそう言った瞬間いやその少し前、わたしは自分が、実は本当はおままごとをしてみたくてたまらない頭に古いハンカチで作られた三角巾をつけて花柄のピンク色のエプロンを結んで木でできたお鍋《なべ》や食材を手にして今日のご飯はハンバーグよ、おむすびよ、さあケーキを食べましょう、そういう自分の母親のとは絶対に違うアニメの母親のともちょっと違うおままごと言葉でおままごとをしたくてしたくてたまらないのだということに気づきました。わたしが頷くや否《いな》やなおみちゃんはこちらに近づいてきつつあったのりこちゃんに「ごめんね」と言いました。満面の笑み、なんてこの子はきれいなんだろう、愛らしいのだろう、本当は優しいのだ。「カナちゃんはわたしたちとあそぶからのりこちゃんとはあそべないの」ほんとうにごめんねえ、とかおりちゃんが言いました。ごめんねえ、まきちゃんもやや舌ったらずに言いました。のりこちゃんはわたしに「あそべないの？」と言いました。わたしは頷きました。嬉しくてどきどきしていた。誰かをこうやって仲間外れにするのは初めてでした。のりこちゃんは悲しそうな顔をして、いや嘘です、今思うと多分悲しそうな顔をして、でもわたしはのりこちゃんの顔なんて見ていませんでした。今まで、いやだなと思っていた、卑劣で愚劣で狡猾《こうかつ》で醜いはずのなおみちゃんからあそぼうと言われただけで、おままごと、お姉さん役、わたしたち、のりこちゃんはダーメ、カナちゃんだけ。背骨から突き上げるような喜びが湧《わ》き上がりそれは今までの惨めさ、自分が気づいていないと言い聞かせ続けていた惨めさが全て反転して膨張して爆発したような甘さ尊さ、今度はわたしが仲間外れにするんだという初めての感覚、抑えきれず、わたしはなおみちゃんに手を引かれ、かおりちゃんやまきちゃんに両脇《りょうわき》から挟まれるようにしておままごと道具があるお教室に入りました。

木でできた台所セット、男と女を簡単に模してピンクと青の産着《うぶぎ》に包まれた布製の赤ん坊……わたしが花柄のエプロンに手を伸ばしたところで、なおみちゃんは普通の声でそれはだめと言いました。そして、ささきせんせーい！　声をあげると、やってきたどの組の担任でもない先生に「後ろ結んでぇ」と言いました。「あら、きょうはカナちゃんもいっしょにするの。めずらしいね」先生はなおみちゃんの三つ編みを避けるように三角巾を結んでやりながらわたしに微笑《ほほえ》みかけました。「カナちゃんにもさんかっきんつける？」わたしが頷くより先に「カナちゃんは犬だから」「あら、カナちゃんイヌさんなの？」「カナちゃん犬好きだから」わたしは犬が好きだったろうか……なおみちゃんがお母さんでかおりちゃんはお姉さんでまきちゃんもお姉さんで、どちらが年上の姉かでちょっともめてでもかおりちゃんがより大きいお姉ちゃんに決まりしかしまきちゃんもそれと一歳しかちがわないことになり「だから、年子ね」「双子がいい」「うん双子にしよう」「双子はだめ。年子。双子は赤ちゃん」赤ちゃんはお人形で男女の双子で、どこからともなくやってきたばら組なのにさくら組より背が高くて体重が重いたけもとしんやくん（しんやくんという名前の男の子がもう一人ばら組にいたので彼らは常に苗字《みょうじ》から呼ばれていました。たけもとしんやくん、おうたにしんやくん。おうたにしんやくんは活発で一度ジャングルジムから落っこちて救急車がきましたが次の日普通に登園してきました）がお父さんになり、わたしはといえば黙って寝そべっているよう言われじっさいそうやって寝そべっているとばら組担任のイチイ先生がやってきてあらなにしてるのカナちゃんはそれ、ねて。いぬでーす、となおみちゃんがいい、ほらペス、ごはんだよといってわたしの前にお皿を置きました。お皿の中には赤と黄色と青のレゴが数粒入れてあり、わたしがそれを寝そべったまま上目に見ているとなおみちゃんに尻尾《しっぽ》振った方がいいよと言われ寝そべったままお尻《しり》を振ろうとするとうまくできなかったので立ち上がってお尻を振るとイチイ先生があらカナちゃんきょうはひょうきんねいいわねたのしそうねと言って笑いました。わたしはイチイ先生をとても大人に、お母さんよりもずっと大人なくらい大人に思っていましたがもしかするとまだ若い、とてもとても若い、二十歳そこそこくらいのお姉さんだったのかもしれない、ペスという名の犬にドライフードを与えお父さんが会社員らしいその家庭で、お父さんをお仕事に送り出したのちにお母さんと年子のお姉さん二人は舞踏会へ行く支度をしていましたが、舞踏会にもエプロンと三角巾で出かけ、そして、さっきまであんなに泣いておむつやミルクの世話が必要だった双子の赤ちゃんはもちろん置いていくのでした。いや、途中でお母さんがそれじゃかわいそうだわと言い出し、女の子（女の子の方だけ名前をつけ、それはミリヤとかリリアンとかそういう名前でした）にあやとり用に鎖編みしてあった毛糸をくるくるまきつけて抱えて出かけ家にはペスと名前のない男の赤ん坊が残されました。お父さんは園庭で――全然別の遊びをし始めていました、その声が聞こえましたから。

　その翌日、のりこちゃんは休みました。いや、その日のうちに早退したのだったかも、ママが車で迎えにきたのかも、お弁当を吐いたのかも、お弁当を吐いて迎えがきたのはわたしの方だったかも。吐いたグシャグシャの中にプチトマトが赤い丸い、とにかく翌日のりこちゃん（かわたし）はおらず、お休みがあってそして月曜日、わたしはのりこちゃんになにか言おうとしましたがそれをさえぎってやってきたのはなおみちゃんでこんどはなおみちゃんはのりこちゃんに声をかけ、そしてわたしにのりこちゃんはわたしたちと遊ぶから今日はカナちゃんとは遊べないのごめんねと言い、かおりちゃんとまきちゃんもごめんねえと言い、そして、なおみちゃんたちとのりこちゃんはおにごっこのようなことをして遊び始め、途中それは登り棒やジャングルジムやうんてい（今も幼稚園の園庭にはあの横になった梯子のような遊具があるのでしょうか？）も舞台となるかなり白熱したものになり男の子も加わり他の女の子も加わり、年上年下結局園中の園児や先生まで加わった盛大な熱波台風のようなことになりわたしはしゃがんでヤゴを見ていましたがでもヤゴは一年中ヤゴなはずはなくてどこかでトンボになる、でも、わたしの記憶では春夏秋冬いつでもわたしは池をしゃがんで眺めていてかつそこには半分透き通ったような黄色茶色の細長くて話の通じなさそうな脚のヤゴがいたのです。

池の周りには草が生えていました。園庭には花壇があって、その周囲や、あとは園庭を取り囲むフェンスのキワのところなどにも草は生えていました。花壇に植えてある植物はとってはいけないが、自然に生えている雑草はとってもいいのです。それを、砂場遊びの時つかったり野外のおままごとでつかったり、だから花や実のある雑草は人気でした。ニワゼキショウやアメリカフウロ、セイヨウカタバミ、ナズナ、タネツケバナというのは白い花で葉をちぎって口に含むとワサビのようなツンとする香りと辛味があります。おいしい。春の、それもごく早い一時期の風の匂いと味、しかし、あんたかじってんのそれなに、と尋ねてきた知らないその後も見かけない若い先生にタネツケバナ、と答えると彼女はぎゃはは、と笑い、「ひどいなまえのはなね」と言ってスカートにストッキングにハイヒール、お尻を左右に振りながら立ち去って行きました。あれはだから先生ではなかったのかも。誰かの保護者、女の変質者だったのかも。当時は今のように子供がたくさんいる場所を厳重に施錠《せじょう》するようなことは多分なくて、時々近所の人、園には関係ない人、がふらっと入ってきて園児になにか言ったりすることがままあったのです。一度は教室に貼ってある園児たちの絵に口紅で花マルが描いてあったこともあった。人工の花の香料の匂いがした、誰の仕業かわからなくてわたしはとてもよく描けていたおひなさまの絵を先生に捨てられた。見なれない白い花を見つけました。細かい泡粒のような白い花がドーム状にびっしりこんもりくっついて、それが細い茎の先端に揺れています。葉っぱは糸を絡めあったような柔らかいもので、葉っぱも花も今まで見たことがない、わたしがそれに手を伸ばすと急に大きな声がしました。園庭のほとんどの大きな声はわたしに関係がないのです。でも、それは違って、わたしに向けられたもので、それが証拠にすぐどすどすという足音がしてやってきたのは園長先生で、もうおばあさんの園長先生はわたしのすぐ隣まですごい勢いで走ってきてそしてはあはあ息をしながらさわっちゃだめ、それと言いました。「それ、毒だから」「毒?」「さわるとかぶれる、食べると死ぬ」

それはわたしにとって輝く言葉というか言葉の金属というか「さわるとかぶれる、

食べると死ぬ」そして、園長先生は、白い手袋（わたしの記憶の中でそれは手の指の節の隆起を全て拾うような薄い光沢のある生地の手首までの長さのものなのですが多分普通の軍手だったのでしょう。園バスの運転手さん以外男手がなかったあの園では、園長先生は高いところの電球替えも草刈りも池の掃除もなにも手ずからやっていました）をはめた手でその草をむんずとつかみ、引っ張りました。きゃはは……園庭の向こう側、遊具がたくさんあるあたりから高らかな笑い声が聞こえました。笑い声というか単なる奇声というか、とにかくやたらに高くてよく通る、それでいて澄んでいなくて濁ってもいるのです。鼻汁なども混じっている、唾《つば》、初めての虫歯、抜け替わりつつある乳歯、草は根ごと引っこぬかれ、その先端がちょっと赤かったように、先生はふーと息を吐くともう一度それをわたしの方にぐいと突き出すように示して「毒だから、毒」「さわるとかぶれる？」わたしがそうたずねると園長先生は頷いて「食べると死ぬ」先生の鼻の脇にある膨らんだほくろ（上の方は黒くてその下が茶色くて、鼻と頬に接しているあたりは肌と同じ色をしている）がドクンドクンと息づいているように見えて、わたしははっと目を広げたのですが園長先生はそこで突然笑顔になると「カナちゃん、はじめてこえをきいた！」と言って入れ歯なのか妙に高さの揃《そろ》った白黄色い歯を出して笑い始めたのでわたしは口を閉じました。初めて声を聞いたというのは嘘です。わたしは毎朝、園バスを降りたところで子供たちを待ち構えている園長先生に小声ではあれいやいやではあれ何度か挨拶したことがある、おはようございます、おはよう、カナちゃん。園長先生のことはちょっと好きだったから他の先生より。ひどい。さわるとかぶれる、食べると死ぬ。食べると死ぬ草をそれでも無造作に手に持って、園長先生はしばらく笑い続けました。おばあさんの匂いがしました。腐ったよもぎのような匂いです。それともその草の匂いなのかそれは。

わたしはそれから、ひたすらしゃがみこむのをやめて園庭をうろうろ歩き回るようになりました。あの草はないか、でも見当たらない。園長先生が毒草を引き抜いたのは賢明でした。本当に子供たちは貪欲《どんよく》で、ちょっとでも花や実がある植物、色のある植物は引き抜かれてしまう。花びらを口に押しこむ。山茶花《さざんか》なんか人気でした。透き通った花びらを前歯でかじるとじわっと甘く薄苦い、あの毒草と同じものは見つかりませんでした。とはいえ、見たのは一度きりだしほとんど一瞬と言ってもいい間だけで、花こそ形状を覚えているつもりでしたが葉っぱは日に日に曖昧《あいまい》に、もしかしたら同じものを見逃している可能性もある。わたしはそれから本の部屋で図鑑を引っ張り出しました。絵本とならんでいる大きな図鑑シリーズ、虫や宇宙が人気で、あとは食べ物というのもよく誰かが広げていたけれどその他はほとんど誰も手に取らない、一応ふりがなのふってある子供用ではありましたが、でも字は小さいし言葉は難しい、園児が一人で読んで理解できるものではなく、多くはただ、絵（写真より絵の方が多かったように覚えています）を見てきれいだのかっこいいだの汚いだの気持ち悪いだのこれ持ったことがあるだの食べたいだの、わたしは植物の巻を広げました。その絵は、どれも細かく描いてあるようで、でも本物とは全然違う。

図鑑にはわたしがよく知っている植物、名前もわかる植物も載っていましたが、たとえば百日紅《さるすべり》の項に描いてあるのは花のアップで、あの、上の方がだらしなく広がったように伸びてそこにくしゃっとした花がへばりついているみっともない感じは全然わからず、普通に綺麗《きれい》なお花のように見える。つぼみのすかすかした膨らみ方も、赤茶色に灰色がまだらになった樹皮の気持ち悪さもわからない。ソメイヨシノ（普通桜と呼んでいるものはソメイヨシノというものだということをわたしは知っていましたし、フゲンゾウとかギョイコウとかいう変わった名前の八重桜があることも知っていました。八重桜はわたしの祖母が大阪の桜の通り抜けに行った際にお土産に写真栞《しおり》をくれたのです）も、花びらは真っ白で、そのつけ根のガクのところが赤いのを強調するように描かれているため、満開の時のあの雲のような、一輪一輪がどうでもよくなるようなあのたたずまいも、夏の凶暴な緑も毛虫の脅威も秋の赤も緑も混ざって色づく禍々《まがまが》しさそれがどんどん地面に落ちて枝の先の方から木がすかすかになっていく寂しさも全くわからない、わたしはこれではあの草なんて載っていてもみつかりっこないと思いつつページをめくりました。その図鑑は、今思うと図鑑というか分厚い絵本と呼ぶべきだったのかもしれません。コスモスはぺったりしていて、花びらにあるシワが風を受けてふるえるさまも、花芯《かしん》に混じった黒っぽいしべが不気味に現実的なことも、花を終えた紫陽花《あじさい》がどんなに無慈悲に刈りこまれるかも、レモンの枝に鋭いトゲがあるのも、春先の沈丁花《じんちょうげ》の頭痛を招くような甘い香りも……説明文を読めば書いてあったのかもしれませんが、まだわたしにはなんのことやらわからない。

それでもわたしはそのページをめくり続けました。外で遊べと言われた日は園庭であれを探し、室内で遊べと言われた日は本の部屋であれを探し……のりこちゃんはいつのまにか、なおみちゃんとも他の誰とも普通に遊ぶようになっていました。男の子に混じって戦いごっこをしているのも見たことがあり、なおみちゃんが馬鹿《ばか》にしている早生まれの子たちと一緒に石を拾っているのも見たことがあり、なおみちゃんと一緒にジャングルジムをディズニーランド（なおみちゃんはもう十回も行ったことがあるらしい）のお城に見立てて遊んでいたこともあり……ある日、雨で全員が本の部屋で過ごすよう言われ、それでもともだちと遊びたい子たちはウォーリーを数人でのぞきこんでいました。人気だったので数冊あって、それぞれ、もう見つけた、どこ、言わないで、本当は見つけてないんでしょ、いや見つけた、それは前見つけたから知っているんだろう、おれの兄ちゃんが卒園する時爪《つめ》で印をつけておいたから斜めにすると光って見えるこれがサトウ家の秘密、言わないで今探しているからいや言ってみろどうせ見つけてないからお前はいつも口ばっかりのうたりん、などともめたり騒いだりしていました。

のりこちゃんは、比較的静かな子と二人で、果物でできた動物の写真絵本をのぞいていました。その本はとても人気で、ページが擦り切れ外れたところが黄ばんだテープで留めてありました。オレンジやぶどうやイチゴが切って組み合わせてあってそこにボタンでできた目がくっつけられうさぎだか猫だか犬だかに見立ててありかれらが公園で遊んでいたり街を歩いていたり部屋の中で飲食していたり、その、町なみや遊具や家具も全て果物や野菜で作ってあるのです。いがぐりでできたハリネズミもいた。その頃、ぶどうといえば小さくて濃い紫で中に種がある種類（あれはベリーAでも巨峰でもましてデラウェアとも違う、ローカルな品種だったのでしょうか最近見ませんばかりだったのですが、その写真の中では、ぶどうは濃い赤だったり磨いた革のようにピカピカ張り詰めて光っていたり透明に薄緑色をしていたりとにかく大粒で、バナナでできた端っこが少しだけ変色しているシーソー、スイカを彫ったソファ、街路樹はセロリで植え込みはパセリで舗装道路はマスクメロンの皮、今思うと果物のサイズと遠近がちょっとおかしいのですが多分うまいことしてあったのでしょう。影のない街でした。

わたしが植物図鑑絵本を見ていると、イチイ先生がわたしの傍にやってきて座りカナちゃんはそれがすきねと言いました。わたしは頷きました。そして、先生がどのおはながすき？　と言い、わたしは、ちょうど開いていたそのページには特に好きなものはなく、というかそもそも好きとかそういうことではないのだと説明するのも億劫《おっくう》で黙っていると急に先生があらと言いました。それが、普段とはちょっと違う声だったので、不思議に思ってその顔を見ると、先生は驚いたように目を丸くしていて、そして、わたしと目が合うとちょっと恥ずかしそうに「せんせいしらなかったけど、これ、どくがあるのね。キョウチクトウ」と言って一つの花を指差しました。「そこのこうえんにもふつうにさいているし……」「どく？」わたしが聞き返すと、先生はぎょっとしたようにわたしを見ました。そして力をこめて、そう、どくと言いました。わたしはイチイ先生もわたしの声を聞くのが初めてだと言い出すのではないかと不安になりましたが（さすがにそれはあまりにひどい）幸いそうではなく、「どくってね、からだにわるいもののこと。しらゆきひめのどくリンゴとか」さわるとかぶれる、食べると死ぬ、イチイ先生はそのキョウチクトウ（毒々しい桃色の花で硬い葉っぱの木のはずなのに、その絵だと白い花の咲く可憐《かれん》でやわらかい葉っぱの草に見える）の脇に浮いている、赤いいがぐりのようにトゲトゲしたマークを指差し（トゲだったら指に刺さっている）「このマークがついてるのどくなんだって」と言いました。「へええ、はっぱにもおはなにもねっこにもぜんぶどくがあるって。カナちゃんはしってた？」わたしは頷きました。イチイ先生は「へえすごいね、カナちゃんはしょくぶつはかせさんだね」と言いました。わたしはそれには首を横に振り、そして、それからは、その赤いマーク（赤いのですが中心には小さい紫色の点が印刷してあります）がある植物だけを探しました。先生が驚いた通り、キョウチクトウは公園に生えています。ヨウシュウヤマゴボウ（大人になって見た図鑑にはヨウシュヤマゴボウと書いてありましたがわたしが知っている発音はヨウシュュウ）は神社の建物の裏の大きなお墓のような石碑がある隣に生えています。母と二人でハンカチ染めにつかいました。彼岸花は河原にたくさん生えています。おばあちゃん（一人しかいない）がお正月に飾る水仙も毒、いい匂いがして、お母さんが春にトイレに飾るスズランも毒、でも、そのどれもがあの「さわるとかぶれる、食べると死ぬ」ではない。水仙もスズランもキョウチクトウも、多分食べると死ぬだけ（あるいはお腹《なか》を壊す）、だって水仙もスズランもキョウチクトウもヨウシュウヤマゴボウもわたしは触ったことがある。かぶれたりなんてしませんでした、わたしは肌が弱かったのに。わたしが家に帰ってそのことを母に言うと、母はまあ毒草ってトリカブトだけじゃないのねと言い、最近毎日テレビで、トリカブトという草の毒で奥さんを殺した男の人のことをやっている、とても怖い、フグにも毒がある、キノコにも、トリカブトは、お母さんは生えているのは見たことがないが、でも山に生えていたり、鉢植えなどで売っていて男の人はそれを買って奥さんを殺したそうです。「そういうの売り買いすること自体どうかと思うわお母さんは。鉄砲売ってるようなものでしょう。外国じゃあるまいし。だからね、その辺に生えてる変なものとって食べちゃダメなのよ」言ってから母は「カナちゃんはそんなこと、しないか」笑った前歯、母の前歯は右と左で色が全然違い、茶色っぽい片方は神経が死んでいるのです。小学生の頃こけたためだそうです。「近所のチワワに吠《ほ》えられてね。すごく怖くてね。ちっちゃくてなんか、変な顔してんのよチワワ。骨ばって筋張っておでこがぽこっと突き出て目がこぼれて落ちそうで。お母さん犬好きじゃないけどチワワはもっと嫌いなの」チワワが嫌いだったから逃げてこけたのか？　それとも逃げる時こけて歯を打ったからチワワが嫌いになったのか？　疑問を挟む余地なくお母さんは「こけた私の腕にまたがってねそのチワワ。キャンキャンコンコン吠えて興奮して。いやだったなあ、おしっこもちょっとかけられて。口から血が出るし。砂も入るし。塩辛いし。血がね、口の血って特別なのよちょっとぬめぬめして。周りの大人は女の子のこんな目立つ前歯が歯抜けになっちゃあお嫁にいけないって心配したけど、ぐらぐらしただけで抜けなかった、ちゃんとくっついたの。でも神経は死んじゃった。この歯の中は空っぽ、だから」「歯は死んで空っぽでも大丈夫なの」「どうだろう」母は急に我に返ったようにわたしを見て首を傾《かし》げて「他の歯より早く抜けちゃうのかもね」と言いました。「お母さんが、おばあさんになる前に」そんなの嫌だなあ、と思いましたがすぐに、まあでもいいかお母さんの歯だし、と思い直しました。

園に着くと思いの外すんなり子供は自転車を降りて門をくぐって中へ、年中組にもなると靴を脱いだりカバン掛けにカバンをかけたりするのはもう園児が一人で完遂することで、親は、保育士になにか特別の申し送りがある場合を除いて門の中にすら入らない。子供は一度もこちらを振り返らず中へ、私はやや拍子抜けしつつ自転車にまたがった。自転車を漕《こ》いでいると向こうから近所に住んでいるらしい、同じ年中級のはずだが組が違ってしかも今年度途中の欠員入園らしかったからそれで名前もなにもわからない親子が歩いてくるのが見えた。身綺麗な若いお母さんは胸に抱っこ紐《ひも》で赤ん坊を抱いて、年中組であることを示す緑色の帽子（年少は黄色で年長は青。赤やピンク色を採用すると男児が嫌がるという理由でらしい。女児は青い帽子でも嫌がらないというだってほら、エルサだってブルーのドレスでしょう？　シンデレラも。桃太郎はどうだろう。戦隊ヒーローは）をかぶった女の子とは手をつないでいない。私はどんな道でも、家の外だったら怖くて子供と手を離すことができない。こうやって、手をつながないで子供を歩かせているのを見ると恐怖と羨望《せんぼう》の気持ちをだから抱いてしまう。手もつながず前を向いてしゃんしゃん歩くその女の子の腕に円錐形《えんすいけい》に丸められた新聞紙があって、あれは花束、多分庭の花を教室に飾るため剪《き》って持ってきたのだろう。ということは持ち家か、若く見えるけれどちゃんとしている。

近づいてくる女の子の帽子の真正面にはフェルトのハートがくっつけてある。園児たちは自分で自分の帽子がわかるように大概、なにかしらの目印を帽子につけている。キャラクターものやイニシャルのアイロンワッペンやリボン、大胆なお母さんだとマジックでミニオンの目玉等を直描《じかが》き、この子の目印はピンクと白と赤のハート大中小、私の子供の帽子は母に頼んで大きなアップリケをつけてもらった。図案は子供自らがリクエストしてうさぎちゃんになった。子供の下絵を母が図案化した。そのうさぎちゃんも緑色の帽子をかぶっていて、その帽子にも小さいうさぎちゃんが縫いつけてあって緑の帽子をかぶっている。この四月、それをかぶって登園した子供は先生方から褒めそやされた。これ手縫いですか⁈　既製品のワッペンとかじゃなくて⁈　わあ！　器用ですね。器用ですね、器用ですね……そうなんです、私の母がとっても器用、そういえば私の母親の歯はいまだにちゃんとくっついている。相変わらず茶色く変色しているが、それが目立たないくらい他の歯も黄ばんで黒ずんできている。抱っこ紐から小さくてオレンジ色をした赤ん坊の手足がぶらぶらしている。靴も靴下もない裸足《はだし》だ。足の裏にはまだ土踏まずがなくて、でも凹《くぼ》みがあってそこが影になってぶらぶら、まだ子供が赤ん坊の頃同じように素足の状態で抱っこ紐で抱え歩いていたら見ず知らずのおばあさんにンマァ裸足で！　この肌寒いのに！　お母さんは靴下履いて靴履いてんのに、エエェ⁈!　うるさいうるさい、赤ん坊は体温が高いし靴下を嫌がる子もいるしうちの子供はまさにそれで言葉もまだ話せない尿意も便意も全て事後報告なのに靴下を履かせるなというそれは、それだけは明白に言葉以上に私に伝えてくるのだ、「そういう時は、教えていただいてありがとうございまーす、と明るく答えてさっさとその場を離れましょう。ママが外野の声を気にせずリラックスする方が赤ちゃんにとってはいいことです！」すれ違いざまに意外なほど明るく親しげな声でおはようございまーすと言われおはようございます、いってらっしゃい。いってきます、と大人っぽいほどあどけなく微笑んでこちらを見た女の子、新聞紙の灰色から白い小さい花がびっしりこんもりドーム状になったようなのがちらりとのぞき、それはまるでいる。

「え？」私が思わず自転車を止めると上着のポケットに入れていた携帯電話が震えている。ずいぶん前から震えていたような震え方で、取り出すと、たった今子供を置いてきた保育園の番号が表示されている。小さい振り返らない後ろ姿、雨粒が落ちてくる。四角い液晶画面が水滴で覆われていきその一つ一つが光と影を有し半球を形作りすぐ崩れ重なり合い遠くからキャーというどこか華やいだ楽しげなでも恐ろしがっているようにも聞こえる子供たちの悲鳴が聞こえてくる。

卵男

私は海外旅行というのにはほとんど行きません。仕事でときどき、というかごくごくたまに海外へ呼ばれることがあるのですが、そういう場合はだからよろこんで行きます。一昨年は韓国へ行きました。シンポジウムがあったのです。私は小説を書いていて、本が一冊韓国語に訳されたことがあったのでそれで呼ばれたようでした。韓国では私の小説を訳してくれた明るい元気な翻訳者(私は彼女を先生、と呼んでいました。大学で文学を教えている彼女は、はきはきして自信満々で博識で、なんというかとても先生っぽいのです。私は彼女からサエダさん、と普通に名前で呼ばれました)がずっとつき添って通訳をしてくれて、空き時間にはあちこち買い物や観光にも連れて行ってくれて、とても楽しかったです。昔の王宮や、詩人が集まるというギャラリーカフェ（干したフルーツを煮出した伝統茶を飲みました）、マッコリが飲めるバー（マッコリは少し苦手でしたがおつまみで出てきた焼いたタラが香ばしくて気に入りました）、子供服がとても安い問屋街（私はそこで子供服をたくさん買いました。子供の好きなキャラクターものの靴下は十足で五百円くらいでした）、いろいろおもしろく楽しい場所へ行きおいしいものも食べたのですが、一番印象的だったのは市場です。先生お勧めの漢方市場、あらゆる漢方薬やその素材を売っているとのことでした。しばらく地下鉄に乗って行ったと思います。入り口に門のようなものがあって、そこから延びる道の両側にびっしり店が出ているのです。屋根があるちゃんとした店もあれば、露店や屋台もありました。木の枝を束ねたものが地面に敷いたビニールシートの上にいくつも転がっていました。薪《まき》かと思ったらそれがもう漢方なのです。土くれにしか見えないものもありました。私の拳《こぶし》くらいの大きさで、丸い黒い焼け焦《こ》げたものが段ボールに重なって入っていました。丸ごと干した亀《かめ》もいました。すっぽんかもしれません。干した木の実、赤いのや黒いのや紫のや黄色いのや、キノコもありました。裏が白く表が黒い私の顔より大きい丸い平たいキノコ、花の蕾《つぼみ》やドライフラワーのように見えるものもありました。漢方薬の、あのいかにもひなびて土臭くちょっとほこりっぽいようなにおいが辺りに漂っていました。生きた魚が浅い水の中に泳いでいました。細長く黒くドジョウのように見えましたが、手足が退化した両生類のようでもありました。私が珍しがってあれこれ写真を撮るのを、先生は一歩先に立ってにこにこ待っていてくれました。「サエダさんいかがですか」「ええ、とても楽しいです。おもしろいです」「そうでしょう、そうでしょう。日本人の女性作家の方々をここにお連れするとみなさん大変およろこびになります」先生はとても丁寧な日本語を話します。「〇〇さんをお連れしたこともありますが、ホテルにお戻りになってから私にお電話くださって、明日もあの漢方市場へ行きたいとおっしゃって、三日間の滞在で二度もおいでになりました」〇〇さん、というのは女性作家で、文学賞の選考委員をいくつも歴任している、名実ともに日本を代表する作家の一人で私は会ったこともありません。先生は、その人の作品も訳したそうです。「わかります。この市場はとても興味深いです」私は、店々が途切れたところにある祠《ほこら》を撮影しながら言いました。ちょうど、お地蔵さんかなにかが入っていそうな小さい屋根つきの祠で、ただ、前の扉がしまっていたので中になにが入っているのか（なにも入っていないのか）はわかりませんでした。祠の裏には細い柿《かき》の木があって、たわんだ枝先に鈴なりに小さい筆形の実がびっしり実って薄赤く色づき始めていました。私はそれも撮りました。「韓国の柿はこういう形なんですか」「そうですねえ」先生は、私が指さして初めてそこに実があると気づいたような顔で振り仰ぎました。「いろいろですね。丸いものもあれば尖《とが》ったものもあります。干し柿も人気です。でも、この柿はずいぶん小さいですからあまり食べるところがなさそうですね」先生は、行きましょう、という感じで歩き出しました。先生はつばの大きな白い日よけ帽子をかぶっていて、黒っぽい市場の人波の中でとても目立ちました。木やキノコやそういう素材を干しただけのようなものを扱う店もあれば、いろいろな色の粉末や錠剤が目立つ店もありました。大きなビニールにパック詰めされて並んでいる粉末は白や黄色や緑や赤や茶色紫色、薄くすんだようないかにも天然の色で、表にハングルが書かれたラベルが貼《は》ってあります。奥へ行けば行くほど、漢方のにおいが徐々に強烈に感じられました。とてもおもしろいのですが、ちょっとなんだか自分の胸に乾燥した動植物の成分が溜《た》まっていっているような感じもしました。「サエダさんはどこか悪いところはありませんか」先生が歩きながら言いました。「例えば冷え性とか、肌荒れとか胃腸の乱れとか女性の問題とか」「そうですね……」「なんでもおっしゃってください。私もここでいくつか買い物いたします」先生は一軒の店の前で立ち止まると、奥から出てきた店員さんに何事かを大きな声で言いました。メガネをかけた男性店員はうなずいて、袋のいくつかを指さしました。先生はネー、ネエ、と言いながら（ネー、というのは韓国語ではい、員さんがビニール袋に入れていきます。「サエダさん。たとえばこちらはハトムギの粉で、肌に大変いいものとしてよく知られています。私の学生たちもよく飲んでいます。ヨーグルトと混ぜてパックにする人もいますが、私は飲む方をお勧めします。私も若いころ飲んでいたことがありますが、ニキビや吹き出物がおさまり色も白くなります」「ハトムギが肌にいいのは聞いたことがあります」「こちらはドングレという植物の根で、肌や、胃腸にもいい効果があります。お茶にして飲むこともできます。苦くなくておいしいです。私も愛飲しています、こちらは木蓮《もくれん》の花の」男性店員がなにかを先生に言いました。先生が、すこし強めの早口で返答しました。店員は肩をすくめました。先生は更になにか言いました。店員は私を見ました。私は首をかしげて先生を見ました。「なんですか？」「なんでもありません。どうしますか。もしお買いになるならこの店は質もいいしお買い得ですよ」私は先生がとても熱心に勧めているのがわかって少し気おくれしましたが、今回はやめておきますと言いました。お買い得ならその分荷物にもなるでしょうし、その、白い粉や茶色い根っこはどう見てもおいしくなさそうでした。買って重たい思いをして日本に持ち帰って、捨てる羽目になるのはもったいないことです。「せっかくおいでになりましたのに」先生は残念がりました。「〇〇さんは山ほど買って帰られましたよ。ご自分用と、ご家族のとお友達のとほかにもあれこれ。おねしょなさるお子さんはおられませんか」韓国の人がみなそうかわかりませんが少なくとも先生は、こういうとき本当に悔しそうに残念そうにします。目当ての店が休みだったときも、私に紹介したいと言っていた日本文学を学ぶ院生さんが今海外にいて会えないと言ってきたときも、すごくおいしいという蒸しおこわが売り切れだったときも、もう、地団駄を踏まんばかりにして残念がるのです。しかし、だからこそ、断るときはきっぱり断らねばいつまでも相手をその気にさせてしまうということを、私はここ数日の滞在で学びました。私は先生に向き直り頭を下げながら、「連れて来ていただきましたのに申し訳ありません。でも、この、市場を見るだけでとても楽しいですからそれで十分です」「そうですか」ひとしきり残念がると、先生はけろっとした顔でお腹《なか》が空《す》きましたかと言いました。「それではお昼を食べに行きましょう」先生は自分の分の支払いをして、重たそうに膨らんでいるビニール袋を持つと先に立って歩き出しました。目当ての店は市場を抜けたところにあるようでした。漢方薬ばかりならぶ通りを過ぎ、辺りの店が鮮やかに華やいでいきました。魚や肉、野菜や果物が売られている普通の市場のような一角です。真っ白いトウモロコシを蒸して売っている店がありました。真っ黒いぶどうやざくろ、日本では見ない潰《つぶ》れた形の桃や縞《しま》模様の小さい瓜《うり》のようなものなどもありました。山盛りの唐辛子は赤と緑がペカペカ光って、太いのや細いのやとがったのやがザルに盛られています。その鮮やかな色や質感を見ていると徐々に、胸に詰まっていたような漢方のにおいが薄れていきました。キムチや塩辛を売っている店もありました。巨大なプラスチック容器になみなみ入ったのを、おたまですくってビニール袋に入れてくれるようです。おばさんが一人、日本では見たことがない、銀色の平たい塩漬けらしい魚を袋いっぱいに詰めてもらっていました。アロエやよもぎ、細い竹のように見えるのは山菜でしょうか。山盛りの松葉を売っています。どうやって食べるのかと思ったら、蒸し器の底に敷いてお餅《もち》を蒸して香りをつけるのだそうです。人ごみの中をおばあさんが段ボールを抱えてよろめきながら歩いていきます。段ボールにはピンポン玉くらいのみかんがいっぱいに入っています。おじさんが運転する自転車が走り抜けました。それを避けて立ち止まったせいで先生との間に少し距離が空きました。先生の大きな白い帽子が遠ざかる、足を早めようとした途端、不意に目の前に高い壁が現れました。その壁がぐらりと揺れた気がしてぎょっと足を止めると、それは卵で、卵が、むき出しの白い卵が、間に赤茶色の段ボールのようなものを挟んで積み上げられていて、それが誰かの手によって運ばれているのでした。うみたてかなにかなのか、ゆで卵なのか、塩卵温泉卵、パックに入っていない卵は無防備で、それがしかも縦に何段か、ざっと十段くらい横にもそれくらい積まれた状態で人々が、手に手にカゴや箱や袋を持った人々が歩いている中を素手で運ばれているのです。運んでいるのは真っ青なジャンパーを着た中年男性で、ふらりふらり揺れるような足取りでどこかへ歩き去って行きました。逆に、しゃんしゃんまっすぐ歩いたら卵が割れるのだろうと私は思いました。あの揺れるような動きが卵を守っている……コオロギだか鈴虫だかのような、リーリーいう虫の声が聞こえました。私がついてきていないのに気づいたのか、先生が立ち止まってこちらを見ていたので片手を上げました。「どうしましたか」「いえ、卵が」私は振り返りましたが卵男はもう姿が見えませんでした。彼の動きはとてもゆっくりだったはずなのに、卵は高くて目立つはずなのに、全く気配も残っていませんでした。先生が「卵も売っているでしょう。なんでも売っていますから」と言いました。「韓国では卵を積み上げて運びますか？」「なんですって？」「ええと、段ボールのようなものを挟みこんで縦にいくつも積み上げてそれを運びますか？」先生は首をひねり「私は見たことがありませんね」と言いました。そして市場を抜けて道路を挟んだところにある白い外観の店を指さすと「お昼を食べるのはあそこです。とてもおいしい参鶏湯《サムゲタン》ですよ」

それから一年たって、私はまた韓国へ来ました。前回のとは別の、でもやっぱりシンポジウムで、今回は先生が関わっていない会だったので会うことができず残念でした。前回は日本からの参加者は私一人（だからこそ先生がつききりでお世話をしてくれたわけですが）でしたが今回のは日本からの参加者が小説家や詩人やジャーナリストなど他にもたくさんいました。自分の分の発表や質疑応答をする以外は、他の参加者の発表を聞いたり、一、二度会ったことがある程度の小説家の人と精一杯親しく話したり、初対面のジャーナリストの人の話を聞いたりしつつ時間を過ごしました。空き時間もところどころあって、あの漢方市場にまた行ってみたいなと思っていたのですが、丸一日フリーという日はなく、また誘う相手もなく、一人で地下鉄に乗って遠出するのは少し不安でした。その日のスケジュール後の会食というか宴会で隣になった日本人男性（シンポジウムを取材しているフリーライターとのことでした）にその話をすると、だったら市場で朝ごはんを食べるのはどうですかと言われました。なんでも、我々のホテル（日本からの参加者は私も彼も皆同じホテルに泊まっていたのですが）から地下鉄で一駅のところに市場があって、そこに朝から営業している食堂があって、そこの麺《めん》料理が絶品でしかもとても安いのだということでした。「日本人含め観光客は行かないような生活市場ですよ。僕は取材でしょっちゅう韓国へ来ているんですが、そのとき知り合った韓国人に教えてもらったんです。英語も日本語もまず通じませんが、座って麺を食べる仕草をしたら多分なにか出してくれますよ。僕の主観ですが、韓国で一番おいしい麺なんじゃないかな」ホテルの朝食ビュッフェは、まずくはありませんでしたが毎朝代わり映えしない内容で少し飽きてもいたので私はその話にとびつきました。彼はスマホを操作し、その市場への行き方を教えてくれました。「市場にはいくつか食堂があるんですが朝営業しているのはその麺食堂一軒ですから間違えることはないでしょう。一駅で、駅からもすぐですから、シンポの始まりまでに行って帰ってこられますよ。僕も行きたいところなんですが、明日朝の便で移動するのでご一緒できません。楽しんできてくださいね」私はいそいそとアラームをかけ、翌朝少し早起きして出かけました。ちょうど通勤時間の始まり頃だったのか、地下鉄は少し混んでいました。首にタオルを巻いてすっぴんひっつめの農家のおかみさんのような人と、隙《すき》なく化粧をしてファッションモデルのように装《よそお》った若い女性とが混じって座っているので興味深かったです。ちらちら日本語も聞こえてきて、旅行中の若い女性グループが同じ車両に乗っているようでした。教わった通り一駅で降りて地上に出ると目の前に市場の入り口がありました。その市場は地下にあるのです。

薄暗い階段を降りると、その先に、だだ広い体育館のような空間がありました。迷路のように区切られて様々な店があります。といって、去年先生に案内してもらったような市場ではなさそうです。野菜や乾物らしき食べ物もちらほらありましたが、圧倒的に目立つのはプラスチックやビニールやそういうものでできた生活雑貨でした。バケツや手桶《ておけ》、洗濯バサミ、タオルやザル、おたま食器類、その他なにに使うのかよくわからない様々なもの、スプレー缶、入浴剤かなにかに見える紙箱が並んでいたり、毒々しい虫の絵がついたスプレーは殺虫剤でしょう。色とりどりで、野菜や肉魚よりはるかにカラフルででも無機質でもありました。床屋さんがありました。食堂らしい店もありました。人気はなく、照明もついていなくて暗い、営業時間前のようでした。生活雑貨店も、ものは並んでいても人影がなく、まだ準備がととのっていないように見える店が大半でした。人の姿もあるにはあるのですが、威勢良く呼びこみしていたりするのではなく身内同士でぼそぼそ話をしていたり、大きな声が聞こえたと思ったら携帯電話に向かって話していたりします。全体的にとにかくまだ準備中の雰囲気で、果たしてこの中に絶品の朝食屋さんなんてあるんだろうか。私はうろつきました。すれ違う人が不思議そうに私の顔を見ました。気のせいかもしれません。私は、あまり化粧もしておらず、木綿の上着にストールをぐるぐる巻きにしてジーパンにスニーカー、別に、市場で働く人に見えなくもないでしょう。でも、やっぱり好奇心で歩いているだけの観光客だとわかるのか、そもそもお互い顔見知りでよそ者は目立つのか。観光客なんてほとんどいない市場だというのは本当だと思いました。いくら安くても、韓国へ来てわざわざプラスチックの洗濯バサミを買いこんで帰る人はあまりいないでしょう。お菓子屋さんがあって、一キロは入っていそうなビニールにパックされたおかきやチョコレートが並んでいました。マーブルチョコ風のチョコレートなのですが、色が日本のより鮮やかに見えました。それが、薄暗い照明に照り映えてなんだか昔のようです。種をチョコで包んでいるらしい、先が尖った形のマーブルチョコもあります。豆菓子、揚げ菓子、ウエハース風、お菓子の奥に白髪のおばあちゃんが座ってニコニコ私を見ていました。そしてなにか言いました。疑問文に聞こえました。私は麺を食べる仕草をしました。右手が箸《はし》、左手で丼《どんぶり》を持つ。それで右手を上下して麺をすする、おばあちゃんはすぐああ、とうなずいて指をさしました。こっち？　私が同じように指さしてまた麺を食べるとそうそうあっち。私はカムサハムニダ、と言ってそちらへ行きました。黄色い、暖かい色の照明に照らされた中に、椅子《いす》とテーブルとそして湯気の立つ寸胴鍋《ずんどうなべ》が煮えているコンロがありました。食堂、三つある長机にお客さんは誰もいません。コンロの前には細い体にエプロンを巻いたおばさん、おかみさんでしょうか、私はアニョハセヨ、と言いながら一人客です、というつもりで（見ればわかるのですが）おかみさんに指を一本立てて見せました。おかみさんはやや驚いた顔をしましたがすぐ、椅子の一つを示しました。私はそこに座っておかみさんに麺を食べる仕草をして見せました。おかみさんはうなずいて、寸胴鍋のとは別のコンロに小さい片手鍋をかけました。私はホッとして、首に巻いていたストールを外しました。ブウンブウンと、なにかが回る音が遠くから聞こえました。すぐに出てきたのはにゅうめんでした。澄んだ茶色いスープに日本のとまるで同じに見える白いそうめん、刻み海苔《のり》とネギが散らしてあってほかに具はありません、私は一口すってみました。薄味で、温かいせいかそうめんがやや柔らかい。海苔がしんなりほどけてかすかにきしみました。私はそれをしばらく黙って食べました。決してまずくはありませんが、絶品というにはなんというか、あまりに素朴というか簡単な料理でした。たとえばお茶漬けのような、あるいは素うどん、おいしいとかまずいとかそういうことではない種類の料理に思えました。私はそれを食べ終え、両手を合わせてごちそうさまの仕草をしました。おかみさんが値段らしきことを言ったのですが聞き取れなかったので一万ウォン札を出しました。千円以上することはないだろうと思ったのです。案の定、女性はお釣りを返してきました。ざっと数えてだいたい三百円くらいだった計算でした。まあ安いのは安い、でも妥当という気もしました。いや高いかも。私は店を後にしました。もしかしたら彼が言っていたのとは違う店だったのかもしれません。一軒だけでなく他に開いている店があってそっちだったのかも、あるいは彼の情報の後店が変わったか潰れたか、とはいえ、そうであってもいやだからこそ、気持ち次第で楽しい旅の思い出です。さっきより開いている店が増えて、明るさも増して、辺りはやや賑《にぎ》やかになっていました。お菓子屋さんの前を通るとおばあちゃんがまた私を見てニコニコしました。どうだった、というような顔で私を見たので、私は親指を立てて見せました。あらまあ、そうお。おばあちゃんはそういう顔をしてうんうんうなずきました。私は出口を探しました。すると、また、ふらりと高い壁が目の前に現れたのです。目の前よりもっと間近にもうすぐそこに白い卵、赤茶色の段ボール、重なりあった不安定な段々、一瞬で眼前に迫り白くて小さい凹凸があるもののすべすべした卵型の卵一つ一つに天井につけられた小さい丸い電灯の光が反射して、その同じ光が色の悪い爪《つめ》にも反射していました。自分の吐いた息が卵の表面にぶつかってネギとだし汁のにおいがしました。私は立ちすくむのと身をよじって避けるのを同時にしようとしました。私の肩が卵に触れました。軽い乾いた感触がして卵が上下を挟む段ボールの中でずれ押しこまれバランスが崩れ、私ははっというかあっというような声を出しました。卵男は、というかこちらからは卵の段々を無造作に押さえる筋張った長い指と爪と濁った銀色の結婚指輪しか見えない、でもおそらく間違いなく去年漢方市場で見たのと全く同じ卵男はまるで何事もなかったかのように左右に揺れながら、ゆらりゆらりこちらに視線すら向けず顔すら見せず漢方市場よりはるかに狭い、両側からプラスチック製品がせり出したようになっている通路を横切りふいとまた消えてしまいました。私は今のが幻だったように思い、いやむしろどちらかというと私の方が幻なのではないかと思い、妙に身辺がスウスウしてそのとき何事か後ろから短く鋭い声がしてどんと肩を叩かれ、ぎょっとして振り返ると食堂のおかみさんが、私のストールを真顔でこちらに突き出していました。食べるとき外したのを席に忘れていたのです。わざわざ持って追いかけてきてくれたのでした。私は慌《あわ》てて頭を下げて何度もカムサハムニダ、カムサハムニダ、おかみさんは軽く肩をすくめると少しだけ笑ってまた店の方に戻って行きました。また地下鉄に乗ってホテルに戻り、身支度をしてその日のシンポジウム会場へ行きました。シンポジウムでは、何人かの語学を学ぶ韓国の学生さん（院生が多いようでした）が通訳をしてくれていました。ボランティアなのかアルバイトなのかあるいは大学の単位が出るのか、皆熱心で日本語がうまく、中には中国語や英語とのトリリンガルの人もいるようでした。その中の手が空いていそうな一

島

小

人に声をかけ、卵をどんな風に売っているか、というか運んでいるか尋ねました。「たまご?」皆からミンちゃんと呼ばれている、くりくりした目の、髪の先端を緑色に染めている彼女は不思議そうに繰り返しました。「たまご、ですか?」「そう、市場で、白い卵をこう、いくつも重ねたようにして運んでいるのを見たんですけど」「たまご……」彼女が眉《まゆ》を曇らせて考えこんでしまったので私はなんだか悪いことをしたような気になって、ごめんごめん、今のは忘れてくださいと言いました。「たまご……ああ、でも、韓国の卵は白くないんですよ」「え?」「日本の卵は白いですね。韓国の卵の皮は茶色いですよ」彼女は殻を皮と言ったように聞こえました。私は脳裏に今朝の、そして去年の映像を思い浮かべました。卵は白かった、というか、白かったからこそなんというか「そうなんですね。ありがとう」「お役に立てなくて申し訳ありません」彼女は丁寧にお辞儀をしました。私もこちらこそすいませんと頭を下げ返しました。シンポジウムは今日で終わり、明日朝の便で私は日本に帰ります。

子猿

　猿が出たと妻がLINEを送ってきた。写真が添付されている。僕の家の庭の植木と、遠景にお隣の家の柿《かき》の木も写って全体が軽くブレている。猿は見えない。とりあえず『大丈夫？』と返す。すぐに既読がついたが返信はない。まあ、じゃあ大丈夫なんだろう。猿、僕が家を買った土地は都会ではないがそんなにど田舎でもない。車で十分のところに県内最大規模のショッピングモールがあってユニクロも無印もカルディもスタバも入っている。その道中にはコメダがある。裏手に山もあるが大半が住宅地に造成されていて、小ぎれいな建売が並び送電用の鉄塔がそびえ立ち猿がいるようなイメージではない。どこから来たのか、もしかして野生じゃなくてペットが逃げたのかもしれない。

帰宅すると「おかえりおかえり」妻が出てきた。「猿が出たって？」「そう、猿、もうびっくりしたよ」妻は寝巻き姿にもこもこしたショートブーツ型室内履き、居間の方からは録画のアニメの音声が聞こえる。少女役の声優が高い声で弾んで歌っている。「すぐそこの、お隣の庭の柿の木にいて、むしゃむしゃ柿食べててさ」「そりゃすごいね」僕は洗面所に入って手を洗ってうがいをして顔も洗った。眼鏡も洗った。「あっ、またハンドソープで眼鏡洗ってる！」妻が叫んだ。「そういうので洗っちゃダメだっていつも言ってるのに！」「いや、別に大丈夫だって」「コーティングがハゲるんだって！　言ってくれたら洗ったげるのに！」妻は前に眼鏡屋で、眼鏡をハンドソープやボディシャンプーなどで洗うとよくないと聞いたらしい。専用のクリーナーがいいのだと。そんなのただのクリーナーを売りつけようとする魂胆なのは明らかだし、眼鏡の汚れは皮脂なり手垢《てあか》なり人間の皮膚から出た成分なのだからハンドソープが適しているのは普通に科学的で論理的な話だ。僕は別に理系じゃないがそれくらいわかる。もう長いことずっとこうやって眼鏡をハンドソープで洗ってきてそれで何の不便も不満もないしコーティングなんて、普通に生きてたら勝手にハゲていくものだ。僕は居間へ行き食卓に座った。テレビはついていなかった。さっき聞こえた甲高い歌声は空耳だろうか、娘は寝巻き姿で床に座りこみ娘用の小さい座卓で何か絵を描いている。

「スーちゃんただいま」「おかえり」尻《しり》の下には小さいラグが敷いてある。無染色だかの生成りの布製であちこちクレヨンやマジック、あるいはなにか食品由来の汚れがついている。ラグは妻が選んだ。まめに洗わないなら子供用に薄い色のラグはやめておいたほうがいいと一応僕は忠告した。妻がご飯茶碗《ぢゃわん》を僕の前に置いた。「でね、最初に昼過ぎ、保育園のお知らせメールがきて。今日園庭のすぐそばで保育士が猿を目撃したため、外遊びを中止しましたので、登降園時にはご注意くださいって。それで、えーと思ってビビってスウちゃん迎えに行って、いないねーとか言って、で、うちまで帰ったらお隣の庭にいたの！」うちと保育園は歩いて十分くらいだから、同じ猿だろう。妻は頰を上気させつつ食卓に料理を並べた。二人はもう食べ終えているらしい。大きな鉢に半分くらい残されたポテトサラダ（きゅうりとツナ入り）、鶏肉《とりにく》を照り焼きっぽいタレで焼いたやつ、くし切りのトマト、空のガラスコップ。「本当にびっくりした！」「猿ねえ」「で、やばいすぐそこに猿いるんだけどって近所のママ友にLINEしたら、それうちもこないだ見た、見たってなって。ちょっと前から町内をうろうろしてるみたい」「でも、どっから来たんだろ」「山？」「山ったってさ……いただきます」「はいどうぞー」鶏の皿に触れるとすごく熱いのに肉を嚙《か》むとぬるい。レンジで再加熱しているからだろう。「写真あんまりよく見えなかったよ」「やー、ブレてたね。向こうもひゃって感じで逃げたから。子猿だよ、子猿。しまくまちゃんくらい、大きさ」しまくまちゃん、胴体部分が赤と白のシマシマになっていて、ボーダーの服を着ているように見える小さめのテディベア、誰かからの出産祝いで、娘のお気に入りでしょっちゅう抱いて寝て、毛足のない胴体部分にはたくさんよだれのシミがついている。多分これももらってから一度も洗っていない。「ふーん、小さいね確かに」ポテトサラダを嚙んだらしゃりっとにおいが広がった。生の玉ねぎが入っている。妻の料理は別に下手ではないが、ときどき僕には理解できない要素が定番料理に組みこまれている。ポテトサラダに生玉ねぎなんて普通入っていないと言うと妻は嘘《うそ》だ入ってる方がおいしいしそれが普通だと主張する。確かに妻の実家で出されたポテトサラダには玉ねぎが入っていてうまかった、が、じゃあ外食や総菜や弁当のポテサラに玉ねぎ入ってたことあるかよと言うとそれは手作りじゃないから、とわけがわからないことを言う。外食のだって総菜のだって、ちゃんと誰かが作っていて、それもより普遍的で万人受けする味に調整されているのだ。白米には麦の粒が入っていて硬い。食物繊維、ダイエット、妻が冷蔵庫を開ける音がする。集中が途切れるからと、うちでは娘が何かしているときはテレビをつけることが許されない。食事中もそうだし、僕が食べていて娘が絵本を眺めているとか人形遊びしているとかのときもだめ、だったらと手元でスマホを見ながら食事しているとそれは行儀が悪いと言う。理不尽だがどの家もそんなもんだとも聞く。娘はふっふと息を溜め吐《たは》きしながらクレヨンを動かして何か描いている。風呂《ふろ》をもう済ませているはずの両手にたくさんクレヨンの色がついている。黒、オレンジ、大量の赤、なんだか不吉な色使いだなと思って眺めているとこちらを見てきっと睨《にら》みつけて「みないで！」と言う。「見てない見てない」「できるまでみないで！」「わかったわかった」僕は仕方なく料理を見つめながら料理を噛んだ。時季外れなのだろうまだらに色抜けしたトマト、妻はトマトの皮を剝《む》かない。妻は小さいタッパと自分用のマグカップを運んできて食卓に置くと僕の斜め前の椅子《いす》に座った。「これおみやげでもらったけどおいしいよ野沢菜。で、で、めっちゃ食べてておお隣さんの柿。柿と猿って似合うね」「あの、ごめん、僕の麦茶は？」「あー、ごめんごめん、いま出す」お隣は老夫婦と僕より年上に見える無口で無愛想な一人息子が住んでいたのだが、一人息子を最近見かけないので多分単身赴任か、それか結婚か何かで家を出たのだろう。老人二人だと手が行き届かないのか、庭の柿の木の大量の実がそのままになっている。いや、高枝鋏《たかえだばさみ》で切ってはいるらしいのだが、そしてそれを結構うちもおすそ分けでいただくのだが、それだと上の方は全然手つかずで、木の上半分だけ真っ赤になっている。カラスがそれをつついていたり、道路に伸びた枝から落ちた実がつぶれていたりするのも見たことがある。もう熟れているというより腐っているのかもしれない。「はいどうぞ」妻が麦茶のポットを卓上に置いた。「ありがとうお母さん」僕は手酌でそれをコップに注いだ。「そりゃ、猿があれ見りゃ食うよなあ。猿蟹合戦《さるかに》ってあるくらいだし」「最初ね、枝が揺れてるなーと思ってね」妻のマグカップにはなにか湯気の立つものが入っている。「でも、猿って聞いて想像するより全然小さかったし、あと保護色？　あんまりよく見えなくて、でもやっぱり枝の動きがおかしいし音もするしって思って見たら急にはっきり見えて。なんか間違い探し見つけた瞬間っていうか。で、ばっちり目が合って。ひゃっと思って写真撮ったらその瞬間しゅって屋根の方跳んでどっか行っちゃった」「ふーむ。ま、スーちゃん無事でよかったよ。野生動物は目が合うと襲ってくるとか言うし」「襲うったってねえ、ほんの子供だよ。子猿。もしかしたら多分あれまだ赤ちゃんだよ」「ふーん。ねえ、麦茶、冷えたのないの」「そろそろ冷やすのやめた、もう寒いし。氷いる？」「うん、一つか二つでいいよ」「ほいほい」僕は妻の素手が僕のコップに白く濁った氷を落とすのを見た。爪《つめ》に複雑な色が塗ってある。カーキと紺と茶色が混ざりきらない迷彩のような柄、妻は爪を塗るのが趣味で、安いやつだからと言っていくつもマニキュアを買ってきては手足の爪に模様を描いている。真っ赤っかに金色、黒と茄子紺《なすこん》、赤土色と砂色のマーブル、ときどきギョッとする。「ふーむ」「そしたら、ママ友がこれ送ってくれて」妻がこちらに液晶画面を掲げる。何かの張り紙を撮影したらしい画像が出ている。『猿出没情報多発！　最近地区内で猿目撃情報が増えています。人に慣れさせない！　エサ（生ゴミなども含む）を与えない！　猿にとってエサがなく居心地のよくない環境にはいつきません！　猿にとっては山に帰ることが一番の幸せですのでご協力おねがいします。※危険なので追いかけたりつかまえようとしたり絶対しないでください！』「じゃあだめじゃん柿。エサじゃん」「それだよねえ。エサあげる人はいないし、あと生ゴミ気をつけるとかもできるけど」「お隣さんに関してはさ、とりあえず柿の実全部とったらうちのそばには来ないんじゃないの猿」「誰がとる？」「誰かが。息子さん帰ってこないのかね。家にいるときは毎年登ってとってたろ。こんど三連休とかあるけど」「え？　息子さん？」妻はきょとんとした顔をした。ピロンと鳴って妻のスマホが光った。「それは無理でしょ」「なんで」「え？　だってそんな簡単に出たり入ったりできないでしょああいうとこは」「ああいうとこ？」「だから、いまお隣さんの息子さんがいる施設」「しせつ？　なんの？」「えええ？」妻は今度は眉《み》間《けん》にしわを寄せた。「田舎の方にあって、ああいう人がみんなで暮らしてお世話してくれる人もいるとこ入ったんだってって、前私話したじゃん」「知らんよ、そんな話」

初耳だった。妻はさらにムッとした表情で、「嘘だよ、私話したよ！　もう親としても高齢だからいつまでも面倒見れるかなあと思ってたら田舎の方のいい施設に空きが出てホッとしたのよってお隣さんに聞いたって。空気もいいし農作業する時間もあってあの子は植物を触るのが好きだったし体力も発散できるだろうからって。でもちょっと寂しいわって。で、よかったですねえって私言いづらいけど、でもやっぱりよかったんだよねえお互いのためにねえっていう話、私したもん絶対」「いつ？」「んー。だから。去年とか」「はー」本当に記憶になかった。というか、妻の話を全《すべ》て記憶している夫なんて多分いないだろう。いたら狂う。「え、そもそも息子さんってなんなの、病気？」「はあ？」妻は目を丸くして驚いた表情になった。百面相だ。「本気で言ってんの？」「なにが」「できた！」娘が叫んで妻のところに行った。「みてこれ！」「わあ上手！　猿だあ！」妻の表情が一変して笑顔になった。妻の仕事の裏紙いっぱいに赤とオレンジと黒のクレヨンが塗りたくられているのが印刷された文字に透けて見えた。娘の小さな指先もそのような色になっていた。妻は絵をしばらく眺めて色がいい形がいい配置がいい余白がいいと褒めちぎってから、「お父さんにも見せたげな」と言った。娘はわざとらしく紙をかきいだくようにして「えー。おとーさん、みたい？」と横目のような目つきをした。正直ちょっとどうでもいいのだが、もちろん熱心そうに「見たい見たい！　お願い見してー！」「しょうがないなー」娘がこちらに紙の表（裏だけど）を向けた。オレンジと赤い丸がたくさん描かれ塗りつぶされ、その間に何本も黒い線が走っている。紙のほぼ中心に白青色の丸が一つある。「ほうほうほう。これはすごい絵だ」「オレンジと赤の丸いのは柿だよ」妻が口を挟んだ。「おー、わかるわかる。じゃあ、この黒い線は？」「えだ」「木の枝かあ！　で、この、白い青い丸いのは？」「さる」「猿なの、ほほーん、個性的だね」「すっごい、上手《うま》く描けてる！」妻は迫真の演技でそう言った。柿と枝はなるほど、ぺたっとした色味が重なり合ってプリミティブな迫力がある。枝を茶ではなくて黒く描いたのもいい感じだ。でもこれが猿？　ただの、ぐるぐると白と水色のクレヨンを塗り重ねたような丸、「め、め、めだよ」娘は自分の目を指差した。妻に似て細くて一重でややつり気味の、「目？」「さるのめ」「猿の目、こんなの？」「うん。うすかった」「ね。水色みたいな、きれいな目だったよね」「まるくて」「そう丸かったね」「おおきくて」「そうすごく大きかった。顔は小さいのに目だけ……ふわあ、一瞬だったけど、すごくよく見て、覚えてるんだねスウちゃん、すごいっ」得意げな顔をした娘はたくさんのウサギがプリントしてある柔らかい生地の寝巻きで赤黒く汚れた手を擦《こす》ろうとした。「ああ、ああ、ちょっとお母さん。スーちゃんの寝巻き、手が汚いから」「ああ本当だ。おいで、手洗おう。お湯で洗おう。洗面所行こう」「んー」居間に一人残され、鉢に残ったポテトサラダを食べてしまうか少し悩んで残した。野沢菜は塩辛かった。鶏は甘かった。空いた皿を重ねて立ち上がる。卓上に残された猿の目がぽかんとまん丸く天井を見上げている。よく見ると、薄い青に白と灰色（最近のクレヨンには中間色も揃《そろ》っている）がぐるぐる渦巻いて重なり、中心を白く塗り残して光らしきものが表現されている。年齢の割に芸術的な絵かもしれない。なんだかわからないからこそ尊い的な、抽象と具象の間というか、知らんけど。流しに置かれた僕の弁当箱を避けて夕食の皿を置く。妻と娘の分の食器はすでに洗われてステンレスの網ラックに伏せて置いてある。娘の茶碗の底にニコちゃんマークがついている。台所の床にお隣さんの柿が入ったビニール袋が置いてある。何個入っているか、十とか二十とか、僕は柿が好きではないし娘も食べないので処理しきれない。前のを食べきらないうちに次もらうのを断ればと思うが、まあ難しいのもわかる。妻は優しい。食卓に戻ると妻のスマホが一瞬鳴って、明るくなった画面に何やら爆笑する動物のスタンプが浮かんで暗くなった。洗面所からも二人が笑う声が聞こえた。

翌日、土曜日、僕が目覚めると妻と娘はもう起きたのか姿がなかった。確認すると八時前で、普段ならもう電車を降りて職場へ歩いている頃だ。家中シンとしている。

僕を気遣って声を潜めているのかと思ったが気配がない。トイレに行き洗面所で顔を洗い居間に行ったがやはり誰もいない。ふうんと唸《うな》ってテレビをつけた。チャンネルは子供番組に合わせてあり、ピタゴラ装置がカタカタ動いていた。ビー玉が転がってパネルが回転し歯車が嚙み合いドミノが倒れる。単純だからこその快楽、お決まりの音楽、頭がいい人が作っているのだ。いつか、この番組を一緒に見ていた妻がいたく感心するので、でも、頭がいい人が計算して設計して装置を作ったらきっとそんなに難しいことではないのだと言った。彼らにとっては、例えばカレールーの箱に書かれた手順通りにカレーを作るような、地図を見て目的地へ向かうようなことなのだろう、順番にやっていけばちゃんとやりおおせる、そういう種類の人間が世界にはいるのだ。僕も妻も多分娘もそうではないだけで。「違うよ」妻は言い切った。「だって、何回も失敗して撮影し直したっていうの、こないだやってたもん」「ええ?」「やってたよねー」娘も口を挟んだ。「ピタゴラそうちひゃくごじゅうさんばんのマーチでしょー」「そう、スウちゃんよく覚えてるね。デーモン小暮閣下が歌うの」「はー。素材が湿気とか手垢で狂うのかなあ」「っていうか、いくら計算しても、やってみないとわからないことがあるでしょ、多分。なんでも」「でも、計算しないと何もできないよ」「そりゃそうだろうけどさ。でも、だから、子供も大人も感動するんだよ。計算でなんでも完璧《かんぺき》にできるんならさ、そんなのただの作り物じゃない」番組は終わるところだったらしく、装置は最後にピタゴラの「ピ」の文字が浮き上がるギミックを終え画面が切り替わり、歌のお兄さんお姉さんがみんなー！　げんきー！　と不自然に明るい声で叫んだのでチャンネルを替えた。二人はどこへ行ったのだろう。散歩か、朝のパンでも買いに行ったのか。いい天気だしと試しに庭に出てみると声がした。妻が誰かと話している。そっと門から覗《のぞ》くと、妻と娘が手をつないで、お隣さんの家の前でお隣の老婦人と立ち話をしていた。妻の手には案の定パン屋の袋がぶら下がっている。面倒なのでこそこそ家に戻った。テレビの中では政治、また誰かが失言で責められている。隣国との関係、自然災害、ときどき、とんでもない時代に子供を作ってしまったんじゃないかという気がして空恐ろしくなる。深く考えても仕方がないことだが、僕が子供の頃は、大人になったら台風くらい人間の力でどうにかできるようになっていると思っていた。ドラえもん、21エモン、地震だって防げはしなくても予知くらいはできて、その瞬間を乗り切りさえすればあとはどうにかなるもんだと思っていた。今はできなくてもいずれできるようになるんだと。それはもう無理だ。月に住むのが無理なのと同じくらい無理、これからも無理なんだろうしなんなら悪化している。正義はなされず暴虐《ぼうぎゃく》を貪《むさぼ》るものが力を持ち、暑さも雨も酷《ひど》くなる一方、そんな未来を選択した覚えは一つもないけれど、選んだのは僕じゃないけど、でもこれから未来を生きる子供たちに対して、僕のせいじゃないんだよというのが不誠実なのはわかる。猿一匹、お隣さんの柿の木一本、どうにもしようがないのだ。もし、今現在、妻と新婚状態だったらもしかして子供を持ちたい持とうとは思わなかったかもしれない。持つべきではないよね、あんまりかわいそうだよね、僕と妻の子がそんな目覚ましい知能や体力や美貌《びぼう》を持つとは思えないし、僕も妻も親戚《しんせき》の誰も上級国民なんかでは全くないし、そんな子がこれからのこの国で幸せになれるって、思えますか僕は思わない、その見解が夫婦で一致したかどうかはまた別の話だし、なんにせよもう遅い、うちに猿が来て僕の娘や僕の妻を引《ひ》っ掻《か》きませんように。噛みませんように。まだ妻子は戻ってこない。お腹《なか》がすいてきた。僕は素知らぬ顔で再び庭に出て今気づいた風に門から首を出し「あ、おはようございまーす」笑顔で声をかけると退屈顔の娘がパッとこちらを見ておとーさんだ！　と言った。お隣さんは「おはようございます」と僕に頭を下げた。休日の朝なのにきれいに髪をセットして化粧している。休日の朝なのにといらか、お隣さんのような老人にとっては休日も朝もくそもないのかもしれない。腰がやや曲がって見えるくらいで、きっと昔は美人だっただろう。「ごめんごめん、ちょっとパン買いに行ってたの。お父さん寝てたからスウちゃんと二人で」それに比べて妻は、娘を産んでから欠かさなくなった帽子の下は多分すっぴんだろう。爪だけはやたらに塗るわりに、顔には無頓着《むとんちゃく》というか、まあそれも母親らしいことなのかもしれない。僕の母も化粧は薄かった。「うんありがとう」僕は三人に近づいて娘に手を出すと、大人の長話に退屈していたらしい娘は嬉《うれ》しそうにその手をとった。久しぶりに触る気がするその手はやや大きくなって、かわいそうにひんやり冷えている。低くて丸い鼻の頭も赤くなっている。朝飯前の幼女をこんなになるまで。「ねえお母さん、僕ら先に家に入ってスーちゃんに朝ごはん食べさせとこうか」「あ、うん。ありがとう」パンの袋を受けとって手をつないで庭に入る。いつ張ったのか、玄関脇《わき》の庭木に張られた大きな蜘蛛《くも》の巣に露が降りて朝日に光って小さい虹《にじ》ができている。手で掻いて壊すと娘がうへぇと言った。玄関で脱いだスニーカーに細かい草の屑《くず》が濡《ぬ》れてくっついて三和土《たたき》に足跡がついた。「なんの話をしてたの、お母さんとお隣さんは」「さるのはなし」「ああ。猿か」「さるはほんとう、こまったもんだよ」娘はお隣さんの口真似《くちまね》なのか聞きなれないイントネーションでそう言うと洗面所に向かいながら「てあらうからおゆだして！」娘の爪にはまだ昨日のクレヨンがうっすら詰まって残っていた。

娘と子供番組を見ながらパンを食べていると妻が入ってきた。「随分長話だったねえ」「そう？」帽子を脱いで下の髪をほぐすようにする。「スーちゃん退屈してたじゃないか、この寒いのに」「ああ、ごめんごめん。なんか、お隣さんが人形を見てないか聞いてきたから」「人形？」「なんか、古い人形がなくなったんだって」上着を脱ぎながら妻はごくさりげなくテレビを消した。娘も慣れているのか不満の声は出さないでウインナパンをかじっている。「落ちてたりしたのを見かけてないかしらんって。いや知りませんねって答えたんだけど。なんか、息子さんが子供の頃から気に入ってた人形が出てきたから、肌寒くなってきたし送ってやろうかと思ったら見当たらないって」大の男に肌寒くなったからと人形を送ろうというのはホラーだと思ったが妻は平気そうだった。「それって等身大のでっかい人形かなんか？」「え？　ううん、普通の、小さいの。お隣さんの手作りだって。昔、古着で作ったんだって」「ほーん」「見つけたらお知らせしますねって、まあ答えたけど、見たことある？」「いやない。っていうか、猿の話してたんじゃないの。スーちゃんそう言ってたけど」「あ、そうそう。その話もした。最初に人形のこと聞かれて、それで猿の話。確かに長話だね。ああ私もお腹すいた。パン食べたい。あ、スウちゃん牛乳飲んでないの？　牛乳飲めばいいのに。出すよ」「いらなーい」「栄養だから一杯でいいから飲みなさい。そっちはどうする？　コーヒーいる？」「うん。牛乳ちょこっと入れて」「うん」妻は台所から牛乳パックと娘のコップを持ってきて食卓に置き台所へ戻った。僕は牛乳パックに手を伸ばす娘を手で制してコップに注いでやった。三分の一も注がないうちにもういい、と娘がつぶやいたので注ぎやめた。娘はぐっと一息に飲んですぐに味を消すようにパンを食べた。牛乳が苦手なようだ。僕も子供の頃はそうだったから毎朝、ココアとか甘いカフェオレにしてもらって飲んだ。「ねえお母さん。これからは、スーちゃんの牛乳ココアとか味つけてあげたら？」「え、スウちゃんはそうしたいの？」妻が台所から尋ねる。娘は首を横に振った。「いい」「なんでだよ、その方が飲みやすいよ」「でも……いやだ」「じゃあコーヒー味は？　ちょこっとコーヒーとたっぷりお砂糖入れるんだ、お父さんも子供の頃毎朝ばあばに」「いやだってば！」娘は立ち上がると走って行った。「どこ行くんだ！」「ごちそうさま！　トイレ！」僕は舌打ちして立ち上がると妻に「トイレだって！」「ああ、最近おしっこならもう一人で全部できるから」コーヒーメーカーがコポコポ鳴り、いい香りがしだした。コーヒー好きの妻に、授乳を終えてようやくカフェインも自由にというタイミングで僕が贈った誕生日プレゼント、外国製で大きくて結構いい値段したが、妻は喜んで毎朝使っている。僕は椅子に座り直し明太子《めんたいこ》フランスパンをかじった。「で、お隣さんね、子供の頃田舎に住んでたんだけど、猿を見たんだって」「そりゃ、昔の田舎なら猿くらいいるよね」「違うんだって。昔は猿は人里にあんまり降りてこなかったんだって。山が豊かだったろうし、わざわざ人間のところまで来ないんだって」「ははー」「でもね、たまーに若い猿が村に降りてきちゃうんだって。好奇心で。そうしたらね、大人が農作業やめて家に入っちゃうんだって、猿が見てるからって」「へえ」「ちょうど稲刈りの時期でね。お隣さんも一家総出でやってたんだけど、猿が見てるぞってなって、やめちゃったんだって。でも、早く済ませたいから、お隣さん、まだ子供でね。自分の割り当て終わらないと遊びにいけないしなんならその時期は学校も休まなきゃいけなくて。で、親に隠れて自分の割り当てをやっちゃったんだって」「ふーん」「稲をさ、こう、刈ったあとに束ねてこう、干してあるじゃない？　なんか木でできた柵《さく》みたいなやつにひっかけて、田んぼで」「ああ、見たことあるね」テレビだか写真だかで、黄金色の稲が束ねられ、素朴な農民が一年の収穫を寿《ことほ》ぎあい、向こうに柿の木、夕焼け空にカラスが一羽二羽、ススキ、日本の古きよき里山風景。「その干す作業をやって。で、家に入って、そうしたらしばらくしてね。田んぼに干しといた稲の束がね、庭の生垣に移してあったんだって。生垣に、同じようにこう、真ん中で割って左右に振り分けるみたいにして。誰のいたずらかなっと思ったら、それが猿で」「はあ」「猿の前で人間のやることを見せたらね。それを猿は真似するんだって怒られたって。だから猿の前では人間らしいことをしちゃいけないんだって。猿の前で大根抜いた人は次の日全部畑の大根抜かれたって。猿の前で傘を差したら次の雨のとき傘を盗まれて山に差して持って行かれて。猿の前でお餅《もち》つきしたら家の前に石で叩《たた》き潰《つぶ》した何かが置いてあって、見たら大きなヒキガエルを石でめちゃくちゃについてこねて葉っぱのお皿に載せたやつだったんだって」「ウゲー」「だから、猿の前では静かーに家に引っこんどくのがいいですよって。なんでも猿真似しますからねって」妻は話しながら僕と自分にコーヒーを運んできた。「おかあさーん」トイレの方から娘の声がした。「なーにー」「おしりふいてー」「ありゃ、うんちか。すぐ行くよー」僕はコーヒーをブラックで一口飲み、それから牛乳を一垂らし注いだ。黒い水面が白く濁って、でもすぐに表面に茶色い透明な層ができ、湯気が弧を描いて立って静まった。ゆっくり飲む。熱くて香りがいい。職場のコーヒーメーカーのとはやはり違う。猿、猿真似、面白い話だが信憑性《しんぴょうせい》はどうだろう。動物園の猿山で見る猿はやっぱり猿みたいだ。人間っぽい仕草もあるが、人間っぽく見えるのはそれがむしろ猿だからだし、猿らがスマホをいじる真似をしているのも子猿を肩車しているのも夫婦猿が気まずく顔を背けあっているのも見たことがない。だいたい大根抜くくらい、別に猿真似じゃなくてもやるだろう。妻が娘と戻ってきてやれやれと椅子に座り栗《くり》あんぱんを食べ始めた。「ねえおかあさん、テレビつけていい?」「いいよー」妻はリモコンを操作した。ちょうどアニメが始まったところだった。「猿真似ねえ」「あ、でね、柿ね。猿のエサになるのは嫌だし、年寄り二人じゃどうしようもないから人に頼んでみますって言ってた。お隣さんからまた柿もらったけど食後に食べる？」「んー、今日はいい」「今日はって、全然食べないじゃん。スウちゃんも食べないから私ばかり食べてる」妻はむくれた。口の端に芥《け》子《し》粒《つぶ》がくっついている。「僕も、柿、あんまりね」「あんまりって、私だって別に大好物じゃないよ。せっかくもらったんだから腐らせないようにちょっとは協力してよ」「まあ、じゃあ、あとでもらうから、じゃあ剝いといて……あ、柿が余るなら干し柿でも作ったら？　お袋が何度か作ってたけど、あれは日持ちするらしいよ」「そしたら食べる？」「食べないよ」

　翌日日曜日の午後、軽トラがお隣の前に路駐していた。柿の木に二人男性がいる。妻が様子を見に行って「便利屋さんっていうのに頼んだんだって」と報告してきた。「便利屋ねえ」「よくチラシ入ってるよ。草むしりとか粗大ゴミ捨てとかやりますって書いてあったけど、柿もとってくれるんだね」その夕方にはお隣の柿の木はすっかり実がなくなっていた。てっぺんに二つだけ見える。木全体が小さくなったようにさえ見える。細い枝は、よくこれであれだけの実が保てていたなというほど頼りない。見上げているとお隣さんが出てきて「お騒がせしました」と僕に頭を下げた。「いえいえ。すごいですね、実、ほとんどなくなりましたね。あっという間に」「本当に。やっぱりプロですね。簡単な足場をぱっと組んで上の方まで……柿の枝は登るには脆《もろ》いから危ないんですよ、ちゃんと足場をしないとね」「へええ」柿の木に登って実をとる田舎の悪戯坊主《いたずらぼうず》、みたいな絵面《えづら》があるがあれはフィクションなのか。それとも、悪戯坊主の体重くらいなら大丈夫なのか。でも確か、この人の一人息子もそうやって登ってとっていなかったか。「実もね、食べきれませんからよかったらお引きとりくださいって頼んだら段ボールに詰めて持って帰ってくださいました。息子がいないと柿、食べあぐねてたから……好物でね。時季には毎日朝昼晩三つ四つずつ平らげてたもんだから」「そりゃすごい」「息子のところには柿の木もあるっていうから送れないしね」お隣さんは木を見上げた。お隣さんのつむじあたりの毛がかなり広く薄くなって地肌が見えていた。お隣さんの地肌はなんだか灰色をしていた。「すっきりしました、これで本当に」「でも、上に二つ残ってますね。見逃したのかな」お隣さんは僕を見て微笑《ほほえ》んで、「あれはね、木守《きまも》りっていって、一つくらい残しとくもんなんです。実のなる木の実はね、昔っからの決まりで」「へえぇ。じゃあ、もう猿が来ないといいですね。食べられちゃいけないですもんね、それね」「かわいそうですけどねえ。子猿がこんなとこまで降りてきて」「猿、ご覧になりましたか」「ええ、もちろん。ちょうどそこの二階の窓からね、息子の部屋だったんで窓を開けて風を通していたら柿を食べてるのが見えて……かわいいもんですけれどもね、やっぱり野生だから……それでね。主人とも相談して、もうあの木は切ってしまおうかって。それも便利屋さんに頼んだんです。そう急がずだけれど、来年の実がなる前には切ってくださいって。見積もりをね今度出してもらおうと思って」「そうですか。それはいいですね」「いいでしょう。いいんですよ」お隣さんはじゃあと言って家に入った。

それから猿を見たと聞かなかったが、一週間ほど経《た》って僕が珍しく定時帰宅すると何か気配がした。振り向くとお隣の家のブロック塀の上に猿がいた。本当に小さい。大きさだけでなく顔立ちも幼い。目は薄い色をしていた。青というか灰色というかもういっそ透明な、もしかして見えていないんじゃないかと思った直後に猿は明らかに僕の目を見た。その小さい胸に何かを抱いていた。人形？　手足らしきもの、頭部には簡単な目鼻、布でできた簡単な人形のようだった。ほんの手のひらくらいの大きさの、くたっとした、古びた、その顔面がオレンジ色に汚れている。赤錆《あかさび》をなすったような、それが擦れて乾いて色あせたような、猿は僕の視線が自分が抱いた人形に注がれているのに気づいたのかギッと歯を剝き出した。澄んだ目が光った。歯が白かった。

歯茎が赤かった。人間そっくりの鼻の穴が開いてその奥も赤かった。猿は裸になった柿の木にひらっと跳び上がり、てっぺんまで登り真っ赤を通り越し黒ずんで透明に見える柿をつかんで胸に抱いた人形の顔に塗りたくるようにするとまた跳ねてお隣の瓦《かわら》屋根に降り立ちたたたと駆けてどこかへ行った。おとーさーん。どこかの窓から誰かの子供が父親を呼んでいるのが聞こえた。「おとーさーん」僕のではない。猿がいなくなった方角を見た。整列する建売住宅が白い筋状に並んで見える山に隠れた向こう側に多分夕日が落ちていた。雲の裾《すそ》が暗く光っている。黒い影に見える鳥の群れが鉄塔の周囲をぐるぐる回っている。

かたわら

犬を飼おうとする夢を見た。捨て犬か迷い犬で、昔実家で飼っていたゴールデンレトリーバーに似た犬種なのだがちょっと違う。もっと赤みの強い茶色い毛はゴールデンにしては短くラブラドールにしては長い。高い鼻の上に横向きのシワが入っているところがニヒルかつややとぼけてもいて、黒い目は丸くおそらく子犬から若犬になったばかりという顔つきだった。はたはたと尾を振っている。尾の毛は長い。「レトリーバー系の雑種だろうね」と犬を保護した知人も言った。どこかの庭で誰かの子供がおかーさあああん、ありがとーう！　と叫んでいる。私は頷《うなず》いた。「そうだよね、レトリーバー入ってるよね」「あとはなんだろう、ボクサーとかかな。顔の感じが」彼のところには腎臓《じんぞう》が悪く人見知りをする老猫《ろうびょう》（私もいまだに一度も撫《な》でさせてもらえない）がおり中型から大型になるのが予想される若犬を飼うのは難しい。他に適当な人は思いつかないし、彼が犬を拾って最初に出会ったのが一人散歩中だった私であった偶然、犬を見る私の目が輝いていること、犬もまた一目で私を気に入ったように見えること……彼はこの犬は私が飼うべきだと主張した。「さっきまでこの犬こんなじゃなかったんだよ、もっとずっとしょんぼりしてた」「本当？」聞き返すと彼の目が瞬《まばた》いた。少し老《ふ》けたなと思った。目元のあたりに見慣れない小じわができている。「本当だよ。すごくいいよ。そっちの家には庭だってあるんだし」「あるけど……」うちの庭は広くない上に植物も植えてある。こんな太い、まだまだ太くなりそうな脚で踏み荒らされたら一発で荒れ果てるだろう。小さい花壇、バジルとパセリとローズマリー、地植えしたばかりのプチトマトの苗もある。パーティーバルーンという品種で、一株にいろんな色の実、黄色に緑、赤オレンジ黒い縞《しま》模様などがとりどりにつき色ごとに微妙に味や食感も違うという……が、門を閉めておけば庭に犬を放しておいても逃げないかもしれないなとも私は一瞬で考えていた。プチトマトなんて実ったって一夏のものだ。レトリーバー系の寿命は長くはなくて昔飼っていたタブも確かちょうど享年《きょうねん》十、それでも十年、十歳、彼はカーキ色のズボンをはいた脚を大きく広げてしゃがみ犬を撫でた。犬は尾をさらに激しく振り、頭をぎゅっと下げてお尻《しり》を突き上げた。タブも遊びたいときこういうポーズをとって相手を見た。彼に撫でられながら犬は私を見ていた。見返すとちらちらと視線が揺れたので私もそらして彼の手を見る。身長の割に大きな手で爪《つめ》は短い。白いところがほとんどない。「庭があるっていうのはいいもんだよ。時間がないとか天気が悪いとかで散歩に行けなくても、庭でトイレをさせて少し歩かせることができるからお互いにとってすごくいい」「でも……」彼は私の迷いと本心をわかりきっているかのように静かな声で「いい犬だよ」とたたみかけた。「きっと、すごくいい犬だよ。ドン子が仲良くできるならうちで飼いたいくらいだよ。この様子だと人間不信にもなってないようだし」「……誰か捨てたのかな」「痩《や》せてないし怪我《けが》もないし迷い犬かもしれないけど……迷子札はないし、マイクロチップも入れてないようだし」「マイクロチップ?」「皮膚に埋めこんどくと、ほら、迷子のときに役立つし、あとは捨てたりするのの抑止にもなるから。手術も簡単なんだ。痛くもないらしい……自分がされたこともないのにそう言うのは無責任だけど」彼は低い声で笑って犬の耳の後ろあたりをわしゃわしゃと撫でた。彼の爪が光る銅《あかがね》色《いろ》の毛に埋もれては見え埋もれては見えした。犬はフウフウと荒い息を吐きながら身をくねらせて喜び、彼の手を舐《な》めようとした。「僕は猫臭いだろ……」薄いピンク色の舌に黒い斑点《はんてん》があるのが見えた。タブと一緒だ。あの子にも舌にあんな風な模様があって、なにか舐めるときはそれが伸び縮みして見えた。亡《な》くなる直前はその色がちょっと薄くなった。いや舌全体の色が濃くなってそう見えたのだ。犬は興奮した様子で地面に倒れお腹《なか》を出した。お腹の毛は白っぽい。毛と皮膚から血色が透けるお腹を彼は優しく撫でた。「それに、そっちの家で飼ってくれたら僕もしょっちゅう行って遊べるし」「そうだけど」「散歩だって協力できるし、旅行とかのときはそっちの家に行って面倒見たっていいし」「そうだけど」私はスマホを取り出して夫に電話をかけようとした。少なくとも夫の許可は絶対に必要だ。「林くんに？」彼は犬の腹を撫で回しながら「いいってよ、犬を飼うのは構わないって」「もう知ってるの？」「うん。さっき連絡しておいた。いいってさ、彼もそれで」私はいよいよ外堀を埋められた気持ちで、そしてそれをこそ私は望んでいたのだという気持ちで、なにせ私が飼うと言わねばこの犬は最悪保健所行きかもしれない、チワワみたいな小型犬ならいざ知らずこんな大きくなりそうな犬、子犬でもない、そうそう引き取り手は見つからないだろう。私は犬に手を伸ばした。私の動きを見てすぐさまぐるん、と体を反転させ立ち上がった犬は私の膝《ひざ》のあたりに鼻をくっつけ全身をくねくねさせた。私はその、一度シャンプーせねばならないなという感じに脂《あぶら》っぽく微《かす》かににおう、しかし十分柔らかくて美しい毛を撫でた。指先が地肌に触れたので優しく掻《か》いてやる。毛と皮膚とその下の脂肪と筋肉がそれぞれの動き方で動いて温かい、犬の平熱は人間より高い。ずっと高い。犬の息が手にかかった。手首に湿った鼻がくっついた。「名前、あるのかな」「あったかもしれないけど……新しくつけなきゃね、飼うなら」犬がべろりと私の手を舐めた。少しざらついて、でも柔らかい温かい犬の唾液《だえき》が一瞬で乾いて、そうだった犬の唾液はこんな風にすぐ乾いて、でもそれがまたなにかの拍子で濡《ぬ》れるとまた唾液めいてねばついてここを舐められたと思い出すんだそうだったと思ったところで目が覚めた。あまりに生々しい喜びの中にいたためしばらく私は寝転んだまま布団《ふとん》の中で笑っていたのだがだんだん悲しくなった。犬はいないし、そもそもうちはペット禁止の賃貸アパートで庭だってないしあと彼が誰だったのかもわからない。夫を林くんと呼んだ同年代にもちょっと若くも老けても見えるあの男性、その顔形の記憶がもう消えている。目も口も鼻も声も、犬は、犬はまだ大丈夫だ。触った毛の感触がまだある。いかにも無邪気そうで優しそうで裏切らなさそうな顔つきも鼻の湿りも息も、今何時だろう。目を開けてみたがカーテンの向こうは真っ暗でもなく明けている感じでもない。街灯やコンビニエンスストア、深夜まで電気をつけておく民家もあるし、だから外の明るさだけではなにも判断できない、少なくとも深夜より前ではないだろう。

夫のいびきが聞こえる。隣で子供が寝ていた。常夜灯の光の中で、顔だけ横向きにしたうつぶせで口を小さく開けている。寝息が深い。夢にこの子は登場しなかった。いないことになっていた。私はもう一生犬を飼えないかもしれない。犬を飼うにはまずここから引っ越さねばならないし、もっと生活に余裕がなくてはならない。実家でタブを飼い始めたのは私が小学五年生、妹が四年生のころだった。私の子供がそれと同年代のときにと思うとあと四年から五年、事態はそんな風にはならないだろう。悪くなることはあっても、あと五年やそこらで、いやそれが十年でも二十年でも、もっといい場所、ペット可の賃貸物件かできれば庭つきの一戸建てに引っ越してなおかつ生活に余裕が出ている可能性はほぼない。子供にはこれからもっとお金がかかる。進学、塾、受験、その他の習い事だって皆無というわけにいかないかもしれないし、一人っ子とはいえいくらかかるか、夫がどんどこ昇給するとも思えない。私は妊娠退職してからはパート勤めだ。物価は上がり税金も増え両親は老いる。「ライフプランて、あるじゃん」いつだったか妹が言っていたのを思い出した。二人子供がいて正社員共働き、実家のすぐそばに家を建てて暮らしている。今は年に二回か三回しか会わない。「上の子が下の子が高校行くまでにいくら、大学入るまでウン百万私立だったら都会に出るって言い出したらプラスウン百で何年に一回車買い換えて家のローンはあと何年でダンナと私の定年がいつでっていうの表にしていって、どれくらいお金がいるとか足りないとかを計算するやつ。あれね、どうやって計算しても、どっかで宝くじで一億円当たるとかいう目がない限り成立しない気がする。いや、計算上はぎり可能でもよ？　宝くじ当たるより大病するとかなんかで被災するとか、そっちの方が可能性高くない？」突然子供が歯ぎしりをした。ガリ、ガリ、私の子供はときどき歯ぎしりをする。毎日ではないし長時間でもないのだがかなり力がこもっているような音、一度歯医者で相談したが、「よくあることです」「よくあることなんですか」ええ、と大きなマスク越しにも明確な無表情で頷いて歯科医は手にぴっちり貼《は》りついていたつるつるした青いゴム手袋を剝《は》がして足元のゴミ箱に落とした。ゴミ箱はペダルを足で踏んで蓋《ふた》を開くタイプで、がしゃんと大きな音がした。子供は口を小さく開けて診察椅《い》子《す》の前に設置された小型テレビのディズニーチャンネルを凝視していた。明らかに日本のではない造形の性別がわからないキャラクターが画面中を飛び回っている。「ひどいお子さんだと、歯の嚙《か》み合わせ面がツルツルになるまで削れてる方もおられますけどね。おたくのお子さんはそういうことはないですからあまり気になさることはないでしょう。どうせ乳歯で抜けるんだし」ガリ、ガリ、でも、なんというか子供の小さい薄い象牙《ぞうげ》色《いろ》の歯がぱきっと縦に割れるんじゃないかというくらい重みのある音なのだ。頭蓋骨《ずがいこつ》ごと歪《ゆが》むんじゃないかというような。子供は平和そうな顔で、眉間《みけん》とかおでこにしわを寄せているとかもなく、ただ口だけが横に動いて凶暴な音がする。「そもそも、なんで歯ぎしりするんでしょうか」「この年齢だと、乳歯が抜ける前の違和感かもしれませんね」「じゃあもうすぐ抜けるんですかね」「どうでしょう。年齢からするともういつでもおかしくはないですが、まだぐらついている歯はなさそうですね」「遅いですか」「遅めですが異常ではないです」保育園ではかなりの子の歯が一本か二本あるいはもっと抜けている。「うちの子さー、なんか大人の歯がズレて生えてきちゃっててまだ乳歯が抜けてないのに！」「えー！」顔はわかるが親しくない母親たちが保育園の門の前でしゃべっている。「で、慌《あわ》てて歯医者さん連れてってさー」「どこの？」「バイパス沿いの。水色の象の看板の」「ああー、子供専用のとこ？」「そうそうそう。あそこいいよ、スタッフもみんなすっごい優しいし先生も女医さんだし椅子も子供サイズだから楽そうだし上の子の矯正もそこでやったけどきれいにできたよ」「あー、矯正。うちもそこにしようかなあ。今のとこ先生ちょっと怖いんだよね」「先生大事。で、そしたらこんななるまで気づかなかったんですかって言われてもうがっつり生えてますよ後ろからって、でも私毎日ちゃんと仕上げ磨きしてたんだよ、しあげはオカーアーサーンつって、マジで毎日口の中見てたのに知らないうちにそんななっててさー、こんだけ生えてたらお口に変な感じあったんじゃないカナー？って言われてんのに本人もゼンゼーンってへらへらしてて」乳歯が抜けたら歯ぎしりは治るのか。もし歯が抜けても永久歯になっても歯ぎしりしていたらどうすればいいのだろう。大人で歯ぎしりをする人だっているわけだし、マウスピース、それに自分では気づかないうちに私だって歯ぎしりしていても不思議ではない。夫も自分のいびきには気づいていないようだし。今何時だろう。いよいよ目も頭も冴《さ》えていたがここでスマホを光らせて時間を確認したら余計に眠れなくなりそうだった。最近よく夜に目覚める。すごく嫌な夢を見て目覚めることもある。内容は覚えていないがとにかく嫌な気配や感触や感情が体内に残っているような、叫びたいような、隣で寝ている子供に謝りたくなるような、今までのうのうと生きて来た自分を問い詰めたいような問い詰めてなにになるんだというような、それらに比べたら今日のはいい夢だ。すごくいい夢、いい犬、だからさみしい。犬、犬、タブのこと、タブは私が大学生のときに亡くなった。実家の玄関に遺影というか写真が飾ってあって、帰るたび思い出すということはそれ以外はほとんど忘れている。久しぶりに思い出した、ごめんねタブ、タブはいい犬だった。犬嫌いだった同居の祖父が亡くなったのを機にというとなんだか薄情だがまあそういうタイミングで父親が知り合いからもらってきたゴールデンレトリーバーで、優しい顔つきにやや細身の体形、スイカと水泳と家の階段が好きだった。

私が階段の下に立って途中の段におもちゃの小さいボールを投げると跳ね返ってこちらに戻ってくる、それを階下で待ち受けるタブがくわえる。私が普通にボールを投げるよりその方が多分どこにどう動くかわからなくて面白かったのだろう。力加減や角度でボールが即座に鋭角に返ってくることもトントンゆっくり落ちてくることもあって、それぞれにタブは盛大に毛の生えた尻尾《しっぽ》を振り小走りしてあるいはちょっと飛び、ときどき自分の毛に滑って転んで壁にぶつかった。本当はタブは外で飼うはずの犬だった。ゴールデンレトリーバーは豪邸ではない日本の屋内で飼うには大きい。子犬をもらうと決まり乳離れを待っている間に父親が犬小屋を作った。祖父が生前丹精していた家庭菜園を潰《つぶ》して踏み固め上に芝を植えて、スヌーピー的なミニチュアの家形ではなくアルミでできた柵《さく》に扉をつけ上に平らな屋根を載せた物置きっぽい犬小屋で、家から様子がよく見えるように庭のど真ん中に設置した。窓のすぐ前、子犬が成犬になったら普段はそこですごさせて天気が悪いときや寒いときだけ家の中に入れようという話だったのにいざ子犬を飼い始めるととてもじゃないがこの子を庭に出しておくなんて考えられないという空気になり最終的に犬小屋は一度も使われなかった。さっさと撤去すればよかったが父親が堅牢《けんろう》に作りすぎて取り除くのも大変だったのか、今でもそのまま実家の庭にある。この前里帰りしたとき子供が面白がってその中に入ったので叱《しか》った。自分でも思っていたより激しく叱ってしまって子供は泣き出して、いつもそこで遊んでいるらしい妹の子供たちは別に入ってもいいんだよーと言い、危なくないよ、怖くないよ、なんでダメなのおばちゃん説明してよ説明、セーツーメー！　自分でもなんであんなに叱ってしまったのかよくわからない。檻《おり》の中のようなビジュアルに耐えられなかったのか、やっぱりそこはタブのものだとでも思ったのか、一応外からかけられる鍵《かぎ》もついていたがそれはさすがに危ないので父親に外してもらったのだと妹は言った。そこは四角く錆《さ》びた穴になっていた。屋根つきで日陰になっている時間が多いせいか柵の中に生えている雑草の色が薄かった。隅に古そうなホースが丸めて置いてあった。ホースにけばけばした白いもの、埃《ほこり》か野《の》良《ら》猫《ねこ》の抜け毛か古い蜘《く》蛛《も》の巣かなにかが絡《から》みついていた。妹は最近このへん猿が出るんだよと嫌そうに言った。「だから猿の毛かもしれない。いくらうちが田舎だってさ、猿なんてどうかしてない？　嫌だね、こんなとこで雨宿りでもされてるんなら、お父さんたち元気なうちにどうにかしてもらわなきゃ」結局、タブの寝床は居間の壁際《かべぎわ》になった。母がフローリングの上に防水弾性加工のクッションフロアを敷きその上にトイレシートと水飲みの皿を置いた。居間はほとんど犬部屋めいて狭くなり、部屋の四隅や机や椅子などの脚にはいつも抜け毛が溜《た》まった。タブの毛は生えているときは薄い茶色なのだが抜け毛一本だけだと白く見え、それが何本かかたまるとまた茶色く見えた。ブラッシングで集めた毛を詰めた小さいクッションができた。手のひらに載るくらいのサイズだがぱんぱんに張り詰めたピンクでハート形の手縫いフェルト、純毛、私は当時嫌っていた同級生が犬猫アレルギーだと聞いて、そのクッションを送りつけてやろうかと思ったが想像するだけで満足して送らなかった。あのクッションは捨てていないから実家のどこかにあるだろう。いや、焼いたかもしれない。タブの遺骸《いがい》と一緒に焼いた気もする。

タブが亡くなって、母親がかかりつけの獣医に献体したいと連絡し父親と大げんかになった。父親は五体満足でタブを焼いてやりたかったらしい。母親になんでそんなことをするんだと言い、母親はだって最後にお世話になった先生方のお役に立ったらうれしいじゃないと言い返し、それにしたってなんの罪もないあの子をバラバラにするなんてありえないだろう。獣医学の進歩に貢献できたらタブは絶対喜ぶと思うけど。進学で家を離れていた妹は残念だけど帰れない急いで帰ってタブに会えるなら帰るけどもう死んじゃってるんだもんね解剖もだからどっちでもいいと私は思うけどお姉ちゃんはどうなのと涙声の電話で言い、私ももう死んじゃってるんだから解剖したってしなくたって同じだと思うし焼いたらどうせバラバラになるんだし、結局、連絡時診察中で電話に出られなかった獣医から折り返し電話がかかってきて今は犬の献体は間に合っていると断られた。お申し出に感謝いたします、よろしかったらペット火葬業者をご紹介しましょうか。教えられた業者に依頼するとその日のうちにタブは運ばれていき骨になって帰ってきた。献体を申し出たことへの感謝で獣医が口添えでもしてくれたらしく、本来は大型犬コースのサイズのわんちゃんですけれど小型犬・猫コースでお承りしましたと言われ明細書にもそう書かれていて母親が小型犬分の火葬料金を支払った。タブの骨は青みがかった陶器製の骨壺《こつつぼ》に入っていた。その骨壺も小型犬サイズだったのかそれはちゃんと大型犬サイズだったのかよくわからないがとにかくぎっしり詰まっていた。大きい骨はほとんどなくて粉っぽかった。骨は海に流した。車で二十分ほどの距離にある、べたつく潮風にも塩分が含まれているような、人間はそもそも遊泳禁止で釣り人もいない貝殻や漂着物でサグサグの砂浜が最寄りの海で、タブはそこで泳ぐのが好きだった。海水が腎臓に悪いからと獣医に言われた中年以降はそばへも連れて行かなくなったが、若いころにはいつまでも波の間を泳いでいたがった。タブは呼べばちゃんと戻ってくる犬だったが、海の中にいるときは呼ばれてそれに反応してこちらを見、実際に戻ってくるまでの間がそれぞれほんの少し長かった。海面の灰色をした泡にタブの骨がくっついてゆっくり沖へ行くのを見て父親が泣いた。

確か父親は仕事を休んだのだろう。私も大学を休んだ。母は専業主婦だった。海は波がなく浮かんだ骨がどこまでも視界から消えず私たちは立ち去るタイミングがわからなかった。黒い鳥が飛んでいた。白い鳥も灰色の鳥もいた。小型犬を連れた若いカップルが私たちを訝《いぶか》しそうに横目で見ながら砂浜を歩いていった。青い服を着て楽しそうに丸く短く整えられた尾を振って鼻面《はなづら》を砂浜にふんふんくっつける薄茶色い小さい犬、多分まだ子犬、あの犬は生きていてこれから当分生きるのにタブは死んじゃった、帰りの車を運転しながら、せっかくだからなにかおいしいものを食べて帰ろうと提案した母を父親は化け物でも見るような目で見たがランチタイム終盤の蕎麦屋《そばや》へ入って座敷に座るころには泣き止《や》んで目も赤くなくて僕は天ざるにしようかな。あ、私も。私もそうする。天ざるを三人前頼むと店員が申し訳ありません本日天ぷらがあと一人前しかないんですなぜだかお客さんがみぃんな天ぷら物をご注文くださってもうエビがと言ってじゃあ僕はざるそばでいい、なら私はきつねそば、あんたが天ざる食べなさい。私はやってきた天ぷらを両親にも勧めたが二人は食べなかった。華やかに白い衣をまぶされたエビをかじると変に柔らかくて生焼けのような感触がした。冷たいそばはきこきこと硬かった。エビの尻尾を昔タブが食べちゃったことがあったなと思い出した。誰かが皿に食べ残していた天ぷらかフライのエビの尻尾を突然タブが丸呑《まるの》みしたのだ。犬は野生だったら動物の骨とかも食べてしまう獣なんだし、エビの尻尾なんてごく小さいものだし大したことではないだろうと放っておいて、後日ノミよけ剤をもらいに行った獣医にその話をしたら犬がああいうものを嚙まずに丸吞みして食道や胃が傷ついて大ごとになるケースもありますからねと想像以上に厳しい口調で言われた。エビの尻尾はあれで鋭く尖《とが》っているし、例えば人間が食べ残していた手羽先の骨を雑に嚙んで飲んじゃったわんちゃんの内臓が傷ついて緊急開腹手術になったケースもありましたから気をつけてあげてください。以来私たちはエビの尻尾を嚙み砕いてから飲みこむようになった。いや違う、最初母はエビの尻尾を取り除いて天ぷらを作ったのだが、それじゃあエビじゃなくてなにか芋虫みたいであんまりだということになって以降そうなった。食卓に出たら真っ先に自分の分のエビの尻尾を食べる。タブは食卓のものを漁《あさ》るような犬ではなかったのにあの日はどうして急にエビの尻尾なんて吞んだのだろう。よほどいい匂《にお》いがしたのか。私は天ざるのエビの尻尾を皿の隅に残した。本当はエビの尻尾は好きではない。硬いし歯の間に挟まるしおいしくもない。私より早く食べ終えていた両親はそれを見てなにも言わなかった。帰りの車で父親が助手席でうとうとしていて、運転する母は小さくハミングしてそれは長い独り言にも聞こえて、ラジオから甲高い声のローカルタレントがグルメレポートのようなことをしゃべっているのが聞こえたが意味がよくわからない、車窓が速い。朝炊《た》けるようにセットしてある炊飯器がガタリと鳴った。ということはあと三十分ほどで起きる時間だなと思った直後に子供がおしっこ、おしっこ、ねえおしっこと私に話しかけていて枕元《まくらもと》ではスマホのアラームが鳴っていた。夫が洗面所を使う激しい水音も聞こえた。

夫を送り出し朝食の食器を洗い流してタオルで手を拭《ふ》いた。子供の方を見た。ねまきを脱いでパンツ一丁になって床に座りこんでテレビを見ている。多分私が食器を洗い始める前から同じ格好で同じポーズをしている。お座りみたいだと思った。タブのお座りはあんな風にちょっと右脚がだらけるというか変に緩くて、股関節《こかんせつ》が悪いんじゃないかと心配した父が動物病院へ行っていや問題ないですと言われそんなはずないレトリーバーは遺伝的に股関節が悪いんだ犬種事典にそう書いてあったとなぜかプリプリ怒って帰ってきて、なあタブ、お前の右脚は痛いんだよなあ、なあ？……風邪を引くから早く服を着なさいと言ってもいいのかもしれないが言わなかった。六月も半ばで、少しくらい室内でパンツだったからといって風邪を引くような気温ではないし保育園に行くまでまだもう少し時間があるし、こういう停滞を避けるなら子供の身支度中はテレビを消しておくべきだったのだ私が。テレビに相手をさせている以上、テレビに魅入られている子供を叱るのは筋が通らない。子供の小さい丸いサンリオのお弁当箱をお揃《そろ》いの布で包む。まつ毛が長く目に星が散った子鹿《こじか》のキャラクター、ハミングミントと書いてあるが、ハミングミントがこの鹿の名前なのかそれとも鹿の名はミントでそれがハミングしてますよという意味なのか全然違うのかよく知らない。私が子供のころはいなかったキャラクターだ。キキララ全盛期、マイメロディもマロンクリームもそれがキャラクターの名前だがキティの名前はキティであってハローキティではないのではないか。それともハローは名字なのか。夫にはおかずつきの弁当を作り子供の小さい弁当箱にはご飯かパンだけを詰める。ありがたいことにおかずは保育園の給食で出る。ご飯は白ご飯のみで炊きこみやピラフ、ふりかけや梅干し不可、パンもレーズンやチョコなどの入っていない味のついていないものと決まっているが、パサつき防止に食パンに薄くバターを塗るのは構いませんと年度途中に唐突にお手紙が配付されたのは誰かの保護者がクレームをつけたのだろうか。マーガリンも可・ただしジャム・ピーナッツバター等は不可と付記されていた。マヨネーズはどうだろう。祖父はバターより塗りやすいと言って毎朝マヨネーズを塗った食パンを食べていた。バターナイフやスプーンは使わず、生パンの面積の約半分に絞ったマヨネーズを、パンをたたんだりたわめたりこすり合わせたりして満遍なく全面に行き渡らせる、ときどき私と妹はそれを真似《まね》した。祖父はたまにちょっと甘いのもうまいんだとマヨネーズの上にコーヒー用のグラニュー糖をふりかけたがそれは真似しなかった。母は少し嫌そうにしていたが文句は言わなかった。父は朝は米飯派だった。母がご飯を食べていたのかパンを食べていたのか記憶にない。多分私たちが家を出てから食べていたのだろう。微動だにせずテレビを見ている子供の背中はつるんとしていて湿疹《しっしん》一つない。

私は子供のころアトピーだった。一番ひどかったのが今の私の子供くらいの年齢から小学校の低学年あたりだと思う。妹は全くそんなことはなかったのに私だけいつでもどこかが痒《かゆ》くて掻いて、掻くともっと痒くなり範囲が広がった。程度はおそらくそこまでひどくなく、毎日クリームや軟膏《なんこう》を塗って月に一度通院するくらいだったが、痒さの発作のようなものが起こる時期があり、寝ている間に掻き毟《むし》らないようにと手に綿帽子に似た手袋をはめられたこともあった。冬には頰も痒く赤くなった上に白く粉を吹いたようになって、同級生に「顔に牛乳塗ってるの？」と聞かれた。そのときは真面目《まじめ》にそうじゃなくてこれはアトピーでと答えたが今思うとあれはからかわれていたのだろう。私は当時牛乳が飲めなくて給食のときは毎日泣いて先生にも同級生にも疎《うと》まれていた。給食後の昼休みが終わっても飲みきれなかった牛乳の紙パックの角をハサミで切って中身を捨てていたら刃に牛乳がこびりつき、それを拭きも洗いもせず道具箱に格納していたら道具箱が臭くなった。学期末に持ち帰った道具箱を嗅《か》いだ母がえずいて泣いて買い換えたのに私を一言も叱らなかった夏から牛乳はなんとか飲むようになった。アトピーも十歳前後にはほぼよくなった。室内で犬も飼えるようになった。普段は自分にも弁当を作るが今日はない。パートが休みで、人とお昼を食べる約束をしていた。

「ねえママ」顔を向けると子供はTシャツを着て下はパンツのままの格好でテレビに体を向けて立ち顔だけこちらに向けて「ふくってさ……くつした?」と言った。「え?」「ふくってさ、くつした?」「服って……」服ってさ、靴下? テレビには別に服も靴下も映っていない。着ぐるみのキャラクターが歌っている。「えーと、靴下は服の一種だと思うけど、服は靴下じゃないんじゃないかな」「ああ、そう!」待ち構えていたかのようにそう言うと子供はけらけら笑い出した。なにが面白いのか全くわからないが、ひいひい言う笑い声の隙間《すきま》に「ふく……」「くつした……」その様子が面白くて私も少し笑った。しばらく笑うと子供はハーフパンツをはいた。次に自分用のタンスを引いて靴下を取り出してはいた。何足かあるが、お気に入りばかりはくので今は三足がローテーションになってそれらだけ毛玉だらけになっている。ピンクと白のシマシマ、水色と白の水玉、薄緑とラベンダーの花蔦《はなづた》模様、今日は花蔦だ。ぐっと伸ばせば膝くらいまであるのをわざわざ足首までくるくる巻き下ろす。なんでそんなことするのと以前尋ねたらこれがかわいいはき方なのだという返答だったが保育園で靴下をそんな風にしている子供を他に一人も見たことがない。子供の宇宙、私のとは違う宇宙、トイレーと言いながら短い廊下を駆けていく。一晩室内干ししていた洗濯物をベランダに出す。ホームセンターの駐車場が見える。その向こうは民家、子供と同い年くらいに見える女の子が大きなお腹の母親に手を引かれ家を出ようとしていた。深緑色の制服、ベレー帽、近所にバスが停まる私立の幼稚園、庭で子供の祖父らしい男性が手を振って見送っている。この家は三世代同居で、なんとなく、祖父母は父親のではなく母親の両親という風に見えた。整然と草花が整えられた庭には夏になると巨大なビニールプールが設置される。そこでお友達なのか何人かの子供らが水遊びをしているのをベランダから見て子供が私もあそこで遊びたい、ねえママ、うちのみいちゃんもいっしょにあそんでもいいですかってきいてきて？　ベランダの隅に大きな蜘蛛の巣があるが蜘蛛は見えない。ベランダの埃や落ち葉などが絡まったぐしゃぐしゃの中に小さい甲虫が死んでいる。蜘蛛に体液を吸われたカスなのかそうではないのか、子供のころ、多分私の子供の年齢くらいだったころ、蜘蛛が虫を食べるのが見たくて捕まえてきた虫を蜘蛛の巣にくっつけた。ダンゴムシは丸まるまでもなくぽとんと下に落ち、テントウムシも滑って落ち、ミミズも巣にくっつかずにのたうって落ち、チョウチョも鱗粉《りんぷん》を散らしただけでやっぱりうまく巣に絡まず飛び去り、いずれも蜘蛛はすっ飛んで逃げて虫を糸でぐるぐる巻きにしようとも噛みついてしびれさせようともしてくれなかった。仕方なく、オンブバッタの上の方（当時は当然子供だと思っていた）の脚と触角をむしって暴れなくしてからくっつけたが、胴体だけのバッタも意外なくらいぶるぶる震えて、落ちはしなかったものの巣は一部破れて壊れて垂れ下がったように引っかかって、蜘蛛はやっぱりそれを食べようとはせず巣自体を放棄していなくなってしまってだんだん色あせていくバッタは寒くなって冬が来て年が明けてもずっとぶらぶらしていた。緑色だった体は麦わら色になり灰色になった。子春がすぎ夏になり、次の蜘蛛が巣を張り出したころようやっとそれはなくなった。子供と手をつないで家というか部屋を出る。エレベーターのボタンを押したがるので押させる。少し前まで、一階へ降りたいのに今いる階のボタンを押してしまうこと（あるいは一階から昇りたいのに一階ボタンを押してしまうこと）が度々あったがいつの間にかちゃんと正しいボタンを素早く押せるようになっている。年相応より手がかからない子供だと思う。一人っ子だし、むしろ、あまりに先回りしてあれこれしすぎないようにしようと思っているがそれも難しい。きょうだいがいれば済む話ではないけれど、きょうだいがいないことのデメリットは本来子供が負わなくてもいいことなのだからとも思う。二人目はと最後に尋ねられたのはいつで誰からだっただろう。それに私はなんと答えたのだったか。保育園まで歩いて行く。日差しはもうしっかり明るい。梅雨時だが晴れている。今年は空梅雨だなと思っていたらどかんと豪雨になったり挙句災害になったりして油断がならない。ちょうどいい感じの四季のことなんてもう忘れた方がいいのかもしれない。いい匂いがする。誰かが朝からバターと玉ねぎと多分マッシュルームを加熱している。向こうから、ときどき見かける犬を三頭連れた女性がやってきた。よく似た顔の中型犬、なめらかな短毛で尻尾はひゅんと尖っている。タブや夢の犬よりは少し小柄だがもっと筋肉質で、焦《こ》げ茶で尾に白い模様がある。犬に気づいた子供ははっと私の手を握って立ち止まった。犬の縫いぐるみも持っているし、本物でも小さい犬ならかわいーと言うこともあるのだがこの犬たちは怖いらしい。大きいしなにより顔つきが精悍《せいかん》だからだろう。すいませーん、と言われたのでいいえーと答える。ひっつめにパーカーにデニムの女性は私と同年代に見える。一頭がこちらに来たがりリードに阻《はば》まれ前脚が浮き首が締まり太い喉《のど》の奥がグォ、と鳴った。私の子供が私の手を握る指に力をこめた。「みいちゃん、大丈夫、大丈夫」「ごめんねえ。こら、ジョー、落ち着きなさい、落ち着けッ」すれ違い切って、ハッハという息遣いも聞こえなくなってから子供はようよう手の力を緩め歩き出した。その足の軌道に猫の糞《ふん》らしきものがあったので手を引っ張ってさりげなく避けさせた。ねじれ黒く濡れまだ新しい。ガラス片、ネジ、犬猫の糞、人間の痰《たん》、ボールチョコ、路上にはいろいろなものが落ちている。園庭から子供たちの声が聞こえた。真夏になると熱中症対策で外遊びの時間が減る。雨でも無論だめ、今は貴重な時期だ。「保育園、今日はなにするのかなー」私が言うと子供は小声で「しらない」と言った。

保育園へ送り届けた帰り道、さっきの三頭が路上で排便しているのに行き当たった。三頭ともが、おおむね同じ、でもそれぞれ少しずつ違う方角を見ながら、でもそっくりな体勢で尻を地面に落とし尾を巻き上げきばっていた。背骨がキュッと浮き上がり朝の光に短毛が反射している。「同時にですか！　大変ですねえ！」思わず声をかけると女性は笑って「毎朝こうなんですよね、一頭がもよおすと他のも。仲良しで」「こちらは、きょうだい犬ですか？」「ええと、お母さんと娘二人ですね」いかつい感じの顔立ちから全員オスかと思っていた私は内心驚きながらかわいいですねと言った。「かーわいいですよお！」女性は笑って答えた。片手にビニール袋をはめて構えている。一頭の尻から、黒い硬そうな太い便がゆっくり出てきた。犬は平気そうに無表情、見た目ではどれが母で娘だかわからない。母娘がこんなに似ているということは純血種なのだろうか。なんという犬種か、見たことがあるようなないような、この体つきは多分猟犬だろう。ゴールデンレトリーバーだって、あれだけ柔和な顔をしていて水鳥猟のために改良された猟犬なのだ。走ったら速そうだし顎《あご》もきっと強い……女性はビニールをかぶせた手の平で地面に着く前に便を受けて楽しそうに「毎朝ね、最初にもよおすのが母親なんです！」「へええ」ということはこの、出し切ってさっと腰をあげ尾を振り出した一頭が母親、女性はそのままもう一頭の尻に向き「次が姉で、妹、年功序列……ビニール袋がね、もったいないですからね、せっかく一緒に出すんだから……ほい、ね」「三人分」「袋がもったいないですけどね、パンパンになっちゃうんですけどね、三人分入れると待って次はエイミーほい」母犬が私を見ながら座って片脚をあげ耳のあたりをカッカッと掻いた。澄んだ茶色い目をしていた。どんな生活をしているどんな人が三頭の中型犬を同時に飼っているのだろう。裕福な家、広い庭、なんらかの保護精神の持ち主、あるいは変わり者、私は彼女と母犬にじゃあと会釈《えしゃく》をして家に帰った。

部屋を軽く片づけ身支度と夕食の下ごしらえをして家を出た。バスに乗って電車に乗る。お昼の待ち合わせは妊娠して退職するまで勤めていた職場の近くだ。すみれさんは当時の先輩で、私より一回り年上で、私だけでなく社内の誰もが彼女をすみれさんと呼んでいた。同期の男性社員に同じ名字の人がいたのでそうなったらしかった。「どうせ女の子はすぐに名字が変わっちゃうしねーとか言われてね。今だったらセクハラ案件だけど、でもそのときは私もはーいそうでーすくらいの気持ちで。実際結婚したら辞めちゃう子も多かった時代だし。でも、ほんとバカバカしいのは同期のそいつ二年目に会社辞めちゃって」「あらまー」「で、じゃあこれで私が山本さんって呼ばれるのかなと思ったらすみれさんのまんまで、そのうち営業にまた同じ名字のさ、今度は女の子が入ってきてそっちが山本さんって呼ばれるようになって。結婚して名字変わって今は宮木さんになってるんだけど」「ああ宮木さん。あの、背が高いパキパキした感じの」「そうそうそう。いい人なんだけどね仕事もできるし美人だし共働きでお子さん二人とも私立の名門中学に入れたし。でも、なのに、私すみれさんのまんまで、私の名字は一度も変わってないのにね」入社当初、私はいわゆる庶務作業と呼ばれるような仕事をすみれさんに習った。フロアの備品の補充、電話の取り次ぎだとかお客さんへのお茶出しだとかコーヒーメーカーがらみのあれこれだとか、すみれさんが入社したころはこういう作業は問答無用に女子社員の役目だったらしいが昨今は男女問わない新入社員の仕事で、だから私も同期の男子社員（鈴木くん、院卒で私の二つ年上だった）と一緒にすみれさんから習った。通常業務というか、自分がすべき仕事というのがそういう庶務作業とは別にあるわけで、私はだからなんとなく手が空いた方がつどつどやればいいんじゃないかと思っていたのだが、鈴木くんはそういうのは結局よく気がつく方にばかり負担がかかってよくないと言い張り、一週間ごとに当番を決めることを提案してきた。庶務作業は当番が集中して行い、片方が会議や欠席でできないときはきちんと相手に申告して肩代わりしてもらう、当番について把握していない上司や先輩から違う方がなにか頼まれた場合は相手に引き継ぐ。鈴木くんは「よく気がつく方」は私ではなくて自分だと確信している風だったが実際にはそうでもなくて、そして私がまあいいかと彼の当番日にお茶を淹《い》れて出したりコーヒーメーカーのスイッチを入れたりシュレッダーカスを袋に詰めておいたりしておくと非常に不機嫌になった。当番制は全社的なルールではなくて単に私と鈴木くん間の取り決めだったので、すいません鈴木さん（私は同期の彼を脳内では鈴木くんと呼び実際には鈴木さんと呼んでいた）、部長が応接室にお茶三つだそうです等、彼のデスクまで行って取り次いでいると周りの先輩や上司からなんでお前がやらないんだという顔で見られたし、取り次いだところで鈴木くんはすぐさま対応してくれず自分のやりかけの作業を優先したりもするので私がまだかと催促されることもしばしばだったし、そして、なにより、鈴木くんは、発注顔でフロアを見回している上司やシュレッダーやコピー機に点滅する赤ランプ、コーヒーメーカーやポットの残量などに気づくことが多分苦手というか皆無、集中するとなんなら電話のベルも聞こえない。同期は二人だけだったので相談できる相手もいない。私はその日体調が悪く、また仕事でミスをして上司に軽く怒られ、凹《へこ》みつつぼんやりしたままちょっと応接室にお茶一つという部長の声にはいと答えてお茶を淹れていると給湯室のドアがバンと開いて鈴木くんが仁王立ちしていてどうして僕に言わないんだ今日の当番は僕だろうと声を震わせるので、ああすいませんお取りこみ中みたいだったしあとまあお客さんお待たせするのもあれなんで私がちゃちゃちゃっとやっちゃおうかと思ってだからいいですよお席でご自分のお仕事を、鈴木くんは腕を伸ばして来客用の湯吞みをとって私が今淹れたばかりのお茶をシンクに流し「どうしてルールを守れないんですか……」鈴木くんは割と美男だった。フィットネス用品モデル顔というか、高い鼻、濃い二重、長い下まつげ四角い顎、身長一八〇何センチ筋肉質、肘《ひじ》の上までまくったシャツから見える腕は硬そうに血管が青黒く隆起、対する私は一五六センチの中肉中背胴長猫背、それがそんなに広くない給湯室で対峙《たいじ》してシンクにはぶちまけられた熱いお茶の湯気が立って事務用品宅配で買う値段が一番安い全然おいしくない煎茶《せんちゃ》ティーバッグのお茶の乾いた芝のような匂い、怖くなって、お腹は痛いし、私はうっかり泣きそうになってはああと声にならない息を吐いていると鈴木くんはこないだもあれを勝手にやって、その前もあれを勝手にと、私が彼の当番日にやった庶務作業について数え上げ、その語尾はやっぱり怒りに震えていて目元に赤みも差してやばいこれはやばいと思っていると給湯室にすみれさんが入ってきて私たちを見てアレマと言った。「どうしたの？」「いえ……」仁王立ちでわなわな震えていた鈴木くんはハンッと息を吐くと「今度からちゃんとしてくださいよ」と言い捨てて後頭部を掻きむしりながら給湯室を出て行き、おい応接室にお茶はおい、と思ったがお茶は出さないといけないし、またポットの湯をティーバッグに注ぎながらすみれさんに今あったことを話していると今度は本当に鼻がつんとして涙が出てきて、すみれさんは、アレ、アレマ、と頷きながら聞いてくれ、ティッシュも取ってくれ、そして最後に「ああいうタイプは三年もたないからもうちょっとの辛抱だよ。私の同期もそうだった」と言って自分のマグカップ（ぐりとぐらの絵がついている）にポットの湯を注いでかき混ぜ、甘い香りがして、どうもコーンスープらしかった。「ありがとうございます」「でもびっくりした。お二人さん、痴話げんかでもしてるのかと思った」「まさか」私はちょっと笑ってすみれさんも笑ってようよう応接室にお茶を運ぶと来客はもう帰ろうかと腰を浮かせたところで、部長に遅いよぉと悲しそうに言われたので私は申し訳ありませんと頭を下げ、じゃあ、お茶だけいただいて帰りますねせっかくですし、と来客が座り直してその、全然お茶の味がしない熱い黄色い透明なお湯を飲み始めたので私はもう一度申し訳ありませんでしたと頭を下げて応接室を出た。鈴木くんは自席で普通にパソコンを叩《たた》いていた。軽やかな音がした。そしてすみれさんの予言より二年半も早く初年度の秋に鈴木くんは突然会社を辞めその理由は誰も知らない。送別会もなく話題にもならず多分今でも彼のことを覚えているのは世界で私だけだと思う。

以来すみれさんと仲良くなって、というほど直線的ではないがまあ他の先輩より親しい感じで話すようになり、向こうも私を気にかけてくれ、相談にも乗ってくれ、いつしか給料日の次の金曜日に一緒に外ランチをするのが習慣になっていた。普段はそれぞれ自席でお弁当を食べ、月に一回一緒に外に食べに行く。一回り離れていたらまあ毎日一緒より月一くらいが気楽だよねと言い合ったわけではないが暗黙に納得し、お互い不如意《ふにょい》になることもあるけれど給料日後ならランチ代くらいはあるし金曜日なら明日から休みでうれしいねという感じで、お互い何度かのキャンセルはありつつ細々続いた。ラーメン、カフェ、定食屋、貝うどん、バインミー、おいしくて高すぎなくて昼休み中に徒歩で行って帰れてかつ上司とかがあまりランチに利用しない店のバリエーションはそう多くなかったが、新しいお店ができたと聞けば二人で出かけた。

上司の悪口を言い新入社員の愚痴を言い、すみれさんの飼っている犬（そうだ、すみれさんは犬を飼っている。小さい薄茶色のトイプードル）の写真を見たり、私の実家から届いた果物をおすそわけしたりすみれさんのお母さんお手製の塩辛くて酸《す》っぱくておいしい梅干しをもらったり、いいよねという若手俳優の意見が相違してどこがー？　え、ちょっとかわいくないですか？　中学生にしか見えないな、私と並んだらむしろ息子じゃない？……私が妊娠し体調を崩し産育休を取らず仕事を辞め出産を終え私のパートが決まり子供も保育園に通いだしてからは私がすみれさんの昼休みに合わせて出かけてランチをするようになった。私のパートはときどき平日休みのシフトがあったし、すみれさんは内勤だから平日ならいつでも会える。私が誘うときもあったし向こうから来るときもあった。さすがに月に一度とはいかないが、半年会わないこともなかった。前回はまだ寒いころだったから今回は三ヶ月ぶりくらいになる。

少し早く着いたので近所をうろついた。ここに勤めていたのは六年前までだったが、歩き慣れた道から路地一本ずれるともうどこだかわからない場所に出る。暮らしている場所とは違って、そしてなまじ何年か通っていたせいでただの見知らぬ街よりよほどよそよそしい。辞めてしまった人も多いらしいし定年退職とかもあって、多分六年であの職場も全然知らない場所になっているだろう。小さい民家が並んでいる一角に出た。明るい黄緑色の『子供飛び出し注意』の看板があった。ピクトグラム風のデザインで非常口のようにも見えた。表札の下に『猛犬注意』というプレートが貼ってある家があった。中をのぞいて耳を澄ませたが別に犬の声は聞こえなかった。というか誰か人が住んでいる気配もなかった。庭は白々して乾いて、小さい家の窓の中はもれなく暗かった。別の民家の駐車場の軽自動車にはしずく形の古いもみじマークが貼ってあった。その隣の家の駐車場は屋根の代わりにぶどう棚を作っていた。ギザギザのある葉っぱは薄緑で大きく、その下にいくつか白い袋がぶら下げてある。袋なしの房もいくつかあった。まだ実はないが、房の骨格というか、そういう軸がもうできていてその先端に小さく黄色く爆《は》ぜたような色が見えて、あれが花なのだろう。ぶどうに混じって白い長い短冊《たんざく》もぶら下げてあって『とらないでください。』と明朝体《みんちょうたい》で印刷してあるのが揺れるたびに光が反射してテカって見えた。ラミネートかと思ったが、光るのは文字とその下のところだけで、そうでない周辺はもっと曇ってかすかに凹凸《おうとつ》も見える。おそらく耐水性のテプラかなにかで文字を印刷して薄いスチロール板に貼りつけたのではないだろうか。すみれさんと一緒に何度かテプラでラベルを作った。そのとき確かもう鈴木くんはいなかった。そろそろ十二時近くなってきたのでお昼の店に向かった。今日の待ち合わせはカレー屋で、できたばかりの店で、グーグルマップによると元職場からとても近い。建物自体は前からあった気がするが、それまでこがなに屋だったか、多分前を通ったこともあるのに思い出せなかった。この店はすみれさんが候補に挙げて予約もしてくれた。入り口で山本という名前で予約していると思うと言うと店の一番奥のテーブルに通された。今がちょうど十二時で、昼休みが始まってここまで来るのにもう少しかかるだろう、私は待ち合わせ相手が来てから注文しますと言ってメニューを開いた。まあまあ混んでいた。カウンターもちらほら埋まりテーブルも空きはあと一つだけだった。カウンターにウルトラマンかなにかの怪獣のフィギュアが並べてある。レッドキング、ピグモン、あとはなんだかわからないごつごつとげとげしたやつ、ぬらっとしているやつ、カレー屋さんと聞いて想像するような匂いはあまりしない。隣の席には老夫婦らしい男女が座っていた。まだ注文の品は来ていなくて、白髪を後頭部にまとめた女性は背筋を伸ばし顎を上げてスマホを見ていて、向かいに座った半分禿《は》げ頭の男性は口元を隠すように撫《な》でながら壁を見ている。壁には細い飾り棚があって、茶色や緑や赤や黄色のスパイスらしい種や葉っぱや枝が入った細い瓶とカネゴンが置いてある。メニューによるとこの店は『日本中のカレーを食べ歩き、フレンチとインドカレー店で修業した店主が地元に帰り満を持して放つオリジナルカレー』の店で、ランチメニューは日替わりカレーとチキン（辛口)、エビ(中辛)、豆野菜(無辛)から選べて『それぞれに最適の配合スパイスの特製ルー。平日ランチタイムはサラダつき。プラス二百円で特製ラッシー』メニューに挟んである手書きの紙には『今日の日替わり:マトンキーマ(辛口++ ※辛いのが苦手な方、お子様はお気をつけください)』。

「おまたせおまたせ」すみれさんが来た。白いブラウスに細い黒いパンツ、黒い革が甲のところで編みこみになった変わったデザインのフラットシューズをはいている。「お疲れさまです」「カレーがいいとか自分で言っといて白着てくるとか私本当にマヌケ」「いやいやいや……結構混んでますねえ」「まあ、小さいお店だしね。注文した?」「いえ。まだです」小さい四角いテーブルの上に投げ出された腕に細い髪ゴムと金色の細いメッシュベルトの腕時計が巻いてあった。気持ち、顔も腕も痩《や》せているように見えた。肩の下まである茶色い髪は、私の記憶している色よりも明るくて艶《つや》があった。柑橘《かんきつ》とハーブを混ぜたようなシャンプーか柔軟剤の匂いがした。すみれさんは実家暮らしだ。「髪の毛、きれいですね」「え? ああ。こないだ久々に美容院行って変えたの。ありがとう、どれにする?」「ええと、チキンとエビと豆野菜っていうのから選べるそうです。あと日替わりがマトンキーマ」「ほうほう。で、もう決めた?」「マトンかなー、と。あ、チキンが辛口で、マトンはもっと辛くて、エビが中辛、豆野菜が無辛だそうです」「むから、っていうの変な言葉だね」隣の老夫婦にカレーが来た。「エビカレーと、本日日替わりのマトンキーマです」女性の前に白っぽくて黄色いカレー、男性の前には黒っぽいカレーが置かれる。ご飯はお皿に平らに載せられ、ぴっちり半分にルーがかかっている。あまり量は多くない。小鉢くらいのガラス容器に入ったサラダがついている。夫婦は胸の前に両手を握って目を閉じてなにかを低い小声で唱え始めた。二人の声は重なるようでいて音階も少しずつずれていた。それを横目で見てから前を見ると、同じように横目をしていたすみれさんが前を見たのとちょうど視線が合いちょっと笑った。すみれさんは店員さんにすいませんと声をかけた。「ええと、マトンカレーと豆野菜カレーお願いします」「申し訳ありません」店員さんがすみれさんに頭を下げた。「本日マトンがもう品切れで」「えぇーっ」すみれさんが大きな声を出して私を見た。読経《どきょう》のような夫婦の祈りが途切れまたすぐ再開した。私は慌てて「あ、じゃあ、チキンで。チキンと豆野菜で」「チキンカレー辛口、豆野菜無辛ですがよろしかったですか」「はい」「わかりました。チキンと豆野菜、少々お待ちください」店員さんが一礼して去った。すみれさんは「残念だったねえマトン」と言いながら紙おしぼりで手を拭いた。「いいえ。珍しいから食べてみたいなと思っただけで。でも、まだ十二時すぎなのに売り切れってすごいですね」

「仕こみ量が少なかったんじゃないの？　羊さんって好き嫌いあるし。私もあんまり得意じゃないなー、ジンギスカンとかしか食べたことないけど」「そうですよね。あ、最近はどうですか、お忙しいですか？」「まあ普通っちゃ普通？」すみれさんはニコッと笑って小首をかしげた。ときどきすみれさんは全然私のことを好きじゃないんじゃないかと思うことがある。「普通ですか、いいですね。こちらも普通です」「ゴールデンウィーク、旦那《だんな》さんの実家とか行った？」もう一ヶ月以上前のことをついこの前のような言い方だった。隣の夫婦の長い祈りが終わりカチャリとスプーンを取る音がした。私は苦笑する顔を作った。「帰りました。そこは、まあ。義務として」「ねー。結婚してたらそれが大変」「まあ別になにがあるってわけでもないですけどね。夫の両親は孫が見たいだけで。いい人たちですし。あ、お土産とかなくてすいません。すみれさんは？　連休どこか行かれました？」「ううん。家にずーっと引きこもってたーアハハ。独身の特権」すぐそばでじゅわじゅわじゅわじゅわと音がした。老夫婦の夫が、背中を丸め口をサラダのてっぺんあたりにつけてフォークで口にかきこんでいるのだが、その音がとてもサラダを食べているとは思えない水気のあるじゅわじゅわじゅわ、鳥肌がたちそうだったが妻は全く素知らぬ顔で自分のカレーを食べている。スプーンを持っていない方の指に、大きな、大きすぎて牧歌的に見えるほど大きな赤い石のついた指輪がはまっていた。「今日は急だったのにありがとうね」「いえちょうどそういうシフトだったんで、よかったです」「いっつもこっちまで来させちゃって申し訳ないなー、なんて。でもうれしい、ずっとこうやって会えて。同期も後輩もどんどん辞めちゃうし……みかりん元気?」「元気ですよー」私の子供をそんな風に呼ぶのはすみれさんだけだ。みかりという。美光と書く。「なんでわたしみかりっていうの?」「それはね。みいちゃん生まれたとき朝だったんだけどお父さんがすごくきれいな朝焼けを見たんだって。今まで見たこともないくらいきれいな光だったんだって」「ママもみた?」「ママは見てない。それどころじゃなくて」「それどころじゃなかったの?」「痛くてね。あのね。子供産むのってすごく痛いんだよ。それも長い。ママ六時間かかったけど短いほうだって言われてね。ママを産んだおばあちゃんなんて二十四時間以上」「やだなあ。みいちゃんこどもうみたくないなあ」「産まなくてもいいよ。産みたかったら産めばいいけどいやだったら産まなくていいんだよ」「いいの?」「そりゃあ、だって、みいちゃんが大人になって、子供産みたいなあって思うかどうか、まだわからないじゃない?」そういう相手がいるかどうかも、その人が実際結婚できるだけの相手かどうかも、自分か相手に定期収入があるかも、そもそも自分が異性愛者かどうかも、不妊症や不育症じゃないかも、みいちゃんが大人になるころに世界がどうなってるかも、全然わからないじゃない？「そのころには赤ちゃん産むのも全然痛くなくするのが普通になってるかも、しれないし」「みかりん、会いたいなー」すみれさんは踊るように首を揺らした。「いつでも、遊びに来てください」

私が出産したあと一度だけすみれさんは遊びに来た。一人で、お祝いを持って、自宅アパートまで来てくれた。私はあまり友達が多い方ではないので自宅に人が来ること自体珍しくて、夫に赤ん坊を頼んでやたらに掃除と片づけをしていたら疲れてしまいすみれさんが家にいる間ちょっと朦朧《もうろう》としていてなにを話したのかよく覚えていない。

「でも本当、元気そうでよかった。初産《ういざん》だし心配してたんだけど全然変わらないねー！」すみれさんが帰ってから私は倒れるように眠ったが、すぐにお腹《なか》を空《す》かせた子供が泣いたので起きて授乳しながらまた寝た。乳首のところが切れていてとても痛いのに眠れるのはすごいと思った。眠いのにこんなに乳首が痛いとも思った。毎日毎晩思った。帯状疱疹《たいじょうほうしん》、左右太ももには青あざがあった。半分無意識に、夜中に座って授乳しながら自分で自分を殴っているせいだった。利《き》き手だからか右ももが濃かった。それから会うたびにすみれさんはみかりんに会いたいなと言い私もいつでも会いましょうと答えるのだがまだかなっていない。子供は来年小学生になる。このお盆に夫の両親とイオンモールでランドセルを選ぶ約束をしている。なに色にするのかな？ と聞くとなにいろがいいとおもう？　いや、わかんないよ、ママのときは赤だったけど。

「ええ、あかー？」「女の子はみんな赤だったんだよ。他の色とかなかったの。男の子は黒で」「へー。で、みいちゃんなにいろにするでしょう？」「……ピンク？」「ブッブー！」「薄紫？　ラベンダー」「おしいっ」「じゃ水色だ。ブルー」「ちがいまーす」緑クリーム紺茶白黄オレンジ、手当たり次第の色を挙げるがどれも外れ、「じゃあ、赤？」「おおまちがーい」虹色《にじいろ》とか透明とか言うつもりだろうか、カランカラン音がしてドアが開いて上着を脱ぎシャツの袖《そで》をまくった若いサラリーマン三人連れが入ってきた。

「アッ」すみれさんが小声で言った。「カミオくんたちだっ」二十代前半だろう、三人とも背が高くてがっしりしていてどこか往年の鈴木くんを思い起こさせた。面白い話を終えたばかりなのか顔が笑っている。「会社の人ですか？」「そう、今年と去年の新人……」すみれさんは首をすくめるようにしたが、彼らはすみれさんには気づいていないようだった。テーブルはもう満席で、カウンター席がとびとびに空いていたので店員さんがお客さんに声をかけ詰めてもらって彼らは座った。こちらからは背中が見える向き、すみれさんはだから、間に他のテーブルを挟んでの背中合わせになる。彼らは移動してくれた客にすいません、という感じに頭を下げていたが、その背中や首筋からは、移動してもらって当然というようなどこか傲岸《ごうがん》とした感じもした。気のせいかもしれない。真ん中の一人は頭を下げながら手の甲で尻《しり》をしきりにこすっていた。「部署は一緒ですか」私もひそひそ声で言った。「んーと、いや違うんだけど」すみれさんは小さく振り向いて彼らを見た。一人の背中が汗ばんでシャツが背中にくっついて凹んでそれによってそこに筋肉がついているのが見えた。「でもちょいちょいこっちに質問しにくるからさ。あの、薄いブルーのシャツの子がカミオくんていうんだけど、真ん中の。彼がまあ仕切りっていうかそういう感じだね」すみれさんは今日ここにするんじゃなかったかなあと小声でブツブツ言った。「まあ、いいじゃないですか、気づいてないみたいだし」「お待たせしました。チキンカレーのお客様」すみれさんがすっと背筋を伸ばすとこっちと私を手で示した。「では、豆野菜がこちら。それからセットサラダです」「わーおいしそー。いただきまーす」すみれさんがスプーンで平たいライスをほぐしながら一口分のルーとなじませた。私のチキンは黄土色っぽくて、すみれさんの豆野菜は赤っぽい。私のが辛口であっちは無辛なのだからあの赤さは唐辛子ではなくてトマトとかの野菜由来なのだろう。チキンカレーにはもも肉らしい肉片が三つ、他の野菜は見えず、福神漬けやらっきょうなどもない。スプーンをルーとライスの境目に挿して持ち上げる。ライスは固めに炊いてあり、持ち上げてできたくぼみから一瞬白い湯気が立ってそれが流れてきたルーで覆《おお》われすぐ見えなくなった。ルーを口に入れると辛口と書いてあったがかなり甘い。辛味や刺激よりココナッツか生クリームのような重い油脂の風味が感じられた。温度のせいかもしれない。ライスは熱いのにルーは冷めかけているような、粗挽《あらび》きスパイスだかなんだかが舌にざらついた。すみれさんは一口目をゆっくり噛《か》んでいる。私はスプーンを置いて水を飲んでからフォークでサラダをついた。サラダのためには無駄に大きなディナーフォークだった。ちぎったレタスに千切りキャベツを中心として人参《にんじん》の細切りが混ざったよくある感じのものに、アーモンドスライスとパセリが散って白いドレッシングがかかっている。ドレッシングは甘いとろっとしたやつで、野菜は冷たく凍ったように半分透けていた。ドレッシングが全体に回るように野菜を掘ると、小鉢の一番下にスプラウトのもしゃもしゃした芽が埋めてあった。スプラウトは苦かった。アーモンドは湿っていた。すみれさんのカレーの表面は大小の豆ででこぼこしていた。「おいしいねえ」ようやく一口目を飲みこんだすみれさんが言った。「お豆の、一口食べる？」「あ、はい、ありがとうございます。こちらもどうぞ」すみれさんは先が尖った大きなスプーンをこちらに伸ばしちょいとルーを掬《すく》い上げて口に入れ「うんおいしい。あっ辛い」と言った。私も同じくらいの量スプーンに載せた。「もっといきなよ、ご飯も豆もっと」すみれさんは自分のスプーンで私のスプーンにごつっとした形の豆を一つと潰《つぶ》れた金時豆らしい豆とルーを入れた。赤いルーにライスが数粒混じった。お礼を言いながら口に入れるとそれらが粉っぽくほどけて酸味が強い、カレーというか別の料理のような味がした。「おいしいですね」「ね、夏にいい。あー辛いっ。それ辛いね」「そうですか？　すみれさんて辛いのだめでしたっけ」「うんだめ。全然だめ。キムチとか明太子《めんたいこ》とかそういうのも無理」そうだっけ、今まで何度もランチをしていたのに知らなかった。いや聞いたけど忘れたのかもしれない。すみれさんは本当に辛そうに水を飲んだ。頬が赤らんでいる。だったらカレー屋をランチ先に選んだのは危なくないか。私は辛いらしいカレーをもう一口食べた。やっぱり全然辛くない。肉は柔らかい。柔らかすぎてほとんどただの繊維の塊のようだ。

　店員さんが新たに来た客に満席だと言った。「お待ちになるならお名前書いてこちらの椅子《いす》で」「じゃー、帰る」隣席のじゅわじゅわの老男性が咳《せ》きこみ、あーらあーら、という声が伸び上がってその背中を撫でてやっていた。指輪が逆光で黒く見えた。しばらくお互い無言でカレーを食べた。「今朝、犬の夢を見たんですよ」私は言った。「犬の夢？」すみれさんが目を上げた。「そうです。犬を飼おうかなどうしようかなってする夢で……あ、昔、犬を飼ってたんですけど、子供のころ実家で」「タブちゃんね」すみれさんは頷《うなず》いた。「ゴールデンの、女の子の」「あ、話したことありましたっけね。そうですタブです。で、その、夢に出てきた犬は、でもタブじゃなくて、ちょっと似てるんですけど……新しい犬で」「新しい犬ね。へえ」「で、もう十何年飼ってないんですけど、なんか久々にまた飼いたくなっちゃいました、犬、急に。無理なんですけど」「なんで無理？」すみれさんは心底不思議そうな顔をした。「飼えばいいのに」「いやー、まあ、なかなかそれどころじゃなくて。子供もいるし」「人間の子供育てられるんなら犬なんて楽勝だよー。二人目だと思えばいいじゃない」二人目。楽勝。「いやー、そもそもうち、ペット不可ですし」「え、あそこって賃貸でしょ？ 一生住むわけじゃないんでしょ？」その語調は当然、という感じがした。子供の成長を考えると確かに一生とはいかないかもしれない。あの間取りだと思春期を迎えた子供の完全に独立した部屋を作るのが難しい。もちろん、結婚してあの部屋を選んだ段階で、そして子供ができた段階でわかっていたことだ。どこかへ引っ越す、先を見通す、でも、夫も私もそういう話題について具体的に語ったことはない。もしそうなったらそうなったで考えよう、だって先のことなんて本当に実際わからない。どんなに頑張ったってわからない、それとも私にわからないだけで、すみれさんには、わかる人には、もうなにも自明なことなのだろうか。「まあでもほかにもお金もかかりますしいろいろ、それどころじゃ、ないっていうか」いつそれどころになるのか、いつかなるのか、多分ならないということをいつまで見て見ぬ振りをするのか、私がもし、見て見ぬ振りをやめたらどうなるのか……「ふーん。そっか。でも犬の夢って面白いね。私見たことないかも」「よかったです、すごく、なにかこう、生々しくて。そういえばすみれさんのわんちゃんはお元気ですか？」「あー、こないだ、死んじゃった」「えぇっ？」私は慌《あわ》ててスプーンを置いた。思ったより大きな音がした。隣の老人がまた咳きこんだ。さっきより激しかった。ちょっとお水！　妻が鋭い声で言った。それと新しいコップも！　早く！「そうなんですか……」「そうなんですよー」すみれさんは微笑《ほほえ》んだ。「それは……すいません、ええと」「ゴールデンウィークのちょっと前くらいに」ということは一ヶ月と少し、まだなんというか、だからついこの前だ。「それはなんていうか……お悔やみ申し上げます」「ふふふ、ご丁寧にどうも」すみれさんの犬、会ったことはないが写真は携帯電話で何度も見て話も聞いた、トイプードル、名前は確か、なんだったか、チョコとかココアとかそういう、ど忘れして出てこない。何度も聞いたのに薄情な、亡《な》くなった、そうか、当たり前か、私が入社したころからずっと飼っていてだからもう高齢犬だったのだ。脳裏にタブの顔が浮かび今朝すれ違った三頭の母娘犬の顔になり、夢の犬の顔を思い浮かべようとしたがもう消えかかってそれはほとんど母娘犬の顔のままで、茶色いい奴《やつ》そうな、じっと見つめるとそれはもうタブに戻って甘えた声でクンと鳴きハッと舌を出した。実家にある遺影の顔、散歩帰りの上機嫌のタブ、古い年賀状の戌年《いぬどし》のタブ、タブは他にどんな顔をしたか、ナッツだかカフェオレだか……すみれさんはスプーンをカレーの皿の縁に真横に置いた。なんの音もしなかった。隣の老人がフーとかウーと聞こえる声で唸《うな》りながら水を飲んだ。酢が効きすぎてたわね、と妻が静かに言った。サラダは残しなさい、ほら口を拭いて。すみれさんは両手で髪を掬い上げると、手首にはめていた髪ゴムで後ろ一つに縛り始めた。「まあ高齢だったから覚悟してたし、本人的には多分そんなに苦しまなかったからむしろよかったんだけど」「そうなんですか……え、あの、おいくつで」「十七歳。平均寿命以上生きたから本当にもう心残りもないはずなんだけどやっぱりね。だってつまり、三十歳になったばっかりくらいのころからトトとずっと一緒にいたわけだから私は」そうだトトだ。トト、トトちゃん。私が魚好きだからトトって名前にしたんだけど変って言われる、友達とかには、でもトトも魚好きなんだよ、いりこが好物で。足の先まで薄茶色でくりくりの毛で覆われて目がまん丸のまるでおもちゃのようにかわいい、生涯子犬のような顔つきでも十七歳、タブより七年も長い、小型犬の方が総じて長生きなのだ。むきだしになったすみれさんの両耳が広くて薄くて白かった。カランとベルが鳴り若い女性の声がアッ、満席と言った。どうする？　待つ？　待とうか。待とうよ。そうだね、そんなかかんないよね、あの、待ちます、私たち。「つらいけどさ、でもさ、犬とか猫って、それが救いじゃない？　自分より先に死んでくれなきゃ困るわけで、看取《みと》れる幸せっていうかさ。子育ての対極じゃない。子育ては自分がいなくなっても子供がちゃんと生きていけるようにしなきゃっていう義務があるわけだから。そうなんでしょ？　私にはそれは無理だし」すみれさんの皿の上の、まるで未使用品のように光るスプーンのくぼみになにかが映って動いてしゅっと消えた。「その反対にさ、犬猫は責任を持って最後までってさ、それが叶《かな》ったわけよ。いや、だからね。覚悟してたの、ほんとに。冬に一回ガッと悪くなってそのときからもういつこうなってもって、心の準備も、それに逆にもし私が事故かなんかで急に死んでうちの両親も年寄りでそれでトトが残されたらって思った方が発狂しそうになったし。私の出来る範囲でトトには幸せな人生をすごさせてあげたっていう自信もあるんだけど、だから、看取れていいことなんだけど。でも、そうなんだけど、いざこうなると、びっくりした。自分でも。で、なんかずーんってなっちゃって私、ゴールデンウィーク挟んで一ヶ月会社休んじゃって」「えぇっ？」私の知る限り、すみれさんは皆勤に近かった。なんというか、剛健には見えないけれど気づけばインフルエンザも風邪も彼女を素通りするような……「軽い鬱《うつ》状態って診断書書いてもらって、それは全然嘘《うそ》じゃないんだけど、薬は今も飲んでるし。でもまあそこまでしなくても良かったのかもだけど結果そういう感じになって、それで、こないだ復帰したばっかりで、へへ。針の筵《むしろ》だったよ、気ぃ遣われちゃって……ちょっと落ち着いたけど、もう辞めようかとか一瞬思った。辞めないけどね、いまからこの歳《とし》でこのスキルで転職なんて無理だし」「それは……大変でしたね」「んー、まあ、大変っていうかね……あ、食べてよ、気にしないで食べて。冷めちゃう」「あ、はい」既に冷めている私のカレー、ルーとライスを満遍なく混ぜて口に入れた。カウンターでカミオくんたちが笑っているのが見える。なにを話しているのかは聞こえないがとにかく笑っている。カウンターの中にいる黄茶色のハンチングをかぶったコックコートの男性も肩を揺らしながら大きな口を開けて笑っている。「職場では、ペットロスで寝たきりになっちゃいましたなんて言えないからさ、言う義理もないし。お医者さんには言ってるから診断書とかには書いてあったか知らんけど、そのへんの社員はそんなの見ないじゃない？　でも、そのせいでなんかいろいろ憶測されてたらしい」「おくそく？」「私が結婚詐欺《さぎ》にあって貯金全部巻き上げられて自殺未遂したとか、会社休んで命をかけて婚活に励んでるとか諦《あきら》めて自分探しにインドに行ったとかそういう噂《うわさ》」「げえ」オッ、オゥッオゥッ、カミオくんたちがオットセイのような声でさらに笑った。「ありえないっつーの。大体結婚詐欺師に狙《ねら》われるほど貯金ないし、結婚だってもうどうでもいいしインドなんてこの歳で今更絶対行きたくないし」すみれさんのお皿にはカレーがまだまだ残っているがさっきから全然食べていない。サラダも多分手つかずだ。私は鶏肉《とりにく》の最後の一切れを嚙んだ。軟骨か筋かがきしんだ。すみれさんがまるでそこにカレーが付着している風の仕草で、爪《つめ》を唇の端に当ててさっと拭《ぬぐ》って紙ナプキンで拭いてにっこりした。「でも、今日話したらちょっとすっきりした。職場では誰にも言ってないから。っていうか、友達とかにも、あんまり」「そんな話を、すいませんさせちゃって私」「なんでー？　全然。話したくって、したんだよ。タイミング的にも。あと犬が」「すみれさん！」大きな声がした。すみれさんがそちらを向いた。カミオくんたちが振り返ってこちらを見ていた。「いらしてたんですね！　自分らもお昼、今日、ここで！」早くも食べ終えたところらしい。一人がレジで会計していて、カミオくんほか一人がこちらのテーブルに近づいてくる。食後とは思えないくらい歯が白く前歯の真ん中に赤いトマトの皮かなにかが引っかかっているのすら輝いて見えた。私は首をすくめた。「カミオくんたちには足りなかったんじゃない？　量」すみれさんが大声で言った。私は周囲を見た。お店の人や他のお客さんは気にしていないようだった。「私には十分だったけど」カミオくんはニッと笑って「自分ら大盛りにしたんで満足です！ ここ、スベ部長のオススメだったんすよー」「へーそうなんだ」「スベ部長ってすごい、うまい店知ってるじゃないですか！」「そうなんだー」「実際、うまかったです。なんか大阪で修業したシェフが地元帰って開いたんですって、ここ。あ、自分らカウンター席だったんでシェフと話もして、なんかこのへんの店じゃまず使ってない、本場のスパイスがガシガシ入ってるらしいですよ、体にもいいんですって！ 冷えとか」「そうなんだー」「大阪ってカレー、有名じゃないすか」「そうなんだねー」カミオくんが話すたびに前歯のトマトがヒラヒラした。彼はこの後午後の始業までに歯を磨くか口をゆすぐかトイレの鏡で歯をチェックするだろうか。多分しないだろう。そして、しないでいても別に、軽蔑《けいべつ》されたり不潔となじられたりしないのかもしれない。「で！ すみれさんはどれ食べました？」「私が豆で、こっちがチキン」すみれさんは私のもう空になった皿と自分のまだ三分の一くらい残っている皿を指差した。「あ、お友達ですか？」カミオくんがたった今気づいたという所作をして私を見た。私は軽く会釈した。「うん、まあね」「どうも、お世話になってます」ドウモッス、頭を下げられて私もどうもどうもと下げ返した。すみれさんは私が同じ職場だったことは言うつもりはないようだった。「自分はマトンとチキンあいがけにしてもらったんですけど」ん、と思った。すみれさんもそうらしくこちらを見た。なぜ私に品切れていたマトンをあとから来た彼が食べているのか。「……あいがけなんて、メニューにあった？」「それが、なんかマトン売り切れてたんですけど、一人前足りないくらいはあったんですって、鍋底《なべぞこ》に。で、シェフが、一人前足りないからあいがけにしてやるよって。サービスで。ラッキーでした。どっちもうまかったです。ホドホド、辛くて」「それは、よかったねー」私は水を飲んだ。カウンターの中でハンチングの男性がにこにこしながら厨房内《ちゅうぼうない》の誰かと話しつつ巨大な深皿を取り上げていた。「で、シェフ帽子かぶってるんですけど、それカレーのスパイスで染めたやつなんですって！」「なんか、すみれさん、全然お元気そうじゃないですか！」会計し終えた一人が近づいてきてにこにこ笑いながら言った。高校生のように幼い顔をしていたが左手薬指に銀色幅広の指輪をしていた。「元気よー」普通そうにすみれさんは応じた。カミオくんがこちらを見たまま彼の脇腹《わきばら》を肘で鋭く一つ打ってから「それじゃ、お先です」「どもっす」「お先っす」「はーい」ドアが開き、ベルが鳴り彼らが出て行き閉まりその直前か直後にオッオッオオオッとまたオットセイが鳴くような笑い声が聞こえた。

すみれさんは軽く首を回してから「私にはカレー、多いくらい」と言った。「残そうかな。最近食が細くて。もしよかったら、残り、食べてもらえる？」彼らが出て行くと急にカレー屋はシンとした。待っていたお客さんがカウンターに案内された。大きくないがよく通る高い声が、ね、すぐだったね。うんすぐだった。わあ楽しみだね！　おいしそう！　いい匂《にお》い！　なに食べよう！　「じゃあ、いただきます」私は自分の皿とすみれさんの皿を交換した。「ありがと。なんか、若手でフットサルチームやってるらしいよ」「フットサル」「ミニサッカーみたいの」「ええ、フットサルは知ってます……今の、カミオさんがですか？」野菜カレーは冷えたせいか、スプーンで掬うと透明な薄黄色い水分とぼてぼてした赤黒い具が分離したようになっていた。ルーと接していた米がその水分を吸って色づいて膨らんでいる。「リーダーなんだって。飲み会なんかでもね、すっごい食べるし飲むし、なんか、生き物飼ってるみたいな気分になるよ」「生き物？」私は酸っぱい豆カレーを嚙みながらすみれさんの腕の時計を見た。そろそろすみれさんも切り上げないと一時に間に合わない。「生き物、だから虫とかそういう……意思の疎通《そつう》っていうか、知性がね。がさがさわさわさ、声と態度が大きいばっかりで」「虫には知性、ないんですかね」「百歩譲って知能はあっても知性はないでしょ、犬と違って」「犬には知性」「新しい犬」すみれさんがカッと私のチキンカレーが入っていた皿を自分のスプーンで鳴らした。「え？」「でも、そうよね」「はい？」私がすみれさんの目を見ると彼女はにこっと笑って「よく考えたらさ。新しく犬を飼って、それがまたトトと同じくらい、十七年生きたとしたら私六十五でしょ。それってさ、結構いい数字っていうか、ギリギリじゃない？」「ぎりぎり？」「犬飼ってるのに孤独死したら犬も道連れじゃない。それは嫌だし、そのころはうちの両親ももう死んでるかもだし。足し算したらさ」「足し算」十七年後、すみれさんは六十五歳、私はだから五十三、子供はもう成人をすぎている。犬の一生、人間の一生、年月日の数、数字ならいくらでも数えられる。「あ！　ごめん」すみれさんは小さく叫んで腕時計を見た。そしてスマホを取り出して液晶を光らせ腰を浮かせた。「私もう行かなきゃ午後遅刻だ、ごめん。そっちは普通にゆっくり食べててね。先に行くね」「え、はい」「自分の分、払っとくから。今日もありがとね。また連絡するね！」「わかりました。あの、いろいろ、お疲れさまでした」「ゴメンネー！」すみれさんは笑って伝票を振りながらレジに行った。カウンターに座った若い女性がはしゃいだ声でカレー色のハンチングの男性に、じゃあ、私たち、それと特製ラッシーも！

私も別に残したっていいのだ、そもそもこれはすみれさんの皿、すみれさんの豆野菜カレーなのだし、でも全部食べた。豆はそれぞれ全部違う硬さと味だった。すみれさんが伝票を持って行ってしまって大丈夫かと思ったがレジ前に立つとすぐ店員さんがランチの値段を言ったので支払った。私がすみれさんだったら私の分まで支払っておいたんじゃないかと思ったがやっぱりそれは違うかと思った。でも、もし私がすみれさんを残して店を出たならその分まで払っておいたかもしれない、トトちゃんのお香典、なんだそれ、よくわからない。店を出て駅へ歩いた。男性がポストになにかを投函《とうかん》していて、し終わってくるりとこちらを向くと濃いサングラスに白杖《はくじょう》をついていた。杖《つえ》を突きつつぐんぐんこちらに歩いてくる路上に小さいが深い陥没があった。あれに引っかかってこけたりしないかちょっと心配に思ったが慣れた道なのか白杖で気づいたのか彼はその直前でひょいと軌道を変えて歩いた。ポストのところを曲がって右、神社があった。ここを通り抜けると近道になる。すみれさんは身軽で、身軽ということは持ち物が少ないということで、だからそれはいい意味ばかりではない。新しい犬を飼う……神社の間口は普通の大きめの民家くらいの幅しかないのに、コンクリ製の灰色の鳥居の奥は深く見えた。背が高い針葉樹が生え、樹皮が粗い細長い鱗《うろこ》のようにめくれていた。地面は石畳で、その隙間《すきま》から黒いほど湿った苔《こけ》が盛り上がって生えていた。木々、オフィス街も近い地域なのに重たく少し肌寒いような空気、ビイビイ音がする方を見ると白い花が咲いていて、その周囲を大きなクマンバチが何匹も飛び回っていた。クマンバチは互いにぶつかってそのときにビイと音を出しているようだった。左手に手水舎《ちょうずや》があった。その手前に白いTシャツに茶色のロングスカート姿の女性が緑陰に浮き上がるように立っていた。手水舎を使う前後なのかと思ったが動かない。なら私が先にと思い近づくとくるりとこちらを向いて私の目を見て薄く笑って「ハチが」と言った。ハチ？　私はさっきのクマンバチの空中戦を見やった。クマンバチはおとなしいハチで、むりやり素手で握りしめたりしない限り刺したりはしないはずだ。ほとんどハチというかカナブンのように丸く見える体がまたぶつかって火花を散らし遠ざかりまた近づいた。私がそう伝えようと女性を見ると彼女が「ハチが、そこに」と指差したのは全然別の、手水舎の水が溜《た》まっている水盤の縁のところで、なるほど、黒と黄色の胴体に羽がある虫が一匹止まっている。大きさは小指の先よりもっと細いくらい、腹のふくらみと腰のくびれがあまり目立たなくて色はハチっぽいけどもしかしたらハチを装《よそお》っている別の虫かもしれない。とにかくスズメバチではないしアシナガバチでもないしミツバチでもない。見慣れない縞《しま》模様の羽がある虫、見上げてみたが手水舎の屋根や近くにハチの巣がある感じでもない。興奮状態ではないハチが、それもスズメバチ系ではないのが一匹だけなら多分大丈夫だ。もちろん全《すべ》ては状況次第だが、ハチが一匹止まっているだけでフリーズしていられない場所で私は育った。家の中に入ってくることもあったし、庭に巣を作られたこともあった。まだ祖父が元気だったころ、タブを飼う前、そのハチの巣を祖父が駆除し中にいたハチの子を生のまま酢醤油《すじょうゆ》で食べたこともあった。かすかに黄色くて白いハチの子はつまむと薄い丈夫な皮がややきしむような手触りで、嚙むと中身が甘くないコンデンスミルク状にとろりと粘って味蕾《みらい》が覆われタンパク質そのもののような味、ハチミツとも通じるちょっと生々しい唾液《だえき》系の匂いもしておいしくもないがまずくはなくただ酢醤油は合わなかった。あれはなにバチだったのだろう。食べたということは殺虫剤を使わず駆除したのだろうか。確か私が小学校から帰るとすでに駆除は済んでいて灰茶色の巣を砕きながら祖父が庭仕事をするときに着ていたナッパ服姿でにこにこと幼虫を引っ張り出していた。「お姉ちゃん、それ、気持ち悪くないの？　まずくないの？　なんでそんなの食べれるの？」一緒に下校した妹が信じられないとも心配そうとも見える顔で言った。おいしいよ、と答えたが、二匹目から私は酢醤油を潤滑油に嚙まずに丸呑《まるの》みした。ハチの子の表面は、酢醤油が唾液に溶けて消えるとキュキュッと一瞬喉《のど》の粘膜に貼《は》りついてからゆっくり食道に落ちていった。祖父はうれしそうに頷いて、孫の中で一番体が弱くてアトピーで顔つきもさえない私が滋養のあるハチの子を次々口に入れるのを見ていた。「うまいだろ、体にいいものはうまい」「ハチだとしても、刺激しなければ多分大丈夫ですよ」言いながら立ちすくむ彼女を抜かして手水舎へ行き柄杓《ひしゃく》を取るとその虫はぷんとも言わずすぐ飛び立った。女性はヒッというような声を出してのけぞった。虫は空へと飛んで見えなくなった。ね、と目線を合わせようとしたが彼女はまだ空を見ていた。手水舎の湿った色の屋根も石でできた水盤も古そうで、置いてあるアルミ製の柄杓だけ真新しかった。水の底にはいくつか白い玉砂利が沈めてあった。右手からだか左手からだか、正しい順番があったはずだと思いながら適当に手を洗った。口すすぎはしなかったがする真似《まね》だけした。食べるときは感じなかったカレーの匂いが自分の口や指先からした。洗い終えてぬるい水滴を払いながらさっきの女性に向き直った。なにか言われるかと思ったが言われなかった。お礼まではいかないけどなにか、でも、その顔を見ていたらもしかしたら怒っているのかもしれないという気もした。うつむいた口元は若いようにもかなり年上のようにも見えた。私は小さく会釈《えしゃく》をして手水舎を離れた。茶色と思ったスカートはもっと赤い臙脂色《えんじいろ》だった。狛犬《こまいぬ》がいた。犬が友達を遊びに誘うときの、頭を下げて尻を突き上げ尻尾《しっぽ》をくるんと天に向けた格好をしている。あの犬もタブもこんな風なポーズをとった。真新しくもないし古くて古くてという感じでもない社殿には『神棚のある明るい家庭』という写真のポスターが貼ってあった。若い夫婦と幼児が談笑している食卓の背景に神棚がある。『令和元年を良い年に』という筆文字手書きポスターもある。紙の端が少しよれている。男女厄年一覧というのの女本厄のところに私の生年が書いてあった。私は一応賽銭箱《さいせんばこ》の前で手を合わせた。社殿の中に人の気配はなかったが突然プアーと雅楽らしい音楽が鳴り始めた。センサーで自動再生される仕組みなのだろう、音は割れてところどころ途切れた。振り返ると手水舎のところに犬を連れたおじさんが立っていた。おじさんは片手に赤いリード、片手をズボンの後ろポケットに入れた格好で空を見ている。顔や手足はそうでもないのにポロシャツのお腹だけがでっぷり太って突き出ている。犬は白に近いベージュでほっそりして、リードと同じ色の首輪をつけている。犬は手水舎の下の、溢《あふ》れた水が落ちて少し溜まっているあたりに顔を突っこんで舐《な》めている。手水舎の水を犬が舐めるのは衛生的にもマナー的にもどうだろうか。そもそも神社に犬はありなのか。私の視線を感じたのか男性がぐっと犬のリードを引いて鳥居の方へ去って行った。尻ポケットにタバコの箱の形が浮かんでいる。糞《ふん》拾い用品はなにも持っていない。犬は素直について行った。尾は低い位置で垂れ、それでも先端は軽く左右に揺れていた。さっきの女性はもういない。無人となった境内の広葉樹針葉樹低いの高いの取り混ぜて植えてあるところどころのどれも人の手が届くあたりに三角形に結びつけられたおみくじが白かった。真新しく白いものも雨風にさらされたようにくすんでよれて白いものもあった。奥のブロック塀のプラ看板に『境内犬猫の立ち入り禁止』という文字がかすれていた。墓地に通じる狭い通路を抜けて歩くと駅への道になる。小さい墓地の墓石の一つにだけ盛大に花が供えてあった。大きなユリにスターチスにかすみ草にスプレー菊、アルストロメリア、あまりに鮮やかなので造花かと思ったが下に色とりどりの花びらが落ちていた。

電車に乗りバスに乗った。通勤しなくなってからはたまにしか乗らない路線、空き家やシャッターの降りた空き店舗が増え、それと同時にぴかぴかの新築建売住宅も並び、建設中のマンションもあり、家が足りないんだか余っているんだかよくわからない。建物が取り壊されたばかりらしい新しげな更地の向こうに、緑色の植木で庭というか家の壁面まで隙間なく覆われている家が見えた。外壁に蔓《つる》植物を這《は》わせて緑にしている建物はときどきあるがここのは違って、木で、なんというか庭と家が合体しているような、信号待ちの車窓越しに腑分《ふわ》けしようとしても私に種類がはっきりわかるのは薄黄色い実がついているビワくらいで、あとは見覚えがあるが名前はわからないいろいろな形の葉っぱ、つぼみらしい白っぽい塊もある。どれも大木ではないのに立《りっ》錐《すい》の余地なく生えているせいか異様に堅牢《けんろう》な、同時にちょっと地面から浮いている感じもした。かろうじて見えている玄関は茶色い、ガラガラ大きな音がしそうな引き戸で、それも両脇に植えられた木によって半ば隠れていた。そんなに広くない庭土にこれだけの木が植わって養分は足りるのだろうか。窓から光は入るのだろうか。そもそも今誰か住んでいるのか、ビワに袋がかけられていなかったがビワを食べる人はいないのか。実家にはビワの木もあった。タナカという大きくて皮がつるんとして酸っぱい品種で、ご近所にはモギという品種のビワの木があってそこからもらう実は小さめで皮がややシワっぽく甘く、私はタナカが好きだったが家族は皆モギの方がずっとおいしいと言った。これはどちらだろうか。食べごろのタナカを口に入れると頬の内側がしびれるほど酸っぱくて、その奥からビワの、ちょっと錆《さ》びたような香りがたちこめて後味がほんのり甘い。庭中に食べた後の種を埋めて回ったが一つも芽は出なかった。芽が出たことに気づかなかったのかもしれない。袋をかけないと虫が食うと言って祖父は実がまだ小さいうちに薄茶色の紙袋を一つ一つ実にかけていた。それが済むと首が痛い手が痛い腰が痛いと言って一日休んでいた。袋かけができなくなったのと祖父がボケだして動かなくなりがちになったのとは多分同時期だったのではないか。祖父がいなくなって手入れする人がいなくなったビワの木はみるみる大きくなり両親が切った。タブが来る直前だったか直後だったか、本来ビワは庭に植えるにはあんまり縁起の良い木じゃないと母は言った。お嫁に来たときから気になってたんだけどさ、日当たりも悪くなるしさ、でもまあ、うちのビワ、すごくおいしかったからね。「でもお母さんはモギの方がおいしかったんでしょ」「え？　うちにあったのが、モギよ」「タナカだよ」「タナカはほら、近所の角末さんとこの……ああ知ってる？　あそこのおじいちゃん亡くなって、おばあちゃん施設入って……あそこは跡取りがいないからどうなるんだろ。タナカの木ももうないよ」モギかタナカか、庭の緑の隙間に白い顔が現れ白髪が縁取り首が出て肩が出ておじいさんの姿になった。おじいさんはビワの木の陰に隠れるようにして天を仰いでいた。バスが走り出した。住宅街の中の大きな通り、バスはしょっちゅう信号で停まりバス停に停まり人が乗り降りした。あらかわいい、と後ろから声がした。ねえ、かわいいねえ。少し前のバス停で乗ってきたおばあさんの二人連れのようだった。「いくつくらい？」「四つか五つ？」広い歩道に園児たちが手をつないで散歩をしている。私の子供の園のとは違う色のカラー帽子をかぶっている。「おたくんとこ、なっちゃんの、いくつだっけ？」「上が八つで下が六つ。それと比べたらちいちゃいねえ、だいぶん」一番前の一人がけ席に座った制服姿の女の子がこっくりこっくり首を折っている。薄い耳から白いイヤフォンのコードが垂れている。ああ転んだ。よそ見してふざけてるから。ああ泣いた。男の子は痛いのに弱いから。ほんとうほんとう。ああ立った。歩き出して。えらいえらい。ぱちぱち、と乾いた小さい手を打ち合わせる音がした。鈴の音もした。カバンにキーホルダーでもつけているのだろう。えらい先生だね、すぐ抱き上げないで歩かせて。若いのに。そうそう、抱いた方が余計泣く。ほんっと、ちょっとのことでビイビイビイ、ね。あの歳《とし》ごろの子供ってうるさいけどかわいいねえ。かわいいけど、そう、うるさいよねえ。子供って。うんとかわいいけどねえ。降車ボタンを押した。アパートのオートロックを解除して郵便受けを見ているとエレベーターが開いて赤ん坊を抱いた若い女性が出てきた。何度か見かける、おそらく二階か三階に住んでいる、彼女は私がこんにちはと言うとこんにちはと小声で答えながら私が開けて閉じかかっていたオートロックの隙間を抜けて外に出て行った。赤ん坊がいたとは知らなかった。まだ新生児に見えた。産んだばかりか、彼女が妊娠していたのも知らなかった。里帰りしていたのかもしれない。

部屋に入り窓を開けベランダに出て洗濯物を取りこんだ。よく乾いていたがかすかに生臭かった。蜘蛛《くも》の巣にやっぱり蜘蛛はいなかった。まだ暮れるというほどでもないが青黒くなった空、ホームセンターの駐車場に多分もう一ヶ月くらい前から停めっぱなしでワイパーにおそらく撤去勧告の紙が挟んである小豆色の自動車の下から猫が一匹出てきた。左右非対称に揺れる歩き方で駐車場を歩いていく。足を怪我《けが》しているようだ。怪我《けが》をして日が経っているのか、バランスは悪いものの速度はかなりのものので、駐車場を縦断すると一瞬だけためらうように上体を矯《た》めてからひょいと飛び上がってフェンスを越え民家の庭に降りていった。あの幼稚園児の女の子のいる三世代同居の家、幼稚園ならもう家に帰っているだろう。その庭では祖母だろう女性が小さいハサミで庭木の黄色い花をちょんちょん切り落としていた。活《い》けるためとかではなく、いらないものだから切って捨てているように見えた。ここから見るときれいに咲いているが、もう枯れかけているのか、虫でもついているのか。その下をさっきの猫が通っているはずなのに女性はなんの反応もしなかった。同じアパートの別の階の子供の声がぴーぽーぴーぽーぴーぽーぴーぽーぴーと言っている。多分二人くらいで声をそろえて言っている。ぴーぽーぴーぽーぴーぽーぴーぽーぴー。すぐそばの電柱から延びた電線にカラスがとまっていて太い嘴《くちばし》が開いてカアと鳴いたのがとても大きく聞こえた。目が生気に満ちて光った。目が合ったように思い、少し怖かったがさっと羽を広げると向こう側に飛び立ち別の方向から来た数羽と合流して行ってしまった。向こうから夫が歩いてきて、帰ってきたのか、だとしたら早すぎるしそもそも来る方角が違うなと思っていたら単によく似た別人だったらしく、ずんずん大股《おおまた》で歩き去り消えて行った。

保育園のお迎えに行こうとしていると三頭の犬にまた会い、「今日は何度も会いますね！」「そうですね、偶然」一日三度も会うのは多分初めてだ。「今から子供、迎えに行くところで」「かわいいお嬢さん。ごめんなさいね、朝は怖がらせちゃって。こんなの三頭もいたら、そりゃ怖いですよねー」女性のよく焼けた口元にぴっと笑い皺《じわ》が走って逆に若々しかった。朝は確かかぶっていなかったサンバイザーで顔の上半分が影になっている。「こちら、お庭で飼っておられるんですか？」「いいえ、室内で。やっぱり外だとね。ちょっと物騒ですしあとこの子たち、毛が短めだから意外と寒がりなんですよ。夏は夏で最近は暑すぎるし。犬も熱中症になるんです」「なるほど、でも室内で三頭はすごいですよね」「まーね。人間の方がちいちゃくちいちゃくなって暮らしておりますよ」女性はからからと笑った。「ええと、これが？　お母さんでしたっけ？」私は一番近くにいる一頭を見た。「いいえ、これは上の娘ですね」上の娘はしゅんと尖《とが》った尾をぴんぴんと左右に振った。「いいですか、撫《な》でても？」「もちろんもちろん」手を伸ばして背中あたりの毛皮に触れた。思ったより硬い。毛も、その下の皮膚も硬い。記憶の中のタブとは違う。そりゃ違う。夢の犬の感触が一瞬蘇《よみがえ》ってすぐ消えた。体温よりも日光に照らされていたためのような温かさを感じた。上の娘は私の手を嗅《か》ぐように鼻を近づけ、寸前でぱっと顔をそらして地面に向かってブウと息を吐いた。カレー臭かったのかもしれない。「かわいいですね」「犬、お好きなんですね」「好きですけど、今は飼えなくて」今は飼えない、いつまで飼えない、「ペット不可の賃貸に住んでて、当面」「あー。私も子供のころとか若いころはずっと我慢してて、最近ですよ、ようやっと犬、好きに飼えるようになって」「いいですね」「いいですよ。大変ですけどやっぱりいいです。家族って感じ……私のお給料全部、この子たちのために消えてっちゃうけどそれでいいの」上の娘が私の右手をべろりと舐めた。舌はさらさらして温かかった。既に午後の排泄《はいせつ》を済ませたのか、女性が手に持っている小さい手提げの重心が重たく垂れて揺れていた。私を舐めた上の娘はさっさと位置を変えハウハウ息をしながら飼い主の女性や私の顔を見上げたり犬同士さっと視線をかわしたりした。久しぶりに犬に舐められた手が日光にてらてら揺れた。今に乾いてなんでもなくなり、帰宅して手を洗ったら思い出すだろう。この子のお名前は、と私は女性に尋ねたが、その声に重ねてもう上の娘だか下のだか母親だかわからなくなった一頭が大きく低い声で吠《ほ》えたので返事はなかった。犬の目線の先に足を引きずって歩く猫がいた。猫は犬を無視した。近くで見ると尾っぽの先端が潰れて禿《は》げていた。「またいつでも、撫でてやってくださいね」ありがとうございます、そうさせてもらいます……迎えに行った園庭に私の子供の姿が見えなかった。学年ごとに違う色の帽子をかぶった子供、走っている子供、登っている子供、縄跳びをしている、フラフープ、なにかのごっこらしい叫び声、飛び蹴《け》り、頭突き、変身ポーズ、プリンセスの挨拶《あいさつ》、ジャングルジム、砂場、水飲み場、やっぱりいない、今朝私の子供はどの服を着て行ったか、見たはずなのに思い出せるのはパンツ一丁でテレビを見上げている後ろ姿だけだった。お座り。いないわけはない。トイレかもしれないし、転んで怪我でもして職員室で手当てを受けているのかも。外遊びが嫌で中に残っているのかも。園舎の中から「パプリカ」が聞こえる。私の子供も踊れる。園でダンスを習ったといってテレビから流れると踊る。それになんとなく抵抗を覚えていたのにいつの間にか、私まであらかた歌詞を覚えてしまって時折鼻歌に出たりして驚く。「うちの子は、でも、もうちょっと飽きてきてる」「わかる。テレビで流れるとえーまたーって」「上の子はもっとだよ、小学校でもやったから、ダンス」「来年になってからやった方がよかったんじゃない？　本番のころもう多分みいんな飽きてるよ」「でも体が覚えてるから。流れてきたらいやでも踊っちゃう」「反射」「なんかそれ怖いね」ごーお、ろーく、大縄を回している保育士に、せんせー、と甲高い声を出して子供が走り寄る。きゅーう、じゅーう、はい交代。どうしたの？　のうちゃんが。のうちゃんがみいちゃんをけってみいちゃんがたおれてないて。とっさにはっとしたが、そう言っているのは小さい子供で、多分今のみいちゃんは私の子供ではない。ここに何人のみいちゃんがいるか。みねか、みりあ、みおり、みゆ、あっ、みいちゃんのママ！　男の子の声がした。見ると同じクラスのマルくんという大柄な男の子が仁王立ちで私を指差していた。近寄って「みいちゃん知らない？」「あっち」彼が指差したのは滑り台だった。てっぺんに登っているのも、階段のところに列を作っているのももっと小さい子供たちだ。え、どこ、と聞き返そうとしたところで、マルくんは「あっ、おれもママきた！」と叫んで門の方へ走り去った。上の前歯がもう二本抜けていた。滑り台の下がもくっと動いた。滑降帯と地面が作る三角形の空間の中に私の子供がいた。一人でしゃがみこんでいた。そうだ、今朝はデニムに見える素材のハーフパンツにピンクの長袖Tシャツだった。なにをしているのか。薄暗いというには細い濃い影の中の地面を見ている。性別のわからない幼児たちがつぎつぎその上を滑り降りた。きゃはー、という声をあげる子も、苦行のような無表情の子も泣きべそ顔の子もずっと歌うかしゃべるかし続けている子もいた。滑り台の階段のところに若い保育士が立って声をかけながら園児を見守っている。歯が白い。彼女から私の子供は多分死角になっているか全く気に留めていない。私の子供の傍に女の子がやってきた。一つ下の学年のひまわり組の帽子をかぶった髪の長い女の子、手をお椀《わん》状にして、全身を軽く前に曲げた不自然な動きで、どうも水を汲《く》んできたらしい、地面にぽたぽた雫《しずく》が垂れベージュのズボンも濡《ぬ》れてしみになっている。彼女は私の子供の隣にしゃがんで地面に手の水を垂らした。私の子供が手を合わせた。女の子も同じようにした。今まで一緒に遊んでいるのを見たことがない子だった。仲がいいのは例えばりのちゃんやまりかちゃん、男の子だったらコウくんにマルくん、誰とでも友達になれるタイプではないが、私がこの子の年齢のときより社交性があると思う。私は年長組のときはなぜかうまく友達と遊べなくて、年少のときも年中のときもそうでもなかったのにとにかく年長になるとダメで、園庭を一人、ぐるぐるゴリラの真似をしながら練り歩いた。どうしてそんなことをしたのかはもう覚えていないし多分当時もわかっていなかったと思う。小さい子がわっ、ゴリラ！　と言って泣き出したこともあったので結構うまかったのだ。ゴリラは態度こそ粗暴だったが本当は優しくて、手にカタバミの花を持っていて、それを小さい子にあげようと思っていたのに誰も近寄ってこなかった。当たり前だ。今の私はもう子供を泣かせるほどうまくゴリラの真似もできないと思う。私がゆっくり近づくとしゃがんでいた私の子供が立ち上がって私を見た。憮然《ぶぜん》として見えた。ひまわり組の女の子がなにか言った。ぱっと表情を優しい微笑みに変えた子供はお姉さんらしく上半身をかがめてなにか答え、女の子の多分まだ濡れている両手を両手で持って励ますように上下した。女の子は頷くと走ってどこかへ行った。か細い、本当にこの中に骨や筋肉や神経やそういう必要なものがちゃんと揃《そろ》っているのか不思議なくらい細い脚だった。

私の子供の膝《ひざ》に赤いしおれた花びらが貼りついていた。私が手で払ってやると子供は地面に落ちたねじれた花びらを見てギョッとしたように「ち?!」と叫んだ。「血じゃない血じゃない。花びら」サルビアの赤い花だった。先が裂けた袋状の苞《ほう》だか萼《がく》だかの中から伸びるラッパ型の根元を吸うと少し甘い蜜《みつ》の味がする、保育園の花壇にはサルビアが咲いていて、その下には花がしおれて落ちている。落ちてしおれたサルビアから蜜は吸えない。私はさりげなく子供の足首の上でくるくる巻いているソックスを伸ばした。すぐに子供は無言でそれをまた巻き下ろし直した。並んでカバンかけに向かって歩きながら「今日はどうだった？」「べつに」子供はつまらなそうな顔で言った。「なんかママ邪魔しちゃったのかな、遊びの」「だいじょうぶ」「今の子ひまわり組さん？　遊んでるとこ初めて見た」「うん」「なんて子？」「しらない」「知らないまま遊んでたの？」「それがなに」子供は横目にこちらを見上げるとふうと息を吐いた。私も吐いた。はやくしろっつってんだろと事務員風ベストにタイトスカート制服姿の母親が子供に低い声で言っている。言われたひまわり組の帽子をかぶった男の子はニヤニヤ笑いながら左右に揺れ足を引きずるようにしてわざとのろのろ歩いている。てめえいい加減にしろまじで。ヒールの踵《かかと》がガッと園庭の白い砂に突き立てられる。黒い透けるストッキングの下のふくらはぎに筋肉の形が浮かんだ。男の子の帽子にはカーズのマックィーンの赤いワッペンがたくさんたくさんつけてある。「それで、今なにして遊んでたの？」「わかんない」「わかんないの？」「わかんない」わかんないことないだろう。ねえねえママと忙しいときに限ってお子さんって声をかけてきますよね。年長組の担任保育士が言った。年度が変わって最初の懇談会のため保育園に集まり子供用の椅子に車座に座った保護者たちはみなうんうんと頷いた。子供たちは昼寝をしている時間で、平日だったこともあり参加者はクラスの半分くらいだった。「それなのに、ねえ今日なにして遊んだの？　とこっちが聞いたら別に、とか忘れた、とかわかんない、とかクールに言って答えてくれない」「そうそう！」マルくんのお母さんが激しく頷きながら言った。大きなピアスが鏡面に光って揺れた。「うちの子もいつもそうです！」私含めほかの母親たち（父親も一人）が頷いた。スーツ姿も小ぎれいなスカート姿もジーパン姿もゆるいスウェットの人もいた。「こっちが聞いてもない、ナントカカブトとカントカカブトは戦ったらどっちが勝つかとかそういうことは喋《しゃべ》るくせに、誰となにして遊んだとか、先生になにを言われたとかそういう大事なことはほんっとに言わないんです！」「マルくん、虫博士ですもんね。あ、昆虫博士か。いっつも言い間違えて注意されるんです、虫じゃなくて昆虫だよ先生って、ふふ。で、そういう反応って、実はこのくらいの年齢のお子さんになると珍しいことではないんです」保育士がまずマルくんのお母さん、それから他の皆をゆっくり見回しながら言った。もう成人した子供がいると聞いたことがあったがそうは見えないふっくらした若々しい、でもベテラン風の保育士、「なにしたの、って、お母さんお父さんから正面切って聞かれると、年長さんにもなるとちゃんと答えなきゃ、でもなにしたっけ？　ってなって、それで言うべきことがわからなくなって別にー、ってなっちゃう。お母さんお父さんに知られたくないことがあって隠してるわけじゃないんです」ほうほう、と皆が頷く。「だから、今の時期のお子さんと向き合うときにお母さんお父さんにお願いしたいのは、こっちから聞いて、別に、とかってクールな返事だったとしてもああそうなのね、くらいに流しておいて、でも、お子さんがねえねえ聞いて、って言ってきたときは、そのときにはなあにってちゃんと聞いてあげて欲しいんですね。でも、私の子供もそうでしたけど、子供ってなんで今、っていうときに話しかけてきません？　お料理してるときとか、下の子のお世話で手一杯になってるときとか……」「ほんっとにそう！」マルくんのお母さんが言った。また私たちが頷いた。「うちの子は私がシャンプーしてシャワーで流そうとしてるときにいっつも話しかけてきて。いや口に泡が入るっつうの」あははは、と私たちは笑った。皆が同じ声で笑った。唯一《ゆいいつ》の父親も同じ声だった。保育士も笑い、そして「ね。本当にそうなんです。でも、そういうときでも、ねえねえママって言ったとき、あとでね、って言われちゃうと、もうお子さんは話したい気持ちがシューって小さくなっちゃうんです。消えちゃう。それでまた、あとから、今日はなにがあったの？ っていくら聞いても別に、になっちゃう。本当はね、お子さんは話したいこといっぱいあるんです。でも、聞かれたら出てこない。それが遊んでるときとかお風呂《ふろ》の中で、ふっと、あっ、あれを話したい！ って思い出す、カブトムシの件だ！ とかね（アハハ）その気持ちは本当に一瞬なんですね。だから、お魚焦《こ》がしても、赤ちゃん泣いても、シャンプーがちょっとくらい口に入っても（アハハハハ）うんうんなあにって、そのときは聞いて欲しいんですね」なるほどーというような無言の頷きが保護者に広がる。みんなそうなんだね、と隣同士小声で話す声も聞こえる。うちだけかと思ってた、ねー。ねー。「それで、あの、もし、じゃあ」一人の若い母親が片手を挙げながら言った。ここに座っているからには同じクラスなのだろうが送り迎えの時間が違うのかあまり見かけない、子供抜きだと名前が出てこない。「その、ねえねえ聞いてが全然なくて、それでなにしたのって聞いても別に、だったら、どうしたらいいんですか？」くっきり化粧をしているその下の肌も明らかに若い。「そういうお子さんもいるしそういう時期もありますね」保育士は頷くと「でも、きりやくんの場合はその点ご心配ないと思いますよ。みんなの話をちゃんと聞いてじっくり考えてってタイプだから、全部を言葉には出さないんでしょうけどね、心の中にはちゃんとある」「そーですかあ？」若い母親は心底不可解という顔で首を振って「ばっかですけどねえ。あいつ、うちでは。もうすっごい、ただのバカ」あはは、と二人くらいが笑ってフームというような声を出した人もいてあとは無言だった。泣きながら母親に受け渡されている一歳くらいの赤ちゃんがいる。日陰にしゃがんで一心に泥だんごを丸めている子たちもいる。きったなーいとほかの子たちに言われながら蛇口を頬張っている子もいる。きったなーい。きったねー。せんせいにいってこよー！　ね、ノナカせんせいにしよ、いちばんこわいから。門扉《もんぴ》のところに立っていた当番の先生に挨拶をし、ささぐみのハヤシミカリです、せんせいさようなら。はいさようなら、担任からの申し送りは特にありません。ありがとうございました、失礼します。お疲れさまです。私と私の子供は朝も通った道を逆向きに歩いた。犬に舐められていない方の左手で子供の手を握った。ミッキーマウスやポケモンの小さい人形がいくつもぶら下げられた乳母車を押したおばあさんがすれ違いざま軽く会釈をしてきたのでし返した。働いている両親の代わりに、保育園の送迎をする祖父母らしき人もよく見る。おばあさんは小声で歌を口ずさんでいて、すれ違い切ってから気づいたが彼女が押しているのは乳母車ではなくて老人用の手押し車だった。灰色の縞模様の猫が民家駐車場の車の上に座ってこちらを見ていた。緑色の目を見返そうとするとだまし絵のようにすうっと焦点がずれた。子供がにゃーと猫の鳴き真似をした。舌ではなく喉が震えるような、ちょっとだけ本物のような、うまい鳴き真似に思えたが猫はやっぱり見向きもしなかった。私は右手を少し嗅いだ。なんの匂いもしなかった。

「さっきね。ちょうちょのおそうしきしてたの」子供が喉をにゃーにゃー鳴らしながら言った。「え？　お葬式？」「あのね、かだんのところでしんだちょうちょがいてね、それをみつけたこがいたからね、うめてあげたらいいんだよってみいちゃんがおねえさんだからおしえてあげて、やってあげたの。ほかのこがふまないばしょにうめてはなをそなえてみずをあげたの」「ああ、それで滑り台の下にいたんだ」「あのこはね、しらなかったから、おしえてあげたんだ、おそうしきのこと」子供が生まれてから身内の葬儀はなかった。どこで知ったのだろう。テレビだろうか。そのくらい自然に知るものなのかもしれない。「ふたりでまずいしをさがしてね。ちいさすぎてもおおきすぎてもいけない」「石？」「おはかの」「ああ、なるほど、墓石」「ちょうちょね、はねがぼろぼろでね」「うん、うん」「はねがぼろぼろなのはカマキリにたべられたんじゃないかってわたしかんがえたからおしえてあげた」「はあー、なるほど」カマキリが食べたんならそうはならない気がしたが言わなかった。カマキリが食べ残したらしい蝶《ちょう》の翅《はね》を祖父の庭でよく見た。胴体はなくなっていて翅だけがきれいなまま落ちている。白いの、黄色いの、オレンジ色に黒い模様が入ったの、薄青いの、小さいアゲハ、「ちょうちょ、なに色の？」「しろとはいいろ。モンシロチョウ」祖父の家庭菜園にはモンシロチョウがたくさんいた。キャベツや大根の葉を食い荒らすからと、それらの幼虫である青虫を指でつまんで家の脇の側溝に流して捨てるのは幼い私の役目だった。おおい、おおいと祖父が私を呼ぶ。青虫がいるよー。私は、この短い、足とも言えないような足のどこにこんな力がというほどの力でキャベツや大根やブロッコリーの葉にしがみつく青虫をつまんで引っ張る。爪でその皮膚を破ってしまわないように、力をこめすぎて口や尻《しり》から体液が出てしまわないように、青虫の皮膚には細かい毛が生えている。葉っぱに擬態した緑色、それも葉脈や葉と葉のつなぎ目のくぼみなどに身を隠している青虫は見えづらいが、一匹見つかると次々見つかる。そうだ、青虫もかつて蜘蛛の巣にくっつけたことがあったかもしれない。すぐ落ちてそのまま消えた。祖父の畑には小さい青虫も大きい青虫もいて、黄色い緑や青い緑や、今まさに消化されて排泄されつつある葉っぱが透けて見える青虫もいた。側溝に落とすとき白い透明な糸を吐くときもあった。指に巻きつくようにして抵抗するのもくるっと丸まって落ちるのも、かすかに噛《か》まれたような感触がするものも土壇場《どたんば》で糞をするものも、水に落とすと浮いたまま流れていく青虫と沈む青虫と一度沈んでから浮かんで流れていく青虫がいた。側溝の底には瀬戸物の破片やシジミの貝殻、米粒などが沈んでいた。私が子供のころに一度落ちたと聞いたが記憶にない。このあたりの側溝には上に蓋《ふた》がかぶせてあってその上を歩いても水の気配はない。コンクリの四角い蓋の半円形の空洞が時折揺れて光って見えてそれで水が流れているとわかるとだから少しどきっとする。いろんなものを流した。子供は子供サイズのズック靴でも足が落ちる気遣いはない小さな半円の隙間をまたぎまたまたぎ、「たぶんあしたにはもうなくなっちゃってるけど、おはか」「そうかな？　まあ、滑り台の下、くぐって遊ぶお友達もいるだろうしねえ」「それで、ちょうちょをうめるのにうえからしろいさらすなかけたらね、ぶるぶるしてにげようとしたからうえからいしでおさえてあげてね」「ん？　ぶるぶるって？　ちょうちょが？」「すなをかけたら」「ちょうちょ、死んでたんじゃないの？」「しんでたよ」「死んでたら、動かないんじゃない？」私が言うと子供はなにを言っているんだという顔で私を見、「うごくよ」「でも」「いまからもっとほってうめようとおもってたらママがきたから。おそうしきがとちゅうでおわりました」子供は乳白色にオレンジと緑の細片が混じって花火のように丸く広がって乾いている誰かの吐いたものをひょいとまたぎ越えた。「あー、ごめんね。お迎えのタイミングがね」「ごめんじゃすまないよ」「済まないの？」「すまない。ねえママ、おはかにはなんてかいてあるの。じ」「字？　ああ、あれは、誰それ家のお墓ってあって、名字と、あと裏側とかに、いつどういう人が亡《な》くなってお骨が入ってますよっていう……だから名前だね」「ねえ、どうしてわたしのなまえみかりっていうの？」「みいちゃんが生まれるときね。ちょうど朝焼けの光がきれいだったってお父さんが」何度も話してきた由来を遮り子供は「どうしてわたしになまえをつけることにしたの？」「名前はつけないとダメなんだよ、人間の子供は全員。名前をつけて、役所に届けるの。そう決まってるの」「なんで？」「そうしないと、どこに誰がいるかわかんなくなってこまるから」「なんにこまるの」「そりゃあ、だから、なにかのときに助けてもらえなかったりとか……」「じゃあなんでむしにはなまえがないの？」「いやー、あるんじゃないの。虫同士で呼ぶ名前は」「ほんとう？」「んー、いやわからないね。嘘《うそ》かも」「うそかよ！」テレビの真似か同級生の真似か、鋭い言い方で子供は叫んだ。「うそなのかよ！　じゃあちょうちょのおはかになんてかけばいいんだよ！」「でもみいちゃん、まだ、字、書けないじゃん」「そういうもんだいじゃないんだよ！」

その夜夫にチョウのお墓の話をすると残酷だなあと笑った。「殺したってことだよね？　女の子でもそんなことするのか」「私もしてたよ。しなかった？」夫は今日は遅かった。残業中におにぎりを食べたからと夕食はおかずだけ食べた。私は残った米飯を冷凍用にタッパーに入れてから空いた炊飯釜《すいはんがま》に明日朝と弁当分の米を入れて研いでタイマーをセットした。子供はもう寝ていた。今のところ歯ぎしりは聞こえない。「ああ、でも、僕も、ダンゴムシ捕まえてバケツに入れて、そのまんま放置して全部死んだり、してたなあ、そういえば。百匹以上いたんだけど多分」夫はごちそうさまと言って食器を重ねシンクに運ぶと一本だけいいかなと言ってストロングのレモンハイを冷蔵庫から取り出した。「なにか食べていい？　しょっぱいのある？」「えーと、なんだろう、アーモンド小魚とか」「あれね……じゃあいいや、飲むだけで」「死んじゃったの、百匹全部？」「知らない間に雨が降ってて水没してた」「あー」自分でしたことは棚に上げて私も残酷だと思った。私は食器を洗った。自分と子供が使った食器はもう洗ってある。夫は食卓に座ってレモンハイを飲んだ。冷たいような酸《す》っぱいような顔をしている。「食べたら？　アーモンド小魚」「庭のダンゴムシ絶滅さしたんじゃないかと思ったけど、普通にそのあともずっといっぱい、いたね」「なんでそんなにダンゴムシ集めたの」「いや、飼う、僕的には飼ってるつもりで。カブトムシとか欲しがっても買ってもらえなかったから」私はシンクと狭いほとんどなにも置けないただの飾りのようなキッチンカウンター越しに夫を見た。夫はレモンハイ片手にスマホに目を落としていたが私が自分を見ているのに気づいて、顔を上げ、なに？　と不思議そうに言った。「ねえ、飼いたい？　今も」「ダンゴムシ？」「いや、ペット、だから、犬とか」「犬？　犬は飼いたくない」「飼いたくないの？」「いや、逆に、犬……飼いたいの？」「うん」夫は驚いた顔をした。それがあまりに素朴に驚いた風だったので私は慌《あわ》てて「いや、すぐにじゃない、すぐにじゃないけど、いつか……なんていうの、これは夢だよ。こう、いつか家建てたいなとか宝くじが当たればなとかそういうやつよ。こう、現実よりちょっと浮いてるような、そういう」「犬……もしかして、みいちゃんが欲しがった？」「ううん、私が」夫は明らかにホッとした顔をした。私は蛇口をひねり手を拭《ふ》きやかんの麦茶の残量を確認しガスの元栓を閉め台所の電気を消し食卓に戻り夫の対角に座った。茶渋の輪っかがついたマグカップに二口分くらい残っていた麦茶を飲んだ。夫はホッとした顔のままゴクリとレモンハイを飲んで「犬は無理」と言った。「無理？」「苦手だから、犬」「そうだったの？」知り合って八年結婚して七年、初耳だった。「うん、子供のころから……そっちこそ犬好きだったなんて知らなかった」「え、そう？　好きだよ、すごく」「えー、気配も感じなかった。なんか犬好きな人、やたら柴犬《しばいぬ》グッズとか飾るじゃん。カレンダーとか。会社にいるけどそういう人」「しないよそんなの、よその犬のカレンダー、見たって……」私子供のころに犬を飼ってたって言ってないんだっけほらうちの実家の玄関に飾ってある写真の、と話し出そうとした一瞬前に夫が小さくげっぷをして「昔、子供のころ、ウサギを飼ってたんだけど」と言った。「ウサギ？」

ウサギは親戚《しんせき》が飼っていたものなのだが、その家が改築工事することになり騒音に弱いため置いておけないので一時的に預かってくれということで預かったら悪いが事情が変わったので工事は終わったけれどもそのままそっちでずっと飼ってくれ餌《えさ》はこちらで用意するからと言われ飼い続けることになった。白と黒が一匹ずつ、聞けば黒いオスが白いメスの父親ということだったが、一緒にしておくとすぐ交尾しようとするので別々のカゴに入っていた。アンゴラウサギという、高級セーター用のふわふわの毛糸がとれる貴重な品種の血が入っているとも親戚からは聞かされた。確かに毛は盛大に生えていたしときどきブラッシングもしてやっていたが「そうしないと埃《ほこり》とか餌の食べ残しとか全部毛にくっついてひどい感じになるんだよ」そもそも狭いカゴの中で飼っていたせいかその毛はふわふわとは程遠かった。返すつもりで預かっている間はそれなりに真剣に世話をしていたが、ずっと飼うということになると、なんというか熱意に欠けた。「母親ははなっから怒ってたしね、ほんのちょっとの間だけ預かってくれなんて言って」「向こうは最初からそういうつもりだったのかな？」「どうだかね。悪い人じゃないんだけど多分、まあ、勝手だよね。餌も最初は用意してくれたけどそのあと特に持ってこなかったらしいし親父《おやじ》は知らん顔だし」子供だった夫とその姉と母親が交代で餌やりや水替え、ブラッシングや掃除などの世話をしたが、夜になってそういえば今日は誰も餌をやっていないのではと気づく日もあった。「よくあるじゃん、絶対僕お世話するからって子供が犬とかねだって、で結局世話しなくなるやつ。すごい欲しくてねだったペットだってそんなんだし、うちはもともとウサギになんの興味もなかったわけだし」カゴは隣り合っているのに、同じ種類の動物が、それも親子がそばにいてどうしてというほど彼らは互いにコミュニケーションをとらなかった。いや、とっていても人間にはわからない形でだったのか、とにかく目と目も見交わさないし声も出さない。ウサギの餌は円筒形でやや緑がかっていて、表面がちょっとつるっとしていた。それからキャベツの外葉とか大根の葉とかそういうものも与えた。喜ぶかと思って人参《にんじん》スティックをカゴの隙間から差しこんだこともあったがやはり特にうれしそうでもなくほとんど食べ残した。「ウサギって本当に無反応なんだよ、うまそううれしそう悲しそうとかが全然、わかんないの。生きてるだけで。それとも子ウサギのときから好きで育ててたら違うのかね」ときどき庭に出して運動もさせた。折りたたみの柵《さく》、「下にペグみたいなのが突き出てて、それを地面に差しこんで連結させたら丸い柵になんの。直径が二メートルくらいで、三十センチくらいの高さ」を親戚が持ってきたのでそれを地面に設置し、二匹同時に出すとやっぱり交尾しかねないので一匹ずつ、それで喜んでぴょんぴょん跳ね回るというわけでもなく、のそのそ動くばかりで楽しそうにも見えない。今思うともっとかわいがってやればよかったのかもしれない。飼いだした経緯が経緯だったし、なにをしたら喜ぶのか、なにをどうしたらかわいがっていることになるのかもわからない。夫と母と姉はウサギを黒ちゃんと白ちゃんと呼んだりウサオとウサコと呼んだり、黒い方をパパと呼んで白い方をベイビーちゃん、とにかく呼び方すら定まっていない。ある日、夫が白い方を柵の中で運動させていると遠くからなにかの気配のようなものが近づいてきた。すぐにそれは息遣いとなり庭に走りこんできて、近所でときどき見かける黒い野良《のら》犬《いぬ》だとわかった。夫がはっとして動けないでいると、その犬はそのままウサギに飛びかかろうとした。と、普段一箇所にうずくまるかちょっと移動する程度のウサギが突然ぴょんと跳ね上がって柵を越え見たこともないほどの速度で走り出した。「ウサギって走るの？」「走るっていうか、だから跳んでるんだよ。ぴょんぴょんとかいうペースじゃなくて、なんつうかこう、すっ飛んでるっていうか」白ちゃん、ウサコ、ベイビー、毛が盛大に生えてしかし手入れが足りず口元と下半身が特にもつれて黄ばんでいて、一日の大半をカゴの中でろくに方向転換もできない生活をしていた白いウサギは丸い赤い目を溢れんばかりにしてあっという間に庭を出て行き、それを追いかけて野良犬も走り去り、後に呆然《ぼうぜん》と残された幼い夫が「いくつくらいのとき？」「小学校……低学年とかかな。確か」慌てて家の中にいた母親を呼びウサギと犬が消えた路上を見回してもその姿は見えなかった。近所を歩き白ちゃんと呼びウサコと呼んだがなにも反応はなかった。そのとき家にいなかった姉は帰宅すると自分は今までものすごくウサギをかわいがっていたかのように泣きわめき夫をなじり夫に見張りを任せた母親の不注意を責め林家にウサギを押しつけた親戚を罵《ののし》り暴虐《ぼうぎゃく》な黒犬を呪《のろ》った。見つけたら毒を食べさせてやる！「それで……どうなったの」「一匹になったら凹《へこ》んだのか、黒い方もなんか急に病気みたいになって死んで、それでおしまい」「ウサギ、食べられたのかな」「わからないけど、黒い野良犬は親が保健所に電話したけどしばらく普通にその辺にいて、別に普段は凶暴じゃない、子供相手でもおとなしく尻尾振って撫でさせるような、そんなに不潔にも見えなかったし……でも、あれからね、犬はほんとにね、ウサギとね」私はそっか、じゃあしょうがないねと言った。「でも知らなかった、ウサギ飼ってたなんて」「僕も忘れてた。犬って聞いて思い出した……でもさ、娘が死んだらさみしくなって死んだとか、かわいいところもあったね、ウサオ」本当にそれさみしくて死んだのかね。ウサギはさみしくすると死んじゃうのとかいう歌があったっけね……夫はレモンハイを空にする角度で持ち上げて飲むとじゃあそろそろ寝るねと言った。「なんかごめんね、犬」「いやいやいや」「夢を壊しちゃって」「いやいやいや。もともとあれだし。無理だし」知っていたし。「みいちゃんも別に、犬多分好きじゃないし」「犬カフェとか、行ったら？　そんなんないか、猫カフェはあるじゃない、街中に。触れ合える……」「あー、いや、いいんだって。そういうんじゃない」そういうんじゃないのかーと言いながら夫はシンクに空き缶を置くとトイレに行った。空き缶をすすごうと持ち上げると意外に残っていた中身が私の手にかかり冷たい強い炭酸が少しぴりぴりした。歯磨きをしてトイレに入ると夫の体内を通ったアルコールとレモン香料の匂《にお》いがした。

翌朝子供を連れて保育園へ行って滑り台の下をのぞいた。灰色の横長のゴツゴツした拳《こぶし》くらいの石があってその前に赤い花弁と葉っぱが散らばりズックの足跡もあった。

私がふざけてしゃがんで手を合わせ目を閉じると私の子供はなにやってんの、という顔をしてその石を軽く蹴飛ばした。「ああっ」石の下にもどこにもモンシロチョウはいなかった。しぼしぼに乾いた花弁が石に引きずられてその下にあった砂が黒く湿っていた。みいちゃーん！　声がして子供は「マルくーん！」走り去り残された私はもう一度手を合わせ立ち上がり滑り台の滑降帯の裏側に頭をぶつけ目から火が出た。パートの昼休みにＬＩＮＥが来た。『昨日の帰りに、カインズでトトにそっくりな子犬と出会いました！　トトの生まれ変わりだと思って、トト子と名づけました（キラキラ）（キラキラ）でも呼び方は、おんなじ、トトちゃんです！　（ラブリー）（ラブリー）（ラブリー）』画像も来た。寝転んでヘアッと口を開け笑っている子犬、薄茶色のふわふわのトイプードル、丸い黒い目に柔らかそうな巻き毛がかぶさっている。そしてそれよりは大きなトイプードルの画像が続いた。前足を揃えて座り小首をかしげてこちらを見ている。『上　トト子　下　トト（ハート）そっくりじゃない?!』『いつかみかりんと一緒に会いに来てね！　ｂｙトト子（ラブリー）』私はおめでとうございます、トト子ちゃんかわいいですねと返し、そっけなかったかなと思っていつか企業から無料でもらった企業のロゴつきの服を着てわーいと喜んでいる犬のスタンプも送った。その犬も薄茶色で多分プードルのつもりで、トトとトト子に似ていないこともない。すみれさんとのランチはその後なぜか誘いが途絶えこちらからもしておらず、近所の女性の犬が三頭から突然一頭だけになったのでどうしたのか尋ねると娘たちはそれぞれお嫁に行ったとのことだった。「上の娘はもうずっとあっちで暮らす予定ですけど、下の娘はお産が済んだら戻ってきますよ。無事元気な赤ちゃんを産めるといいんですけど」「その赤ちゃんは、どうするんですか？」「あちらさんが飼ったり、譲ったりなさるでしょうね。日本にはあんまり多くない犬種だから……あ、一匹欲しかったりします？　一応血統書もつけられるような縁組ですよもしあれだったら」「あ、いや、うちは、無理なんで本当に」夏になりマルくんのお母さんに増えすぎて困っているのでもらってもらえないかと頼まれカブトムシのつがいをもらった。夜トイレに行こうとするとカブトムシを置いている部屋からボンボン音がして、うっかり蓋を閉め忘れていたらしいケースから逃げたメスが部屋を飛び回っていた。子供はもう寝ていて夫ももう寝ていていびきが聞こえる。ボンと音を立てて窓にぶつかりカーテンにしがみついたメスを摑《つか》んでそっと握りこんだ。カーテンの繊維から先端が鉤爪《かぎづめ》になった六本の脚を一本ずつ外して自分の指に移動させる。カブトムシは私の指を締め上げるように抱きつき、鉤爪はもれなく皮膚に食いこんだ。カブトムシの背中には透明で金色をした短い毛がびっしり生えていた。

異郷

東京の大学院を出たような人がする仕事ではないと面接で言われたのでてっきり不採用だと思ったのだが、面接の時に取り次いでくれた女性の声で「急で悪いんですけど、明後日《あさって》……金曜日から来れますか、どんなですか」と電話がきた。はいもちろん、よろしくお願い申し上げます、生まれて初めての採用通知だった。八時半から十七時半、月―金曜日の勤務に加え、土曜日は隔週出勤ただし祝日等の関係で前後することあり、私は今まで働いたことがない。アルバイトもない。勉強するならアルバイトなんてする時間がもったいない、という両親の意見をもっともだと思っていたし、実家暮らしで金銭面での必要もなかった。「隣が工場で、一階は倉庫で、二階が事務所で、三階が社長の家、だから、まあ二階建てのビルだと思って下さい」小林さんというその女性が私を一階の出入口まで迎えに出てきてくれた。「ご主人が広島の人？」「いえ、夫も東京で、このたびは転勤で広島に」「へえ、あ、ここお手洗いね」どちらかというと就職したくないがために進んだ大学院で、結局一生を捧《ささ》げるような研究テーマも博士に挑戦すべきだと勧められるほどの成果も出なかったのは予想通りだったが、まさか学部生と付き合うことになりその学部生が就職して一年で広島転勤になり遠距離になるよりはと結婚し引っ越しすることになろうとは思わなかった。いまだに不思議な気がする。旅行でさえ来たことのない土地、それは逆に、今までしがらんできた人間関係やすり減るばかりだった研究の世界からの解放でもあった。当然不安でもあった。不安の方が大きくはあった。今までと、空気の匂《にお》いも緑の質も違う。心象が感覚に影響を与えているのもあろうが、湿度だけは明白に今までと違うと思った。瀬戸内海の存在のせいか、街中を走る川のせいか、広島の空気はもったりと湿っていた。東京湾だって隅田川だって皇居のお濠《ほり》だってあったのに、東京は芯《しん》から乾いていたのだと初めて知った。案内されたのは小さな事務所で、窓に白いブラインド、壁に金色の額縁に入った写実的な風景画、床に置いてあるカーブした細い茎と葉っぱだけの鉢植えは花の落ちたコチョウランだろうか。事務机が四つくっついた島が一つと、少し離れたところに大きめの机が二つ、その脇《わき》には応接室と書かれたドア、小さいシンクに電気ポット、壁際《かべぎわ》にはコピー機があった。島には私より若そうな女性が一人、離れた机の片方に年配の女性が座っていて、案内される私を興味深そうに見ていた。事務所は狭くはあったが片づいていて、煙草《たばこ》臭くもなかった。院では担当教授と彼に追従する研究生たちが喫煙者で、研究棟内は禁煙のはずなのに彼らが集団でやってくると吐き気がするほど臭くて不快だった。この事務所は温かいほうじ茶のような匂いがする。小林さんが、ノートパソコンが置かれた机を掌《てのひら》で示しながら「ノムラさんの席はここ。私の隣。私は生まれも育ちも広島だからようわからんけど、慣れん土地はどこでも大変よね」早口の広島弁、すぐに年配の女性が口を挟んだ。「でもねえ、広島は気候がええけえねえ」更に著しい広島訛《なま》りの赤い口紅が、朝の八時半でもう縁だけ残して色あせている。それとも最初からこういう塗り方なのだろうか。「海のもんも山のもんもあるけえ。それに人がわりかし、気やすいじゃろ」スーツを着ているのは私だけだった。小林さんはTシャツのようなものに濃い緑色のカーディガン、後で社長夫人だとわかったのだが全然そんな感じがしない年配の女性は襟なしのトランプ柄のブラウス、若い女性は首元の詰まったクリーム色の丸襟シャツだった。私の席の正面に座る彼女は何かのロゴが印刷されたマグカップでお茶を飲みながら、目が合うとにっこりして「三田村です。広島、いいとこですよ、田舎ですけど」と言った。「この辺は田舎じゃなあじゃろ」「いや、東京と比べたらすごい田舎ですよ、きっと」非正規とはいえ初めての就職、このご時世、はなから正社員は考えていなかった。そもそも夫はまた転勤でいつどこに行くことになるかわからない。引っ越した先々で、パートでも何でもして少しでもお金を得て貯《た》めていつか子供でも育てる時の足しにしたかったのだが、接客の類《たぐい》はうまくやる自信がなく、手先もあまり器用とは思えず、そうなるとパートでも職はなかなかなかった。毎日ハローワークに通ってやっと見つけたのは餅《もち》菓子などを製造販売する小さな会社、従業員の多くが工場で餅にきなこをまぶしたり団子に焼印を押したりする製造担当らしいのだが、私が採用されたのは事務パートだった。「パソコン上手なんよね？　何百枚もある論文、パソコンで作ったんでしょ」「いえ、何百枚というか、修論は四百字詰め換算で百三十六枚書きました、けれど、文系ですから文字ばっかりの」「私なんてねえ」社長夫人がまた口を挟んだ。ワタシ、の発音が東京と違う。「今でもよう使わんの、パソコン。いらうとすぐ調子悪くするん」「そうなんですか」「ファックスも、すぐ詰まるん」「そんなことないですよ」既に就業時間のはずだが、彼女らは仕事をしているようなしていないような風でお喋《しゃべ》りを続けていた。社長夫人に至ってはお菓子を摘《つま》んでいる。「ノムラさん細いですねえ、スポーツとかされます？」「いえ、全然。むしろ苦手で」「えーそうなん、じゃ見る方も?」「みるほう?」「野球とか、サッカーとか」「あ、そういうのも全然」「オッ、今日からか」にこやかな男性が一人、事務所に入ってきた。面接をしてくれた、体中から上機嫌がたち上ってくるような雰囲気の小太りの男性だ。「おはようございます。部長、ノムラさん、今日何してもらいましょう」「ノムラさん、下の名前は何じゃったかいね」「美月です」「ふーん。ええ名前じゃね、よろしくね。やってもらいたいのはね、注文の伝票が来たらそれをパソコンに入力してもらって、あと在庫分ね、そういうのを一つの画面上に入れて、どれがいつまでにどれだけ要って、たちまち今日明日にどれだけ作ればいいんかっていうのを僕らが決めれるような、そういうのを作ってもらいたいんよ、わかるかね」「よくわかります」部長は笑んだ。きっと餅菓子が大好きなのだろう、お腹《なか》が柔らかそうにつき出ている。「よくわかるん、ええね。パソコンにそれを入れる型が入っとるけえ、昨日までの分見て入れ方確認してもらって、注文が来たら打ちこんでくれる?　簡単よ」「はい、承りました」そう答えると一瞬間があいてから三人の女性と部長がどっと笑った。ぎょっとしていると「さすが東京の大学院を出た人は答え方が違うのお!」「ほら、あれみたい。前にドラマではやったん、何じゃったかいね、ほら、かしこまりました言うてから、家政婦が」「違う、あれは承知しましたって言うんですよ」「ほうほう。あれよりずっと、知的じゃ」「的じゃない、これはほんものの知性よ」「ノムラさん何かいいですね！」笑われながらも不思議と嫌ではなかった。ここは、今までに身を浸したことがない、温かな感じのコミュニティかもしれない。私は彼らに受け入れられたのだろうかという気がした。はにかんで笑うと、コチョウランの茎の先に小さな白い花が一つだけ残っているのが見えた。

翌日土曜日、空《す》いている電車を降り、事務所のドアを開けるとひやっとした。誰もまだ来ていない、いや、社長夫人が机に突っ伏すようにしていた。寝ておられる？それとも体調不良、もっと重篤《じゅうとく》な事態、声をかけていいものかためらっていると首だけ持ちあげた社長夫人が「おはよう」としゃがれた声で言い、すぐにまた突っ伏した。顔色が心なしか悪い。心配していると、小林さんと三田村さんがほぼ同時にやってきた。「おはようございます」二人は小さな声で「おはよう」「おはようございます……」と呟《つぶや》きながら席に座った。目が合わない。小林さんは荒く口を動かしてガムを噛《か》んでいた。三田村さんはロゴカップにティーバッグを入れポットの湯を注ごうとし、それが空だと気づいてはああと深い溜息《ためいき》をついた。「あの、お湯、来たら沸かしといたほうがいいですか、私、これから毎朝……」「いやいやいや。ノムラさんパートさんだし。私普段もっと早く来ますんで」目が合わない。三田村さんはうつむいてポットに水を注いでコンセントにつないだ。私はパソコンの画面、前任者が設定したらしい、特に変えなくてもいいかと思いそのままにしてある青いアリクイのような着ぐるみの写真の壁紙……を見つめた。空気が冷たいのに淀《よど》んでいた。昨日とはまるで別の会社のようだった。ファックスが一枚受信されているのに気づいたので立って取り、入力しようとしていると「ノムラさん」性別も判然としないような低い暗い重たい声が聞こえた。小林さんだった。「はい」「昼休みとか、朝とか……就業時間以外には仕事、せんでいいんですよ」言いながらこちらを見ない。マウスをカチ、カチと鳴らしている。液晶画面には明らかに仕事とは関係なさそうなネット画面、「私らもそうしよるし。私、昨日も、それ、言ったと思うけど」「え……」確かに言われた。それでも、八時半までもうあと五分もないし、少しでも仕事を進めていれば突発的な業務が生じても対応できるだろうし、それにまだ新人なのにお茶くみも掃除もしなくていいと言われた以上、仕事に不慣れなのをそういう部分で補おうと思っていて、それに何より、昨日言われた時はもっと、そんなにがんばらなくていいのにこの真面目《まじめ》さん、というような好意的なニュアンスの言い方だったと思うのだが、今の言葉には明らかに棘《とげ》があった。棘と言うか、ぽっかり空いた空白のような、白々した何か、乾いたビル風が吹くような。動悸《どうき》がした。社長夫人が突っ伏したままのくぐもった声で小さく呟いたが聞きとれなかった。私が助けを求めるつもりで正面に座った三田村さんを見ると、露骨に視線を逸《そ》らされた。動悸がした。こういうことには覚えがある。私立の女子校で。ある日突然同級生が冷ややかになり、その後ほとんど誰とも話すことなく一年、二年、成績がよかったから先生が味方してくれたが、そのせいで立場はどんどん悪くなり、意地で誰よりも勉強したが、と言って称賛されるわけでも参りましたと言われるわけでもなく、要は誰も私に直接興味を示さなかった。近づこうとするとすっと離れられ、離れたところからしらっとしているのに執拗《しつよう》な目で観察された。具体的ないじめ行為をされたわけではない。よってたかって嘲笑《ちょうしょう》されたわけでも水をかけられたわけでも殴られたわけでもない。ただただ冷ややかで、私はそれに気づかないふりをして三年まで過ごした。大学ではそうならないように細心の注意を払っていたのだが、そうは言ってもそもそも高校の時のあの冷ややかさの原因やきっかけが何だったのかいまだに全くわからないのだ。わからない以上、同じことを繰り返す可能性もある。だから細心の注意というのも推測に過ぎないのだが、とにかくちゃんと挨拶《あいさつ》をすること、興味がないことでも返事をすること、笑みを絶やさぬこと……それが功を奏したのかどうかわからないが、大学ではある程度普通に友人もでき、そうだ、後輩と結婚するようなことにまでなったのだからそれは合っていた、はずなのだ、が、もしかしてここでも私は。せっかく見つかった職場なのに。昨日は楽しかったのに。まるで失った高校時代を取り戻すかのような雑談、たった一日で。ミスでもしただろうか。迷惑をかけたのだろうか。帰りの挨拶は、微笑《ほほえ》み返しは、ほかにどんな。急に大きな音がして、振り返ると部長が社長夫人の隣の席に自分の尻《しり》を投げ出すようにして座ったところだった。「おはようございます」声が震えた。「……おはよう」部長の声も低かった。部長の顔つきは誰よりも冷たかった。女性だけでなく、あの上機嫌な、昨日は鼻歌交じりだった部長にまで？ 取引先からのファックスの文字が読めなかった。視線までも震えるらしかった。また、あの、毎日歯を食いしばって何事もなかったかのような顔をして、内心泣きながら過ごした日々が？ しかもここには期限がない。三年生の三月までがんばればという指針がない。夫は来年転勤になるかもしれないが十年後かもしれない。わからない。私は勇気を出して、三田村さんにファックスを見せながら「これって0ですかね、それとも6？」と尋ねてみた。目だけを上げた彼女は「ろくです」と言った。「ありがとうございます」「いえ」顔が笑っていなかった。おぼつかない指で入力する。大箱が三十六、中箱詰め合わせが四十八。単品が……電話が鳴った。いつの間にか八時半を過ぎていた。部長が貧乏ゆすりをしていた。誰も取らない。「……はい、毬屋《まりや》でございます」「お世話になります、ミカサですけど」「大変、お世話になっております」「あのね、昨日の夜ファックス送ったんだけど」「あ、今拝見しておりました」そんな丁寧な口調使わなくてもいいんよーという昨日の小林さんの声が蘇《よみがえ》る。でもそれがノムラさんのいいところなんじゃないですかー、ほうよ、うちの会社の格がアガローデー。あれらの声は明るかった、しかし今日は「ああそう？　あのね、ちょっと数が間違ってたみたいなんで、今から口で言ってもいい？」「え、あの、はい、どうぞ」「あのね、大箱が三十って書いてあったでしょ」「え？」「あ、もしもし？　大箱の三十をね、四十二にしといてもらえます？　ファックス再送しないで大丈夫？」「……はい。承りました。大箱が、三十でなくて、四十二ですね」ファックスの受信音がしたので立ち上がる。同時に電話が鳴る。誰も取らない。私は慌《あわ》てて席に戻って受話器を取った。「……部長、一番に山陽パッケの」「今おらん！」部長が怒鳴るように言い、顔をそむけた。三田村さんがシュッと息を吸った。私は手洗いに立ち、個室の中に崩れ落ちた。背中と服がぴったり張りつくほど汗をかいていた。吐きそうだったが何も出なかった。甘い果実の匂いの芳香剤が置いてある個室にしばらくうずくまっていた。いつまでもこうしていていことがあるだろうか、むしろ悪い、これは仕事なのだ、学生とは違う、一分一秒を争う、卑屈になるより堂々としていた方がいい。多分、そのことが一番、私に悪意がないことを示すだろう。大丈夫だ、大丈夫だ、私はちゃんとやっている。少なくとも致命的なことは、だってたった一日で？　しかも昨日の帰り際はこんなことはなかったのだ。誤解、すれ違い、私は唇を平たく開けて息を吸い吐きした。前歯が冷え舌が冷え喉《のど》が冷えた。背筋を伸ばして堂々と、笑みを絶やさぬようにするのだ。事務所に戻ると部長の貧乏ゆすりにコチョウランが揺れている。濃い緑色のワイヤーで補強された細い茎の先端、中心に紅をにじませた白い花は今にも落ちそうだった。私のシャツの布地から、わずかの間に染《し》みこんだ芳香剤のチェリーだかベリーだかの匂いが汗と混じって漂った。口角を上げるのだ、微笑んで背筋を伸ばすのだ。うつむく三田村さん、あらぬ方向を見ている部長、乱暴にキーボードを叩《たた》く小林さん、社長夫人は電話で話していた。受けたのかかけたのか、かかってきたなら誰がどんな声で応対したのか「くびよおの、あがなん」社長夫人が受話器に向かって突然吐き捨てた。受話器の向こうの誰か、彼女の配偶者たる私はまだ顔を見ていない社長だろうか、あるいはほかの誰か、誰に、誰が、誰を「ほうよ、最悪じゃ、あがなん」アガナンとは何か。わからなかったがわかる気がした。「あがなやり方……頭の一つも下げんさいや、ゆうて。気い悪い、へらへらして」へらへら？　心臓がすうっと細くなるような感じがした。心臓でいて同時に胃でもある痛み、懐《なつ》かしい。「いやしよったよ、へらへら、裏で。こんなそっくり返ってから」そっくり返って？　「現役時代どれだけ優秀じゃったと言って……」現役時代、優秀「……ほんまに、おえんよの」オエンヨノ。「昨日みたいなことしょったらくびじゃあ、いうてみな思いよるじゃなあ、ほうよ」そうだ学校は誰も私をくびにはできなかった。でもここでは。弁当がうまく飲みこめなかった。いつの間にか昼休みになっていた。小林さんも三田村さんも部長も社長夫人もいなかった。一人だった。箸《はし》から米が、アスパラガスが、パッケージにチキンと書いてはあったものの何だかよくわからない茶色いものが、ぼろぼろと落ちた。何とか五時半まで仕事をして立ち上がった。誰かがお疲れ様と言ったがこちらがそれに応じるだけの力がなく、誰とも目線を合わせることなく帰宅した。うつろな目で回したチャンネルは何も見るものがなかった。クイズ番組、野球中継、東京の最新グルメ、広島や地方の人はこの、狭い東京二十三区の更にごく一部を紹介する番組をどういう気持ちで見ているのだろう。もしかしたら世界ふしぎ発見をみるような、どこか外国の風習でも眺めるような遠い気持ちで見ているのだろうか。タレントが発音する馴染《なじ》みのある地名、よく通った場所、歳下《としした》の彼氏との買い物、そこから私は今とても遠くにいて旅行者でさえなくて、といって住人にもなりきれない、きっと日本中、世界中、どこに行ったってそうなのだろう。目も合わせてもらえない、私には見えないのに他の人には見える検問所がそこら中にある。子供の頃からそうだった。「ねえ、見るものないなら野球にしない」夫の声に、どの局でやっていたのかわからなくなってもう一度頭からチャンネルを回した。「おっ、勝ってる。みんなカープファンなんだって、職場の人。東京出身って言ったらまさかジャイアンツファンじゃないだろうなって、半分冗談だろうけど。野球興味ないって言ったらそれはそれで問題だって言われて。東京とこっちじゃ感じが違うよね」私の両親はスポーツ全般を毛嫌いしていて、オリンピックなど結局ただのナショナリズム発露世界大会であって、だから莫大《ばくだい》なお金をかけて東京五輪なんて開くべきではないということを言うような人達だった。地名を冠した名を持つ野球チームも、それと似たようなものだろう。だから私は中継なんて一度たりとも見たことがない。ルールも全くわからない。「赤いのが広島のチームでしょ」唯一《ゆいいつ》知っている情報を口にすると、夫はうなずいた。「そう、今日のは広島の球場だから観客席が真っ赤だね。一回行ってみようか。いつまで広島にいるかわからないから、こういうのもちゃんとチェックしとかないと」いつまで広島にいるかわからない。わからない。そうだ、それはそうだ。あと二十年かもしれない。定年までずっとかもしれない。体を動かすのが億劫《おっくう》で、結局試合が終わるまで眺めていたが、ルールもわからないながらぽんぽん点が入るらしく、その度に画面が派手に飾られ歓声が聞こえ、時々赤いユニフォームを着た若い女性、子供、などが大写しになり、画面に映っていることに気づくとポーズを取ったり周囲を見回したりはにかんで真顔になったり手に持ったボードを振ったりする彼ら、それがとても遠いこと、そうだ広島で見る最新表参道情報、のように遠く遠く嘘《うそ》のように感じられているうちに終了した。昨日から何度となく見ている壁紙の青いアリクイ「これ何だろう？」「マスコットキャラじゃない？　ええと、スライリーだって」が踊りながら大写しになり、それと赤いユニフォームの二人が抱き合った。ヒーローインタビュー、昨日の悔しい逆転負けから一転、今日は見事な勝利です。九回一失点の完投勝利、今のお気持ちは……猛打賞に加え、守備でも……でも、私はあの三年間を思春期の身空で耐えたのだから、と思った。

日曜日をどうやって過ごしたのかはよく覚えていない。月曜日、震えながら、でも素知らぬ顔、十代の頃貼《は》りつけていたあの顔つきで出社すると女性陣はみな席にいて、私を見るや否《いな》や「おはよう！」小林さんが八重歯を見せて笑った。八重歯。この人には八重歯があったのか。「あ……おはようございます」「ノムラさん、またファックス来てたから席に置いといたけんね、よろしくー」よろしく？「あっ、ノムラさん今日も服かわいいですね」三田村さんが湯気のたつ赤いマグカップを啜《すす》りながら笑った。香ばしいお茶の匂い、そう言えば、このカップのロゴは、カープ、広島のチームのロゴだ。「どこでお洋服買うんですか、東京ですか？」「あ、これは、表参道の……」「オモテサンドウ、聞いたことあります！　おしゃれな場所なんですよねえ」私が目を白黒させていると、社長夫人が「ねえノムラさん、お昼お弁当？」と言った。今日は昼全域が赤い。身がすくむような気がした。くびじゃあ、アガナン……「……いえ、ちょっと時間がなくて」なかったのは気力だ。昼休みにコンビニにでも行くか、食欲がないのだから食べなくたって「それじゃあ一緒に外に出ん？　お好み焼きにせん？」お好み焼き？「あっ、私も行きます！」三田村さんが挙手した。「今日お弁当ないんです、お母さん寝坊して」「ええね、コバちゃんは？」「私も偶然手ぶらなんですよねえ、旦那《だんな》が出張で」「じゃあ来んちゃい！　三人ともおごってあげよ」社長夫人が日本において誰がいつつけるべく売られているのかわからないほど明るい朱赤の昼で笑った。二人が両手を打った。「えーいいんですか！」「やったー」呆然《ぼうぜん》としている私に、小林さんが「あれ、もしかしてお好み焼き嫌い？」「いえ……いや、まだ食べたことがないんです。広島のお好み焼き」私ヤキソバとかビーフンとかナポリタンとかああいうぐしゃっと炒《いた》め合わされた麺類《めんるい》が苦手で、と続ける前に「ええー！」「嘘」「ほんとですか」全員がのけぞるように驚愕《きょうがく》した。「それはいけん。よっしゃ今日は絶対にお好みじゃ、社長の財布でおごっちゃる」「それわしも行ってええん？」

いつの間にか席に部長が座っていた。「わしそばダブルよ」「ええよ、ダブルでもなんでもしんさい。ねえノムラさん、広島はええところじゃなーって、つくづく、思うよ、お好み食べたら」広くて黒い鉄板の前に座って、土曜日は一体何だったのだろうと思った。それとも今日が異常なのだろうか？　店内のテーブル席は全《すべ》て埋まり、唯一空いていた鉄板前「お、初お好みには最高の席じゃ」「一二三四五、丁度ですね」に並んで座った。「肉玉そば五つ、一つはそばダブルで」「昨日もよかったですね、安心して見れました」「あれだけ点差があったら、抑える方も気楽じゃ」「だいたい最近早く代え過ぎなんですよ、監督」「悪い癖よの、見とる方はみんなそう思うとるのに」「金曜日の九回のホームランがなかったらサンタテだったのに……」「欲張らんのよ。勝ち越せばええんよ。ほしたら順位下がらんのじゃけえ」こうして並んで座っていると顔が見えない。彼らの声と店内の他人の話し声が混ざって、相槌《あいづち》を打つタイミングもわからない。物が焼ける音と匂い、訛り、つくづく今自分は異郷にいるのだと思った。ここでやっていけるのかどうか、やっていくべきなのかどうか、何が努力で何が惰性なのか。私はビールジョッキに入れられたお冷を飲んだ。千切りキャベツが山盛りになったボウル、白黄色い麺、巨大な油の缶、粘度の高いソースを含んだ年季の入った刷毛《はけ》、壁中に貼られたサイン、鉄板を挟んで正対する店主は汗だくで頭にタオルを巻いているのに、私のすぐ目の前の鉄板からは熱気、例えば焼き肉屋の小さな網が発してくるような、頰をあぶられる鋭い熱さが感じられないのが不思議だった。ここには、私にはわからない何かの律《りつ》がある、それは多分どこにでもある、あった。自分の力が及ばないのに否応《いやおう》なく影響を受ける何か、それは業《ごう》のようなものなのか、もっとさりげない気温や湿度のようなものなのか、そういうものが、私の意識の外で脈打ち時に苛《さい》み時《な》に包みこむ。私は飾ってあるサインを見回した。「アイツ守備がようなったよのお。去年すこぼこじゃったが」「あがなままじゃったらおえんですよ、プロとして」「こないだ友達が栗原《くりはら》と写真撮ってもらったんですって」「え、栗原……」写真つきのサイン、黄ばんだサイン、真っ白なサイン『継続は力なり』『翔夢』『感謝！』『和』じっと目を凝らせば、神経を研ぎ澄ませば、耳を傾ければ、それが私にもわかるようになるのだろうか。受け入れることも受け入れられることもできるのだろうか。肉玉そばというものを待ちながら、私は溢《あふ》れた千切りキャベツが鉄板に触れてたてるシューという微《かす》かな音に耳を澄ませていた。

継承

観《み》に行った試合が負けるとね、本当にがっくりくるのよ、ずっと、短くて二時間とか、長かったら半日、大声で応援して立ったり座ったりして、この硬くて狭いシートの上で。祈るの、ここにいる何百人何千人何万人で声をからして真剣に、もう私の寿命が縮んでもいいですから今打たせてください次ストライク取ってくださいって祈って、それでも負けるの。負けても一瞬で自分の家に戻れないでしょ、混んでる市電に乗って、もう暗くなってて、全部が森の中の影みたい、なんだか鬱蒼《うっそう》としてるわけ負けた日はどこもかしこも。市電の中皆が暗い感じ、関係ない酔っ払いみたいな人までしゅんとしちゃって、それなのにユニフォームは明るい赤だし馬鹿《ばか》みたいで、それでとぼとぼ歩いて、その間ずっとああ負けた、ああ負けたって、「だからもううんざりなの。私は市民球場には行かないの」

「大仰な。たった三回のことで」父はいつもそう言って笑い、朗らかに会社の同僚や友人と市民球場へ野球を観に出かけた。「あれはね、半分は外で飲みたいだけなのよ、野球が半分、ビールが半分、よくあんな狭くて硬いシートの上で酒盛りができるわよね……終わったらお店に移動してまた飲むんでしょうけど。だからまあ、そっちが本番ね、勝っても肴《さかな》負けても肴」弟が一緒に行きたいと父にせがむこともあったが、多分自分が飲み仲間と過ごすのに邪魔だと思ったのだろう、母が同行するのでなければ連れて行かないと言う。弟はほとんど涙目になって母に一緒に行ってくれと頼む。その度に母は首を横に振る、私はもう絶対に試合を観に行かないと決めている。なぜなら行った試合の全《すべ》てで負けているから。「でも、たった三回でぇ。お母さんが試合観に行ったん」そして父は誇らしげにつけ加える。「全部わしと一緒じゃ。お母さんは広島の人じゃないけえ、カープのことはわしが全部教えたんじゃ。確かに三試合とも負けたけどの」「でも、あのころのカープって言ったら、毎年優勝争いするような成績なのよ。それなのに、それまで連勝してたって、エースが投げたって、負けるの。最後に行った試合なんてひどかった。相手に十二点も取られて。エースが投げたのに」「え、誰、ピッチャー誰」「チェコよ」「僕知らん」「お前が生まれる前じゃ、カープアカデミーで育成したドミニカ人じゃ。ありゃひどい試合じゃったなあ、倫子がまだ赤ん坊で、わしの家に預けてから久々のデートじゃったのにからやれんでのお、もう途中で帰ろうでえ言うたんじゃがお母さんはムキになって最後まで」「うん、そうね、そうよ、だからお母さんは行かない」

「でも」夕飯の食卓で、家族の小旅行帰りの車中で、白い息を吐き合う初詣《はつもうで》の行列の中で、弟は食い下がる。弟が父の真似《まね》をしてカープファンを自称しだしたのはいつごろだったか、小学校に上がる時にはすでに赤い帽子を被《かぶ》っていた。「お母さん野球好きじゃろ、毎日テレビで観るじゃなあ」母は「テレビはね」と言って一人うなずき、薄く笑いながら「だって、テレビだもの」と言う。「それでも、負けとっても、最後まで、観るじゃあ、試合。ラジオも聞きよるじゃなあ」「ラジオはね、だって、ラジオだもの、本物じゃないもの」

父と弟の二人はカープが負け出すとチャンネルを替えろ替えろと騒ぐ。父などは上がったフライを取ろうとしている相手の野手に対して「ボール頭にぶつけて死ね！」などという不毛な野次を飛ばす。母はいつも黙って観ている。騒ぐ二人をではなく、テレビ画面を、ほとんど無表情でじっと観ている。まるで試験に出るから集中して観てはいるけれど本当は興味がないような、義務のような顔つき、それで、毎試合毎試合、母は最後まで中継を観続ける。いよいよ試合が劣勢になり父が本当にチャンネルを替えてしまうと、あるいは試合終了前に中継が終わってしまうと、母は片耳イヤフォンでラジオを聞いた。点差をつけられ客席がまばらになっていても、カープから相手チームへ移籍した選手にホームランを打たれ逆転されても、ナイターが延長になって風呂《ふろ》の湯がすっかり冷めても、母はじっと黙って視線をテレビ画面に固定し、あるいはイヤフォンを挿した側に少しだけ首を傾けている。食事が終わり自室に私は引き上げるが、風呂に入るため、牛乳を飲むため、ただなんとなく、リビングに立ち寄ると母が静かにカープに集中している。それを見るとぞっとするような気もした。そもそも母はそんなにもの静かで注意深いタイプではない。ごく普通の、粗相もするしテレビ番組で象の出産などを見たらいつの間にか泣いているような、もちろんお笑い番組なら手を叩《たた》いて大笑いもするような、ごくごく平易な人柄なのだ。どうしてカープの時だけこんな顔つきになるのか、そのカープへの視線は喜怒哀楽のどれに属するのか。何が面白くてそんな白々した顔でイヤフォンを耳に突っこんでいるのか。「それくらい、全部観るくらい、お母さん、カープ好きなんじゃろ」「好きよ」母は簡潔にそう答えるが、その、好きよという回答の背後に、もっと大きくて凶暴なものが隠れているような気がしてならなかった。ただ好きなだけなら、母はもっと、父のように順位が下がることを嘆いたり、助っ人《すけっと》外国人が機能しないこと、監督の継投法が自分の意見と異なることなどに罵詈雑言《ばりぞうごん》を浴びせたり、そういうわかりやすい動きを示すものではないだろうか？　ホームランに跳び上がって喜んだり、完封勝利にはしゃいだりしてしかるべきではないだろうか？　勝っても負けても母はめざましい反応をせず、それでいて翌朝には地元紙のスポーツ欄を丁寧に読む。父も弟も、負けた翌日にはスポーツ欄を開きもしないのに、母だけは、一投一打リアルタイムで観、聞いていたはずの試合をじっくり嚙《か》みしめる。「そのくらい好きなんじゃろ」「好きよ、だけど、とにかく球場へは行けないの、ごめんねカッちゃん」

広島市民球場の取り壊しが決まったのはいつだったのか、気づけばそれは両親弟間やローカルニュースで度々の話題となっていた。老朽化著しい市民球場、この場所から移転するなんて許さない、いやそうもいかない、新球場はドーム球場、いやドームじゃない方がいい、どちらにせよそんなお金はない、お金がないならたる募金、ドームじゃないけど今までとは大きさも設備も違う新球場、間に合うのか、お金は足りるのか、どうやらどうにかなるらしい、つきましては今シーズンが市民球場最後の……父は母に試合を観に行こうと言った。もう最後なのだ、一度だけ、家族全員で市民球場へ行こうではないか。「かわいそうなじゃなあか。一度も行かんまま市民球場がないなる思うたら、勝俊みたいな生粋のカープファンはおれんよ。最後に家族で行っちゃろう」「でも……」母は嫌そうにしたが、いつの間にかこましゃくれ声変わり中らしいかすれた声で俺など自称するようになっていた弟の懇願の視線にしぶしぶうなずいた。私は興味がないので行かないと言ったが、「なんでじゃ。家族四人で行くんじゃ。市民球場はわしの青春じゃ」父の青春、そんなもの別に見たくも知りたくもない。そもそも私は家族で唯一《ゆいいつ》カープファンではない。負けるよりは勝てばいいなと思いはするがそれは明日晴れるといいなとかそういう希望に比べてもはるかに漠然とした感覚で、そんなもののために長い時間拘束され古いらしい狭いらしい硬いらしい座席の上に座っておらねばならない……「お父さんと勝俊と二人で行けばいいじゃない、何ならお母さんも留守番してればいい」私は援護を期待して母をちらっと見た。しかし母はどこかをぼんやりと見つつ眉《まゆ》をひそめているばかりで、私の声は聞こえていないようだった。

行くことになったのはヤクルト戦、先発はルイス、市民球場で開かれる最終公式戦の一つ前の試合だった。「ええ試合じゃろ、勝っても負けても記念になるで」指定席だから大丈夫とはいえ早めに行こうと出かけたが、到着した時には球場前の道にもユニフォーム姿の人が溢《あふ》れていた。「明日はもっとすごいで、最後じゃし、先発マエケンじゃしな」内野指定席、一塁側、私はもしかして誰か知り合いに会いはしないか、テレビカメラが客席を大写しにする時に映ってしまってそれを見られはしないか、あまりファンではないのにこんな重要な試合にユニフォームも着ずキャップも被らず座っていることを誰かに看破され糾弾されはしないか、なんだか気まずかった。シートに座り見回すと、別に私以外の全員がユニフォーム姿というわけでもなく、ごく普通の格好、Tシャツや襟つきシャツ、斜め前あたりにはひらひらしたノースリーブドレスの女性さえいた。大きなカバンをごそごそ探っていた彼女は、中から赤い細長いタオルを取り出してむき出しの肩を覆《おお》うようにかけた。結婚式的なものの帰りかそれとも試合後に出勤なのか、真っ赤なタオルが、つるっとした肌色を妙に目立たせていた。「さすがに人が多いのお。内野も外野もどこもほとんど席があいとらん。三塁側も真っ赤じゃ」上機嫌な父に弟がぼそりと「ヤクルトファンはおらんのかな」と言った。友達から借りたというだぶだぶの嶋《しま》のユニフォームを着て、自前の、しかし被っているのを見るのはなんだか久しぶりのカープ帽を被っていた。大はしゃぎというわけでもない、仏頂面《ぶっちょうづら》にさえ見えるのは照れだろう、家族全員でどこかに出かける事自体珍しくなっていた。「おらんことないじゃろう、どっかおるわ」「まあでもほとんどおらんか、わざわざ広島まで来んか、こんな時に」市民球場に入る前、球場を取り巻くそこいらにははっきりとした熱気のようなものが感じられたのに、自分がその中に取りこまれ座ってみると、そして群衆を形成している一人一人を眺めていると、割合普通というか、冷静というか、露骨な興奮状態にある人はあまりいない。惜別の熱狂真っ最中という感じでもない。ただ、観客席の椅子《いす》やグラウンドや通路などにカメラを向けている人々はそここにいた。初めて来るのに見慣れた感じがするのは、幼いころからずっとテレビで中継を観ていたせいだろう、とにかくそこに、ここに、自分が座っているのが変な気がした。私と同じように周辺を見回していた弟は急に立ち上がると、不自然なほど低い声で「俺メガホンみたいなもの買《こ》うてくる」と言った。「あ、私も一緒に行く」通路に出るまで、座っている人に断りを入れつつ脚をよけてもらいながら歩かねばならないが、人々は慣れているのだろう。ラジオを用意しながら、隣同士話しながらこともなげに脚、あるいは体全体をずらして通してくれた。売店で弟は叩くと音が出るように二つに分かれているメガホンを買った。私はその隣に並んでいたタオルを手に取った。さっきのドレスの女性が肩からかけていたものと同じだった。一枚買って彼女のように首からタオルを垂らすと、少しだけ場違いな気まずさが緩和されたような気がして、さらに打ち合わせるために二本一組になっている細長いバットを模した応援グッズも買った。「姉ちゃんの方がようけ買いよる」弟が低く笑いながら買ったばかりのメガホンをぱしぱしと叩いた。「あー、お年玉残しといてユニフォーム買うたらよかったわ、俺の」「買うなら誰よ?」「やっぱりマエケンか、前田かなあ」通路から自分たち二人分の空席を探すと、母と父が並んでいるのに連れ同士ではないかのように座っているのが見えた。母は不機嫌なのか何なのか、多分朝からほとんど口を開いていないような気がした。「お母さん変じゃない?」「そう? まあ、嫌がっとったしねえ、無理に連れて来んでもいいのになあ」席に戻ろうとすると、わずかの間にさらに人が増えていた。隣の客はうどんを食べていたので前を通るのに余計に気を使ったがやはりなんでもないように脚をずらして、「すいません」という声にフンフンと頷《うなず》いてさえくれた。「買えたか?」「うん、あっ」座るやいなや弟が声をあげた。「ブラウン監督のおじさんじゃ!」耳慣れたはりのある男児の声だった。「え、監督のおじさん? なにそれ?」「有名、いつも客席で被り物して応援しよるじゃなあ」「かぶりもの?」「ほら、一番とったりに、ほら、被っとる、今もブラウン監督の頭、ほら」弟が一生懸命指差す先に、確かに一人頭が異様に大きくなっているおじさんがいた。周囲に小さな人だかりができていてカメラを向けている人もいる。なるほど誰かの頭部を模した被り物、その姿を見た途端、このおじさんの姿が中継で大写しになっていたのを思い出した。ビールケースのようなものに乗っているらしく一段高いところから、観客席の応援を煽《あお》ったりする人、「応援団長とかなのかな」「さあ、でも、なんかテレビで見るより頭がでかい。体は小さいなあ」弟の声はもう低いものに戻っていた。発泡スチロールなのか紙粘土かプラスチックか素材がよくわからないものでできたその（それがブラウン監督まさにその人のとは言い切れない気がしたがそれでも西洋人であることはなんとなくわかるような）頭部は巨大だった。居間のテレビを通して見るのとは縮尺が違うような気がしたが、それはおじさん一人の中の縮尺ではなくて、市民球場という場所との兼ね合いかもしれない。さっき座った時は見慣れていると思ったこの場所が急に不思議な場所であるような気がした。果たしてここはこんな風だったか、こんな色だったか？　遠くに見える上部が赤い外野フェンス、ブラウンおじさんに喝采《かっさい》を送る人々、楽しそうに飲食したり写真を撮り合っている人々、巨大なビジョン、一人ずつデザインや色が微妙に違う観客席のユニフォーム、ピッピピッピというブラウンおじさんの笛の音の鳴り方に合わせて観客が手やメガホンなどを打ち合わせたり腕を上げ下げした。応援の予行演習なのだろう。私と弟はそれに二、三度合わせたが、母も父もしなかったし両隣の客も動かなかったので恥ずかしくなってすぐやめた。おじさんの指導は遠ざかるにつれ薄くなり、ちょうど我々のあたりが分岐点になっているようだった。母は座って前を見ていた。じっとなのかぼんやりなのか私にはよくわからなかった。東出のユニフォームを着た父が隣のお客さんのうどんを見ながら不躾《ぶしつけ》なほどの大声で「お前らも、お腹《なか》がすいたらうどん、買うちゃるけえの！」と言った。「肉うどんとてんぷらときつねがあるけえどれがええか考えとけよ」私はそっとお隣さんを見たがやはり素知らぬ顔で熱心にうどんのネギを掬《すく》おうとしている、それは肉うどんらしかった。「わしはやっぱりてんぷらじゃけどの、おい、お前ら負けてもはぶてるなよ、お母さんみたいに。試合は負けか勝ちかしかないんじゃけえ。引き分けはあれじゃけど、まあ二分の一じゃ。二分の一でいつも勝てると思とったら、人生はつまらんよの。つまらん人生よの。長い目で見たらトントンになるようになっとるんじゃけえ、今日負けたら先の勝ちを貯金したようなもんじゃと思うとけよ……しかしほんまに壊すんかのう、壊したあとどうするんかも決まっとらんのにから」「草野球専用のスタジアムにすればええのに」「維持費よの、まあ草野球するにしても老朽化しよるけ危ないいんは変わらんしなあ」ピッピッピ、ピッピッピ、笛の音の中ふと見上げると、丸い明るいライトが高かった。テレビで見るのとは何かが違う。まるで違う。九月の末、肌寒いような暑いような、隣の客がすすっているうどんの甘辛い匂《にお》いが漂ってきた。他の匂いも漂っていた。それは人ごみの匂いなのか塗装や骨組みが何年もの間観客を収容しながら古び劣化した匂いなのかはたまた選手たちがウォーミングアップのためにかいた汗の匂いなのかブラウンおじさんの頭部の塗料の匂いなのかボールのグラブのバットのグラウンドの土の芝の匂い、今まで嗅《か》いだことがないこの匂いを、多分この先嗅ぐこともない、もう嗅ぐことはできなくなるのだと思い、私はなぜか急激にさみしくなった。「おい、試合が始まったらここまでうどん持って帰るんもしんどいけ今のうちに食うとくか?」「俺はええ」弟は即答した。今物を食べたい気分ではないのはわかる気がした。私たちの体内も周囲も初めてのそして最後の市民球場でいっぱいで、うどんをすすったり油揚げをかじったりするような余裕はないのだ。父は肩をすくめた。「知らんで……まあ、じゃあ、ええけど」ピッピピッピ、ピッピピッピ、ブラウンおじさんにまた視線を向けると、くり抜いてあるのか塗ってあるのか異様に深く黒々としたブラウン監督の目がこちらを見ていた。ぎょっとして、これは私を見ている、いや違う。その視線の先にいるのは私の隣に座る母だった、らしかった、そのような気がした。すぐにおじさんの顔は別の方向に向いてピッピピッピをやった。母を盗み見ると、今までその視線に応《こた》えていたようでも、ずっとあらぬ方向を見ていたようでもあった。母は両手をからませるようにして握り、揃《そろ》えた両膝《りょうひざ》の中心にそっと置いていた。

あたりは暮れ始めていた。選手たちが出てくるとその小ささに一瞬驚いて、すぐに目がズームを合わせたらしく彼らがものすごく大きいということを脳が理解してさらに驚いた。普通のおじさんだと思っていた本物のブラウン監督さえも大きく、それは背が高いとか太っているとかいう大きさの尺度の話でもなく、存在感、オーラ、どの言い方も近いが違うような気がした。住む世界が違う、全く別の律《りつ》の中で生きてきた人々、中でもルイスは巨大だった。遠いマウンドにいてさえこれだけ大きいのだから、目の前にいたらどんなだろう。多分怖い。テレビでは大写しになるのでよくわかるその表情はこの席からは全く見えず、ただその長い長い腕が振り下ろされるともうその球は尋常でなく速かった。剛腕だった。ゴウワンという言葉を、今まで使ったことがなかったが、その投球を生で見て、「剛腕じゃのう」と誰かが呟《つぶや》くのが聞こえて、本当だこれはゴウワンなのだと思った。球が、単に速いだけでなく確かな感じで、投げるとグンという波動がここまで来た。打者はするすると三振した。「すごいのお」弟の声がまた幼くなっていた。頬が紅潮している。最初大人びた顔をしていた分余計に幼く見えた。「僕、いつ息吸うてええんかようわからん」父はビールで頬を赤くしていたが、家でのように野次を飛ばしたりはしなかった。てっきり、父は球場でも大声で野次を叫んだりしているのだと思ったが、黙ってにやにやしているばかりだった。私の方が面白くなって大声で応援した。手を伸ばし、打ち鳴らし、カットバセー、シーボルなどとも一緒に叫んだ。歌も歌った。周囲の人のリズムに合わせているつもりでも不意に自分一人がずれそうになるのさえ面白かった。相手の投手は何度か交代したが、カープはずっとルイスだった。当然ルイスだった。塁に出られることもあったものの、最後はいつもルイスが三振を取った。カープはひょい、ひょいと点を取った。その度に観衆は狂喜乱舞した。一点一点が信じられない奇跡のように思われるのに、一方で今三塁に走りこんだカープの選手がアウトにならないことは初めから決まっていたような気がした。そんな時は私も興奮してうまく息ができないような気がした。隣の人も前の人も後ろの人もその向こうの人も同じように興奮しているのだと思うと、この一点のために今まで生きてきたかのような気がした。歓声やトランペット音が固形物のように空気に混じって私の肌や耳や髪の毛にぶつかった。私の歓声も空気中に出るとすぐに固化しあたりに飛び散って入り交じった。「点って取れない時はいつまでも取れないでしょう」三点取った四回後の攻守交代中に、母が急に呟いた。「取れそうにもないでしょう。一塁までさえ遠いでしょう。三塁なんて絶対たどり着けないと思うでしょう」母は選手たちが一旦《いったん》引っこんだグラウンドを凝視していた。あれだけ見ていたら逆に目には何も映っていないのではないか、母の声を聞くのは数時間ぶり、いや数日ぶりのような気がした。平静なのにそわそわしたような、若やいだ声に聞こえた。「でも、取れる時は取れるのよねえ、ちゃんと。今みたいに。簡単みたいに。それと勝ちと負けとは違うけど、もちろん」「お母さん何言よるん？」「何が違うのかしらねえ、何かがあるのよね、それって多分、選手の出来とか監督の采配とかそういうことじゃないのよね、初めから決まってるのよ」「お母さん？」「お前らほんまにうどんええんか、お腹すかんのか、わしだけ食うてくるで、てんぷら」

九回の表に、ルイスが少しだけ乱れた、ように見えた、わからない。フォアボールを出し、ヒットが出、三塁にまで相手が来た。二、三塁とはいえすでにツーアウト、点差は充分あった。五対〇、もし次ホームランを打たれたってまだ全然勝っている。客席は何ら静まり返ったりはしなかった。勝利はすぐそこにあった。本当のすぐそこ、手を伸ばせばいや、時さえくれば勝手に熟れて落ちてくる果実のような、赤い、丸い「でもね」母の声がした。「そう思うと、あと一つでいいんだからって思うと、ホームランなんてすぐそこにあって、その先もあって、気づいたら負けてるのよ」小声だった。隣に座っている私の耳にさえ聞き取れるか聞き取れないかくらいの「私何度もそういうの見たのよ」「え？」母の目線はマウンドに固定されている。ルイス、何度か飛び散る汗の見えたルイス、その剛腕、ここからだと何色だかわからないが私のとは違うその瞳《ひとみ》、「お願い、負けないで！」突然母が小さく叫んだ。周囲の人は皆大声で応援している、その中で、母のその声だけが異質なほど悲愴《ひそう》だった。「負けんよ、大丈夫だよ、だってもうツーアウトだよ」母はマウンドを睨《にら》みつけながら「わからないわよ、だって私だもの」膝の上で組み合わせた両手を、指先が変色するほど硬く握っているのが見えた。「お母さん、大丈夫だよ」「だって私見てるんだもの。ここで。うどんも食べずに。ビールも飲まずに。何度も何度も何度も何度も」母の声は滑らかでさえあった。私は目を丸くして聞いていた。いつの間にか父も母を見てぽかんと口を開けていた。ただ弟だけがルイスを見ていた。らんらんと光りながら次に起こる歓喜に備えているように見えた。頰が赤い。弟は勝つとしか思っていないようだった。母は続けた。激しいのに静かな声だった。

私ね、子供のころからカープが好きでね、広島に親戚《しんせき》がいて夏休みのたびに市民球場、広島に進学させてもらって越してきて、そしたらもうしょっちゅう、市民球場、シーズンに一度だけの時もあったし、毎週通った時期もあった。三回じゃない。三回はお父さんと観に来た回数だけ。その前にも後にも、もう数えきれないくらい、嘘《うそ》、数えているの、全部で五十三回、五十三試合観たの、それで、それが、全部負けたの。全部よ。五十三敗。一度たりとも勝たない。接戦もあったし逆転負けもあったし完封されたこともあったしわけがわからないうちに何点も何点も取られて身ぐるみはがされて途中で皆帰っちゃって客席ががらがらになって、野次がひどくて翌日寝こんじゃうような負け方もあった。ちょうど五十三回目がお父さんと観たチェコの試合。それでもう、やめようと思ったの、これ以上観たってしょうがないじゃない、負けるんだもの。途中から私のせいで負けるみたいな、私が罰を受けるべきなんだって思うような、でもそれも不遜《ふそん》なのよ、私のせいで負けるなんてそんな自分が世界の中心みたいな、じゃあ何なの、どうしてなの、どういう理由でこうなっているの、カープだけじゃない、世の中はどんなにでも悪くなれるじゃない、私がここに座っているだけで。何一つ手出しできないまま逐一目撃させられてどんどん悪くなっていくのを、急にどすんって致命的なことになるのを、いつだっていくつだって……。負けるのはつらいのよ「お母さん？」「お前」私と父が何度か口を挟もうとしたができなかった。母の口は止まることなく動き続けた。目はじっとマウンドに注がれていた。時間の進み方が妙だった。もう何分も母の言葉を聞いているような気がするのに、一体ルイスは何をしているのか、球は、ストライクは。後ろから丸くて柔らかい何かに後頭部を押されていたが振り向いて確認することはできなかった。母から目が離せなかった。……何度負けても負けるのには慣れないのよ。勝つことには多分慣れる、でも負けるのには慣れない。だからね、私生で観るのは二度とやめたの、五十回ちょうどでやめるはずだったけどお父さんと会ってそういう風になって成り行きであと三回でも三回あればば充分よ。五十回あっての三回だもの、だから今日も来ないつもりだった。直前にお腹が痛いとか言って私だけ行かないようにしようと思って、でもやっぱり観たかった。試合も球場も、最後にもう一度、怖かった、怖い、どうしよう。お母さん、生まれて初めて勝つかと思ったのに、ねえ勝俊、倫子、ルイスはあと一つアウトを取れると思う？　やっぱり負けるのかな、……あと一つでいい、もう手が届くと思った時、絶対そこにアウトはないって私は今まで学習してきたの、この市民球場で。九回のツーアウトまできて負けた試合だって「あっ」弟が息を呑《の》んだ。打者のバットが空を切るのがちらりと見えた。赤い観客が沸き返った。空振り三振だった。守備についていたカープの選手たちがマウンドに駆け寄る。母は両手で口を覆った。父は呆然《ぼうぜん》として母を見ている。わしが野球のルールから選手の名前から教えてやったんじゃ、お母さんは野球は全然じゃったけえの、せっかくの名試合の最後を見逃した父、「勝った！　ルイスの完封じゃ！」弟が叫んで跳びはねた。ピッピッピ！　ピッピッピ！　ブラウンおじさんの笛が高らかに鳴り響き、待ちかまえていた人々が両手を、メガホンを打ち鳴らして歓喜に躍った。私の後頭部から鋭い音を立てながらジェット風船が飛び上がった。あたりからも無数に湧《わ》き上がっていた。空がすっかり暗くなっていた。星がない。いや、ライトが明るすぎて見えない、これが今まで、毎年春から秋まで、何度も何度も、全国で繰り返されてきたのだ。どちらかが勝ってどちらかが負ける、この市民球場でも何百回何千回何万回と人々はこうやって喜び打ちひしがれてきたのだ。母は両手で口を覆ったままだった。喜んで跳びはねることも泣き崩れることもなくマウンドを見ていた。私は少し迷ってから、弟と共に跳びはねる方に合流した。全体が赤かった。近くに座っていた見知らぬ人々ともメガホンや手を打ち合わせた。一人で来ていた老人に肩を叩かれ、酒くさい中年夫婦とハイタッチし、前田のユニフォームを着た若い女性と抱き合って喜んだ。彼女の髪の毛は後頭部で綺麗《きれい》に結い上げてありその首筋から甘い匂いがした。ふっと体を離した時に、彼女が肩を出したドレスを着ていたあの若い女性だと気づいた。いつの間にユニフォームを着たのか、隈取《くま》るように彩《いろど》った目に涙が浮いていた。夜なのに明るいと思った。本当に明るかった。ちっとも老朽化なんてしていない。これだけの歓声に、跳躍に、喜びに耐えるこの球場、見上げると遠くて高いライトに巨大な蛾《が》がぱたぱた群がっているのが見えた。舞い落ちる鱗粉《りんぷん》なのか人々から発せられる蒸気なのかうどんの湯気なのか、白銀色の薄い霧の筋のようなものがライトの光を何度もよぎっていた。

てっきりもっとずっと長く広島でプレーしてくれると思いこんでいたルイスが家庭の事情により突然国へ帰ってしまい、弟は落胆した。絶望した。そして、以来、野球を見るたびに、投手が打たれるたびに、ルイスがおればなあと呟くようになった。ルイスなら三振とるのになあ、剛腕じゃもんなあ。ルイスだって負けた試合も打たれた試合もあると言っても聞く耳を持たない。今でも彼はルイスの幻影を見ている。前田健太《けんた》だろうがダルビッシュだろうが田中将大《まさひろ》だろうが誰だろうが、ルイス、あの日のルイス、市民球場のルイスにはかなわない。あの試合は何度思い出しても、ええなあ、最初がルイスでほんまによかったわ。私もそう思う。いい試合だったしいい球場だった。思い出すたびに胸が熱くなりざわめきそしてぐっと重たくなる。父は、自分が手ほどきしたと思っていた母のカープ道が自分のそれより遥《はる》かに長く密なものだったと知ってから、前ほど野次を飛ばしたりチャンネルを替えろ替えろと騒いだりしなくなった。若いころの母が一体誰と市民球場へ行っていたのか、知りたくてたまらないらしいが母は女友達の名前を数名挙げただけだった。「あとは、グループでいろいろ、ほかは親戚の人とね、それは子供の頃からだもの」それだけが事実でないことは横耳で聞いていた私にさえ薄々感じられたから、父はなおのこと納得しなかったがそれ以上母は決して言わなかった。父は新しい球場、マツダスタジアムには一回か二回しか行っていない。「売ってる生ビールが高いとか言って……」「まあね。でもそれだけじゃないんじゃないの……確かにビールは高いけど、料理はいろいろ種類があって結構面白いし美味《おい》しいんだよ、それは市民球場より充実してるよ、それもちょっと、高いんだけど」「へええ、そういう工夫はいいわよねえ、シートもいろいろあるじゃない、楽しいわよね、きっと」母はあの完封試合をきっかけに、再び球場に足を運ぶようになるのではと思っていたが、違った。「やっぱり、あれは、まぐれよ。次から全部勝つなんて、あり得ないと思うもの。いくら新しいスタジアムに移ったって、同じよ、私怖いわ」私が大学進学で家を出る少し前から、実家は全試合を必ず最後まで中継すると謳《うた》うチャンネルに加入した。もう中継が終わったからとラジオに切り替える必要もなくなった、にもかかわらず母は、しばしば試合の途中でチャンネルを替えたり切ったりするようになった。どうして？　今までは絶対に最後までつき合っていたのに、尋ねてもさあと首を振るばかりで要領を得ない。翌日の新聞のスポーツ欄も、見たり見なかったりするようになった。勝ち負けとは関係ない。大量点差で勝っていてもチャンネルを替えることがあるかと思えば、エラーから始まる悪夢の大量失点について復習するように熱心に読んでいることも、試合があったことすら気づいていないように見える日もある。ねえ、どういう基準なの？　どうして最後まで観ないの？　どうして負けてても時々はちゃんと最後まで観るの？　カープがどうでもよくなっちゃったの？　まさか。生きる喜び。心の糧《かて》。本当の青春。優勝しないかなあ！　私も、高校生になった弟も、もう行きたければ勝手に観戦に行く。弟と連れ立って行ったこともあるし、友人と、一人での時もある。大学に進学し他県で一人暮らしをするようになった私は、ゴールデンウィークと夏休みの里帰りの度にマツダスタジアムへ行く。私が住んでいる場所でビジターの試合がある時も、お金がある限り（と言ってそれはかなり稀《まれ》な機会になってしまうのだが）観に行く。よほど球場でビール売りのアルバイトでもしようかと思ったのだが、ホームスタジアムでもない以上あまりに無駄が多い気もした。それとも、カープ戦の時だけシフトを入れてもらうことも頼めば可能なのだろうか？「そんなわがまま。それにあれ体力いるでしょう、あのタンク何キロあると思うのよ」「まあね……ねえお母さん、せっかく私今広島にいるんだし、一緒に試合観に行こうよ」「いやだ。だって」

倫子が行くと負けるもの。「そりゃ、でも」あの日のルイスの完封試合から六年、私が生で観る試合、全てカープは負けている。マツダスタジアムで負け甲子園で負けオープン戦で負け交流戦で負け「でも、私とお母さんが行けば相乗効果でまた勝つかもしれないいじゃない、それか、また四人で、あの時みたいに」母はさも面白そうにくすくす笑う。口元に当てられた指先、しばらく見ないうちにずいぶん爪《つめ》をきれいに塗るようになった。「お友達がネイルサロン始めたの。ほら、ここにキラキラのでC描いてもらったのよ……それに、勝俊だって嫌がってるじゃない、もうお姉ちゃんとは絶対行かないって」「一緒に行かないだけじゃない、もう私には二度と野球観るなって言うよ、あの子」乱打戦の末負け、投手戦の果てに延長で負け、一回に大量失点、まさかの失策、あんなによく抑えたのに打線の援護がなくちゃ投手が可哀《かわい》そうじゃないか、驚異の残塁率、いつまでも白線が乱れない三塁から本塁までの間、中継ぎ陣総崩れ、新人で負けベテランで負け助っ人で負けた。偶然だとは思えない数、「まあだ、まだ、五十三回負けてからよ、そんなの」そして私の顔をまじまじと見る。「私ねえ、若い時、カープファンのお友達に、死神って呼ばれていたの」負け試合の後、うなだれ、うねるように駅へ向かう赤い人波の中、誰かに指さされこいつのせいで負けたんだ、今日は！　あの女、洗濯しすぎで色褪《いろあ》せたようなルイスのユニフォーム着たさえない女！　後ろを振り返り周囲を見回すが誰も私なんて見ていない、当然、見ていないけれどでも。私は負け試合の翌日はスポーツ紙含め全ての新聞を買い、隅から隅まで読む。ネットニュースを遡《さかのぼ》る。まるで自分が母になったような気がする。いや、母以上に、その日の気温、トップニュース、世界の動向、心温まる地方の話題、相撲にオリンピック、投書欄、占い、レシピ、セールのチラシ、そこには何かの法則があるはずだ。厳然として、必ず、そこにある。打率や防御率では計れない何か。私はそれを見出《みいだ》さねばならない。見出して、そして。だって偶然なんてことがあるだろうか？十敗、二十敗、目を凝らす。どこかに、何か、小さなサイン、微《かす》かな痕跡《こんせき》、私の知らない世界のルールを、その隙間《すきま》に探すのだ。

点点

　朝起きるとスマホの液晶画面にリマインダーが表示されていた。今日は誰それの何回目の誕生日ですということで、電話帳に誕生日を登録していると自動でこうやって教えてくれる、ロック解除などなにかの操作をするとすぐ消えるので表示されていること自体に気づかない場合も多分多い……誰だっけと思うと昔付き合っていた相手だった。昔？　いや、昔じゃない、そこまで昔じゃない、でも結構前、去年とかじゃないもっと前……起き上がりながらぐるぐる考えて、ああそうだ、カープが優勝した年だ。

　その人は東京本社から広島支社にきている人で、こっちにいるのはあと一年か二年かもっとか、いずれいつかは東京に戻ると言われていた。少し年上で、背が低くて、どちらかというとずんぐりむっくりしていて私はそういう人がもともと好みだった。メガネは垢抜《あか》けない型だったがレンズに指紋がついているようなことはまずなかったし昼食後もちゃんと口をゆすぐ。職場でのやりとりで仲良くなって二人で飲みにいくようになり付き合うことになってすぐのあるとき、職場の先輩がチケット余ってるからと私と彼をマツダスタジアムに誘ってくれた。先輩の夫の職場では福利厚生の一環として年間シートを買っていて部署ごとに持ち回りで使っていいらしく、誰もいく人がいないと空席になってしまうのもアレだからということでたまにそんな風に赤の他人の我々にも流れてくるのだった。私と彼が付き合っていることはまだ誰にも言っていなかったが先輩にはばれていたのかもしれない。その日の仕事帰り、私と彼、先輩ともう一人の四人で出かけた。私は母にマツダスタジアムへいくから帰りは遅くなるもしかしたらそのまま先輩の家に泊まるかもとメールをし、母からはいいな！　いいな！　応援してきてね！　という返信がきた。彼は初めてのマツダスタジアムだった。先輩ともう一人は自前のユニフォームに着替えていたが（先輩は丸《まる》で、もう一人は會《あい》澤《ざわ》だった）、私と彼は仕事着のまま、彼は細かいドット柄ネクタイだけ外してカバンに入れて、でもシャツは一番上までボタンを留めている。その日は負けてしまったがエルドレッドが大きなホームランを打った。エルドレッドのホームラン以外全く見所がなかったその試合で、私と彼はまさにそのホームランの瞬間を、コンコースの売店でタピオカを買おうと行列に並んでいて見逃した。背後から、ほとんど怒号のような歓声がわあっと聞こえて、なんだろう？　なんだろう？　と言い合って、誰かがエルが打った！　と言ったときの、あの、周囲の人々の喜びと、見逃した、という落胆がないまぜになった顔つきが忘れられない。本当は相手の攻撃中に席に戻るつもりだったがタピオカ作り機、みたいなものが故障でもしたのか行列はなかなか動かず間に合わず、戦線離脱し客席へ戻っていくお客さんもいた中での出来事だった。そのころタピオカはブームになる前で、私は前ブームのとき、多分中学生か高校生のころに飲んだ記憶があったが彼はそれがタピオカ初体験ということで「僕がタピオカ飲みたがったせいですいません」と言い、私はいいですよ全然いいですよと言った。コンコースには売店が他にも並んでいて、歩きながらポテトをつまんでいる人や逆さになった小さい赤いプラスチックヘルメットに入ったソフトクリームを舐《な》めている人やカープうどんの容器をそろそろ掲げて歩いている人もいる。縁日みたいだし、ちょっと非日常だし、ここへくる楽しさは試合を見るだけじゃないよなと思う。あんなに、どこに建設するんだどんな球場にするんだほんとにドームじゃなくていいのか天然芝の維持費はとか不安がっていたのが嘘《うそ》みたいだ。いや、未《いま》だに、旧市民球場跡を見ると胸が痛いというか、解体半ばみたいで結局サッカー場になるんだか無理なんだかどうなるんだか微妙な気持ちになるけれど、それはそれ、やっぱりここはいい球場だ。客席の人々の喜びの声はしばらく続いた。前の打席で見たエルドレッドは三振したがめちゃくちゃ大きかった。「ホームラン、生で見たら迫力だったでしょうね、あー、すいません」「いやほんともう全然。あと、実際、私多分そこまでカープファンじゃないですし」「そうなんですか?」彼は不思議そうな顔をした。関東出身だという彼自身は、別にどこのファンということもないらしい。巨人ファンじゃったらおえんでぇ、と転勤直後に上司からいじられたりしていたが普通に否定していた。ああいうのもまあ、ハラスメントっちゃあそうだよなあ、と思いつつ止めることはできなかった。「でも、好きなんでしょう?」「いや、そりゃまあ普通に好きですけどね。勝ったら嬉《うれ》しいし負けたら悲しいし」「じゃあファンですよ」「でも、なんていうか、お米が好きーみたいな話で。多分フランスとかに生まれてたらパン好きーって言ってただろうし、アメリカだったら、なんだろう、ハンバーガー好きーってなっただろうし、なんか、思い入れがあるとか自分で選んだとか特別詳しいとかじゃないんですよ。先輩たちみたいにユニフォーム持ってるとかでもないし」「ユニフォーム率高いですよね」ここはカープのホーム球場なのにビジタータイプの赤いユニフォームの人の方が多い。先輩たちのもそうだった。「赤いのは目立つから……でも結構高いんですよ、先輩たちのはハイクオリティ、ロゴが刺繍《ししゅう》のやつだから一着八千円とかするんですよ」「詳しい」「いやいや……課長みたいに残業中に一球速報見て一喜一憂するとかそこまでの熱意はないですしあと集中してないなら帰って中継見たらいいのにって思いますし」「あはは、でも、会社でカープのマグカップ、使ってるじゃないですか」「あれは貰《もら》い物で……」父と母がマツダスタジアムにきたときのお土産にくれたのだ。カープ坊やのマグカップ、ようやっと順番がきて、ここのタピオカはミルクティーではなくフルーツ味のジュースで透明なプラスチックカップにはスラィリーがデザインされていた。私はスラィリーも好きだが、まじまじ見るたびによくこのデザインで進行したなあとちょっと思う。鼻のピロピロ笛はともかく、なんというか後頭部あたりの雑然としている感から尻尾《しっぽ》に至るバランスと腰のあたりの膨らみ方がすごい。大リーグにいとこだかはとこだかがいるらしい。「あ、おいしい……もし、ユニフォーム買うなら誰のにしますか」「えー！　そうですね、いやあ、言うても、んー、大瀬良《おおせら》かなあ……九《く》里《り》もいいですね。九里は鳥取出身の子なんですよ」タピオカは普通においしかったが、座席に戻るや否《いな》や我々が見逃したエルのホームランがどれほど素晴らしかったか打った瞬間にもう入ったと確信させるような当たりだったかということを先輩ともう一人に半ば怒られながら解説されその後はカープにヒットすらほとんど出なかったため全体的に意気消沈しての帰り、先輩ともう一人と別れ二人で居酒屋に入ってビールを飲んでいると、彼が僕の下の名前はこうじというんですがと言い出した。

「こうじですか、はい」一応知ってはいたが、社内でも二人のときもまだ苗字《みょうじ》で呼び合っていて舌に慣れなかった。「それで、こうじのじ、が漢数字の二なんです。長男なのに。変わってると思いません？」「そうかもしれませんね」私たちは仲良くなってはいたがまだお互い敬語で、徐々に言葉をほぐしていってどんどんぞんざいに親しくなる前の、こういう時期は心ときめくものだ。楽しいでいったら人生で一番楽しいかもしれない。もしかしたら、どんなに仲良くなっても言葉を崩さなければもっと長くうまくいった関係もあったかもしれない。店内には赤いユニフォーム姿のお客さんもちらほらいて、カープが負けた余韻、みたいなものが漂っている席もあったが割に明るくガヤガヤしていた。そんなに歴史が長くなさそうな、木の質感を生かしたような店内の壁には黒田と前田智徳《とものり》のユニフォームが飾ってあった。レジ周りには透明ケースに入ったサインボールもいくつかディスプレイしてある。『広島の！　レモンハイ』という手書きの張り紙が店内のあちこちにあって、私も彼も二杯目はそれにした。レモンハイの、レモン、の文字に朱色の墨で傍点が振ってある。透明な氷入りチューハイのグラスに四つ切りのレモンが小皿に添えてある。絞ると指がベタベタして、透明だったグラスの中は少し白く濁って潰《つぶ》れた果肉は水面に浮かび、ころころとした種はゆっくり氷に当たりながら底に沈んでいった。私はおしぼりで指を拭《ぬぐ》った。私たちは再び乾杯し、彼は一口飲んで「すっぱい。うまい」と笑った。「で、僕の名前、こうじ」「あ、はい」「やまもとこうじからきてるんです」「やまもとこうじ？」やまもともこうじも極めて一般的な名前だ。私は首を傾《かし》げてから「あ、カープの」と言った。

「そうです、そうです」一瞬わからなかったのは彼の発音したやまもとこうじ、が、通常カープファンの人が発する山本浩二となにかどこか違っていて、それは音程とかイントネーションとかとも違う、山本浩二の唯一無二《ゆいいつむに》感というか、尊敬が一周回った親しみというかそういうものがなかったような気がしたからだがもちろん気のせいかもしれない。私にとっては山本浩二はいまいち結果を出し切らなかった監督の一人で現役時代のことは記憶ではなく史実だが、例えば私の親世代とかからすると唯一無二のミスター赤ヘルだ。なにせ一九八〇年前後、カープ黄金期、衣笠《きぬがさ》に高橋慶彦《よしひこ》に北別府に江夏豊に……私の父は江夏の二十一球、と耳元で囁《ささや》くだけで目に涙を浮かべた、そのころの主砲、衣笠とセットでＹＫ砲、三度の日本一、永久欠番背番号８、そのあと生まれた私からしたらカープがそんなにめちゃくちゃ強くかつそれが数年続いたということ自体が信じられないのだが、いま、まさに、でも、そうなりつつあるのかもという予感、カープ芸人やカープ女子とかいう呼称が人口に膾炙《かいしゃ》し、グッズの販売も好調極まり、他県のスタジアムも赤く染まっているというような報道が地元民に伝えられ、田中に菊池に丸に新井さんに誠也《せいや》にエルドレッドに松山に石原にジョンソンにノムスケにもちろん黒田、勢い、勢い……「すごい。山本浩二。え、ご両親、ファンなんですか？」「それがそうでもないんです」彼はちょっと間を置いて、白濁が底に沈んだレモンハイを一口飲んだ。私は揚げ軟骨を口に入れ奥歯で静かにコリリと噛《か》んだ。嘘じゃろ？　年がばれちゃう！　という女性らの酔声と笑い声が背後から聞こえた。「だってェ、世代が違いますもーん」「もう、死ぬほどカッコよかったんだから！うちのクラスの女子、みぃんな、ヨシヒコが初恋だったんよ！」「ね！　ね！」「ねー！」

　えーと僕の父親はですね、独身時代は機械の技師をしていまして、エンジニアですね、日本中を飛び回っていたんだそうです。勤め先で扱っている機械は割に精密な調整を要するもので、設置される土地の気候や工場の条件によってあれこれ微調整が必要で、ですから納品のたびに父親はその土地にしばらく滞在して、機械の設置や調整をしていたらしいんですよ。「面白そうですね。なんだかすごい」ええ。彼は少しにっこりした。酔ってきたのか頬が薄赤かった。夜になってもあまりヒゲが目立たないタイプの肌だ。それで、それこそ北海道から九州まであっちこっち住んだそうです、短くて一週間、長くて数ヶ月、流れ者みたいに。旅芸人みたいに。「ははは」その分給料もよくて、地方にいくたびにあれこれ手当もついて、いまよりずっと景気がいい時代だったでしょうしね。あと、息子の僕が言うのも変なんですが父親は見た目がよかったんですね。「へえ！」彼は苦笑いをして僕にはまるで面影がありませんがと言った。「いや、そんな」若いころの誰それっていう映画俳優によく似ていたらしくて、写真を見比べるとまあわからないでもない、当時の人にしてはすらっと背が高くて、「へええ」正反対でしょう？　僕は母親似なんです。「うーん、それは、わかんないですけど」ははは、まあそれで、端的に言うと相当もてて、各地で楽しく遊んでいたらしいんですよ。長くて数ヶ月でいなくなっちゃう相手だって向こうもわかっていれば、お互い後腐れがないみたいなこともあったんでしょう……「本当に流れ者みたいですね」「空いたグラスとお皿お下げしてよろしいですかー」あ、はい、えーと、なにか飲みます？　食べ物も、もう少し？「ああ、じゃあ、そうですね」彼はレモンハイのお代わり、私はビールに戻した。パクチー唐揚げと生春巻きも頼んだ。店員さんが生春巻きにパクチー入りますが大丈夫ですか、と言いかけてあ、と口を伝票で覆《おお》い、

「大丈夫、ですよねー」と言ってくつくつ笑った。まだあどけない、十五歳くらいに見える女の子だった。下がり眉《まゆ》が汗ばんできらきら光っていた。赤いバンダナを頭に巻いていた。空いたグラスやお皿を持って店員さんが去って、私が「かわいいですね」と言うと彼はこれは同調しないほうがいいやつじゃないよな、というような含みをもたせてそうですね、と言った。えーとそれで、あるとき、父は広島にきまして、新しくできた工場のために機械を調整したんだそうです。「ええ、ええ」三十目前になっていて、両親、僕から見ると祖父母は見合いをして身を固めろとうるさかったらしいんですが、父親は聞く耳を持たなかったそうです。こんなに仕事であちこち移動するのに妻子ができちゃかわいそうだというのが建前でしたが、本音は遊び足りなかったんでしょう。それで、広島の繁華街、飲み屋が並んでいるようなところ、なんて言いましたっけ、あの、八丁堀の奥っていうか裏っていうか。「あー、流川《ながれかわ》、薬研堀《やげんぼり》かな？」そうそう、流川。僕まだいったことないんですよ。「私もほとんどいかないですよ」ずっと広島にいてもそうなんですね、それで、その飲み屋街の通りを歩いてたそうなんですね。その日は父親の三十歳の誕生日で、広島での作業が終わり、翌朝の便で本社に戻る予定になっていました。まだ空が完全に暮れ切っていないくらいの時刻、飲み屋の人たちも口開け早々と言った感じで、歩いている人たちもまだ本式に酔っ払っていないような空気の中、私の父親も誰だか女性だかのところにいく前に軽く飲んでいこうかなというような気分でふらふらと、次の日が早いからあんまり遅くならないようにしようなんて考えて、そうしたら、道の向こうから、ずんずん誰かが父親に向かって歩いてくるんですって。大男で、雲を突くような、背も高いし体も大きい、父親はなんだか立ち止まっちゃったっていうんです。それで向こうだけがずんずん近づいてくる、と、どうもその男はそんなに背が高くも体が大きくもないと気づいたんですって。いや、大きいは大きい、大きいんだけれど、でも、最初の印象ほどは大きくない、父親も身長が一八〇センチ近くありますからそんなに変わらないんじゃないか、でも、存在感なのかなんなのかとにかくやたらに大きく見える、周りを歩いているサラリーマンや飲み屋の女の人なんかもみんな驚いている風で、ひそひそその男を見て話したりしている、すごく目立っているその男の顔がわかるくらい近づいて親父《おやじ》ははっとしたそうなんですが、カープの、山本浩二だったんですって。「えっ」親父は別にどのチームのファンっていうこともなかったらしいんですけど、それでも当時の大スターですよね、そのころカープはもうめちゃくちゃ強くて日本一にもなって。だからすぐわかったって。それが付き人も連れもなにもなしにぐんぐんやってくる……もちろん広島だからカープ選手の一人や二人歩いてたって何の不思議もない、でも、親父はなぜだか山本浩二がまっすぐ自分に向かって歩いてくる気がして、蛇に睨《にら》まれたカエルのようになっちゃって、もう動けなかったっていうんですね。もちろん知り合いでもなんでもないんですよ。興味もないから広島にいたって試合を観《み》にいったこともない、でも間違いない、山本浩二は親父の予想通り自分の目の前まで歩いてきてぴたっと足を止めて、親父の両肩をガッと摑《つか》んだんだそうです。周りを歩いていた人も飲み屋の人もみんなぎょっとして、その瞬間、ざわざわ賑《にぎ》やかだったその辺りがシーンと静まり返ったんだそうです。街灯に、ピンクの、造花の飾りがついていたんだそうですが、桜かなにか、それが突然一輪ポトッと落ちた、その音が聞こえるくらい静かになって。うんと遠くからトランペットみたいな音がかすかに聞こえて、その瞬間車も電車も人間もなにも動いていないような空気になって。親父は、自分の肩を摑んでいる手が、信じられないくらいでかくて分厚くて硬くて震えが止まらなくて、死んだ、と思ったそうなんです。殺される、じゃなくて、死んだ、って。それで、親父の肩を摑んだ山本浩二は親父の両目を覗《のぞ》きこむようにして、あの太い眉毛をがっと動かして、一言「しっかりせえ!」と言って、ぱっと手を離してまたすたすたどこかへ歩いていってしまったんだそうです。親父は翌日、本社に戻ってすぐに異動願いを出して出張がない部署を希望し親の言う相手とお見合いし結婚を決め翌年僕が生まれました。「え？」偶然ですが、僕が生まれたのは親父が山本浩二に会ったのの丸一年後、親父の三十一歳の誕生日でした。「お待たせしました、レモンハイとビール、パクチー唐揚げと生春巻きですねー」店員さんがやってきて、刻んだパクチーが山盛りというには控えめに載せてある唐揚げの鉢と切り口を上にして並べてある生春巻きの長方形のお皿をテーブルに置いた。「はいこちらスイートチリソース、生春巻きにつけてお召し上がりくださーい」さっきの店員さんではない、髪を金と黒のまだらにした若い男の子だった。耳に黒い太い小さい輪っかのピアスがついている。顎《あご》と頬のにきびが赤い。「……もう一回乾杯しましょうか」「そうですね」私たちはグラスとジョッキを合わせた。割り箸《ばし》で唐揚げと生春巻きをそれぞれの皿に取り分けた。「面白い話ですね」「そう思いますか？」彼は私を見て、レモンをとってグラスに絞るとその指をちょっと舐めてからおしぼりで拭った。私は透明な中に赤い唐辛子とその種が混じったチリソースをエビや葉っぱ野菜の断面が見えている生春巻きの切り口にたっぷり含ませて口に入れた。その日私は初めて彼の部屋に泊まった。

　その後カープは東京ドームで二十五年ぶりのリーグ優勝を決め私はなんだか涙が止まらなくて一緒にお祝いしましょうという彼の誘いを断り部屋にこもって一人で紙を

ちぎっては投げちぎっては投げした。紙吹雪、桜吹雪、窓を開けるとどこからか誰かが多分私のように気持ちを持て余し咆哮《ほうこう》しているらしい声が聞こえた。ニュースでは広島の繁華街で人々がもう赤い塊のようになって喜びうねり宮島さんやそれ行けカープを歌いビールを掛け合いハイタッチしている映像が報道されていた。それを見て母は泣いていた。彼とはその後、向こうが果たして年度明けに東京本社に戻ることになり、しばらく遠距離で云々《うんぬん》という話もあったが結局やはりというかまあなというか別れてしまいいまではもうどこでなにをしているのか知らない。辞めてないなら本社にいるのか、また別のどこかに転勤になったのか、そうか今日が誕生日か、ということはだからつまり、今日、彼のお父さんは山本浩二に一喝されたのか、そう思うとなんだか面白いような気がした。母が長年、四十年以上に渡ってつけ続けている十年日記が居間のキャビネットにずらっと並んでいる。黒い合皮貼《ば》りの背表紙に1975-1984と金で刻印してある一冊を出してページをめくってみるとその年のその日付の脇《わき》に赤ペンで小さく点が打ってある。几帳面《きちょうめん》に傾《かし》いだ細い文字を読めば母はなんとその日職場の人にチケットをもらい同僚と先輩と結婚前の父（母と父は職場結婚だった）の四人でナイターを見に市民球場に出かけており、山本浩二がホームランを打って巨人に勝っている。『江川に勝った。ウレシイ！』ん？　ん？　ナイター？　ナイターに山本浩二が出てホームランを打っていたなら、だったらどうして彼のお父さんを一喝なんてできたのか。ナイター終わってから？　それとも試合開始前？　もしかして記憶違いで全然違う日？　一年前じゃなくて二年前？　偽者《にせもの》？　そっくりさん？　私は思わずスマホを手に取り彼に何事かを書き送りそうになり、いやいやいやでも、とはいえ現に彼はもうそういうことでこの世に存在しているのだし、というか、そうか、もしあのとき彼が東京に戻るのについていっていたら、結婚とかしていたら子供ができていたら、私も東京に住んでいたりしたら、なんというか全然違うことになっていたのかもしれないな、そうか、あのころはカープは勢いがすごくて優勝してそのままリーグ三連覇とかして、もう、強い、普通に強いんじゃという感じで、勝つのにも慣れかけて、でも結局日本一にはなれなかったし去年もあれだったしそれにもう今シーズンもいまいちの成績だしそもそも開幕スケジュールからぐちゃぐちゃだし無観客だなんだということになっているし森下がすごい以外なんというかあまり特筆すべきこともないような、そもそものそもそも、野球とかやってる場合なのかいま、でもまあ、どうであっても、カープはカープでカープだしなあ、私はここにいるし、そうか、そうかああと唸《うな》っていると母がやってきてどうして日記なんて見とるんと言うのでいや実はとかいつまんで説明するとあら、そう、え、この日？　この、赤ポチの日？　お母さんがナイター見た日？「うんそうだよ」母はニヤッと笑うと「書いてないけど、その日お母さんお父さんにプロポーズされたんよ」と言ってくるっとその場で回った。五本指ソックスがきゅっとフローリングに鳴った。「えっ?!」「勝ったら言おうと思っとったって、帰り道、お父さん、真っ赤になって。野球が上の空じゃなあとは、思うとったんじゃけど」「えっ、えっ、えっ、なんでそれ日記に書いてないん？」「だってそれは書かんでも、忘れんし」母はニヤニヤしたままキャビネットの方に視線を投げた。キャビネットの上の写真立ての父が笑顔でなにか叫んでいる。父は白地に赤い文字のユニフォームを着、背番号も何も写ってないけれどあれは前田智徳の、安っぽいほど赤いメガフォンを摑んでグラウンドにいる誰かに向かって何事かを叫んでいる。マツダスタジアムが出来てすぐくらいのとき、このころはもう父はビールは飲めなくなっていたが、それでも、一試合の間座席に座って応援することくらいはできた。母は手洗いにいくふりをして少し離れたところから父を撮影したという。隣だと近すぎてうまく撮影できなかったし、多分、これが父が野球を生で観戦する最後の機会かもしれないと思ってそしてそれは当たっていた。いい写真だから遺影にしようと言ったのだが、葬儀会社の人から表情がちょっとと言われた。「えー。ねえ、お父さん、山本浩二好きじゃった？」「そりゃ、嫌いな人はおらんじゃろ。永久欠番、背番号8」

「ねえ、なんていってプロポーズ、されたん」「ほんまに大事なことは書かんし、言わん」けらけら笑いながら母は日記帳をパラパラめくった。ところどころの日付に赤い点がついていて、それらが連なったり重なったりして見えてから日記帳はパタンと閉じた。

はるのめ

私は一人で庭にいる。祖母の家の庭、でももうすぐ、春になったらここが私の庭になる。昨日はお泊り、母は祖母と一緒に朝食を作っていて父はまだ寝ている。私は頼まれて新聞を取りに出た。多分朝に霜が降りたのだろう、小さな葉っぱは細かい水滴で覆《おお》われている。霜柱をまだ見たことがない。この土地は霜柱には暖かすぎるのかもしれない。「私が子供の頃には、見たかなあ」と母が言う。「最近確かに見んねえ、霜柱。不思議よ、細い白い氷がこう、バッバッとあちこちに、立って」それともただの夜露かもしれない、それとも朝露、夜露と朝露は同じものだろうか。家の門を入ったところのアオキが赤い実をつけている。実は庭のあちこちにある。ナンテン、クロガネモチピラカンサセンリョウとマンリョウ、冬の実はどれも赤い。多分鳥のためだろう。秋には食べきれないほど実る柿《かき》の木は丸裸で、てっぺんに小さく乾いた実が一つだけくっついている。春になったらここに住むんだよと父が言った。「ここはおばあちゃんの家、だからつまりお父さんの家でもある。春から戻れることになったから、ここに住む」私も？　と聞き返した私の顔なのか声なのか、なにかが面白かったようで父は笑って「もちろん、さあちゃんも一緒だよ」

私が今まで住んでいた家は実は本当の家ではなくて社宅という一時的例外的な住居だったことを私は理解できない。四角い社宅、同じ間取りなのに家具のせいで違って見えるお隣には同い年のキョウちゃんとまだ赤ちゃんのマキちゃんと圧巻のシルバニアファミリーコレクション、上の階には二つ年上と一つ年上の兄妹《きょうだい》サク兄ちゃんとハナちゃん、彼らと一緒の小学校に入るのが楽しみだったのに私だけ違う知らない小学校に入る。父の引っ越しは私の入学に合わせて春休みの時期に行われることになった。三月まであっち四月からこっち、大人になって思い返せばそれは車で一時間もかからない距離の、同じ県内の、引っ越しと呼ぶのも大げさな、それに全然知らない土地ではない。しょっちゅう遊びにいって泊まってもいた祖母の家、でも学校には誰も知り合いがいない。同じ幼稚園だったシオリちゃんもユキちゃんもいない、入学説明会というのに出た母は「地元の保育園から入学する子が多くて、幼稚園出身の子はさあちゃんとあと何人かだけみたい。お子さん連れてきとっての人も多かったけど、保育園の子は、幼稚園の子とどこか違うね」どこが違うの？「どこがって、うまく言えんけど、なんていうか、物怖《ものお》じせん感じの子が、多いんかね。ええことじゃけど」物怖じせん子、物怖じせん子たち、祖母の家に夏休みには一週間ほど泊まった。お正月もそうで、春休みにも、ゴールデンウィークにも、私はいつも一人で庭で遊んだ。田舎のせいかこのあたりの家の庭はどこも広かった。犬がつないである庭もあったし、鶏小屋のある庭もあったし、家庭菜園、小さい田んぼ、温室、池のある庭、その池に流れこむ小川が流れている庭、その小川に小さいミニチュアの水車がくっついてキロキロ鳴っている庭もあった。

この庭にも小さい池があった。池には鯉《こい》が泳いでいた。池の周りにはぐるっと大小の岩が埋めこんであり、その周囲にはツワブキが丸い葉っぱを広げ黄色い花がしぼみかけ、ところどころにタンポポのより貧相な綿毛がついていた。「小さい池と思うてふざけよったら、落ちて死ぬるけえね」しゃがんで背中を丸め庭の草を抜いている祖母が私を脅した。「浅いように見えるがほんまは深いし、それに底にも横にもどこにも緑色のモが生えとるけえ、立とう思うてもヌルヌル滑って立てるもんじゃなあ。底なし沼みたいなもんじゃけ、ええか。絶対落ちるんじゃなあよ。万一落ちたら、叫ぶんよ」鯉は黒いのや白いのや赤いのやそれらがまじったのやがいた。私の皮膚のような色のもいて、その胴体に黒い点があってそれが母の顔にある縁がぼやけた大きな黒子《ほくろ》に似ていて怖かった。鯉の餌《えさ》は祖母が毎朝決まった時間に決まった量を与えるのだから私は触らないように、餌をやると太りすぎて病気になるからとも言い聞かされた。「魚は満腹でも、目の前に餌があったらついこうぱくっと食べてしまうじゃろ、そんで病気になる。病気になっても病気になりましたとよう言わんから、知らん間に余計に悪うなってその病気が他の魚の病気の元になる。ほいじゃけえ鯉がかわいいと思うんなら餌を勝手にやらんのよ、ええね」でも、錆《さ》びた粉ミルクの缶に入った、丸い軽いうっすら魚のような匂《にお》いのする餌を鯉に投げるのが、そしてそれを鯉がぱくんと食べるのが面白くて、私は勝手に餌をやった。ほんの少しなら大丈夫、鯉がすぐ平らげてくれないで粒がいつまでも水面に浮いて、一粒でもそれはすごく目立って水を吸って膨らんでバレる、バレるとはらはらしていると上からさあちゃーん、見上げると二階の部屋の窓から母と父がこちらを見ながらにこにこと手を振っていた。

春から小学生になる私の部屋になるはずの部屋、引っ越しが決まってからというか私に知らされてから、両親は日曜日などの休みを利用して荷物を少しずつ新しい家に運んだ。季節外れの服、子供用のコート掛け、赤いランドセル、さあちゃんこっちにと呼ばれ二階に上がるとそこにはさっき手を振っていたはずの両親はおらず祖母だけがいて、部屋の壁ぎわにこの前両親と一緒に家具屋で注文した学習机が置いてあった。「届いたけえ運び上げてもろうたんよ。たちまちこう置いたが場所は変えてもええんで」学習机の重みで、すでに畳が小さく凹《へこ》み始めていた。浅い広い引き出しが一つ、浅い狭い引き出しが二つ、深い狭い引き出しが一つ、全部まだ空っぽ、右側についたフックにランドセルがぶら下げてある。「右側から窓の光がある方がええか、それとも後ろからきた方がやりよいか、ここは西日が強いけえ正面はやめたほうがええと思うよ、眩《まぶ》しいて本もよう読めんと思うけえ」カーテンは薄い黄色で、もっと濃かったのが色あせたんだか、白かったのが黄ばんだんだか、「カーテンも気に入らんかったら新しいのを買うちゃろうが、あんたのお母さんはこれでええじゃろと言うとっちゃったよ、さあちゃん好みの花模様じゃけえ」花模様？　首をかしげるとほらここに、日に透かすと織りの花模様が見えた。襖《ふすま》のある押入れと古いカーテンの畳の部屋に真新しい四角い白木色塗装の学習机（アニメの絵が挟みこんである）が場違いだった。てっぺんがウサギになったポール状のコート掛けも子供じみて見えた。押入れの襖を開けると両親が運びこんだプール道具と父の大きな銀色のカメラバッグが入れてあって、あとはガランとしていた。そこにそれまで詰めてあったなにかを移動させた感じで、押入れの奥や床には四角いあとのようなものがたくさん残っていた。母が入ってきて、「さあちゃんここにいたの。いまお父さんと相談したんだけど、この窓、西日が入るからカーテンじゃなくてブラインドの方がええかもしれんねと思って」「ブラインド？」祖母が聞き返した。「あの、あるでしょう、よく事務所なんかについてる、細い板を糸でつないでその角度をこう、シャーッとするあの、ほら、巻き上げる、カーテン代わりの」私にはさっぱりわからなかったが祖母はああ、あれ、白いやつとうなずいて、その次の休日にはもうカーテンが撤去されブラインドが設置された。輪っか状になった糸を引っ張ると上に巻き上がり、糸を反対向きにキュッとすると下がるからと教えられてやってみるが引っ張る加減が難しくて、ブラインドはぐしゃっと傾いたり絡《から》まったりして「さあちゃんの手にはまだ難しかったかねえ、カーテンのままにしといた方がよかったかもしれんね」と言われ悲しかった。「でも、越してきて毎日使いよったらすぐ慣れるけえ大丈夫よ」ブラインドを下げたまま、脇《わき》にぶら下がっている棒を回すと隙間《すきま》が空いて庭が見え、シマシマになった庭は不思議と作り物のように小さく、それなのにはっきり見えた。植えこみ、池、しゃがんで草抜きをしている祖母の背中、池上に枝を差し伸ばしている松、松の根元に生えた草の中になにか小さいものが見えた。母がトントン軽やかな音を立てて一階に降りていった。母にはいくらでもすることがあった。外した古いカーテンで祖母が人形のワンピースを作ったが私はもうその人形では遊ばないことを祖母は知らなかったし私も気づいていなかった。

松の根元にあったのは家の形をした置物だった。藁葺《わらぶ》き屋根の農家の家を模したような、全体は茶色い焼き物でできていて、藁葺きの感じや壁の模様は引っかいた筋で表現してあった。小さいがずっしり重くて私には持ち上がらない。仕方なく生えた草を手でならして顔を低くはいつくばるようにして覗《のぞ》きこむ。戸口がパッカリ開いて、その奥に土間というかだから多分水瓶《みずがめ》とかまどを置くための台のようなものもあって、さらに奥には少し高くなった部屋が見え、ちゃんとそこには畳が四畳半の形に敷かれていて向こう側の壁には上が丸く下が四角い窓がくり抜かれている、庭の飾りにしては精妙にできていると思った。その家には神様が住んでいるのだと思った。きっとこの家の、庭の守り神の家だ、家の周囲には草が生えていて目立たない。祖母は庭中の草を熱心に抜いているのにここだけこんなに茂っているのはきっと隠しているのだと思った。現に二階から見下ろさねば全く気づかなかった。さっきまで庭にいた祖母の声が家の中から聞こえた。祖母と母と父の声、私は神様になにかおそなえしようと思った。置物の前に、草に隠れるようにして上が平らな細い石があった。靴ぬぎ石にも供物台《くもつだい》にも見えた。その上にツワブキの丸い大きな葉っぱを置いて、上にアオキ、ナンテン、クロガネモチピラカンサセンリョウとマンリョウ、柔らかく反った葉っぱの上から赤い実はころころ転がり落ちて草の中に隠れる。もう一つツワブキをとってその窪《くぼ》みに水を入れると球状にころんと溜《た》まった。両手を合わせて祈る。春がきませんように。ずっと社宅に住みますように。ここがいつまでもおばあちゃん家で、私の家になりませんように、ここにシオリちゃんがいてくれたら。それかユキちゃんがキョウちゃんがいてくれたら。「同じクラスになるとは限らないでしょ。一学年、六クラスもあるんだから」私は夏にここで青く光るトカゲを見たことを思い出した。池の周りの石の上にいて、私が気づいた瞬間にさっと草むらに入りこんだ。神様の家を隠しているこの草むらに尻尾《しっぽ》の青い濃淡の筋が光の帯になって隠れて、尖《とが》った尻尾をつかもうとしたができなかった、いや、つかもうとすることさえできずに呆然《ぼうぜん》と見送って、つかもうと思ったのはそのあとの空想の中で、そして、空想の中でさえ、私はその青く光る尻尾に触ることもできなかった。神様、あのときの、夏の私は自分が一人で小学生になるなんて夢にも知らなかった。私は立ち上がってもう一度手を合わせてこれからできるだけおそなえをしますと言った。花が咲いたら花を、実がなったら実を、ですからよろしくお願いします。両親や祖母が墓参りするときはいつもそうやって、しゃがんで合掌して祈って立ち上がってからもう一度両手を合わせなにかを口の中でつぶやくのだ。

祖母は暇さえあれば草を抜いていた。抜いても抜いても生えてくると言った。一方で祖母が大切にしている花や木がすぐ枯れたりするとも言った。芋虫がたかって一晩で丸裸になることもあるし、丹精していたのが突然枯れることもあるし、何年も咲かなかったのがある年に急に花開くこともある。「庭は不思議よ、本の通りにはならんし、わからんことばっかり」私はときどき祖母を手伝ってしゃがんで草を抜いたが、大概途中でちぎれてしまう。祖母は先が尖った金属製の道具を持っていて、それをぐいっと土に差しこんでテコの原理で持ち上げては根っこごと草を抜く。「そんでもキリがなあよ。この草はの、上のひげひげした根っこの下に堅い丸い球根のようながあって、それがある限りいくらでも生えてくるん」なんて名前？「名前は、知らん」祖母は花には詳しいが雑草の名前はほとんど知らないと言った。「それも抜いても抜いても生えてくる、名前は知らん」「それは雨が降るといきなり伸びて、ことにならんの」「その種は遠くまで飛んで、もとは三軒隣から飛んできた種がこんなにはびこって迷惑しとるがこれはナイショで……おっと」祖母が指先になにかつまんで私に差し出した。「ミミズじゃ。鯉にやっといで」私は急いでそれを受け取って池に落とす。鯉は、鯉の餌を食べないことはあっても水の中でうねうね動くミミズを食べないことは決してなかった。競争のようにすっ飛んできて丸くぽかっと空いた口と口がぶつかり合うこともあった。葉っぱの上や土の中の芋虫も鯉は食べると祖母は言った。「でも毛虫はいろうたらいけんよ。鯉の口に刺さったらかわいそうなし、毒があってさあちゃんの手が痛うなったらいけんけえ」芋虫は水に落としてもキュッと丸まるだけでうねうねしないせいか鯉に気づかれずに浅く見えるが実際はものすごく深いはずの黒緑色の池の底に落ちていって見えなくなった。土の中の芋虫は白く、葉っぱの上の芋虫は緑か黄色か黒い色をしていた。ミミズは茶色と赤とピンクのどれにも見える色をしていた。

祖母が突然シャーと言って走り出した。ぎょっとして見ていると祖母の視線の先には黒いものが飛ぶように逃げている。猫だった。庭の外に猫が走り出てもしばらく門のところに立ってシュッ、シュウウッと唸《うな》り続け、ご近所さんが通ると「マー、いま、猫が」と言って笑った。猫がねえ、おしっこするけえ、やれんですよねええ、あれは臭いけえ、ほんまよねえ、うちもよお、ほんまにねえ、仔《こ》を産むしねえ、ほれよねえ、もうすぐ春じゃしねえ、春はねえ、猫の恋は。「ほんでもちょうどよかったわ。これ、少しじゃけど皆さんで」「マー、こがに、立派な、ええんかね」「マーうれしい。外でほっぽらかして育てとるけミバは悪いけど、中身はまあ、悪うないんよ」「マーうれしい。ありがとう」「ほんで、息子さんいつ本式にこっちにきてん。今も車が駐《と》まっとってけど、もうきとってん」「今日は荷物運びに。四月の頭っからこっち」「楽しみじゃねえ」「まあねえ。今よりうるそうなるけえ、よろしゅうお願いします」「なにがね、これが一安心よおね。お孫さんいくついうてじゃったかいね」「今度小学生でねえ」「ああ、ほいじゃあ余計に、楽しみよねえ。それじゃあねえ」「もろうてばっかりで気の毒な」「なに言うてんよ、毎年毎年甘い柿をようけくれちゃってのにから……」祖母がヤレヤレマーと言いながら黄色い大きな果物、ハッサクかブンタンかなにかを両手に持って庭の中に戻ってくると「ええか、さあちゃん、庭で猫を見たらあがにして追い出さんといけんよ。猫はそりゃーかわいい、あがにかわいい生きもんはおらん、でも、いつかれたら余計にかわいそうなことをせんといけんようになるんじゃけえ、道やらよその家で構うんはええけど、うちの庭の中からは追い出すんよ」私ははあい、と答え、祖母はウン、とうなずいて家に入った。

さっき猫が飛び出していった庭の茂みを見ると中に黄色い目が二つ、黒い猫、さっきのが戻ってきたのか別の猫なのかもしかして家族だったりするのか、心なしか小柄なような気もする。私はとっさに粉ミルクの缶を取り、中から魚の匂いのする鯉の餌を出して手のひらに載せ、にゃー、にゃー、猫は茂みから体を出して今にも走り出しそうな、肩を下げたような体勢で静止してこちらをじっと見た。左右で違う形をした耳の内側から透明で長い毛が飛び出しているのが見えた。ほら、鯉の餌、にゃー、にゃー、魚入り、私がそっと一歩近づくと猫は素早く、でも祖母のときほどではない速度で逃げてしまった。ちらっと赤い首輪が見え、チリチリ鳴る音が残って鈴つきだったことがわかって騙《だま》された気分になった。

春になって引っ越して小学校が始まって、その黒猫は小学校へいく途中にある小さい家庭菜園のある家の猫でピコという名前で、自分の陣地と思っているその家庭菜園のところでなら子供にでも誰にでもすり寄って撫《な》でさせてくれるのに少しでもそこから離れると近づくことさえできないこと、その隣の隣の家にいる白犬のエースとピコはとても仲が悪いが庭につながれているエースがどうしても劣勢になってしまうこと、エースの家のおじいさんは子供嫌いでこちらに尻尾を振っているエースに手を伸ばそうものならどやしつけられるということ、そしてピコの家とエースの家の間にある二階建ての細長いアパートには同じクラスのけいちゃんが住んでいること、けいちゃんの家の窓から小学校のグラウンドが見えて、私がランドセルを背負ってグラウンドを横切っているときにさあちゃーんと呼ばれ見ると家が近いから予鈴が鳴ってから家を出たって間に合うと言うけいちゃんが手を振っていて、けいちゃーん、「さあちゃーん、すぐいくけーそこで待っとってー」神様はもう現れなかったが茶色いトカゲはよく見かけてけいちゃんと一緒に何度か捕まえて、そのトカゲの子供時代が実はあの青く光るトカゲだと知って、知った後でも私はときどき歌のテストでもう笑われませんようにというか歌のテストが中止になりますように、タチバナくんが今日中に転校しますように、ウエノ先生があのことに気づきませんように、願いがあるときにだけおそなえする赤い実、黄色い花白い花セミの抜け殻熟れる前に落ちた小さい緑の柿、何度遊んでも、どれだけ時間を過ごしても庭は初めて見る場所のような、大して広くはない、今こうして見回すとそれはあっけないほど小さいのに、くまなくわかりきった私の領地になっていてもおかしくないのに、毎日、本当に毎日、なにか知らないものが見つかる。知らないものが始まり今まであったものが終わっている。私の目は二つでは足りないし、耳も手も口もでもきっと、目や耳や手が口がたくさんあったって全《すべ》てをわかりはしないのだろう。下水の法律が変わって庭の池を埋めないといけないことになった。私が学校へいっている間に職人さんがきて入ったら死ぬくらい深くてぬるぬるで危ない池を埋めた。鯉は祖母がどこかに放したんだかあげたんだか、池があった場所は土が悪いのか日当たりなのかなにを植えてもだめで祖母と母はそこにプランターと植木鉢を並べた。私は小学校を卒業して中学校、高校、大学、就職して結婚して子供を産んで祖母は施設に入っていつの間にかあの神様の家もなくなっていて誰に聞いても捨てたんだかなんだかわからなくて、私の子供が小さな背中を丸めて実家の庭の赤い実を拾っている。こんなにと思うほど鮮やかに赤い実、遠くにチャイムの音が聞こえる。耳ざとくそれに気づいた子供が私がいく小学校の音？　そうよ、お母さんもいった小学校。「楽しかった？」う一ん、まあ、そうね、楽しいこともあったね。楽しくないこともあったけど、楽しいことの方がちょっと多かったかね。「いついくん」春になったらね。「春になったら？　でももう春よ」子供の手の中にこんもり盛り上がった赤い実、柔らかい指がそのてっぺんに白い小さい花を載せる、「ママ、これなんの花？」わからないなあ、でもきれいじゃね。「うんきれい」子供の指はあらゆる色を集める。「もう春が始まっとるんよ」始まっとるねえ、そうねえ、多分私が生まれてからずっと、その前からもこれからもここでもそこでもどこでも、始まりが始まり続けている。

解説

藤野可織

ときどき、電車に乗って大きな川を渡る。その川は堤防の道や一段低い河川敷に降りる斜面を備え、河川敷と川のあいだにはぼうぼうたる草地まで広がっている。私は電車のドア付近に立ってガラスに額をくっつけるようにしてその草地を見下ろしている。川がいくら大きく草地がいくら広いからといっても電車は速度を落とすことなく走っているのだし草地を眺めていられるのはほんの数秒のことだが、あれらのやわらかくたわんでうねってこちらを誘っている草地の草は私の身長よりずっと高いのだろうということがわかる。緑の深いところ、浅いところ、日光で色褪《いろあ》せたような黄色いところ、白い小花をつけているらしいところ、あっというまに平板な川になり、川に関心の持てない私は姿勢を正し、するとまたあっというまにまた草地が現れて、おおっと見下ろすがもう草地を味わい尽くす前に堤防の道に自転車が走っていく。あとはもう住宅地で、すぐに草地なんかよりよほど高い、電車の私の視線の高さよりもうんと高いビルばかり続く。

著者の作品を読んでいると、だいたいいつも草地のことを思い出す。読みながら、今、自分はああいう草地にいて、草を両手で分けながら歩いていると感じる。草地のどのあたりにいるのか見当もつかないし、どこに向かって歩いているかもわからない。たどりつくのに適切なのは河川敷だろう、でも今にも川に出て愕然《がくぜん》とするかもしれない。

そのように感じるのは、著者の作品が改行の少ない、セリフの鉤括弧《かぎかっこ》ですら改行の動機にはならない形式のせいかもしれない。ページの版面の上から下まですうっと伸びて密集している文章が、自分より背の高い草の草地に似ているからかもしれない。この小説が私をどこへ連れて行こうとしているのかぜんぜんわからないままで、でもきっとわからないからこそ、読み進めるのをやめられないせいかもしれない。それからもちろん、著者の作品は草や木の湿気のにおいが立ちのぼる気がするくらい自然の描写が見事であるせいかもしれない。

雑草や栽培されている花、果実、虫や動物は自然とおおざっぱに括《くく》ってしまっていいだろう。『小島』に収録されている14篇には、そういうものがたくさん出てくる。カエルに慣れていない人たちに悲鳴をあげられてしまうヌマガエルと思《おぼ》しき小さな茶色いカエル、かたちや色がいろいろな鶏頭《けいとう》、ベランダの床に取り残されているヒヨドリのヒナ、母は猫だと断定し幼い娘は「ねこじゃないとおもう」と疑念を示す謎《なぞ》の生物に正真正銘の全会一致の猫、庭木の赤い実を食べて赤い糞《ふん》をする大量の鳥たち、住宅街の道に落ちているなんだったかわからない動物の死骸《しがい》、土手に植わっていて実もついていたのに数日したら切り株だけになっている木、コスモス園、幼稚園の園庭に自生している「さわるとかぶれる、食べると死ぬ」草、お隣の柿《かき》の木に出た猿、夢の中で飼おうかどうしようかと迷った犬、幼児が埋葬するぼろぼろのモンシロチョウ、獲物《えもの》を与えても食いつかない蜘蛛《くも》、メスのカブトムシの背中の毛、いたるところで目につく雑草雑草雑草雑草、家庭菜園、飼われている犬猫鯉《こい》、そのほかたくさん。

自然の幅は、考えようによってはもうちょっと広げてもいいのではないか。人間だって自然の産物なのだから、著者の多くの作品で不意に語り手の意識に切り込んでくる赤の他人たちの会話だって自然みたいなものだし、小さい子どもなんて自然そのもの、自分が産んで育てている子どもですら得体のしれない自然であり、それは夫や妻、家族、義理の家族も同様だ。それらはつまり、かんたんに言えば、コントロールできないものたちである。

物語では、そういったコントロールできないものが、あるいはこれまではある程度コントロールできていたはずなのに突然どうにもこうにもならなくなったものが語り手の生活に侵入するが、侵入というのは果たしてそうだろうかという気もする。侵入というふうに見えるのは、短篇のそれぞれが短篇としてそれぞれの事情によって断ち切られて独立し、独立した結果その短篇のなかではこれこれの、いくつかの特定の自然のもののことが詳細に語られているからに過ぎないのではないか。14篇も連なると、そんな気がしてくる。そういうものは不断にあり続けていて、もはやいちいち侵入などと大袈裟《おおげさ》に言うべきものではないのではないか。なぜなら、私は、ひとつの短篇が終わったあと、その短篇の語り手は、さっきまで語っていたことをきれいさっぱり忘れてしまうだろうとほとんど確信しているからだ。

だって実際に私たちはそうではないか？　いつもの通勤通学中や日用品の買い出しへ行く途中、あるいは空調の効いたビル、カフェ、駅でふと目についた虫やなにかが、その生死にかかわらずいやに気になったことはないか。小動物が死んでいればまあまあびっくりするだろうしもう少し強く印象に残るかもしれない。雑草や植え込みがきれいだったり不潔だったり、あれ、あそこにあんなものあったっけと思ったり、工事跡、光の加減、夕焼けの異様さ、電車で前の席に座っている人の様子、どこかで行き合わせた知らない人たちの笑い声、そんなようなものに気を取られてそのときはそれが自分の人生におけるちょっとした予兆、布石、なにかのヒントのように感じられなくもないのに、すぐに忘れてしまってまた次のものに気を取られて、私たちの毎日はそうやってできているのではないか？

　この作品集のなかの人物もしばしば忘れた、ということを自白する。表題作「小島」では鶏頭を手にした人が、子どものころに聞いた鶏頭にまつわる冗談を本気にしてしまっていたことを「でも、子供の頃から今まで、この花のこと思い出さなかったから」と話し、「子猿」では隣家の息子さんの事情を妻は話したと言い張るが語り手はおぼえていない。「かたわら」の語り手は、大学生のときに死んでしまった飼い犬のことを普段は忘れている、ということを思い出す。思い出しもしないし忘れていることにすら気がつかないのは「園の花」の語り手で、四歳の子どもに「ママはほいくえんいきたくなかったことないの？」と問われ「行きたくないことそりゃあったよ」と答えるが、「どうしてだった？」という問いには「んー、覚えてないねえ」と返して自転車を漕《こ》ぎはじめる。それは生活を円滑に進めコントロールするための語り手の方便であるにはちがいないのだが、そこから一行空きののちに語られる「行きたくなかった理由」は、おそらく語り手の意識にこのとおりに上っているわけではなく、ただの回想とは言えない。ここで明かされる情報は、子どもを保育園に送るために自転車を漕いでいる時間で回想しつくすにはあまりにも膨大で詳細だし、且《か》つ、遠い過去のこととして語られてはいないからだ。おまけにそれまで「私」だった語り手は「わたし」となり、「だ・である」調から「です・ます調」に変化する。語り手は大人になってもこの「行きたくなかった理由」の部分で語られた要素のいくつかはもちろんおぼえており、それはこの短篇の末尾から明らかだが、「わたし」が今直面していることとして認識していたすべてをそっくりそのままおぼえてはいないだろう。「継承」の語り手は物語の終わりに、とある謎の解明のために「小さなサイン、微《かす》かな痕跡《こんせき》、私の知らない世界のルール」を日常の中に探し求めていることを告白するが、彼女が確たるものを見つけるとは思えず、となるとやはり彼女も目にとめたものを次々と忘れていくにちがいない。

だから私は著者の作品を、日々の記録の正確なやつだ、と分類している。私たちは生活のさまざまをいちいち記録しておくことなんかしないから、すぐ忘れて別のものをおぼえてなにごとかを感じて考えてまたすぐ忘れてしまう。そのことをきっと著者は書いている。語り手たちは侵入者に気を散らし、いやむしろ集中し、観察し、忘れていたことを思い出したり思い出さなかったりし、居合わせた人たちの会話を聞き、そこにある種の破壊すべき価値観、男女の不均衡やステレオタイプの温存を見出《みいだ》したり、別にそんなこともないただの会話だったり、世代間の経済格差、これからよくなることはないだろう暮らしのことを考え、未来のことを心配するさきから今ここで気がかりなことに心が移り、今現在の目の前、過去の記憶の観察と記録が有無をいわせず迫ってくる。

著者の作品はこのようにして私たちが今まさにそれに気を取られているときの解像度を維持した文章で成り立ち、それは私たちがとても連続して記憶してなどいられない質のものであるために、その詳細さそのものが不穏さを帯びて、まだなにも起こっていないのにすでにちょっと怖い、ということがよく起こるし、本当に怖い、決定的な破滅には至らないまでもこういうことをひとつひとつ積み重ねて長い長い破滅を過ごすことになるのだろうと思わせるものもある。

が、同じ手法で書かれていても、ぜんぜんそんな内容ではないものもあり、たとえばそれは「おおかみいぬ」だ。これは好きな人にやっとのことで小さな花を一輪贈ることができたというかわいらしい切ない幸福な物語で、私は恋のことをこんなふうに書いたものをほかにはあまり知らない。「異郷」は、とあるコミュニティの中で徹底されているルールを習得していないために語り手がそこからわけもわからず弾《はじ》かれてしまうのではないかと気の毒なほど怯《おび》え危惧《きぐ》するさまを描いており、私も含めたくさんの読者が似たような恐怖をすでに知っていて震え上がるだろうが、その恐怖の真実さとはうらはらにものすごく笑えてしまうからびっくりする。それは語り手がついに物語の最後までルールに気がつかない一方で読者には中程でルールが明らかにされるからで、しかもそのルールがわかってみるとそれはそんなかしこまったものではなく世俗的で、よくあることとはいえコミュニティ外の者から見ると冗談みたいに大袈裟なものだからなのだが、大笑いしたそばからいや待てよ、こういうルールに乗れなかったら暮らしていけないのだったら……とまた本気で怖くなり、でも読み返すとやっぱり笑ってしまう、たいへんな技術で書かれた作品だと思う。

読んでいる合間にも、こうやって書いている合間にも、途中で食事をし睡眠をとり家の雑用をやりながら私はたくさんのことを見て観察して感じて考えて思い出しているがだいたい忘れたし、今まさにこの瞬間のあれこれも、これから子どもを保育園に送って行ったらもう忘れているだろう。前に電車で川を渡ったとき、次に電車で川を渡るとき、草地を見下ろして著者の作品のことを思い出しながら気が付いた、気が付くであろうドアのガラスのくもり、乗客の咳《せき》に会話、川の光り方、草の渦巻き方、口の中の唾液《だえき》のねばり、そんなものもすべて、目的地に着いて交通系ＩＣカードを探す私はもう忘れているだろう。

でも、そういうことも含め、ぜんぶ書かれているしこれから書かれるのだと思う。著者がそれをするのだということが、なんとなく腑《ふ》に落ちる。それは直接的には私の経験、私が忘れたことではないだろう。私は私より背の高い草の草地を分け入って奥深くまで歩いたことはない。それでも私は著者の小説を、草をかきわけるイメージで、私か他の誰かが見ているもの、かつて見たもの、今は忘れていて、あとから思い出すであろうもの、思い出しもしないものを探しながら読む。

（二〇二三年九月、作家）

この作品は二〇二一年四月新潮社より刊行された。

川上弘美著　ぼくの死体をよろしくたのむ

うしろ姿が美しい男への恋、小さな人を救うため猫と死闘する銀座午後二時。大切な誰かを思う熱情が心に染み渡る、十八篇の物語。

川上未映子著　ウィステリアと三人の女たち

大きな藤の木と壊されつつある家。私はそこに暮らした老女の生を体験する。研ぎ澄まされた言葉で紡ぐ美しく啓示的な四つの物語。

木皿　泉著　カゲロボ

何者でもない自分の人生を、誰かが見守ってくれているのだとしたら――。心に刺さって抜けない感動がそっと寄り添う、連作短編集。

窪　美澄著　トリニティ
織田作之助賞受賞

ライターの登紀子、イラストレーターの妙子、専業主婦の鈴子。三者三様の女たちの愛と苦悩、そして受けつがれる希望を描く長編小説。

島本理生著　大きな熊が来る前に、おやすみ。

彼との暮らしは、転覆するかも知れない船に乗っているかのよう――。恋をすることで知る心の闇を丁寧に描く、三つの恋愛小説。

白尾　悠著　いまは、空しか見えない
R-18文学賞大賞・読者賞受賞

あなたは、私たちは、全然悪くない――。暴力に歪められた自分の心を取り戻すため闘う少女たちの、希望への疾走を描く連作短編集。

田辺聖子著

孤独な夜のココア

心の奥にそっとしまわれた甘苦い恋の記憶を、柔らかに描いた12篇。時を超えて読み継がれる、恋のエッセンスが詰まった珠玉の作品集。

谷川俊太郎著

夜のミッキー・マウス

詩人はいつも宇宙に恋をしている――彩り豊かな三〇篇を堪能できる、待望の文庫版詩集。文庫のための書下ろし「闇の豊かさ」も収録。

田中兆子著

私のことならほっといて

「家に、夫の左脚があるんです」急死した夫の脚だけが私の目の前に現れて……。日常と異常の狭間に迷い込んだ女性を描く短編集。

高山羽根子著

首里の馬

芥川賞受賞

沖縄の小さな資料館、リモートでクイズを出題する謎めいた仕事、庭に迷い込んだ宮古馬。記録と記憶が、孤独な人々をつなぐ感動作。

千早茜著

あとかた

島清恋愛文学賞受賞

男は、どれほどの孤独に蝕まれていたのだろう。そして、わたしは――。鏤《ちりば》められた昏い影の欠片が温かな光を放つ、恋愛連作短編集。

恒川光太郎著

草祭

この世界のひとつ奥にある美しい町〈美奥〉。その土地の深い因果に触れた者だけが知る、生きる不思議、死ぬ不思議。圧倒的傑作！

遠田潤子著

月桃夜

日本ファンタジーノベル大賞受賞

薩摩支配下の奄美。無慈悲な神に裁かれる、血のつながらない兄妹の禁断の絆。魔術的な魅力に満ちあふれた、許されざる愛の物語。

中島京子著

樽とタタン

小学校帰りに通った喫茶店。わたしはコーヒー豆の樽に座り、クセ者揃いの常連客から人生を学んだ。温かな驚きが包む、喫茶店物語。

西加奈子著

白いしるし

好きすぎて、怖いくらいの恋に落ちた。でも彼は私だけのものにはならなくて……ひりつく記憶を引きずり出す、超全身恋愛小説。

原田マハ著

常設展示室

—Permanent Collection—

ピカソ、フェルメール、ラファエロ、ゴッホ、マティス、東山魁夷。実在する6枚の名画が人々を優しく照らす瞬間を描いた傑作短編集。

深沢潮著

縁を結うひと

R-18文学賞受賞

在日の縁談を仕切る日本一の「お見合いおばさん」金江福。彼女が必死に縁を繋ぐ理由とは。可笑しく切なく家族を描く連作短編集。

星野智幸著

俺俺

大江健三郎賞受賞

なりゆきでオレオレ詐欺をした俺は、気付くと別の俺になっていた。やがて俺は次々に増殖し……。ストレスフルな現代を笑う衝撃作。

吉本ばなな著
イヤシノウタ
かけがえのない記憶。日常に宿る奇跡。男女とは、愛とは。お金や不安に翻弄されずに生きるには。人生を見つめるまなざし光る81篇。

綿矢りさ著
手のひらの京《みやこ》
京都に生まれ育った奥沢家の三姉妹が経験する、恋と旅立ち。祇園祭、大文字焼き、嵐山の雪——古都を舞台に描かれる愛おしい物語。

吉田修一著
キャンセルされた街の案内
あの頃、僕は誰もいない街の観光ガイドだった……。脆くてがむしゃらな若者たちの日々を鮮やかに切り取った10ピースの物語。

森美樹著
主婦病
R-18文学賞読者賞受賞

新聞の悩み相談の回答をきっかけに、美津子は夫に内緒で、ある〈仕事〉を始めた——。生きることの孤独と光を描ききる全6編。

本谷有希子著
ぬるい毒
野間文芸新人賞受賞

魅力に溢れ、嘘つきで、人を侮辱することを何よりも愉しむ男。彼に絡めとられたある少女の、アイデンティティを賭けた闘い。

村上龍著
MISSING 失われているもの
謎の女と美しい母が小説家の「わたし」を過去へと誘う。幼少期の思い出、デビュー作の誕生。作家としてのルーツへ迫る、傑作長編。

小《こ》島《じま》

新潮文庫　お－95－4

令和五年十一月一日発行

著者　小《お》山《やま》田《だ》浩《ひろ》子《こ》

発行者　佐藤隆信

発行所　株式会社　新潮社

郵便番号　一六二―八七一一
東京都新宿区矢来町七一
電話　編集部(〇三)三二六六―五四四〇
　　　読者係(〇三)三二六六―五一一一
https://www.shinchosha.co.jp

価格はカバーに表示してあります。

乱丁・落丁本は、ご面倒ですが小社読者係宛ご送付ください。送料小社負担にてお取替えいたします。

印刷・大日本印刷株式会社　製本・加藤製本株式会社

ISBN978-4-10-120544-1 C0193